Erbarmungslos gejagt

Ein Shaye-Archer-Thriller

Jana DeLeon

Aus dem Amerikanischen von Jeannette Bauroth

Die Originalausgabe des Romans erschien 2016 unter dem Titel „Sinister"

Copyright © der Originalausgabe 2016 by Jana DeLeon

Copyright © der deutschsprachigen Übersetzung 2016 by Jeannette Bauroth

Lektorat der deutschsprachigen Übersetzung: Corinna Wieja

Korrektorat: Julia Funcke

Satz: Corinna Rindlisbacher, ebokks

www.indie-translations.com

Deutsche Erstveröffentlichung

ISBN 10: 1-940270-42-1
ISBN 13: 978-1-940270-42-5

Erhältlich als E-Book und Druckversion

www.janadeleon.com

Kapitel 1

Jinx LeDoux fuhr hoch und schnappte nach Luft. Ihr Herz klopfte so heftig, dass sie glaubte, es würde ihr gleich die Brust zersprengen. Als sie sich leicht zur Seite drehte, schoss ihr ein stechender Schmerz in den Kopf, und ihr Magen rebellierte. Sie spürte Gallenflüssigkeit aufsteigen und schluckte hastig, um die Übelkeit zu unterdrücken.

Irgendetwas war passiert. Etwas, woran sie sich nicht erinnern konnte.

Sie blinzelte ein paarmal, um ihre Umgebung besser erkennen zu können. Da fiel ihr auf, dass nicht ihre Augen das Problem waren. Wo auch immer sie sich befand, es war nahezu stockfinster.

Wo war sie?

Sie legte die Hände auf den Boden und tastete herum, auf der Suche nach etwas Vertrautem. Etwas, das ihr verriet, dass sie immer noch in dem verlassenen Apartment war, in dem sie sich im vergangenen Monat so sicher gefühlt hatte. Doch der Boden unter ihren Händen bestand aus Beton, nicht aus dem alten, splittrigen Holz, an das sie sich gewöhnt hatte. Langsam hob sie die Hände und streckte sie nach vorn, bis ihre rechte Hand etwas Hartes und Kaltes berührte. Sie befühlte es mit den Fingerspitzen und runzelte die Stirn. Es war eine runde Metallstange. Daneben ertastete sie noch eine, und dann noch eine, so weit sie greifen konnte. Panisch fasste sie nach oben, stieß dort aber ebenfalls auf Gitterstäbe, nur etwa einen halben Meter über ihrem Kopf.

Sie befand sich in einem Käfig!

Und dann brachen die Erinnerungen wie eine Flutwelle über sie herein.

Der Schatten!

Am Mittwochabend hatte sie die Docks verlassen, wo sie zum Skaten gewesen war. Auf dem Weg zu ihrem Apartment hatte sie sich beobachtet gefühlt. Jinx war zwar erst fünfzehn, aber sie war wachsamer als mancher Erwachsener. Sie hatte die Straße genau im Auge behalten, auf Bewegungen in den Schatten geachtet und in die Fenster der leer stehenden Gebäude gesehen, ob da womöglich jemand hinter den kaputten, schmutzigen Scheiben lauerte, doch sie hatte niemanden entdeckt.

Offensichtlich hatte sie sich da geirrt.

Als sie den alten, verlassenen Drugstore erreicht hatte, war ein Schatten aus der offenen Tür auf den Gehweg gefallen. Das Ganze hatte kaum länger als eine Sekunde gedauert, aber es hatte ausgereicht, um sie erkennen zu lassen, dass die Person, die sie beobachtet hatte, sich in diesem Gebäude befand. Gerade als sie herumgewirbelt war, um so schnell fortzulaufen, wie ihre Beine sie tragen konnten, hatte sie den Nadelstich an ihrem Hals gespürt. Dass sie auf dem Gehweg aufschlug, war das Letzte, woran sie sich erinnern konnte.

Jetzt wusste sie zwar, wie sie hier gelandet war, trotzdem blieben noch eine Menge Fragen offen.

Sie kniete sich hin und kroch in ihrem Gefängnis herum, um ein ungefähres Gefühl für dessen Größe zu bekommen und vielleicht einen Ausgang zu finden. An der dritten Seite, die sie erkundete, lag die Tür. Sie war mit einem schweren Vorhängeschloss gesichert. Jinx zog an dem Schloss, doch es gab nicht nach. Die letzte Seite brachte nichts weiter als die Bestätigung, dass sie sich in einem etwa anderthalb Quadratmeter großen Eisenkäfig befand. Der Betonboden war vollkommen blank.

Ihre Handgelenke schmerzten ein wenig, und als sie darüberstrich, spürte sie die Einschnitte, wo sie zusammengebunden gewesen waren. Das Seil hatte teilweise die Haut abgerieben. Die gleichen Abschürfungen fanden sich auch an ihren Knöcheln.

Was zum Teufel ging hier vor sich? Wer tat so etwas? Und schlimmer noch, warum?

Sie zog die Knie an die Brust und umfasste sie mit den Armen. Draußen war es mindestens dreißig Grad warm, aber Jinx zitterte vor Angst. Tränen stiegen ihr in die Augen, und sie fühlte, wie sie ihr über die Wangen rollten, während sie schluchzend zusammenbrach. Seit acht Monaten lebte sie auf der Straße und hatte in dieser Zeit kein einziges Mal geweint.

Doch jetzt war sie sich nicht sicher, ob sie jemals wieder damit aufhören konnte.

Kapitel 2

Shaye Archer wartete darauf, dass sich der Mann bewegte. Als er die Pistole auf sie richtete, sprang sie auf ihn zu. Mit der rechten Hand umgriff sie den Lauf der Waffe und drehte sich schwungvoll zur Seite. Während der Mann noch auf sie zutaumelte, stieß sie ihm das Knie in den Schritt. Er sackte zusammen und sie landete einen weiteren Kniestoß in seinem Gesicht, wodurch er zu Boden ging und die Waffe fallen ließ.

Sie sprang nach hinten und nahm ihn ins Visier, doch er sah sie lächelnd an. „Du hast dich verbessert", sagte er und stand auf.

Shaye reichte ihrem Sensei die Plastikwaffe. „Findest du?"

„Auf jeden Fall. Du reagierst viel schneller als früher."

„Nun ja, die Konfrontation mit einem Serienmörder wirkt sich häufig positiv auf die Reflexe aus."

Sein Lächeln verschwand und er nickte. „Da bin ich mir sicher. Ich hab vor ein paar Wochen in der Zeitung davon gelesen und angenommen, dass du deswegen eine Weile lang das Training ausgesetzt hast. Die ganze Sache war ziemlich … äh, schockierend, obwohl das Wort angesichts der Fakten wohl kaum ausreicht."

Shaye nickte. Ihr erster Fall als Privatdetektivin war geradezu unfassbar gewesen und hatte nicht nur sie, sondern auch ihre Klientin, die Polizei von New Orleans und eine ganze Menge anderer Menschen überrascht. Niemand hätte sich so eine Geschichte ausdenken können.

„Solche Fälle hatte ich bei der Eröffnung meiner Detektei ganz sicher nicht im Kopf", gab Shaye zu.

„Und wie kommst du damit zurecht?"

Shaye schenkte ihm ein klägliches Lächeln. Seit die Einzelheiten des Falles bekannt geworden waren, hatte man ihr diese Frage mindestens einhundert Mal gestellt. Manchmal waren es Menschen gewesen, die sich tatsächlich Sorgen um sie machten, doch am häufigsten kam sie von Journalisten. Die hatten auf dem Gehweg vor dem Haus ihrer Mutter im Garden District kampiert und auch Shayes Apartment im French Quarter belagert und ihr jedes Mal ein Mikrofon ins Gesicht gehalten, wenn sie an ihnen vorbeimusste.

Natürlich hatte sie keinen Kommentar abgegeben. Jahrelange Erfahrung hatte sie gelehrt, dass man Reporter am schnellsten loswurde, wenn man sie ignorierte und darauf hoffte, dass etwas anderes Interessantes oder Skandalöses passierte, was ihre Aufmerksamkeit erregte. In ihrem Fall mussten erst beide Bedingungen erfüllt sein, da alles, was Shaye Archer, die mysteriöse Adoptivtochter der vermögenden und prominenten Corrine Archer, betraf, sowohl Tratsch- als auch Nachrichtenwert hatte. Zu Shayes Glück war ein Vertreter des Repräsentantenhauses in einer wenig vorteilhaften Stellung mit dem Kindermädchen seiner Tochter erwischt worden, und die Reporter waren zu seiner

Villa weitergezogen, die sich nur wenige Blocks vom Haus ihrer Mutter entfernt befand.

Sensei Markham brachte ihr seit fünf Jahren Muay Thai und Krav Maga bei. Er interessierte sich nicht für die neuesten Klatschgeschichten. Wenn er eine private Frage stellte, dann aus echter Sorge.

„Mir geht's gut", behauptete Shaye.

Er zog eine Braue hoch. „Bist du dir sicher?"

„Natürlich war es schwierig, und es hat eine Weile gedauert, bis ich die Sache verarbeitet hatte, aber insgesamt bin ich zufrieden damit, vor allem mit dem, was ich erreicht habe. Emma Frederick kann jetzt das Leben führen, das sie verdient, ohne sich ständig über die Schulter blicken und sich zu fragen zu müssen, ob sie übergeschnappt ist."

Er nickte. „Das ist definitiv ein gutes Ergebnis. Obwohl ich, als du das erste Mal von deiner eigenen Detektei erzählt hast, natürlich gedacht habe, dass du solche Aufträge annehmen willst wie früher bei Breaux Investigations. Wenn du wirklich vorhast, es mit Schwerverbrechern aufzunehmen, dann sollten wir uns vermutlich lieber auf Nahkampf konzentrieren."

„Das halte ich für eine gute Idee." Ihr Zusammentreffen mit einem Serienmörder war zwar gut ausgegangen, aber beim nächsten Mal hatte sie vielleicht nicht wieder so viel Glück. Jeder mögliche Vorteil konnte darüber entscheiden, ob sie danach zum nächsten Fall überging oder in einem Leichensack abtransportiert werden musste. Sie hatte zwar geglaubt, die Risiken zu kennen, die mit dieser Art Fall einhergingen, doch in Wahrheit hatte sie die Sache mit Emma und ihrem Stalker ziemlich erschüttert. In der Realität auf eine so gestörte Person zu treffen war ganz anders, als es im Fernsehkrimi aussah, und weder die Uni noch ihre jahrelange Therapie hatten sie auf die Emotionen vorbereitet, in denen sie nach Abschluss des Falles fast ertrunken wäre.

„Gut", bekräftigte Sensei Markham. „Dann fangen wir nächste Woche damit an. Bis dahin möchte ich, dass du dein Krafttraining intensivierst. Je stärker du bist, desto effektiver kannst du dich verteidigen."

Shaye seufzte. „Du weißt, dass mich das Training im Fitnessstudio tödlich langweilt."

Er zog eine Braue hoch. „Aber tödlich sollen deine Fälle eben nicht enden."

„Okay. Ich gehe noch eine Stunde pro Woche zusätzlich hin. Bist du damit zufrieden?"

„Es ist zumindest ein Anfang. Du leistest gute Arbeit, Shaye, das wusste ich von Anfang an. Aber sei bitte vorsichtig, okay?"

Nickend schnappte sie sich ihre Sporttasche, winkte ihm zu und verließ das Gebäude. Es war acht Uhr an einem heißen, schwülen Freitagabend, und im French Quarter wimmelte es bereits von Feierwütigen in Partystimmung. Das Spektakel würde bis in die frühen Samstagmorgenstunden andauern, und viele würden anschließend voller Reue daran zurückdenken, während andere die Party gar nicht schnell genug wiederholen konnten.

Eine Gruppe Collegejungs pfiff ihr nach, als sie an ihnen vorbeiging. Shaye lächelte, hielt aber nicht an. Die meisten alleinstehenden Frauen ihres Alters waren vermutlich gerade bei einem Rendezvous oder bereiteten sich auf eins vor, aber Dates standen nicht auf Shayes To-do-Liste. Weder an einem Freitag noch an irgendeinem anderen Tag. Heute wollte sie die Ablage machen und einen neuen Drucker installieren. Dazu Nachos aus der Mikrowelle, Bier und Wiederholungen auf dem Science-Fiction-Kanal – mehr Aufregung schwebte ihr für diesen Abend nicht vor.

Sie ging um eine Ecke auf ihr Apartment zu. Hier war es viel ruhiger als in der Partyzone Bourbon Street, doch auch hier waren die Straßen nicht leer. Einigen der Menschen begegnete sie häufig und wusste, dass sie in der Gegend lebten. Bei anderen handelte es sich um Touristen, die alle paar Meter stehen blieben, um ein Foto vom nächsten historischen Gebäude zu schießen.

Der Mann, der am Laternenpfahl an der Ecke lehnte, fiel ihr allerdings sofort ins Auge. Er war groß und dünn und trug ein Hoodie. Ab und zu blickte er die Straße hinunter, aber weil er im Schatten stand, konnte sie sein Gesicht nicht erkennen. Ihr stellten sich die Härchen im Nacken auf; obwohl sich um sie herum noch andere Menschen befanden, wusste sie instinktiv, dass er sie ansah.

Shaye schob die Tasche an ihrer Schulter zurecht und legte eine Hand darunter. Dadurch konnte sie sie notfalls schnell wegschleudern oder als Waffe einsetzen, je nachdem, was sinnvoller wäre. Sie beschleunigte ihre Schritte und bereitete sich darauf vor, sofort zu reagieren, falls der Mann sie angriff. Als sie bis auf etwa drei Meter an ihn herangekommen war, trat er aus dem Schatten und sah ihr direkt ins Gesicht.

„Hustle?" Der lange, blonde Pferdeschwanz des Jungen war in der Kapuze des Sweatshirts versteckt, aber es gab keinen Zweifel. Die hellgrünen Augen und das hagere Gesicht gehörten zu dem Straßenjungen, den sie bei der Arbeit an Emma Fredericks Fall kennengelernt hatte. „Ist was passiert?"

Nervös sah er sich um. „Sie haben gesagt, wenn ich jemals Hilfe bräuchte …"

„Natürlich. Soll ich meine Mutter anrufen?"

Er riss die Augen auf. „Nein. Ich brauche keine Hilfe für mich. Jedenfalls nicht direkt. Shit. Ich weiß nicht mal, wo ich anfangen soll."

Dieses Gefühl kannte Shaye nur zu gut. „Wie wär's damit: Ein paar Häuser weiter gibt es einen Fast-Food-Laden. Dort servieren sie die besten Zwiebelringe im ganzen French Quarter, und ich verhungere gleich. Ich geb uns eine Runde aus und du kannst mir erzählen, wobei genau du Hilfe brauchst."

Er zögerte, und Shaye konnte sehen, dass in ihm das Bedürfnis nach Hilfe mit seinem Misstrauen gegenüber allen Menschen rang. Schließlich nickte er.

„Super", sagte sie und setzte sich in Richtung des Diners in Bewegung.

Hustle lief neben ihr her. „Ich hab gehört, Sie haben den Perversen geschnappt. Geht es der Lady gut?"

„Ja. Ms Frederick ist in einen anderen Bundesstaat gezogen und fängt dort neu an."

„Da bin ich froh. Ich wünschte, jemand hätte meiner Mom helfen können."

„Ich auch."

13

Als Shaye Hustle kennenlernte, hatte er ihr anvertraut, dass seine Mutter von einem Exfreund getötet worden war, der sie verfolgt hatte. Seinen Vater kannte er nicht, also war Hustle zum Mündel des Gerichts geworden und in einer Pflegefamilie gelandet, in der man ihn geschlagen hatte. Seit damals lebte er auf der Straße. Seine Bitte um Hilfe verriet Shaye, dass es hier um etwas Großes gehen musste. Und dass es etwas Privates war. Er würde es nie riskieren, sich jemandem anzuvertrauen, wenn es nicht wichtig wäre.

Sie zog die Tür auf und steuerte schnurstracks auf ihren Lieblingstisch an der hinteren Wand zu. Die Stammgäste beendeten gerade ihr Abendessen und gingen, deshalb waren fast alle Tische leer. Sie setzte sich auf einen Stuhl, von dem aus sie die verglaste Vorderfront des Ladens im Blick hatte, während Hustle sich in dem winzigen Restaurant umsah. Schließlich setzte er sich neben sie und zog sich die Kapuze vom Kopf.

Eine ältere Frau kam mit einem Notizblock herangeschlurft und Shaye bestellte einen Burger, Zwiebelringe und einen Vanillemilkshake. Als Hustle zögerte, gab ihm Shaye einen Knuff. „Der Burger ist wirklich gut. Die nehmen hier echtes Rindfleisch. Nicht dieses künstliche Zeug."

„Da hat sie recht", bestätigte die Kellnerin.

„Ich nehme das Gleiche", sagte Hustle, und die Kellnerin ging zur Küche. Hustle sah ihr hinterher und warf dann einen Blick zum Eingang.

„Du sitzt wohl nicht gerne mit dem Rücken zur Tür", stellte Shaye fest. „Ich auch nicht. Deshalb setze ich mich immer an diesen Tisch hier."

Er nickte. „Sie haben gute Überlebensinstinkte." Röte überzog seine Wangen und er senkte den Blick auf die Tischplatte. „Ich hab im Internet nach Ihnen gesucht. Ein Typ aus der Nachbarschaft skatet manchmal mit uns, und er hat mir sein iPhone geborgt. Hoffentlich sind Sie jetzt nicht sauer."

„Ach wo. Daran bin ich gewöhnt."

Er musterte sie aufmerksam. „Tut mir wirklich leid, was Ihnen zugestoßen ist. Ich hab schon echt krankes Zeug erlebt, aber das ..."

Mitgefühl klang aus seiner Stimme, und Shaye zog es das Herz zusammen. Dieses Kind hatte jeden Tag so viele Hürden zu überwinden, und trotzdem hatte ihn sein Schicksal nicht abgestumpft. Das verriet ihr, welche Art von Teenager er war, und hoffentlich auch, was er eines Tages für ein Mann werden würde. „Danke. Ich hatte großes Glück. Danach, meine ich."

„Mit der Lady, die Sie aufgenommen hat. Ja, sie klingt echt toll."

„Und dir würde sie bestimmt auch helfen, falls du das möchtest. Sie wird ganz sicher dafür sorgen, dass dir nicht noch einmal so etwas passiert. Darauf gebe ich dir mein Wort."

Hoffnung flackerte in seinen Augen auf, doch sie war so schnell verschwunden, dass Shaye sich fragte, ob sie sich das nicht nur eingebildet hatte.

Er schüttelte den Kopf. „Diese Art Hilfe brauche ich nicht. Ich brauche Ihre Hilfe."

„Meine? Als Privatdetektivin?"

„Ja. Ich meine, ich hab kein Geld oder so, aber ich wusste nicht, wen ich sonst fragen sollte."

„Mach dir deswegen keine Gedanken. Erzähl mir erst mal, was los ist."

„Meine Freundin Jinx ist verschwunden."

„Ist Jinx auch … äh …" Shaye wusste nicht genau, wie sie fragen sollte, ob Jinx auch obdachlos war, ohne Hustle zu nahe zu treten. „Befindet sie sich in der gleichen Situation wie du?"

„Sie lebt auf der Straße, ja."

„Wann hast du sie zum letzten Mal gesehen?"

„Vor zwei Tagen. Wir haben bei den Docks geskatet, bis es fast dunkel wurde."

„Bleibt ihr immer am selben Ort? Ich meine, über Nacht?"

Er schüttelte den Kopf. „Man posaunt nicht herum, wo man wohnt. Das ist geradezu eine Einladung für einen Überfall."

Shaye dachte einen Moment lang darüber nach, wie schrecklich es sein musste, wenn der Schlaf der Feind war. Sie hatte ihre eigenen Probleme mit der Dunkelheit, doch sie hatte nie Angst davor haben müssen, dass jemand sie im Schlaf ausraubte.

„Okay", fuhr sie fort. „Woher weißt du, dass sie vermisst wird?"

„Wir waren für gestern zum Skaten verabredet, aber sie ist nicht aufgetaucht. Heute auch nicht."

„Vielleicht ist sie krank, oder ihr ist was dazwischengekommen?"

„Ich war bei ihr. Sie war nicht da."

„Sie hat dir also erzählt, wo sie übernachtet?"

Er schüttelte den Kopf und blickte wieder hinab auf den Tisch. Shaye fragte sich, was los war, bis sie schließlich erkannte, dass er sich schämte. Jinx war mehr als nur eine gute Freundin. Er empfand etwas für sie.

„Du bist ihr gefolgt?", fragte sie.

Er nickte, sah aber nicht auf. „Vor ungefähr einer Woche. Sie hatte das Gefühl, dass jemand sie beim Jackson Square beobachtet. Dort liest sie den Leuten aus Tarotkarten. Ich hab mir Sorgen gemacht, also hab ich mich den ganzen Tag lang beim Square rumgedrückt. Sie wusste nichts davon."

„Und hast du mitbekommen, ob jemand sie beobachtet hat?"

„Nein. Sie war auch sehr vorsichtig, als sie zu ihrem Schlafplatz gegangen ist."

„Aber nicht vorsichtig genug, wenn du ihr folgen konntest. Was bedeutet, dass es auch jemand anders geschafft haben könnte."

Er nickte. Er sah elend aus.

„Hast du bei ihr irgendetwas Besonderes entdeckt?"

„Sie war nicht da, und ihr Skateboard auch nicht."

„Vielleicht hat sie es mit der Angst bekommen und ist woandershin gegangen."

„Ihre Klamotten und ihre Decken lagen noch dort. Die hätte sie nicht zurückgelassen. Es ist nicht so einfach, sich vernünftige Sachen zu beschaffen."

Shaye wünschte, es gäbe eine einfache Erklärung für Jinx' Verschwinden, zum Beispiel, dass es ihr woanders besser gefiel, doch insgeheim gab sie Hustle recht. Niemand, der auf der Straße lebte, würde seinen Besitz einfach so ohne gute Gründe aufgeben.

„Ich weiß, dass das jetzt eine dumme Frage ist", begann sie, „aber ich muss sie stellen. Hast du das der Polizei gemeldet?"

Hustle warf ihr einen angewiderten Blick zu. „Die unternehmen überhaupt nichts. Wir gelten doch längst alle als vermisst, und trotzdem hat noch nie jemand nach uns gesucht. Welchen Unterschied würde es da schon machen, wenn ich zur Polizei gehe?"

Shaye wusste, dass das stimmte. Bei den Straßenkindern handelte es sich entweder um Ausreißer oder um Kinder ohne Familie, so wie Hustle. Solange sie keinen Ärger machten, ließ die Polizei sie in Ruhe, denn sie wusste nur allzu gut, dass die Kinder sowieso innerhalb von ein paar Tagen wieder zurück auf der Straße wären. Und letztendlich leitete die Polizei keine Suche nach jemandem ein, den es offiziell gar nicht gab.

„Weißt du irgendwas über Jinx?", fragte Shaye. „Sucht ihre Familie nach ihr?"

„Das glaube ich nicht. Ihre Mom ist ein Junkie. Über ihren Vater hat sie nie gesprochen. Vielleicht kennt sie ihn gar nicht. Und so wie es klang, kennt ihre Mutter ihn womöglich auch nicht. Das wenige, was Jinx mir über sie erzählt hat, hat sie nicht gerade im besten Licht dastehen lassen, wissen Sie?"

„Nimmt Jinx Drogen?"

„Auf gar keinen Fall! Sie hat live miterlebt, was Drogen aus einem Menschen machen. Ihre Mom steckt allerdings ziemlich tief in der Szene. Für einen Schuss lässt sie sich mit Männern ein." Er wirkte wütend. „Ich glaube, ein paar von denen haben sich auch an Jinx rangemacht. Vermutlich ist sie deshalb abgehauen."

Shaye hatte Mühe, ihren Zorn und ihren Ekel unter Kontrolle zu behalten. Als Sozialarbeiterin hatte Corrine bereits alles Mögliche gesehen und gehört und sich ausführlich mit Shaye darüber unterhalten, um ihr ein Gefühl dafür zu geben, in welche Situationen sie als Privatdetektivin hineingeraten konnte. Jinx' Situation kam bei jungen Mädchen mit drogensüchtigen Müttern leider nur allzu häufig vor.

„Wie alt ist Jinx?", fragte Shaye.

Hustle zuckte mit den Schultern. „Ungefähr so alt wie ich, schätze ich. Fünfzehn. Vielleicht sechzehn."

„Kennst du ihren Nachnamen?"

„Hat sie nie erwähnt."

„Du hast nicht zufällig ein Foto von ihr, oder?" Sie ahnte zwar schon, dass er das verneinen würde, aber nachfragen konnte sie schließlich.

Hustle schien sich ein wenig zu entspannen. „Werden Sie sie finden?"

„Ich werde es jedenfalls versuchen."

Er griff in sein Sweatshirt und zog ein zusammengefaltetes Blatt Papier heraus. Er öffnete es und reichte es Shaye. Sie bewunderte die kunstvolle Bleistiftzeichnung. Das Mädchen hatte feine, feenhafte Züge, große Augen und kurze, hochgegelte Haare. Ihre Miene drückte eine Mischung aus leichter Entrüstung und Härte aus – ihr „taffer Look", nahm Shaye an.

„Hast du das gezeichnet?", fragte sie.

Hustle nickte.

„Das ist unglaublich gut. Hast du schon mal darüber nachgedacht, so was beruflich zu machen?"

„Das hat Jinx mich auch gefragt. Ich wollte für ein paar Zeichensachen sparen. Vielleicht lässt sich damit auf dem Square ein bisschen Geld verdienen. Sie ist klug. Deshalb bin ich mir sicher, dass was nicht stimmt. Wenn jemand Jinx ausgetrickst hat, dann war das nichts Spontanes."

„Du glaubst, dass jemand ihre Entführung geplant hat."

„Ganz bestimmt. Was machen wir also jetzt?"

Shaye lehnte sich zurück und überlegte, was als Erstes zu tun war. „Zwei Dinge fallen mir ein. Erstens, ich muss herausfinden, ob jemand in den Datenbanken nach Jinx gesucht hat. Ich weiß, dass du das nicht für wahrscheinlich hältst, aber falls doch, dann hat die Polizei sie vielleicht abgeholt und überstellt."

„Ja. Das könnte sein."

„Und zweitens, du musst mir alle Orte zeigen, an denen Jinx sich aufgehalten hat: wo sie auf dem Square gearbeitet hat, wo sie nach Feierabend abgehangen hat, mit wem, und wo sie übernachtet." Shaye blickte Hustle direkt in die Augen. „Du musst für mich Augen und Ohren sein. Mit mir werden die Street Kids nicht reden, nicht ohne deine Hilfe."

„Ich mach alles, was notwendig ist. Sie brauchen es nur zu sagen."

„Okay. Ich brauche ein bisschen Zeit für die Sache mit den Datenbanken, und ich brauche eine einfache Möglichkeit, dich zu kontaktieren. Ich besorge dir heute Abend ein

Handy und bringe es dir morgen vorbei. Morgen ist Feiertag, da ist auf dem Square vermutlich noch mehr los als sonst. Dort fangen wir an. Wir treffen uns morgen früh um zehn vor der Andrew-Jackson-Statue. Abgemacht?"

Hustles Erleichterung war ihm deutlich anzumerken. „Abgemacht."

Die Kellnerin stellte die Teller mit riesigen Cheeseburgern und haufenweise Zwiebelringen vor sie hin. Hustle schnappte sich den Burger und biss kräftig hinein.

„Schmeckt gut, oder?", fragte Shaye und zwang sich zu einem fröhlichen Ton. Der Junge stand zwar nicht kurz vor dem Hungertod, aber eindeutig aß er nicht genügend. Sie wünschte, er würde sich nicht so sehr gegen Corrines Hilfe sperren. Wenn irgendjemand das Richtige für Hustle finden konnte, dann war es ihre Mutter. Doch Shaye wusste genau, dass es noch lange dauern würde, bis Hustle ihr in einer so großen Sache vertraute. Falls es überhaupt je so weit kam. Trotzdem musste es doch eine Möglichkeit geben, ihm zu helfen, ohne ihn zu verschrecken. Darüber würde sie nachdenken.

Sie steckte die Zeichnung in ihre Handtasche und fragte sich, was Jinx wohl zugestoßen war. Hoffentlich war es etwas Harmloses; allerdings widersprach da ihr Bauchgefühl recht heftig.

Scharniere quietschten und Licht erhellte einen Teil des Raumes. Jinx setzte sich auf, blinzelte und versuchte, ihre

Umgebung auszumachen. Der Raum war größer, als sie vermutet hatte, und aus Stein. Sogar die Decke. Sie hörte Schritte und erkannte, dass das Licht von oben herabfiel. Sie befand sich in einem Keller.

Die Hand schützend über die Augen gelegt sah sie zu, wie ein Paar Stiefel erschienen. Jeder Schritt hallte auf der Holztreppe wider. Ihre Hände wurden schweißfeucht. Die Gestalt stieg immer tiefer herab; zuerst wurden die Beine sichtbar, dann der Rumpf und schließlich das Gesicht. Genau darauf hatte sie verzweifelt gewartet.

Enttäuschung traf sie mit voller Wucht, weil die Gestalt eine Maske trug. Es war eine dieser venezianischen Karnevalsmasken mit Farbteilung im Gesicht. Die hier war auf einer Seite goldfarben und auf der anderen lila. Angst durchzuckte sie, und sie drückte sich in die hinterste Ecke ihres Käfigs, um sich dort im Schatten zu verstecken. Erst als der Mann den Kellerboden betrat, nahm sie wahr, dass er etwas über die Schulter geworfen trug. Etwas Großes.

Ohne ihr einen Blick zu schenken, ging er an ihr vorbei und öffnete die Tür eines Käfigs ihr gegenüber. Dann nahm er den Sack von seiner Schulter und steckte ihn in den Gitterkasten. Ihr Herz klopfte fast zum Zerspringen. Schweißtropfen rollten ihr über die Stirn und in die Augen. Das Salz brannte, doch sie schaffte es nicht, den Blick von der Szene loszureißen. Sie konnte nicht mal blinzeln.

Er entfernte das Seil, mit dem der Sack oben zugebunden gewesen war, und schüttete einen Jungen heraus. Dann beugte er sich vor, schnitt die Seile um die Hand- und Fußgelenke des Jungen durch, nahm Seil und Sack aus dem Käfig und schloss die Tür ab. Er drehte sich um. Auch wenn er unmöglich mehr von ihr sehen konnte als den Umriss ihres Körpers, blickte er ihr dennoch direkt in die Augen.

Hinter der Maske wirkten seine blauen Augen leblos. Obwohl sein Gesicht verdeckt war, wusste sie, dass er lächelte. Sie zog die Arme fester um die Beine und senkte den Blick. Nicht eine Sekunde länger wollte sie ihn ansehen. Sie hörte ein tiefes Lachen, und dann das schlurfende Geräusch von Schritten, als er sich entfernte. Sie lauschte, bis sie ihn die Treppe hinaufgehen hörte, und öffnete dann die Augen. Die Tür knallte zu, danach war wieder alles in Dunkelheit getaucht.

Um ganz sicherzugehen, dass er auch wirklich verschwunden war, wartete sie noch eine Weile, dann kroch sie zum vorderen Teil des Käfigs und starrte orientierungslos in die schwarze Finsternis. „Hey!", rief sie. „Bist du in Ordnung?"

Das Echo ihrer Stimme durchbrach als einziges Geräusch die Totenstille des Raumes. Vermutlich stand der Junge unter Drogen, genau wie sie zuvor.

„Kannst du mich hören?", versuchte sie es erneut. Diesmal klang ihre Stimme ein wenig verzweifelt, doch es kam immer noch keine Antwort.

Die Tür am oberen Treppenabsatz wurde erneut aufgerissen, und Jinx eilte so schnell wie möglich zurück in ihre Ecke. Mit einer weißen Papiertüte in der Hand kam der Mann mit der Maske langsam die Treppe herab. Er ging direkt auf ihren Käfig zu, und sie presste sich noch fester an die hinteren Gitterstäbe. Jinx hatte keine Angst vor

Kämpfen, aber sie wusste, dass sie keine Chance hatte, ihn zu überrumpeln. Er war viel größer als sie, und sie war immer noch etwas benommen von dem Betäubungsmittel.

Er schob die Tüte durch die Gitterstäbe. „Da ist Essen drin. Iss lieber. Dort, wo du hinkommst, brauchst du all deine Kraft."

Er lachte, und an Jinx' Armen stellten sich die Härchen auf. Ihr Körper fühlte sich an, als wäre er in einen Schneesturm geraten. Er drehte sich um, ging die Treppe hinauf und schloss die Tür hinter sich.

Der Duft von gegrilltem Fleisch zog zu ihr herüber, und ihr Magen knurrte. Wie lange sie bewusstlos gewesen war, wusste sie nicht, doch sie stand schon kurz vor einer Ohnmacht, so hungrig war sie. Mit ausgestrecktem Arm kroch sie zur Vorderseite des Käfigs und tastete auf dem Boden nach der Papiertüte herum. Sie strich über eine Seite und zog etwas Rundes und in Papier Eingewickeltes heraus. Ein Burger. Das Wasser lief ihr im Mund zusammen, und hastig schob sie das Papier zurück. Als sie gerade hineinbeißen wollte, hielt sie inne.

Was, wenn da Drogen drin sind?

Ein paar Sekunden lang zögerte sie, aber dann gewann der quälende Hunger die Oberhand. Ob sie nun wegen Betäubungsmitteln oder vor Hunger ohnmächtig wurde, das Ergebnis war dasselbe. Wenn sie aß, hatte sie zumindest die Chance, sich zu stärken. Vielleicht würde ihr das bei der Flucht helfen. Sie schlang den Burger hinunter und verschluckte sich fast an dem großen Bissen. Um nur ja keinen einzigen Krümel zu verschwenden, hielt sie die Hand unter ihren Mund. Wer wusste schon, wie lange sie bis zur nächsten Mahlzeit warten musste?

Jeder Bissen zählte.

Kapitel 3

Shaye parkte vor dem Haus ihrer Mutter, machte jedoch keine Anstalten, auszusteigen. Ihre Beziehung zu Corrine war immer unbelastet gewesen, doch in letzter Zeit gab es erste Spannungen. Corrine hatte keinen Zweifel daran gelassen, dass sie von Shayes Auszug nicht begeistert war. Allerdings war Shaye sicher, dass sie auch noch mit neunzig bei ihrer Mutter hätte wohnen sollen, wenn es nach deren Wunsch gegangen wäre. Diese Meinungsverschiedenheit hatten sie recht schnell zu den Akten legen können.

Der zweite Punkt auf Corrines Gefällt-mir-nicht-Liste war Shayes Entscheidung, ihre eigene Detektei zu eröffnen, statt weiterhin für die etablierte Firma zu arbeiten, bei der sie drei Jahre lang tätig gewesen war, bis sie ihre Lizenz erhalten hatte. Aber Shaye wusste genau, was sie mit ihrem Leben anfangen wollte, und Versicherungsbetrüger jagen gehörte nicht dazu. Sie wollte etwas im Leben der Menschen bewegen. Doch selbst diesen Streit hatten sie beigelegt. Corrines Beruf beschränkte sich schließlich auch nicht nur auf Papierkram.

Shayes erster Fall hatte Corrines Meinung allerdings grundlegend geändert. Der furchtbare Serienmörder, dem Shaye bei ihren Ermittlungen auf die Spur gekommen war, hatte auch Corrine ins Visier genommen. Ihre Mutter war im Krankenhaus gelandet, und nur einer Kombination aus

Zufall und Glück war es zu verdanken, dass sie nicht gestorben war.

Und das war richtig übel.

Aber immer noch nicht das Schlimmste. Das war nach Corrines Ansicht nämlich, dass Shaye ihrer Mutter den Grund des Angriffs verschwiegen hatte, obwohl sie den bereits kurz nach Corrines Einlieferung ins Krankenhaus gekannt hatte. Shaye begründete ihr Schweigen damit, dass Corrine in ihrem Haus sicher war. Dank Shayes Großvater wurde Corrine rund um die Uhr von privaten Wachleuten beschützt. Außerdem stand ein Streifenwagen der Polizei von New Orleans vor ihrem Haus, was dem Status von Pierce Archer zu verdanken war. Niemand kam unbemerkt an Corinne heran, es sei denn, er oder sie konnte durch Wände gehen.

Ihre Mutter hätte garantiert darauf bestanden, dass Shaye den Fall abgab, wenn sie die Wahrheit gesagt hätte. Was Shaye nicht gewollt hatte. Emma Frederick hatte Hilfe gebraucht, und Shaye hatte ihr ihr Wort gegeben. Und obwohl Corrine sie nicht hätte zwingen können, von dem Fall zurückzutreten, hätte sie sich ständig gesorgt und Shaye damit dauernd in den Ohren gelegen.

Deshalb hatte sie geschwiegen, bis die Sache ausgestanden gewesen war.

Shaye hatte sich des Lügens durch teilweises Verschweigen der Wahrheit schuldig gemacht, und zwar in einem Wahnsinnsumfang.

Daher die Gewissensbisse.

Obwohl Corrine ihr das nicht nachtrug. Shaye wusste

nicht mal, ob ihre Mutter dazu überhaupt fähig wäre. Corrine hatte es nie für besonders klug gefunden, sich mit der Vergangenheit aufzuhalten. Ihrer Meinung nach zählte allein die Gegenwart. Dennoch hatte sie aus erster Hand erfahren, welche Risiken Shaye für ihre Klienten einzugehen bereit war. Und die Erkenntnis, dass sie Shaye nicht länger beschützen konnte, hatte sie mit voller Wucht getroffen.

Shaye ging ins Haus. Auch wenn die Lage zwischen ihnen noch ein wenig angespannt war, sie brauchte die Hilfe ihrer Mutter. Durch die riesige Eingangshalle dröhnten die Klänge der Beach Boys. Shaye schüttelte den Kopf. Wenn Corrine sich entspannen wollte, spielte sie immer die Beach Boys. Ihrer Meinung nach war der Strand der schönste Ort der Welt, und die Musik erinnerte sie an das Meer. Als sie noch jünger gewesen war, hatte Shaye sich oft gefragt, warum Corrine nicht ihr Erbe in klingende Münze umwandelte, ihren schrecklich deprimierenden Job aufgab und den Rest ihres Lebens am Strand verbrachte. Doch als sie älter wurde, hatte sie begriffen, dass Corrine ihre Berufung darin sah, anderen zu helfen. Dagegen kam man nicht so leicht an.

Sie folgte der Musik in die Küche, wo sie Corrine mit beiden Armen bis zum Ellbogen in der Teigschüssel vorfand. Ihre zweitliebste Art der Entspannung war Backen. Diesen Drang würde Shaye jedoch nie nachvollziehen können. Sie interessierte sich nicht die Bohne für Hausarbeit, allerdings gab sie unumwunden zu, dass ihr die Ergebnisse von Corrines Backorgien hervorragend schmeckten.

„Was steht denn auf dem Speiseplan?", fragte sie und

setzte sich auf einen Hocker vor der riesigen, marmorbe-
schichteten Kücheninsel.

Corrine sah lächelnd auf. „Himbeercroissants."

Shaye stöhnte. „Die esse ich am liebsten."

„Dann ist ein Stöhnen irgendwie eine merkwürdige Reaktion."

„Sensei Markham hat mir heute Abend eröffnet, dass ich
eine zusätzliche Stunde Krafttraining pro Woche absolvie-
ren soll. Wenn du so weiterbäckst, muss ich auch noch eine
Stunde Kardiotraining dranhängen."

Corrine drehte den Teig um und begann, die andere Seite
zu bearbeiten. „Wofür brauchst du denn zusätzliches Krafttraining?"

Mist. Jetzt hatte sie für genau das Thema eine Steilvorlage
geliefert, das sie eigentlich umgehen wollte. „Wir wollen
mehr Nahkampf trainieren." Nun brauchte sie auch nichts
mehr zu verheimlichen.

Shaye konnte sehen, dass ihre Mutter davon nicht allzu
begeistert war. „Verstehe", sagte Corrine. „Ich bin zwar
nicht besonders glücklich darüber, dass du mehr trainieren
sollst, aber ich bin froh, dass du dich zumindest aktiv um
deinen Schutz kümmerst."

„Komm doch mal mit zum Training", platzte Shaye heraus, ehe sie ihre Meinung ändern konnte. „Ich weiß, dass
der letzte Vorfall nichts mit deinem Job zu tun hatte, aber
du kannst nicht ignorieren, dass auch deine Arbeit immer
gefährlicher wird."

Corrine seufzte. „Ich ignoriere es nicht. Das ist auch
ziemlich unmöglich, weil dein Großvater mich jeden Tag

anruft und mir einen Vortrag hält, dass ich die Sozialarbeit an den Nagel hängen und einen schönen Bürojob in der Innenstadt annehmen soll."

Shaye verzog das Gesicht. „Tut mir leid."

Corrine wuchtete den Teig noch einmal herum und knallte ihn auf die Arbeitsplatte. „Du weißt aus erster Hand, wie das ist, oder? Oh Gott, ich bin wie mein Vater."

„Nein, ganz so schlimm bist du nicht. Pierce liebt seine kleinen Firmenspielchen. Deshalb arbeitet er so viel. Du und ich, wir sind aus anderem Holz geschnitzt. Wir haben andere Interessen, die leider manchmal auch gefährlich sein können. Wir können zwar nicht die äußeren Faktoren unserer Arbeit beeinflussen, aber wir können uns besser auf die drohenden Gefahren vorbereiten."

Corrine hörte auf, den Teig zu malträtieren, und wandte sich Shaye zu. „Weißt du, was er vorgeschlagen hat, als es endlich in seinen Dickkopf vorgedrungen ist, dass ich meinen Job nicht aufgebe? Einen Bodyguard. Er wollte tatsächlich jemanden engagieren, der bei der Arbeit die ganze Zeit auf mich aufpasst."

„Das ist eigentlich gar keine so schlechte Idee."

„Ach ja? Wenn ich dir dasselbe vorschlagen würde, wärst du damit einverstanden?"

„Ich glaub nicht, dass ich mit meinen Befragungen besonders viel erreichen würde, wenn immer ein einschüchternder Riese neben mir steht, aber wenn du wenigstens einen Fahrer hättest, dann wäre der vor Ort und könnte eingreifen, sobald eine Situation aus dem Ruder läuft."

„Ich bin doch nicht Miss Daisy."

Shaye schüttelte den Kopf. „Hör mal, ich weiß, du glaubst, dass der Angriff auf dich meine Schuld war, und damit hast du ja auch irgendwie recht, aber das bedeutet nicht automatisch, dass dir bei deiner Arbeit nichts passieren kann. Die Menschen sind heutzutage ... ich weiß nicht, brutaler irgendwie. Als hätten sie weniger zu verlieren. Ich hab einen Artikel gelesen, in dem stand, dass jeder Fünfundzwanzigste höchstwahrscheinlich ein Soziopath ist. Was glaubst du, wie vielen davon du jede Woche begegnest?"

„Jeder Fünfundzwanzigste, sagst du? Die feinen Damen der Gesellschaft hier im Garden District lassen die Statistik bestimmt hochschnellen."

Shaye lächelte. „Vermutlich, aber es gibt noch genügend andere."

Corrine seufzte. „Was soll ich denn machen? Unsere Behörde verfügt nicht über die nötigen finanziellen Mittel, um zwei Sozialarbeiter auf jeden Fall anzusetzen. Wir können ja nicht mal jetzt, wo wir solo losziehen, alles bearbeiten. Und ich käme mir mit einem Bodyguard komisch vor, wenn sich sonst keine von meinen Kolleginnen so einen Luxus leisten kann."

„Weil keine von deinen Kolleginnen die Erbin eines der größten Unternehmen im Bundesstaat oder die Tochter eines Senators ist. Ist dir schon mal der Gedanke gekommen, dass dich jemand als Geisel nehmen könnte, wenn er herausfindet, wer du bist?"

„Natürlich, aber ich halte das für unrealistisch. Übrigens könnte ich das Gleiche zu dir sagen."

„Da ich mich möglichst aus den Nachrichten heraushalte und mich meistens vor diesen Wohltätigkeitsveranstaltungen mit furchtbarem Essen, unbequemer Kleiderordnung und schlimmen Menschen drücke, kennt man mein Gesicht nicht so gut wie deins. Außerdem betreibe ich seit Jahren Kampfsport und habe eine Waffe. Und die werde ich notfalls auch einsetzen. Ich spaziere nicht durch die schlimmsten Bezirke der Stadt, mit nur einer Dose Pfefferspray zu meinem Schutz."

„Schön. Ich komme mit dir zum Training, aber ich verweigere definitiv den Leibwächter."

„Versprich mir einfach, dich nicht mehr in verlassenen Gebäuden herumzutreiben und sofort die Polizei anzurufen, wenn dir irgendwas merkwürdig vorkommt."

„Da hätten die aber ihren Spaß mit mir. In meinem Job sieht man dauernd merkwürdige Dinge."

„Dann ruf mich an. Oder Eleonore. Sie hat keine Angst, notfalls auf jemanden zu schießen."

Corrine warf ihr einen bestürzten Blick zu. „An so was will ich nicht mal denken. Neulich sollte ich ihr ein paar Pfefferminzbonbons aus ihrer Handtasche holen und hab dabei fast einen Herzinfarkt gekriegt. Die Waffen-und-Sprengstoff-Behörde sollte mal in dieser Tasche ermitteln."

Shaye lächelte. „Frei nach dem Motto: Wenn's nicht mehr schießt, reicht es immer noch zum Draufhauen?"

Corrine machte eine wegwerfende Handbewegung. „Schluss jetzt. Wenn ich noch länger über den Inhalt dieser Handtasche nachdenke, muss Eleonore mir ein Rezept für ein Beruhigungsmittel ausstellen, und dann wird sie wissen wollen, warum ich das brauche. Das ist mir zu anstrengend. Erzähl mir lieber, weshalb du vorbeigekommen bist. Das hier ist kein Familienbesuch. Du hast diesen Blick drauf."

„Welchen Blick?"

„Dich bedrückt doch etwas." Sie holte eine Flasche Wein aus dem Kühlschrank und schenkte ihnen beiden ein Glas ein, dann setzte sie sich ebenfalls auf einen Hocker. „Hat es mit der Arbeit oder mit deinem Privatleben zu tun?"

„Mit der Arbeit."

„Das enttäuscht mich."

Shaye starrte sie an. „Du möchtest, dass ich private Probleme habe?"

„Wenn sich die um einen Mann drehen, dann ja."

„Alles, was mit Männern zu tun hat, ist ein Problem. Genau das ist der Grund dafür, dass ich mich nicht mit ihnen einlasse. Ich mach dir einen Vorschlag. Ich werde versuchen, auch mal privat nett zu einem Mann zu sein, sobald du ein Date hast. Ein echtes. Keine Wohltätigkeitsveranstaltung. Und er darf nicht schwul sein."

Corrine wusste, wann sie geschlagen war. „Na gut. Vermutlich werden wir beide als verrückte alte Katzenladys sterben. Wir stricken Mützen und fahren mit unseren Fahrrädern im French Quarter herum, und in den blumengeschmückten Körben vorne am Lenker sitzen kleine Kätzchen. Und wir lassen die Hosen weg. So was hab ich tatsächlich letzte Woche in der Bourbon Street gesehen."

„Ich wäre lieber originell."

Corrine lächelte. „Na gut, dann im Abendkleid mit Kampfstiefeln." Sie trank von ihrem Wein. „Also, worum handelt es sich bei deinem beruflichen Problem?"

Shaye gab Corrine eine kurze Zusammenfassung von Hustles Geschichte.

Corrine kam aus dem Stirnrunzeln gar nicht mehr heraus. „Dieser Hustle hat dir bei deinem letzten Fall geholfen, richtig?"

Shaye nickte. „Ich glaube nicht, dass er sich das ausgedacht hat. Oder dass er übertreibt."

„Ich auch nicht. Jemand mit seinem Hintergrund meidet Verbindungen zur Gesellschaft wie die Pest. Dass er dich um Hilfe gebeten hat, zeigt, wie beunruhigt er ist. Und was soll ich jetzt tun?"

„Ich will sichergehen, dass Jinx nicht von einem Verwandten abgeholt wurde, eventuell sogar von ihrer Mutter."

„Das wäre die angenehmste Lösung. Vielleicht nicht unbedingt die Mutter, aber wenn sie bei anständigen und vernünftigen Verwandten leben könnte, wäre das auf jeden Fall besser als die Alternative. Weißt du irgendwas über sie, damit ich in unseren Unterlagen nachsehen kann?"

Shaye zog die Zeichnung aus der Tasche. „Das hat Hustle gemalt. Mehr hab ich nicht."

Corrine studierte das Bild. „Wow, das ist unglaublich und so detailliert. Ich gebe die Beschreibung in die Datenbank ein und scanne das Bild, und dann schauen wir mal. Womöglich ist diese Zwangspause aus medizinischen Gründen doch nicht so schlecht. Wir haben so wenig Informationen, dass die Nachforschungen eine Weile dauern könnten."

„Danke. Ich weiß deine Hilfe sehr zu schätzen."

Corrine biss sich auf die Unterlippe. „Ich muss dir ja nicht sagen, was jungen, hübschen Mädchen auf der Straße zustoßen kann."

„Nein. Ich bin auf das Schlimmste gefasst. Soweit man auf so was vorbereitet sein kann."

Corrine nickte. „Ich hoffe, Hustle ist das auch."

Shaye schüttelte den Kopf. „Er ist taff und klug, aber nicht so taff, wie er glaubt. Ihm ist nicht alles egal, und ich glaube, dass er sich aus Jinx mehr macht als aus allen anderen. Falls ihr was Schlimmes zugestoßen ist, wird ihn das aus der Bahn werfen, auch wenn er das vielleicht nicht wahrhaben will."

Corrine runzelte die Stirn. „Geht uns das nicht allen so bei Menschen, die wir mögen?" Sie hielt inne, und Shaye konnte erkennen, dass sie eigentlich etwas hinzufügen wollte, aber nicht wusste, ob sie es sollte.

„Sag es einfach", ermunterte sie Shaye.

„Was sagen?"

„Was du gerade denkst, von dem du aber nicht weißt, ob du es aussprechen sollst. Ich kann auch Blicke deuten, weißt du?"

„Hast du immer noch Albträume?", fragte Corrine leise.

„Ja", gab Shaye zu. Das würde Corrine nicht gefallen, doch Shaye würde ihre Mutter niemals direkt anlügen.

Corrine stürzte den restlichen Inhalt ihres Weinglases hinunter und stellte es ab. „Erinnerst du dich an irgendetwas?"

„Ich weiß es nicht."

Corrine sah Shaye aus zusammengekniffenen Augen an.

„Ich schwöre", beteuerte Shaye. „Ich weiß es nicht. Ich wünschte, ich wüsste es. Die Träume erscheinen mir so lebendig, so real, und dann wache ich auf und versuche mich daran zu erinnern, aber ich kann es nicht."

Corrine legte ihre Hand auf Shayes. „Versprich mir, dass

du es mir erzählst, wenn du was weißt. Versuch nicht, mich zu schützen. Das ist nichts, womit du allein fertigwerden musst."

„Vielleicht, aber dich sollte ich damit auch nicht belasten."

Corrine drückte Shayes Hand. „Ich warte seit neun Jahren darauf."

Detective Jackson Lamotte beobachtete, wie der Sanitäter den Leichensack über einem Jungen schloss, den ein Fischer in seinem Netz aus dem Wasser gezogen hatte. Der Tote konnte noch nicht lange im Fluss gelegen haben, sonst wäre sein Körper nicht mehr intakt gewesen. Die Kreaturen im Bayou verschmähten kein frisches Essen. Der Fischer hatte die Leiche beim letzten Wurf des Tages an Bord geholt, und die Polizei war froh darüber. Je besser der Zustand der Leiche, desto einfacher war die Identifizierung.

Die Todesart war offensichtlich, und leider war es nicht Ertrinken. Das Einschussloch in der Brust des Jungen schloss einen Unfall aus. Es handelte sich nun um eine Mordermittlung, und Jacksons ranghöherer Partner, Detective Vincent, würde davon alles andere als begeistert sein. Jackson war jetzt seit einem Jahr mit Vincent gestraft, und es wäre ein Wunder, wenn der Mann Jacksons Karriere nicht den Todesstoß versetzte, noch ehe er in die Pensionierung schlafwandelte. Alles, was nach echter Polizeiarbeit roch, ließ Vincent im Trab Schutz hinter seinem Bürostuhl suchen.

„Ach Scheiße", sagte Vincent und trat neben Jackson. „Einen blöden Mordfall brauch ich genauso wenig wie einen neuen Shoppingkanal im Fernsehen für meine Frau."

„Du kannst ja eine Versetzung zur Straßenpolizei beantragen."

„Und eine Gehaltskürzung hinnehmen? Ich bin doch nicht blöd. Du hast ein paar merkwürdige Vorstellungen vom Umgang mit Geld."

Nein, ich hab eine gute Vorstellung davon, wie man als Detective arbeitet.

Das hätte Jackson nur zu gern geantwortet, aber damit würde er seine Lage nur verschlechtern. Vincent hatte ihn vom ersten Tag an nicht gemocht. Jackson war ihm zu diensteifrig, was bedeutete, dass Jackson tatsächlich Fälle lösen wollte. Dann war die ganze Sache mit Shaye Archer passiert; Vincent hatte dabei nicht gut dagestanden, und Jackson war am Ende der Held gewesen. Das hatte ihm auch keine Sympathiepunkte eingebracht. Seither bemühte sich Vincent hingebungsvoll, an allem etwas auszusetzen, was Jackson tat. Bis hin zu der Art, wie er sich Kaffee einschenkte. Sollte Jackson ihm nur einen Grund liefern, würde Vincent sofort nach seiner Degradierung schreien. Und Jackson hatte nicht die Absicht, ihm diesen Wunsch zu erfüllen.

Er schloss die Tür des Rettungswagens und hob die Plastiktüte an, in der sich die Karte mit den Fingerabdrücken des Toten befand. „Ich fahre zurück aufs Revier und lasse die hier durch die Datenbank laufen. Möchtest du, dass ich mich um die Benachrichtigung der Angehörigen kümmere?"

Vincent runzelte die Stirn. Familienmitglieder vom Tod

eines geliebten Menschen zu unterrichten, gehörte zu den schrecklichsten Dingen im Job und wurde in der Regel von den Dienstälteren erledigt. Jetzt befand sich Vincent in einem Gewissenskrieg zwischen dem Wunsch, diese traurige Pflicht abzugeben, und dem Bedürfnis, seinen verdienten Status zu untermauern, indem er die Aufgabe erledigte.

„Es ist schon nach zehn. Um so eine Uhrzeit weckt man niemanden mit solchen Neuigkeiten auf. Das hat Zeit bis morgen früh."

„Okay", sagte Jackson, fand Vincents Logik aber nicht nachvollziehbar. Wenn jemand ein Kind vermisste, würde der vermutlich überhaupt nicht schlafen, aber so weit dachte Vincent offensichtlich nicht. Leider konnte Jackson nichts daran ändern.

Ehe er noch etwas sagte, das ihn in Schwierigkeiten brachte, ging er zum Auto. Sein Frust wegen Vincent wuchs von Tag zu Tag, und früher oder später würde es zur Eskalation kommen. Er hoffte nur, dass er dabei nicht seinen Job verlor, oder Vincent einen Zahn, wenn Jackson ihm eine verpasste.

Auf dem Revier nickte er dem Sergeant an der Anmeldung zu, einem netten, älteren Kollegen, der bereits fünfunddreißig Dienstjahre auf dem Buckel hatte.

„Sie sind aber noch spät hier", bemerkte der Sergeant.

„Ja, ein Fischer hat mit seinem Netz einen Jungen aus dem Wasser gezogen. Teenager."

Der Sergeant schüttelte den Kopf. „So viele Todesfälle durch Ertrinken. Man sollte meinen, die Leute wären in der Nähe von Wasser ein bisschen vorsichtiger."

„Der Junge ist nicht ertrunken. Sieht nach Mord aus – ein Schuss geradewegs durch die Brust."

„Ein Jagdunfall?"

„Zu dieser Jahreszeit? Ziemlich unwahrscheinlich. Der Tote lag noch nicht lang im Wasser. Der Leichnam ist recht intakt."

Der Sergeant stieß einen Pfiff aus. „Ich wette, Vincent ist stinksauer, dass er jetzt mit einem echten Fall gestraft ist."

„Ja, aber er macht sein ‚Ich muss drüber nachdenken'-Ding aus Gründen der Bequemlichkeit bei sich zu Hause. Ich lasse mal die Fingerabdrücke durchlaufen. Vincent ist der Meinung, wir müssten der Familie des Toten erst morgen Bescheid geben, weil sie jetzt sowieso schon schlafen."

„Na klar, was sonst? Lassen Sie es mich wissen, wenn Sie was brauchen."

„Danke." Jackson machte sich auf den Weg zur Forensikabteilung und startete den Fingerabdruck-Abgleich, dann holte er sich aus dem Pausenraum einen Kaffee. Den ersten trank er gleich neben der Kanne, dann füllte er die Tasse noch mal auf und nahm sie mit zum Computer, um zu sehen, ob sich bereits etwas ergeben hatte. Er beugte sich dicht an den Bildschirm.

Jackpot.

Als er auf den Link klickte, erschien ein Foto des Opfers neben seinen Daten.

Josh Thibodeaux. Sechzehn Jahre alt. Von seinen Eltern vor sechs Monaten als vermisst gemeldet.

Jackson runzelte die Stirn. Ein Ausreißer. Das verkomplizierte die Sache. Seine Eltern hatten wahrscheinlich keine Ahnung, wo er sich aufgehalten oder wo er hingewollt hatte, als er verschwand. Den Schulweg zurückzuverfolgen würde nichts bringen, und der Junge hatte vermutlich keine Freunde, die über die Dinge Bescheid wussten, die er seinen Eltern nicht anvertraute. Wahrscheinlich gab es keinen Laptop, den die Spurensicherung untersuchen könnte. Keine Spielekonsole, die sich orten ließ.

Er stieß den Atem aus. Selbst wenn sie die Gegend fanden, wo Josh sich zuletzt aufgehalten hatte – die Straßenkinder redeten nicht mit der Polizei. Dieser Fall wurde immer schlimmer. Jackson wollte nicht mal wissen, was Vincent sagen würde, wenn er von der neuen Entwicklung erfuhr. Das einzig Positive an der Information war, dass Joshs Eltern nach sechs Monaten wohl tatsächlich gerade schliefen. Dass sie erst am Morgen benachrichtigt wurden, würde keinen Unterschied machen.

Er schickte die Informationen an Vincent und sich selbst eine Kopie, danach druckte er sich alles am Schreibtisch noch einmal aus. Sobald er morgen früh mit Vincent die Eltern informiert hatte, wollte er sich im French Quarter umsehen. Vielleicht redete eines der Straßenkinder mit ihm. Das war zwar recht unwahrscheinlich, und ganz sicher würde Vincent ihn nicht begleiten, aber vermutlich war es die einzige Möglichkeit, an Informationen zu gelangen. Zum Glück war morgen Nationalfeiertag, der vierte Juli. Vincent würde es eilig haben, die Sache mit den Eltern zu erledigen, damit er anschließend feiern gehen konnte. Zweifellos würde er nicht länger als nötig bleiben und Jacksons Zeit mit sinnlosen Aufgaben verschwenden, sodass Jackson genug Freiheit blieb, das zu tun, was er wollte.

Wie zum Beispiel in dem Fall zu ermitteln.

Er schloss seine Schreibtischschublade auf und holte eine leere Akte heraus, in die er den Ausdruck legte. Als er die Schublade gerade wieder schließen wollte, fiel sein Blick auf die Akte ganz hinten in der Ecke, die mit „S. A." beschriftet war. Stirnrunzelnd schloss er die Schublade ab und lehnte sich im Stuhl zurück. Er hatte Shaye versprochen, dass er ihr helfen würde, wenn sie jemals versuchen wollte, ihre Vergangenheit zu erforschen. Und das hatte er ernst gemeint. Leider war bei seiner Suche in den Datenbanken der Polizei nichts Brauchbares herausgekommen. Es gab keine ähnlichen Fälle, keine neuen Hinweise.

Im nächsten Schritt müssten sie mit allen sprechen, die damals dabei gewesen waren, angefangen bei Detective Beaumont, dem Polizisten, der Shaye gefunden hatte und der inzwischen pensioniert war. Seit Tagen hatte er vorgehabt, Shaye zu kontaktieren, doch jedes Mal, wenn er sein Handy hervorholte, zögerte er.

Weil du dich zu ihr hingezogen fühlst.

Er seufzte. Natürlich fühlte er sich zu ihr hingezogen. Mit Sicherheit fand jeder Mann sie attraktiv. Doch es war mehr als nur das. Er mochte sie. Er respektierte sie. Und er wollte sie nicht enttäuschen.

Er hatte zwar nicht erwartet, dass bei seiner Suche viel herauskommen würde, aber es gab immer einen Hoffnungsschimmer, dass selbst nach Jahren plötzlich etwas hervorstechen würde, was den lang ersehnten Durchbruch brachte.

Er stand auf und zog seinen Autoschlüssel heraus. Zeit,

nach Hause zu fahren – zu einem wilden Abend mit Mikrowellenessen und Spätfilm. Obwohl er sich ziemlich sicher war, dass er alles Brauchbare im Kabelfernsehen schon gesehen hatte, wartete ein Sechserpack Bier im Kühlschrank auf ihn. Die Hoffnung starb bekanntlich zuletzt.

Und selbst der langweiligste Fernsehabend war immer noch besser als das, was ihm morgen früh bevorstand.

###

Als Shaye ihr Apartment im French Quarter betrat, war es bereits 23.00 Uhr. Sie schloss die Wohnungstür ab und schob den Riegel vor, dann schaltete sie die Alarmanlage wieder ein. Durch ihr Büro ging sie in die Küche. Sie hatte in einem der Läden, die lange geöffnet hatten, ein Handy für Hustle gekauft. Jetzt musste sie nur noch ihren Provider anrufen und es zu ihrem Vertrag hinzufügen lassen.

Sie stellte die Tasche mit dem Handy auf der Arbeitsplatte ab, holte sich Root Beer und Vanilleeis aus dem Kühlschrank und machte sich ein Root Beer Float. Dabei zwang sie sich, nicht an die zusätzlichen Trainingseinheiten zu denken, die sie investieren müsste, um die vielen Kalorien wieder abzutrainieren. Der Tag war lang und anstrengend gewesen, und da sie das Haus ihrer Mutter verlassen hatte, ehe die Croissants fertig gewesen waren, würde sie sich jetzt eben ihre zweitliebste Süßigkeit gönnen.

Sie steckte Strohhalm und Löffel in das hohe Glas, schnappte sich ihren Laptop und ließ sich damit auf die Couch fallen. Im Fernsehen kam nichts Gescheites, also suchte sie unter ihren gespeicherten Filmen „Der weiße Hai" heraus. Manchmal war es tröstlich, ein Monster mit großen Flossen und vielen Zähnen zu sehen. In den Nachrichten wurden nur die zweibeinigen gezeigt.

Sie machte sich Notizen zu ihrem Gespräch mit Hustle. Als sie fertig war, hatte sie auch ihr Root Beer Float ausgetrunken. Zurückgelehnt dachte sie darüber nach, dass sie eigentlich duschen müsste, aber zu faul war, aufzustehen. Vielleicht würde sie jetzt erst den Film zu Ende ansehen, dann duschen und ins Bett gehen. Es war schon spät, und es lag ein weiterer langer Tag unter der heißen Sonne von New Orleans vor ihr. Das Letzte, woran sie sich vor dem Einschlafen erinnerte, war, dass die Badeanzüge im Film alle Frauen aussehen ließen, als hätten sie dicke Oberschenkel.

Der Stein, auf dem sie lag, war kalt, aber es war Winter, also kein Grund zur Sorge ... noch nicht. Sie hob den Kopf und blinzelte, um etwas in der Dunkelheit zu erkennen. Sie war wie benebelt. Eine Sekunde später wurde eine Kerze angezündet und ihr Puls sprang ruckartig in die Höhe. Dann eine zweite, eine dritte und eine vierte, bis sie von einem Kreis aus Kerzen umringt war. Ihr Atem kam schneller und flacher, und sie kämpfte gegen die aufsteigende Panik an. Als sie an sich hinabsah, wurden ihre schlimmsten Ängste bestätigt.

Sie trug das rote Kleid.

Sie versuchte aufzustehen, doch ihre Hände und Füße waren mit dicken Stricken festgebunden. Die Kerzen bewegten sich auf sie zu, und sie konnte die schattenhaften Gestalten unter den Kapuzen erkennen, die sie in den Händen hielten. Eine davon trat an den Steintisch heran und stellte ihre Kerze neben Shaye ab. Der Vermummte zog ein großes Messer hervor und murmelte Worte, die sie nicht verstand.

Als er das Messer auf ihre Brust hinabsenkte, begann sie zu schreien.

Shaye schoss nach Luft schnappend von der Couch hoch. Ihr Herz klopfte so wild, dass ihr der Brustkorb davon wehtat. Es dauerte einige Sekunden, bis sie erkannte, dass sie sich in ihrem Apartment befand. Erst da flaute ihre Panik langsam ab. Ihr Körper entspannte sich ein wenig, aber sofort fuhr sie wieder auf, als ein Blitz direkt vor ihrem Fenster einschlug und damit die Alarmanlagen der Autos auf der Straße auslöste. Hinter ihr dröhnte der Donner, und sie rannte ins Schlafzimmer, um die große Taschenlampe von ihrem Nachttisch zu holen.

Nachdem sie jede Lampe in ihrem Apartment eingeschaltet hatte, kauerte sie sich auf der Couch im Wohnzimmer zusammen und kämpfte gegen die Tränen an.

Wann würde das endlich aufhören?

Kapitel 4

Jinx erwachte schlagartig beim Geräusch des Donners und griff nach ihrem Nacken. Durch ihre unbequeme Position waren die Muskeln ziemlich steif geworden. Sie hatte nicht vorgehabt, einzuschlafen, aber anscheinend hatte die Erschöpfung die Oberhand gewonnen. Schon komisch, dachte sie, wie Angst den Körper genauso auslaugen konnte, als wäre man stundenlang gerannt. Sie setzte sich auf, blinzelte, konnte jedoch in der Dunkelheit nichts erkennen. Ihr Kopf fühlte sich nicht mehr ganz so wattig an wie zuvor, das war ein gutes Zeichen. In dem Burger waren also keine Betäubungsmittel gewesen.

Sie kroch zu den Gitterstäben vor und sah in Richtung des Jungen, der vorhin dort abgeladen worden war. War er immer noch hier? Sie schüttelte den Kopf. Natürlich war er das. Wenn der Mann zurückgekehrt wäre, wäre sie davon aufgewacht. So erschöpft war sie nun auch wieder nicht.

„Bist du wach?", rief sie.

Sie hörte Rascheln, und einige Sekunden später antwortete der Junge: „Wer bist du?"

Ihre anfängliche Erleichterung darüber, dass er lebte, verflüchtigte sich beim Klang seiner hohen, zittrigen Stimme. Er konnte kaum älter als zwölf sein. Noch nicht im Stimmbruch. „Mein Name ist Jinx. Wie heißt du?"

„Peter Carlin."

„Wie alt bist du?"

„Zehn."

„Bist du verletzt?"

„Mein Kopf tut weh und mir ist schwindelig, als wäre ich im Kreis herumgerannt. Meine Arme und Beine tun auch weh. Wo bin ich?"

Jinx biss sich auf die Unterlippe. Was sollte sie ihm darauf antworten? „Das weiß ich nicht genau", sagte sie.

„Warum denn nicht? Du bist doch auch hier?"

„Ich wurde schlafend hergebracht, genau wie du."

Als sie ihn schniefen hörte, zog sich ihr das Herz zusammen.

„War das … war das der böse Mann von neulich?", fragte er mit brüchiger Stimme.

Sie horchte auf. „Welcher böse Mann? Hast du jemanden gesehen?"

„Ja. Da war ein Mann im Park. Er stand zwischen den Bäumen, aber ich hab ihn entdeckt."

„Wie sah er denn aus?"

„Groß und Furcht einflößend."

„Hast du sein Gesicht erkennen können?"

„Nein. Er hatte eine Kappe auf, und er stand im Schatten hinter den Büschen."

Jinx war enttäuscht, doch sie zwang sich, realistisch zu sein. Selbst wenn Peter einen guten Blick auf den Mann hätte werfen können, würde sie die Beschreibung eines verängstigten Zehnjährigen vermutlich einer Identifizierung nicht wirklich näher bringen. Außerdem war es ja nicht so, als ob sie irgendjemandem Bescheid geben könnten. Sie waren beide hier gefangen.

„Hat außer dir sonst noch jemand den Mann gesehen?", fragte sie.

„Ich hab meiner Mommy gesagt, dass er mir Angst macht, aber als sie sich nach ihm umgedreht hat, war er fort."

„Ist dir der Mann davor schon einmal aufgefallen?"

„Nein. Aber ich hab ihn an dem Abend vor meinem Zimmerfenster gesehen. Da hatte er was auf dem Gesicht. Wie bei einem Straßenumzug."

Die Maske. Der Mann hatte Peter ausspioniert und nach einer Möglichkeit gesucht, ihn zu kidnappen. „Wie bei einem Karnevalsumzug?", fragte Jinx.

„Ja. Mommy hat mir nicht geglaubt, als ich ihr erzählt habe, dass er da draußen steht. Sie hat gedacht, ich hätte wegen der Sache im Park schlecht geträumt, aber ich hab nicht geschlafen. Ich hab am Fenster gestanden."

„Ich glaube dir", versicherte ihm Jinx.

„Warum hat meine Mommy mir nicht geglaubt?" Er schniefte erneut.

„Das hat sie nicht böse gemeint. Vermutlich konnte sie sich einfach nicht vorstellen, dass dich jemand beobachtet. Das ist nicht normal, deshalb fällt es den Menschen schwer, so was zu glauben."

Peter schwieg so lange, dass Jinx sich schon Sorgen machte, er wäre ohnmächtig geworden. Endlich sprach er wieder. „Ich glaube, er hat mich ziemlich lange beobachtet."

„Aber du hast doch eben gesagt, dass du ihn vor dem Tag im Park nie gesehen hast."

„Hab ich auch nicht, aber ich wusste, dass er da war. Ich

konnte spüren, wie er mich anstarrt. Meine Arme haben gejuckt."

Dieses Gefühl kannte sie nur zu gut. Es hatte sie auf der Straße geschützt. Bis jetzt.

„Wie lange haben deine Arme schon gejuckt?", fragte sie.

„Keine Ahnung. Beim Schulfasching hat es angefangen. Wir haben ein Theaterstück aufgeführt und ich war ein Bär. Mit Kostüm und so."

„Das klingt cool", antwortete Jinx. Sie wettete, dass er recht hatte. Der Mann hatte ihn sich beim diesjährigen Karneval ausgeguckt. „Und an was erinnerst du dich zuletzt?"

„Meine Nanny ist heute mit mir in den Park gegangen. Da fand eine Party statt, mit Feuerwerk und so. Kein großes, ein kleines. Ein Feuerwehrmann hat erklärt, dass die großen Raketen womöglich ein Haus in Brand stecken, deshalb durften sie im Park nur die kleinen benutzen. Da kam zwar nur unterschiedlich gefärbter Rauch raus, und sie waren nicht so cool wie die großen, die man nachts abschießt, aber es war trotzdem ganz schön."

„Kannst du dich daran erinnern, dass ihr den Park verlassen habt?"

„Ich glaub schon … ich weiß nicht. Mir ist was von meinem Eis auf mein T-Shirt getropft. Ich wollte deswegen keinen Ärger kriegen, also bin ich in die Toilette, um es abzuwaschen."

„Weißt du noch, ob du die Toilette wieder verlassen hast?"

„Ich … äh. Nein."

Jinx' Herz sank. Er hatte sich von seiner Nanny wegge-schlichen, um sein T-Shirt zu säubern, und das hatte der Mann vermutlich ausgenutzt, um ihn zu entführen. Aus der Zeit mit ihrer Mutter wusste Jinx mehr über Drogen als die meisten Menschen. Peter würde sich vielleicht nie daran erinnern, was in dieser Toilette passiert war, aber Jinx war sich sicher, dass sie es genau wusste.

Der einzige Silberstreif am Horizont war, dass die Polizei nach Peter suchen würde. Ein vermisstes Kind von besorg-ten Eltern würden die Cops nicht ignorieren. Wenn der Mann irgendwelche Spuren hinterlassen hatte, würden sie die verfolgen können.

Anders als bei ihr. Nach ihr würde niemand suchen.

„Ich möchte nach Hause", sagte Peter und begann zu weinen.

„Ich weiß. Ich auch."

Shaye umklammerte ihren Kaffeebecher und machte sich auf den Weg zum Jackson Square. Es war schon ihr dritter Kaffee an diesem Morgen, und sie hoffte, dass diese neuer-liche Koffeindosis ihrem trägen Körper und ihrem müden Geist endlich den Schub verpassen würde, den beide drin-gend brauchten. Nach dem Albtraum hatte sie versucht, wieder einzuschlafen, doch ihre übereifrige Vorstellungs-kraft hatte sich nicht beschwichtigen lassen. Sie hatte es mit warmer Milch, einer Riesenportion Kohlenhydrate und sogar dem Shoppingkanal im Fernsehen probiert, aber nichts hatte ihre galoppierenden Gedanken beruhigt.

Inzwischen traten die Träume häufiger auf als zuvor. Seit dem Fall von Emma Frederick. Aber warum?

Eleonore vermutete, es lag daran, dass Emma von einem Unbekannten gestalkt worden war. Ihrer Auffassung nach hatte es das Shaye erschwert, ihre unbekannte Vergangenheit von der Gegenwart zu trennen. Shayes Unterbewusstsein verarbeitete in den Träumen, womit sich ihr Bewusstsein nicht befassen wollte, das war Eleonores Theorie. Shaye nahm an, dass das stimmen konnte. Oder die Erklärung war viel einfacher: dass Emma Fredericks Situation Erinnerungen hervorgeholt hatte, die lange verschüttet gewesen waren. Vielleicht waren die Träume keine Erfindungen ihres Unterbewusstseins, sondern das Aufblitzen ihrer eigenen, schrecklichen Vergangenheit.

Shaye hatte Eleonore diese Theorie vorgelegt, und obwohl Eleonore sich um einen undurchdringlichen Gesichtsausdruck bemüht hatte, war Shaye das Aufflackern in ihren Augen nicht entgangen. Eleonore hatte alles bereits durchanalysiert und sie wusste sehr wohl, dass diese Möglichkeit bestand. Vermutlich war sie sogar wahrscheinlicher als Eleonores Theorie. Gleichzeitig barg diese Variante weitaus größere Risiken. Falls sich Shaye tatsächlich erinnerte, würde der Mann, der ihr diese schrecklichen Dinge angetan hatte, nicht mehr länger anonym bleiben. Seine Identität könnte aufgedeckt werden, und das würde Shaye in Gefahr bringen.

Doch das war Shaye egal. Sie war immer davon ausgegangen, dass sie gefährlich lebte. Die Person, die ihr die Vergangenheit geraubt hatte, konnte hinter jeder Straßenecke darauf lauern, das zu vollenden, was sie begonnen hatte. Ihr Kampfsporttraining, die sorgfältige Wahl ihrer Wohnung, der Kauf der bestmöglichen Alarmanlage – all das waren Vorbereitungen auf den Tag, von dem sie immer sicher gewesen war, dass er einmal kommen würde. Der Tag, an dem sie ihrem Kidnapper von Angesicht zu Angesicht gegenüberstünde.

„Shaye?" Als sie Hustles Stimme hinter sich hörte, drehte sie sich um.

Er musterte sie. „Ist alles okay? Sie sehen irgendwie fertig aus."

Jemand wie Hustle würde eine Lüge auf hundert Meter Entfernung riechen, also blieb sie einfach bei der Wahrheit. „Schlimme Nacht."

Er runzelte die Stirn. „Trinken Sie?"

„Nicht viel, aber vielleicht fang ich damit an, wenn ich weiterhin Albträume habe."

Sein Blick war verständnisvoll. „Das kenn ich. Ich seh manchmal im Traum, wie dieser Mann meine Mom tötet. Ich war zwar nicht dabei, als es passiert ist, aber ich kenne die Details. Manchmal spielt sich das alles vor meinem inneren Auge ab."

„Das ist echt Kacke", sagte Shaye und fühlte sich gleichzeitig überrumpelt und geehrt, dass Hustle sich in ihrer Gegenwart wohl genug fühlte, etwas so Persönliches mit ihr zu besprechen.

Er nickte. „Wenn Sie träumen, erinnern Sie sich dann daran, was Ihnen passiert ist? Sie wissen schon … davor?"

„Ich wünschte, ich wüsste es."

„Das würde alles ziemlich erleichtern, oder?" Sie sah sein Zögern. Schließlich platzte er damit heraus: „Haben Sie manchmal das Gefühl, es wäre besser, wenn Sie es nicht wüssten?"

„Ständig."

„Ja. Nun ja, der Kaffee sollte helfen. Ich lebe schon seit ein paar Tagen von abgestandenem Kaffee und altem Brot."

Shayes Herz verkrampfte sich. Der Gedanke, dass Hustle Hunger litt, war unerträglich für sie, obwohl sie natürlich die Statistiken zu Armut und Obdachlosigkeit kannte. „Ich glaube, er wirkt schon, aber ich muss vermutlich auch noch was essen, damit ich nicht gleich wieder müde werde."

Sie zog Bargeld aus ihrer Tasche und reichte es Hustle. „Hol uns doch was zum Frühstück von dem Stand da drüben an der Ecke. Aber bring genügend mit, bitte. Wir haben einen langen Tag vor uns, und wenn wir was rausfinden, haben wir vielleicht nicht die Zeit, nachher irgendwo Pause zu machen."

Er zögerte einen Moment, nahm dann jedoch das Geld. „Was möchten Sie denn?"

„Ich nehme ein Croissant mit Schinken und Ei."

Er nickte und machte sich auf den Weg.

Sie hatte gelogen, und er hatte es durchschaut. Wenn sie allein war, hatte sie überhaupt kein Problem damit, Mahlzeiten auszulassen, aber in Hustles Gesellschaft würde sie das nicht tun. Sie wusste natürlich, dass es Hustle nicht richtig erschien, Almosen anzunehmen, noch dazu arbeitete sie ja schon kostenlos für ihn. Doch solange sie ihm weismachen konnte, dass er ihr einen Gefallen tat, wenn er mit ihr aß, würde er nichts dagegen einwenden. Mit dieser Lüge konnte sie problemlos leben; erst recht, wenn sie damit einen hungrigen Teenager satt bekam.

Sie ging zu der Ecke, wo Hustle gerade das Frühstück holte, und merkte sich die Künstler, die an allen vier Seiten des Platzes ihre Waren zum Kauf anboten. Heute war sogar noch mehr los, als sie erwartet hatte. Die laue Brise, die durch das Quarter wehte, hatte an dem heißen Tag mehr Leute als üblich herausgelockt. Es würde schwer werden, irgendetwas zu finden, was ungewöhnlich schien. Erst recht, wo so viele Dinge im French Quarter schon von Haus aus ziemlich ungewöhnlich waren. Aber sie vertraute auf Hustles Instinkte und auf ihre eigenen. Wenn irgendetwas Seltsames am Square passierte, würde es ihnen auffallen.

„Hier." Er reichte ihr das Frühstückscroissant. „Hab ich bisher noch nie gegessen. Schmecken wirklich gut", sagte er und biss ein großes Stück von seinem Schinken-Ei-Croissant ab.

„Ich liebe Croissants", gab Shaye zu. „Meine Mom bäckt manchmal selbst welche. Die schmecken sogar noch besser als die hier."

„Kann ich mir gar nicht vorstellen. Ihre Mom klingt nett."

„Das ist sie auch."

„Meine Mom hat früher immer Plätzchen gebacken. Die waren lecker. Ich hab schon lange keine mehr gegessen. Seit … Sie wissen schon."

„Vielleicht solltest du das einfach mal wieder. Mach einen besonderen Anlass draus und iss sie im Andenken an sie."

Fast hätte er gelächelt. „Das ist eine schöne Idee. Ihr hätte das bestimmt auch gefallen."

Shaye schlang den Rest ihres Frühstücks hinunter und warf das Einwickelpapier in den Müll. „Okay, das Wichtigste zuerst." Sie zog das am Vorabend gekaufte Handy aus der Tasche und reichte es ihm. „Es läuft auf meinen Vertrag. Ich brauche eine Möglichkeit, dich zu erreichen, und umgekehrt. Falls die Lage brenzlig wird. Und damit kannst du außerdem Fotos oder Notizen machen. Ich hab meine Nummer als Kurzwahl eingespeichert, damit du mich schnell erreichen kannst."

Überrascht sah er sie an. „Sie geben mir ein Smartphone?"

„Ich hab erst über Brieftauben nachgedacht, aber ich hab keine Lust, die Käfige sauber zu machen."

Seine Mundwinkel zuckten und schließlich brach das Lächeln durch, das er zurückgehalten hatte. Es war zwar nur schmal, aber es war da.

„So", fragte sie, „wo möchtest du anfangen?"

Hustle machte große Augen. „Ich? Ich bin kein Detektiv."

„Vielleicht nicht, aber du weißt, wo Jinx gearbeitet hat, und du kennst die Gegend besser als die meisten Leute, die hier rumlaufen. Vertrau einfach deinen Instinkten."

Er nickte, wirkte aber nicht überzeugt. „Jinx baut ihre Sachen normalerweise gegenüber von der Kirche auf."

„Dann wollen wir da mal nachsehen."

Sie folgten dem Gehweg entlang zur Westseite, wo die Saint Louis Cathedral eine Seite des Platzes einnahm. Die Straße vor der riesigen Kirche war für Fahrzeuge gesperrt und bot deshalb genügend Platz für die Künstler. Heute standen hier reihenweise Gemälde, Zeichnungen, Skulpturen, und es wimmelte nur so von Angeboten, den Leuten aus der Hand oder aus Tarotkarten zu lesen.

„Und was machen wir jetzt?", fragte Hustle.

„Jetzt laufen wir einfach ein wenig herum und sehen uns alles an. Sag mir Bescheid, wenn dir irgendwas auffällt." Sie blickte ihn eindringlich an. „Ich meine das ernst. Wenn dich irgendein merkwürdiges Gefühl beschleicht, dann sag es mir. Auch wenn du es nicht erklären kannst. Instinkte können Leben retten. Das weißt du. Ich möchte nicht, dass du etwas möglicherweise Wichtiges abtust, nur weil ich es nicht wahrnehme."

Er entspannte sich sichtlich. „Ja, das ergibt Sinn."

Sie gingen an den Ausstellern vorbei. Ab und an blieb Shaye stehen und betrachtete etwas, das ihr gefiel. Von einigen Leuten nahm sie Visitenkarten mit. Wenn ihr irgendwann mal Zeit dafür blieb, würde sie einige Gemälde für ihr Apartment in Auftrag geben. Sie wollte es mit den Arbeiten einheimischer Künstler dekorieren. Selbst Corrine hätte sicher nichts an dieser Idee auszusetzen.

Hustle musterte die Leute und blieb neben Shaye stehen, während sie mit ihnen sprach, doch sein Blick flog unaufhörlich die Straße entlang und zwischen den Leuten hin und her. Wenn Shaye ihn bitten würde, das, was er sah, zu zeichnen, wäre es genauso akkurat wie ein Foto, darauf würde sie wetten. Als sie an einem Tisch mit dekorativen Totenköpfen stehen blieben, versteifte sich Hustle. Langsam drehte er sich um, holte sein Handy heraus und tat so, als sähe er etwas darauf nach. Aber Shaye hörte das Klicken des Auslösers.

Sie beendete das Gespräch mit dem Künstler und verließ seinen Tisch. Hustle lief neben ihr her. „Hast du was entdeckt?", fragte sie.

„Kann sein. Keine Ahnung." Er betrat den Park und ging hinter eine Hecke, wo er ihr das Foto zeigte. „Ich hab den Mann schon mal im Quarter mit Jinx reden sehen. Ich wollte sie noch danach fragen, hab's aber vergessen. Und dann hab ich ihn am Tag von ihrem Verschwinden ein paar Blocks vom Hafen entfernt bemerkt."

Shaye betrachtete das Foto. „Der Mann in dem roten T-Shirt?"

„Nein", gab er unangenehm berührt zu. „Der andere."

Ihre Augen wurden groß. „Der Priester?"

„Ja."

„Verdammter Mist."

„Das kann man wohl sagen."

Es dauerte ein paar Sekunden, bis Shaye die vielen Gedanken verarbeitet hatte, die ihr gerade durch den Kopf schossen. „Okay, wir wollen keine voreiligen Schlüsse ziehen. Priester sollen Menschen helfen, ganz besonders Kindern, richtig? Vielleicht ist ihm aufgefallen, dass Jinx noch minderjährig ist, und er hat sich um sie gesorgt."

„Vielleicht. Aber vielleicht ist er auch einer dieser Irren, die sich hinter ihrer Religion verstecken?"

Shaye betrachtete noch einmal das Foto und schüttelte den Kopf. „Mach dir keine Sorgen. Das kriege ich raus."

„Shaye?" Beim Klang der Stimme hinter ihnen wirbelte Hustle herum.

„Jackson", begrüßte sie ihn verlegen. Sie hatte sich gefragt, wann er sie kontaktieren würde, doch auf eine zufällige Begegnung war sie nicht wirklich vorbereitet.

„Wie geht es Ihnen?", fragte er und sah hinüber zu Hustle.

„Gut. Das hier ist mein Freund Hustle", stellte sie den Jungen vor. Der hatte sich versteift.

Jackson streckte die Hand aus. „Ich bin Jackson Lamotte."

Hustle musterte Jackson unverwandt und rührte sich nicht. „Sie sind ein Cop", sagte er und ließ es eher wie eine Anschuldigung als eine Feststellung klingen.

„Er ist anders", beeilte sich Shaye zu erklären, damit Hustle nicht abhaute. „Er ist der Cop, der Ms Frederick geholfen hat."

„Stimmt das?" Hustle kniff die Augen zusammen. „Sie sind der Bulle, der den Perversen erschossen hat?"

Jackson schenkte Shaye einen Blick. Offensichtlich konnte er an ihrer Miene ablesen, dass der Junge wichtig für sie war und zu verschwinden drohte, wenn er das Falsche sagte. „Das war ich", gab er zu.

„Haben Sie Schwierigkeiten gekriegt?", fragte Hustle weiter.

„Nicht für das Erschießen des Perversen", antwortete Jackson, „aber ich hab ziemliche Probleme bekommen, weil ich Shaye geholfen habe, obwohl es mir mein Vorgesetzter verboten hatte."

„Was für ein Arsch", stellte Hustle fest.

Jackson lachte. „Stimmt."

Hustle nickte und schüttelte ihm schließlich die Hand. „Ich bin froh, dass Sie Ms Frederick gerettet haben. Sie kam mir wie eine nette Frau vor."

Jackson schien plötzlich zu verstehen. „Du bist der Skateboarder, der ihr das Tuch gebracht hat. Dann muss ich mich bei dir bedanken, dass du Shaye mit dem Fall geholfen hast."

Hustle zuckte mit den Schultern. „Eigentlich hab ich nichts getan."

„Du hast ihr wichtige Informationen geliefert", widersprach Jackson. „Eine Menge Leute hätten sich geweigert, mitzuhelfen."

„Wie gesagt, Ms Frederick schien nett zu sein."

Da Shaye auffiel, dass Hustle sich mit den Komplimenten unwohl fühlte, wechselte sie das Thema. „Was führt Sie eigentlich in dieses Viertel? Wollen Sie einen Feiertagsspaziergang machen und sich die Kunsthandwerksstände ansehen?"

Jackson runzelte die Stirn. „Ich wünschte, es wäre so. Leider bin ich dienstlich hier." Er sah Hustle an. „Vielleicht kannst du mir helfen."

Hustle hob abwehrend die Hände und machte einen Schritt nach hinten. „Ich weiß gar nichts, schon gar nichts über irgendwelche kriminellen Sachen."

„Nein, so was meine ich nicht", erklärte Jackson. „Ein Fischer hat gestern einen Jungen aus dem See gezogen."

„Wie schrecklich", sagte Shaye. „Und Sie glauben, dass Hustle ihn womöglich identifizieren kann?"

Jackson schüttelte den Kopf. „Wir konnten seine Fingerabdrücke zuordnen. Ich hab heute Morgen mit seinen Eltern gesprochen, aber die haben ihn nicht mehr gesehen, seit er vor einem halben Jahr von zu Hause ausgerissen ist."

„Er hat auf der Straße gelebt?", fragte Hustle.

„Scheint so, ja", bestätigte Jackson. „Und das ist das Problem. Da wir nicht wissen, wo er sich aufgehalten hat, haben wir keinen Ort, an dem wir unsere Ermittlung beginnen können. Ich bin heute hergekommen, weil ich sehen wollte, ob ich ein paar Jugendliche finde, die ihn gekannt haben und bereit sind, mit mir zu reden."

Hustle blickte hinüber zu Shaye. Unsicherheit war ihm deutlich ins Gesicht geschrieben. Sie nickte ihm aufmunternd zu und er wandte sich wieder an Jackson. „Haben Sie ein Foto oder so?"

„Ja. Sein Name war Josh Thibodeaux." Er griff in seine hintere Gesäßtasche.

„Ich kenne niemanden, der so heißt", sagte Hustle, „aber auf der Straße benutzen die wenigsten ihre richtigen Namen."

Jackson reichte Hustle den Ausdruck. Der studierte ihn genau. „Er sieht aus wie Joker. Joker kommt zwar taffer rüber, aber wenn man bei dem hier die Haare wachsen lässt und sich eine Narbe über dem rechten Auge dazudenkt, dann wäre er es."

Jackson wirkte aufgeregt. „Der Junge hatte eine Narbe über dem rechten Auge. Ich hab sie selbst gesehen."

Hustle nickte. „Jemand hat mir erzählt, dass sein Stiefvater ihn geschlagen hat. Dabei ist die Stirn aufgeplatzt."

„Das erklärt eine Menge", sagte Jackson offenkundig angewidert.

„Was meinen Sie damit?", fragte Shaye.

„Sagen wir mal so, seine Eltern haben nicht unbedingt reagiert, wie man es von Eltern erwartet, wenn sie erfahren, dass ihr Kind tot ist. Vincent hat es dem Schock zugeschrieben, aber ich hatte da so meine Zweifel. Ich wusste, dass da noch etwas anderes dahintersteckt. Ich konnte es nur nicht genau benennen."

„Ist er ertrunken?", fragte Hustle.

Jackson sah hinüber zu Shaye und schüttelte den Kopf. „Er wurde erschossen. Wir halten es nicht für einen Unfall."

Hustle riss die Augen auf. „Sprechen Sie hier von Mord? Joker wurde ermordet?"

„Das glauben wir, ja. Kannst du mir irgendwas über ihn erzählen? Wie er sein Geld verdient hat, wo hat er abgegangen und mit wem?"

„Oh Mann, ermordet ... Ich kannte ihn nicht wirklich gut, aber ich glaube, er war in Tremé unterwegs. Er war ein erstklassiger Kartenspieler. Dort sind immer ein paar Musiker, die regelmäßig Pokerrunden veranstalten."

„Du hast nie mit ihm geredet?", fragte Jackson.

Hustle schüttelte den Kopf. „Ich hab ihn nur einmal gesehen. Meine Freundin hat sich ein paarmal mit ihm unterhalten. Sie hat mir von ihm erzählt."

Jackson horchte auf. „Glaubst du, deine Freundin würde mit mir sprechen?"

Hustles Miene verdüsterte sich. „Wahrscheinlich, aber sie ist gerade nicht da."

Shayes Instinkte schlugen Alarm. „Jinx kannte Joker?", hakte sie nach.

„Wer ist Jinx?", wollte Jackson wissen.

Shaye musterte Hustle forschend. Sie wollte sein Vertrauen nicht missbrauchen, aber Jacksons Fall hatte ihre

Aufmerksamkeit erregt. „Ist es okay, wenn ich es ihm erzähle?", fragte sie.

Hustle sah von Jackson zu Shaye. „Ich glaub schon."

Shaye berichtete Jackson von der vermissten Jinx. Er hörte ihr aufmerksam zu und sah zwischendurch immer mal wieder hinüber zu Hustle. Als sie mit ihrem Bericht fertig war, stieß er den Atem aus.

„Das gefällt mir nicht", bekannte er.

„Sie glauben, die Fälle hängen irgendwie zusammen?", fragte Shaye.

„Sie nicht?", erwiderte Jackson.

„Shit … doch."

Hustle starrte sie an. „Sie glauben, dass derselbe Typ, der Joker ermordet hat, auch Jinx gefangen hält? Warum?"

„Nenn es ein Gefühl, Intuition, Instinkt", erklärte Jackson, „aber ich wette, wir haben recht."

Hustle nickte. „Okay, ich weiß, was Sie meinen. Ohne Instinkte bringt man es auf der Straße nicht besonders weit. Shaye hat gute Instinkte."

„Ja, das stimmt", bestätigte Jackson.

„Also, wie machen wir jetzt weiter?", fragte Shaye.

„Ich bearbeite weiter meinen Mordfall. Mit einer identifizierten Leiche und Eltern im Hintergrund, egal, wie desinteressiert sie auch sind, wird in der Sache so lange ermittelt, bis der Chief beschließt, die Akte zu den ungeklärten Fällen zu legen."

„Aber wegen Jinx können Sie gar nichts tun?", hakte Hustle nach.

Jackson schüttelte bedauernd den Kopf. „Nein. Offiziell

nicht. Aber wenn Corrine ihre Identität herausfindet, kann ich versuchen, es meinem Chef als Fall zu präsentieren."

„Sie haben gesagt, offiziell nicht", wiederholte Hustle. „Wie sieht es denn inoffiziell aus?"

„Inoffiziell", sagte Jackson zu Shaye, „sehen Sie sich weiter mit Hustle auf der Straße um. Geben Sie mir Bescheid, wenn Sie eine Spur finden. Oder wenn Ihnen jemand begegnet, der Ihnen merkwürdig vorkommt. Ich kann alles durch unsere Datenbank laufen lassen und Ihnen sagen, ob wir zu der Person was in den Akten haben."

„Und wie viel Schwierigkeiten werden Sie dafür kriegen, wenn Vincent Sie erwischt?", fragte Shaye.

„Eine Menge", gab Jackson zu, „aber da Vincent faul ist, kann ich immer noch behaupten, dass ich Hinweisen nachgehe, die mir die Jugendlichen auf der Straße gegeben haben. Es ist ja nicht so, als ob er seinen Stuhl verlässt und selbst mit ihnen redet, also wird er nie erfahren, ob es stimmt."

Shaye runzelte die Stirn. „Seien Sie vorsichtig. Ich möchte nicht, dass Sie Ihren Job verlieren. Wir brauchen mehr Leute wie Sie bei der Polizei, nicht weniger."

Jackson wurde rot. „Vincent erwischt mich nicht. Da passe ich schon auf."

Einige Sekunden lang sahen sie sich an, dann lächelte Shaye. „Ich schätze, wir machen uns wohl besser wieder an die Arbeit. Ich sag Ihnen Bescheid, falls Corrine irgendwas herausfindet. Oder Hustle und ich."

Jackson nickte. „Und obwohl sich das eigentlich von selbst versteht, seien Sie bitte auch vorsichtig. Es gibt

Schlimmeres als Vincent." Er wandte sich an Hustle. „Hat mich gefreut, dich kennenzulernen."

„Gleichfalls", entgegnete Hustle. Jackson verabschiedete sich und ging.

Hustle sah ihm hinterher. „Ist das Ihr Freund?"

„Was? Nein!"

Hustle zog die Brauen hoch. „Sie protestieren aber ein bisschen zu sehr."

„Überhaupt nicht! Ich will nur vermeiden, dass es hier ein Missverständnis gibt."

Hustle grinste. „Wenn das Missverständnis sein soll, dass der Typ auf Sie steht, dann werden es wohl alle Menschen missverstehen, die Sie zusammen sehen."

Shaye starrte Hustle bestürzt an. „Du bist schon genauso schlimm wie meine Mutter. Warum wollt ihr mich bloß alle verkuppeln?"

Hustle hielt abwehrend die Hände hoch. „Ich verkupple hier gar niemanden. Ich hab nur gesagt, was ich beobachtet habe."

Shaye schnaubte. „Du glaubst, er steht auf mich?"

Hustle nickte. „Total. Und ich kann es verstehen. Sie sind cool und clever und eine echte Schnitte. So was findet man nicht allzu häufig."

„Eine echte Schnitte?" Shaye konnte sich ein Lächeln nicht länger verkneifen.

Hustle zuckte mit den Schultern und wirkte ein wenig peinlich berührt.

„Na, dann wollen wir mal sehen, ob das reicht, um ein paar Informationen über Jinx rauszukriegen."

„Was wollen wir jetzt machen?", fragte Hustle, der über den Themenwechsel erleichtert schien.

„Lass uns noch ein paar Stunden hier am Square rumlaufen. Vielleicht erregt noch irgendetwas anderes deine Aufmerksamkeit. Und dann zeigst du mir, wo sie übernachtet hat."

Kapitel 5

Jinx schrak hoch, als die Kellertür geöffnet wurde, und duckte sich in die hinterste Ecke ihres Käfigs. Oben auf der Treppe tauchten die Beine des maskierten Mannes auf.

„Ist das der böse Mann mit der Maske?", flüsterte Peter.

„Ja. Versteck dich in der Ecke und sei still", wisperte sie zurück, auch wenn sie nicht daran glaubte, dass Verstecken oder Schweigen irgendetwas an ihrer Situation verbessern würde. Die Stimme des Mannes war ihr unheimlich. Es kam ihr so vor, als ob sie seine gesamte Grausamkeit widerspiegelte.

Die Maske erschien und der Mann betrat den Keller. Als sie seine leeren Hände entdeckte, atmete Jinx auf. Keine weiteren Gefangenen. Vorerst.

Am Fuß der Treppe blieb er stehen und drehte sich um. Ein zweites Paar Beine stieg die Stufen herunter. Dieses steckte in einer schwarzen Hose. Jinx verengte die Augen, um den anderen Mann möglichst gut erkennen zu können. Er war genauso groß wie der erste, aber dünner, obwohl beide muskulös gebaut waren. Zu der schwarzen Hose trug er ein langärmeliges schwarzes Shirt. Auch sein Gesicht war von einer Maske verdeckt.

Schwarzhose trat an ihren Käfig heran, beugte sich vor und spähte hinein. Jinx schlang die Arme um die Beine, als seine braunen Augen sie musterten wie eine Ratte im Laborkäfig.

Dann ging er weiter zu dem anderen Gefängnis. Peter steckte den Kopf zwischen die Beine und bedeckte ihn mit seinen Armen.

„Verdammt!" Schwarzhose richtete sich auf und wirbelte zu dem anderen Mann herum. „Das ist nicht der Junge, den ich ausgesucht habe!"

„Ich weiß", sagte der andere, „aber der Kunde wollte diesen hier. Er hat das Doppelte gezahlt."

„Und wenn er das Fünffache bezahlt hätte – wenn wir deswegen geschnappt werden, rettet uns das auch nicht mehr."

„Niemand hat irgendwas gesehen. Wir waren vorsichtig."

„Genauso vorsichtig wie beim Letzten?"

„Wir haben die normale Dosis verwendet. Woher sollte ich denn wissen, dass er mehr braucht? Bei der zweiten ist er doch ohnmächtig geworden."

„Und jetzt ist er seit anderthalb Tagen bewusstlos. Wir können ihn nicht länger im Haus behalten. Das ist zu riskant. Wenn er bis zur Lieferung am Montag nicht wieder bei sich ist, musst du ihn loswerden."

„Soll ich den hier auch loswerden?"

Schwarzhose sah Peter an und fluchte erneut. „Und auf das Geld verzichten? Nein, aber er muss weg. Er hat zu viel gesehen. Schreib ihn für Dienstagnacht auf den Auslieferungsplan. Ich will, dass er so bald wie möglich von hier verschwindet."

„Ich weiß aber nicht, ob der Kunde bis Dienstag schon fertig ist."

„Ihm bleibt keine Wahl." Schwarzhose trat direkt vor den

anderen Mann. „Wenn so etwas noch einmal passiert, war es deine letzte Dummheit."

Der erste Mann war größer, und Jinx war sich sicher, dass er Schwarzhose bei einem Kampf besiegt hätte, aber anscheinend war Schwarzhose der Chef, denn der andere nickte nur, dann gingen die beiden nach oben und schlugen die Kellertür hinter sich zu.

„Jinx." Peters Stimme drang durch die pechschwarze Dunkelheit. „Was meinen die denn mit Kunden?"

„Keine Ahnung", erwiderte Jinx, doch ihr Kopf füllte sich mit Antworten, über die sie lieber nicht nachdenken wollte. Antworten, die damit begannen, dass jemand Geld für die Entführung eines zehnjährigen Jungen bezahlte.

Nachdem sie noch einige Stunden lang über den heißen Square marschiert waren, aber nichts mehr entdeckt hatten, verließen Shaye und Hustle schließlich das French Quarter, um Jinx' Nachtlager zu untersuchen. Hustle hatte zwar mit einigen Jugendlichen gesprochen, doch seit Tagen hatte niemand Jinx gesehen. Keiner hatte eine Ahnung, wo sie sein könnte oder warum sie verschwunden war. Daher hatte Shaye beschlossen, sich der nächsten Phase der Ermittlung zuzuwenden.

Jinx' Schlafplatz befand sich im hinteren Apartment eines verlassenen Gebäudes im Upper Ninth Ward. Die Gegend war durch den Hurrikan Katrina schwer beschädigt worden und die meisten Gebäude im Viertel waren baufällig. Pro

Block sah Shaye ungefähr ein bewohntes Haus, aber keins davon wirkte wirklich sicher. In Jinx' Wohnblock gab es jedoch nur leer stehende Geschäfte und Wohnungen, keine Menschenseele war zu sehen.

Shaye blickte die Straße entlang und wurde von einem Gefühl der Hilflosigkeit überrollt. Anders als die meisten Menschen, die nur die verfallenden Gebäude und müllbedeckten Straßen wahrnahmen, sah sie in den Trümmern das ehemalige Zuhause vieler Menschen. Einen Ort, wo sie abends geschlafen hatten. Wo sie im Tante-Emma-Laden Milch gekauft hatten. Jetzt handelte es sich praktisch um eine Geisterstadt. Ein Ort, an dem man sich leicht unsichtbar machen konnte. Leider war es auch der ideale Ort für Vorhaben, bei denen man keine Zeugen wünschte.

„Hier lang", sagte Hustle, schaltete seine Taschenlampe ein und führte sie in den hinteren Teil des Gebäudes. Am Ende des Flurs blieb er stehen, schob ein Stück Sperrholz zur Seite und öffnete die Tür.

Shaye betrat das Zimmer und leuchtete es mit ihrer Taschenlampe aus. Früher war es mal eine Einraumwohnung gewesen. Etwa fünfzig Quadratmeter groß, obwohl sie ihr viel kleiner vorkam. Die Fenster waren von außen mit Brettern verbarrikadiert worden, doch irgendjemand – vielleicht Jinx – hatte im Inneren schwarze Laken darübergenagelt. Vermutlich, damit das Licht aus dem Inneren nicht durch die Ritzen nach draußen drang. Licht in einem verlassenen Gebäude wäre ein untrügliches Zeichen dafür, dass sich jemand darin aufhielt.

In einer Ecke lag eine alte Matratze mit einem Stapel Decken. Daneben stand eine Holzkiste mit Kleidungsstücken. An einem Nagel an der Wand hing eine Jacke. In einer Kühlbox fanden sie ein paar Scheiben Brot und ein Glas Erdnussbutter. Shaye zog eine Plastiktüte hervor und holte das Glas aus der Kühlbox.

„Können Sie davon Fingerabdrücke nehmen?", fragte Hustle.

„Ja, aber die Frage ist, wie viele. Ich wette, das haben mindestens zehn Leute angefasst. Wenn Jackson mehrere Fingerabdrücke in der Datenbank überprüft, fällt das bestimmt auf. Und dann muss er den Grund erklären."

Sie verschwieg, dass ihnen Fingerabdrücke nichts nützen würden, solange nicht jemand Jinx als vermisst gemeldet hatte. Und dass niemand eine Vermisstenmeldung aufgegeben hatte, war für sie und Hustle ohnehin schon klar. Für Shaye hatte damals auch niemand eine Vermisstenmeldung aufgegeben. So was war keine Seltenheit. Viele der Obdachlosen wurden von niemandem vermisst.

Shaye leuchtete die Tür an. Dort befand sich ein neues Bolzenschloss. Es gab keinen weiteren Eingang zu dem Apartment.

„Von hier wurde sie nicht entführt", stellte sie fest. „Dieses Schloss ist sicher, es gibt keine andere Zutrittsmöglichkeit, und ich sehe keine Anzeichen für einen Kampf."

Hustle nickte. „Jinx hätte sich ganz sicher nicht kampflos ergeben."

Shaye überprüfte die Schränke in der Küche, doch die waren alle leer. Auch in der Holzkiste fand sie nichts weiter als ein paar verschlissene T-Shirts und abgetragene Jeans. Falls

Jinx hier irgendwo einen Hinweis auf ihr früheres Leben aufbewahrte, dann hatte sie ihn gut versteckt.

Sie wollte schon gehen, aber dann drehte sie sich, einer Eingebung folgend, noch einmal um, hob die Matratze an und blickte darunter. Direkt am Rand lag ein dunkles, rechteckiges Objekt. „Was ist das?", fragte sie und deutete mit der freien Hand darauf.

Hustle ging auf alle viere und griff danach. Shaye ließ die Matratze fallen und betrachtete das Buch in seiner Hand.

Die Bibel.

Sie sah dem besorgten Hustle ins Gesicht. „Höchste Zeit, dass ich mich mal mit diesem Priester unterhalte."

Pater Michael.

Es dauerte ein wenig, bis Shaye über die Bildersuche auf ihrem iPad die Kirche gefunden hatte, in der der Priester arbeitete, den Hustle erkannt hatte. Es handelte sich um eine kleinere Kirche in Bywater, in der zwei Priester tätig waren. Shaye sprach mit einer gelangweilt klingenden Frau, die sie darüber informierte, dass Pater Michael heute mit seiner Straßenmission beschäftigt war und für ein Gespräch nicht zur Verfügung stand, am Folgetag aber morgens einen Gottesdienst abhalten würde.

Als Shaye vorgeschlagen hatte, die Suche für den Tag abzubrechen, war Hustle enttäuscht gewesen. Sie hatte ihm jedoch versichert, dass sie am nächsten Morgen mit dem Priester reden und ihm anschließend berichten würde, was sie herausgefunden hatte. Sie ließ sich von ihm versprechen, dass er vorsichtig sein und sie sofort anrufen würde, wenn er etwas Ungewöhnliches bemerkte.

Sie fuhr gerade aus Bywater heraus, als ihr Handy klingelte. Ihre Mutter. Da sie hoffte, dass Corrine etwas über Jinx erfahren hatte, ging sie ran.

„Ich bin so froh, dass ich dich erwische", begann Corrine.

„Was ist denn los?", erkundigte sich Shaye. Der Tonfall ihrer Mutter war irgendwo zwischen leicht panisch und deutlich genervt angesiedelt. Das war kein gutes Zeichen.

„Ich brauche eine Begleitung für diese Wohltätigkeitsveranstaltung heute Abend. Die Freedom Auction."

Shaye zog sich der Magen zusammen. „Nein! Auf keinen Fall! Was ist denn mit deinem schwulen Künstlerfreund? Der lebt doch für solche Veranstaltungen!"

„Der hat ein besseres Angebot bekommen."

„Lieferpizza und Wiederholungen von *Akte X*?"

„Nein. Einen begabten Masseur namens Frank. Da ich weder über die beruflichen Qualifikationen noch über die erforderlichen Körperteile verfüge, um da mitzuhalten, bin ich auf mich allein gestellt."

„Und kann es nicht einfach so bleiben?"

„Shaye Archer! Schlägst du wirklich vor, dass ich mich allein durch diesen Dschungel der Belanglosigkeiten kämpfe?"

„Vielleicht?"

Corrine seufzte. „Ich weiß, dass schon allein der Gedanke an so eine Veranstaltung auf dich denselben Effekt hat wie das Kratzen eines Fingernagels über eine Tafel, und ich selbst würde mich viel lieber einer Wurzelbehandlung beim

Zahnarzt unterziehen, aber ich brauche jemanden dabei, der mich entschuldigen kann, wenn ich es nicht länger aushalte und mich verdrücken muss. Du weißt doch, wie diese Leute sind."

Schuldgefühle durchzuckten Shaye. Ihre Mutter war nach dem Überfall noch immer nicht zu einhundert Prozent fit, und die Veranstaltung würde anstrengend werden. Wenn Shaye dabei war und darauf bestand, dass ihre Mutter frühzeitig ging, um sich auszuruhen, dann würden die Wohltätigkeitshühner darüber reden, was für eine liebevolle Tochter Shaye war und wie gut sie sich um ihre Mutter kümmerte. Wenn Corrine eigenmächtig früher ging, würden sie sich das Maul darüber zerreißen, dass sie ihnen aus dem Weg zu gehen versuchte und ihre Pflichten vernachlässigte.

Die Wohltätigkeitsweiber waren echt von der schlimmsten Sorte.

„Um wie viel Uhr?", fragte Shaye.

„Um sechs fängt es an."

Shaye sah auf ihre Armbanduhr. „Es ist schon fast fünf. Ich bin noch unterwegs, und ich muss duschen und mir was angemessen Fürchterliches anziehen. Können wir uns dort treffen?"

„Versprichst du mir, dass du auch wirklich auftauchst?"

„Sofern ich nicht sterbe oder auf dem Weg dorthin einen schrecklichen Unfall habe." Die Hoffnung starb schließlich zuletzt.

„Wenn du eins davon mit Absicht herbeiführst, ist das total unfair."

„Du kennst mich zu gut. Bitte sag mir, dass mein schwarzes Cocktailkleid ausreicht. Ich glaube, das ist das einzige Kleid, das ich bei meinem Umzug eingepackt habe."

„Das reicht völlig. Du weißt aber, dass wir gerne mal einkaufen gehen und dir noch ein paar andere Sachen für solche Veranstaltungen besorgen könnten."

„Ha! Dann würdest du ja erwarten, dass ich die anziehe und mitgehe. Nein danke. Wir sehen uns um sechs." Shaye beendete den Anruf, ehe Corrine womöglich noch etwas anderes einfiel, was Shaye tun „musste". Corrine hatte immer mal wieder diese mütterlichen Anwandlungen – sie wollte, dass Shaye einen Mann fand und sich häuslich niederließ, ihre gefährliche Arbeit aufgab, wieder bei ihr zu Hause einzog. Die Liste war lang, doch Shaye hatte nicht die geringste Absicht, ihrer Mutter beim Abhaken zu helfen.

Sie fuhr nach Hause, duschte schnell, steckte sich die Haare hoch und trug ein bisschen Make-up auf. Das schwarze Kleid bestand aus reiner Seide, nichts Glitzerndes, also legte sie noch ein Paar schwingender Diamantohrringe an und eine passende Kette um. Ohrringe und Kette hatten ihrer Großmutter gehört, und obwohl Shaye sie leider nicht kennengelernt hatte, wusste sie genug aus Corrines Geschichten, um sich sicher zu sein, dass sie die alte Dame geliebt hätte. Als Shaye ihr Spiegelbild erblickte, lächelte sie. Sie verströmte lässige Eleganz. Kein Glitzern und Funkeln. Sie strahlte schlicht Klasse aus.

Sie warf ihren Führerschein, ihre Kreditkarte und Lippenstift in eine schwarze Abendhandtasche und machte sich auf den Weg. Fünf Minuten vor sechs. Sie würde zu spät kommen, aber hoffentlich nur wenige Minuten. Shaye fuhr zu dem Hotel, wo die Veranstaltung stattfand, und machte sich auf den Weg zum Großen Ballsaal. Sie hatte den Raum kaum betreten, als Corrine auch schon auf sie zueilte.

Und sie war nicht allein.

„Shaye." Derrick Oliver schenkte ihr sein Millionen-Dollar-Lächeln und beugte sich vor, um ihr einen Kuss auf die Wange zu geben. „Ich hab dich ja schon seit Ewigkeiten nicht mehr gesehen."

„Das stimmt", antwortete sie, und wenn es nach ihr gegangen wäre, hätte es auch bis in alle Ewigkeit so bleiben können.

Sie sah hinüber zu ihrer Mutter, die ihr ein aufmunterndes Lächeln zuwarf, und unterdrückte ein Stöhnen. Konnte Corrine denn wirklich nicht erkennen, wie schrecklich Derrick war? Seine übertrieben weißen Zähne. Die künstlich blauen Augen, und dabei brauchte er nicht mal Kontaktlinsen. Das perfekt geschnittene Haar. Die Bräune aus der Flasche. Die protzige und lächerlich teure Armbanduhr, für den Fall, dass jemand nicht sofort erkannte, dass er zu *den* Olivers gehörte.

Derrick hielt einen Moment inne und wartete ganz offensichtlich darauf, dass sie ihn nach seiner Kanzlei und seiner Bewerbung für das Parlament des Bundesstaates fragte. Als jedoch nichts dergleichen von ihr kam, versuchte er es mit einer anderen Taktik. „Wie ich von deiner Mutter erfahren habe, hast du deine eigene Detektei eröffnet."

„Ja." Sie lächelte. Einsilbige Antworten irritierten Menschen wie Derrick. Sie gaben ihnen keine Möglichkeit, das Gespräch wieder auf sich zu bringen.

„Und wie gefällt es dir?", fragte er weiter und ignorierte ihren Abblockversuch.

„Bei meinem ersten Fall hatte ich es mit einem Stalker zu tun, der mindestens vier Menschen umgebracht hat. Das sind die, von denen wir wissen. Die Polizei überprüft immer noch seine Vergangenheit. Vermutlich kommen da noch weitere Opfer ans Licht."

Corrine verschluckte sich an ihrem Drink, und Shaye klopfte ihr auf den Rücken. Das Lächeln verschwand aus Derricks Gesicht, und er verzog die Nase, als hätte er etwas Schlechtes gerochen.

„Also, es war schön, dich mal wiederzusehen", sagte er. „Ich sehe gerade, dass mein Vater mich herüberwinkt. Wir sehen uns sicher später noch." Er nickte ihnen beiden zu und machte sich davon, aber nicht in die Richtung, wo sein Vater stand. Shaye schaffte es gerade noch, ihr Lachen zurückzuhalten, bis er außer Hörweite war, doch dann platzte sie damit heraus.

Corrine runzelte die Stirn. „Musstest du so unhöflich sein?"

„Ja. Sonst wird man Derrick-ich-gehöre-zu-*den*-Olivers nicht los. Und bitte mich nicht, mich zu entschuldigen, weder bei dir noch bei ihm. Das geschieht dir recht dafür, dass du ihn mir präsentiert hast wie eine Kupplerin."

Corrine riss die Augen auf. „Ich hab nicht …"

Shaye hob eine Hand. „Leugne es gar nicht erst. Wir kennen beide dein Motiv. Ich versteh ja deine Beweggründe, aber deine Männerwahl lässt eindeutig zu wünschen übrig. Das macht mir regelrecht Angst."

Corrine schniefte. „Okay, vielleicht ist er wirklich etwas langweilig."

„Und ein riesiger Snob. Ein elitärer Snob. Er ist die Verkörperung von allem, was du an der feinen Gesellschaft von New Orleans angeblich hasst."

Corrine seufzte. „Na schön. Ich werde nicht mehr versuchen, dich mit jemandem zu verkuppeln."

„Niemals mehr?"

„Versprechen kann ich das nur für heute Abend. Für alles Weitere darüber hinaus reicht meine Willensstärke nicht." Corrine sah an Shaye vorbei und stöhnte. „Margaret Babin kommt herüber zu uns."

Margaret war die absolut geistlose und anmaßende Tochter eines der reichsten Männer im Bundesstaat. Sie fungierte als Vorsitzende bei jedem Komitee, das sie aufnahm. Den meisten blieb gar keine andere Wahl.

„Ich glaube, jetzt ist der richtige Zeitpunkt, mir was zu essen und zu trinken zu holen", sagte Shaye und flüchtete, bevor Corrine sie zurückhalten konnte.

Sie eilte quer durch den Raum und holte sich ein Glas Champagner, dann nahm sie sich einen Teller mit Cocktailshrimps und zwei Plätzchen und stellte sich in eine Ecke, wo niemand sie belästigen konnte, ohne dass sie ihn vorher schon von Weitem sah. Die üblichen großen Geldgeber wanderten im Raum umher, lobten sich gegenseitig für ihr Aussehen, fragten nach den Kindern oder den neuen Ferienhäusern und versuchten, einander zu toppen.

Shaye bemühte sich nach Leibeskräften, im Schatten zu bleiben, und hoffte inständig, dass niemand sie bemerken würde und mit ihr reden wollte. Sobald die Stille Auktion begann, konnten sie und Corrine ihre Gebote abgeben, und dann würde Shaye darauf bestehen, dass ihre Mutter nach Hause ging und sich ausruhte. Damit wäre die ganze Strapaze vorbei. Sie sah hinüber zum Eingang und beobachtete die Neuankömmlinge. Als Jackson Lamotte plötzlich den Raum betrat, musste sie zweimal hinschauen.

In seinem schwarzen Anzug sah er umwerfend aus. Er wirkte ein bisschen wie James Bond, ein bisschen wie ein Schuljunge. Stirnrunzelnd blickte er sich um. Ganz offensichtlich fühlte er sich fehl am Platze. Shaye fragte sich, was er hier tat. Sie glaubte nicht, dass er sich freiwillig für solche Veranstaltungen interessierte. Einen Moment lang überlegte sie, ob er vielleicht mit jemandem verabredet war, doch als sein Blick auf sie fiel, kam er lächelnd auf sie zu.

„Gott sei Dank hab ich jemanden gefunden, den ich kenne", sagte er und stellte sich neben sie.

Shaye erwiderte sein Lächeln. „Was? Entspricht das hier etwa nicht Ihrer Vorstellung von Spaß?"

„Um Gottes willen! Ich hab im Revier den Kürzeren gezogen und bin jetzt hier, um die Polizei von New Orleans zu repräsentieren."

„Das tut mir leid. Dass Sie es tagsüber mit Vincent aushalten und dann abends auch noch hierher kommen müssen, ist alles andere als fair."

Er nickte. „Ich frag mich auch dauernd, was ich wohl verbrochen habe. Bestimmt hat das irgendwas mit schlechtem

Karma zu tun, aber ich hab nicht die geringste Ahnung, was die Ursache sein könnte. Was ist mit Ihnen? Hat Ihre Mutter Sie dazu verpflichtet?"

„Woher wissen Sie das?"

„Ich bin ein Detective."

Shaye lachte, wurde dann jedoch ernst. „Sind Sie mit Ihrem Fall weitergekommen?"

„Nein. Ich hab noch mal mit den Eltern gesprochen, aber die waren keine Hilfe. Ich hab in Tremé mal die Fühler ausgestreckt. Hoffentlich führt das zu einer Spur, der ich in den nächsten Tagen nachgehen kann. Was ist mit Ihnen?"

„Auf dem Square haben wir nichts herausgefunden, und keiner von den Jugendlichen, mit denen Hustle gesprochen hat, hat Joker oder Jinx gesehen. Jinx wurde nicht aus dem Apartment entführt, in dem sie übernachtet hat. Da gab es keine Anzeichen für ein gewaltsames Eindringen. Keine Anzeichen eines Kampfes. Aber eins war komisch."

„Und was war das?"

„Da lag eine Bibel."

„Das klingt nicht unbedingt nach einer heißen Spur. Wenn es sich hier um eine Entrückung und Himmelsauffahrt im Sinne des Alten Testaments handeln würde, wären sicher noch weitere Leute verschwunden. Andererseits, möglicherweise auch nicht."

„Ha. Vielleicht sind die Straßenkinder dafür nicht die richtige Zielgruppe."

„Welche Bedeutung hat also die Bibel?"

„Hustle hat mir heute auf dem Square einen Priester gezeigt. Er sagt, der verbringt viel Zeit mit den Straßenkindern." Sie zuckte mit den Schultern. „Womöglich hat die Bibel ja nichts zu bedeuten, aber ich werde ihn morgen nach dem Gottesdienst aufsuchen und ihm ein paar Fragen stellen."

„Schicken Sie mir seinen Namen und alles andere, was Sie über ihn wissen, dann kann ich ihn überprüfen."

„Ich will nicht, dass Vincent Sie dabei erwischt."

„Wobei? Ich kann genau dasselbe behaupten wie Sie – jemand hat mir erzählt, dass der Priester viel Zeit mit den Straßenkindern verbringt. Deshalb wollte ich ihn erst mal vorsorglich überprüfen, ehe ich ihn befrage."

„Okay. Danke. Ich weiß das zu schätzen."

Er lächelte und sie erwiderte sein Lächeln. Dann folgte ein unbehagliches Schweigen. Shaye wollte gerade eine Diskussion über das Wetter oder etwas anderes Banales beginnen, als Eleonore zu ihnen trat.

Sie musterte Shaye von oben bis unten, neigte dann den Kopf zurück und rümpfte die Nase. „Sie sehen entzückend aus, Ms Archer. Ist das Valentino aus der letztjährigen Kollektion?"

„Nein, es ist aus der Macy's-Kollektion von diesem Jahr. Und Sie sehen genauso gut aus wie immer, Ms Blanchet. Waren Sie beim Schönheitschirurgen?"

Jackson sah zwischen ihnen hin und her und versuchte sich ganz offensichtlich zu entscheiden, ob er etwas sagen oder einfach flüchten sollte.

Bevor er einen Entschluss fassen konnte, wandte ihm Eleonore ihre Aufmerksamkeit zu. Sie betrachtete ihn einige Sekunden lang und runzelte dann die Stirn. „Und wen haben wir hier?"

Shaye deutete auf ihn. „Das ist der flotte Detective Lamotte."

Jackson erstarrte und fühlte sich so offensichtlich unwohl, dass Shaye beschloss, ihn zu erlösen. Sie kicherte und Eleonore legte ihr lachend eine Hand auf die Schulter.

„Das war köstlich", schwärmte Eleonore. „Aus der Macy's-Kollektion."

„Tut mir leid, Jackson", erklärte Shaye. „Das ist so eine Art Ritual von uns, wenn wir zu diesen Veranstaltungen gezwungen werden. Wir begrüßen uns und machen uns über die Scheinheiligkeit der Anwesenden lustig."

Jacksons Miene wandelte sich von verwirrt und leicht bestürzt zu erleichtert. „Einen Moment lang hatte ich schon Angst, ich hätte die Twilight Zone betreten."

„Oh, das haben Sie auch", versicherte ihm Eleonore. „Die meisten Leute hier sind nicht wirklich Menschen. Das wüsste ich. Hat Corrine schon versucht, dir diesen Blödmann Derrick auf den Leib zu hetzen?"

„Du hast davon gewusst?" Shaye warf Eleonore einen bösen Blick zu, doch die hob abwehrend die Hände.

„Sie hat mir erst hier davon erzählt. Ich hab ihr gleich gesagt, dass ich das für eine ganz schlechte Idee halte."

„Die schlechteste Idee aller Zeiten. Wie kommt sie bloß auf den Gedanken, sie hätte Ahnung von Männern?"

„Von mir hat sie das nicht, und hier findet sich ganz bestimmt kein Mann, der auch nur annähernd infrage käme, wenn ich auf der Suche wäre." Eleonore warf Jackson einen Blick zu und lächelte. „Anwesende natürlich ausgenommen. Ich warte nur auf den Beginn der Stillen Auktion, damit ich eine lächerlich hohe Summe auf irgendeinen Blödsinn bieten kann, der danach geradewegs an die Wohlfahrt geht, und dann kann ich endlich von hier verschwinden."

Jackson lachte. „Ich bin so froh, dass ich nicht der Einzige bin, der die Veranstaltung schrecklich findet."

„Also bitte", sagte Eleonore, „man braucht entweder eine halbe Flasche Whiskey oder eine Gehirnwäsche, um diesen Abend genießen zu können. Ich kann mich nicht mehr in den Alkohol flüchten und ich hänge ziemlich an meinem Hirn, deshalb hab ich mich fürs Bieten und Verschwinden entschieden."

„Ich glaube, sie legen gerade die Zettel aus", sagte Shaye.

„Hervorragend!" Eleonore reichte Jackson die Hand. „Es war mir ein Vergnügen, Detective Lamotte. Halte durch, Shaye." Sie wirbelte herum, winkte ihnen über die Schulter hinweg zu und durchquerte den Raum.

„Eine alte Freundin von Ihnen?", fragte Jackson.

„Die beste Freundin meiner Mutter. Meine auch, aber Eleonore ist auch meine Psychiaterin."

Jackson machte große Augen. „Das war Eleonore Blanchet? Du liebe Zeit."

„Sie kennen sie?"

„Jeder Cop, der was auf sich hält, weiß über Eleonore Blanchet Bescheid. Ihre Gutachteraussagen vor Gericht haben einige der schlimmsten Verbrecher in Louisiana hinter Gitter geschickt. Unter Cops gilt sie praktisch als Göttin."

Shaye lachte. „Das würde ihr gefallen. Das erzähle ich ihr, wenn ich sie das nächste Mal sehe."

„Eleonore Blanchet", wiederholte Jackson und sah zu, wie

sie sich das erstbeste Blatt auf dem Tisch schnappte und etwas daraufkritzelte. „Ich würde sie gern mal einen ganzen Tag lang mit Fragen löchern. Sie hat mit den bekanntesten Mördern gesprochen. Vermutlich könnte sie mir Dinge erzählen, von denen ich Albträume kriegen würde."

Shaye trank einen Schluck von ihrem Champagner und nickte. Ihre eigenen Albträume reichten aus, um Menschen Albträume zu verschaffen. Sie hatte nicht das geringste Interesse daran, auch noch an die anderer Leute zu rühren.

Jackson blickte Shaye an. „Mit Corrine haben Sie wirklich das große Los gezogen. Nicht viele Menschen haben die Beziehungen, um Eleonore als persönliche Therapeutin engagieren zu können." Kaum hatte er den Satz beendet, riss er die Augen auf. „Oh Gott, es tut mir leid. Das war völlig daneben. Ich wollte nicht …"

Shaye winkte ab. „Sie haben mich nicht gekränkt. Corrine ist wirklich das große Los. Zweifellos wäre ich ohne sie nicht da, wo ich heute bin. Nicht mal annähernd."

Jacksons Erleichterung war offensichtlich. „Corrine und Eleonore sind also beste Freundinnen. Eigentlich eine ungewöhnliche Kombination, weil Corrine so viel jünger ist."

„Eleonore war Corrines Hauslehrerin und Nanny … nach dem Tod ihrer Mutter. Corrine war da erst zwölf, und Eleonore hat noch studiert. Seit damals sind sie befreundet."

„Cool. Abgesehen natürlich von dem Teil, dass Corrines Mutter gestorben ist, als sie noch ein Kind war. Aber es ist cool, dass die Bindung der beiden so viele Jahre überdauert hat."

Shaye nickte. „Finde ich auch."

Jackson musterte sie einige Sekunden lang. „Sie klingen fast ein bisschen wehmütig. Haben Sie denn keine BFF? Oder wie auch immer man das nennt?"

„Nein. Während meiner Highschoolzeit hatte ich Privatlehrer, und auf dem College bin ich ziemlich für mich geblieben. Ein paarmal hab ich versucht, Freundschaften zu schließen, aber letztendlich interessierten sich die Leute gar nicht für mich als Person. Es ging ihnen nur um Insiderwissen über Shaye Archer, das Mädchen ohne Vergangenheit."

„Das tut mir leid."

Shaye lächelte Jackson an. „Ach wissen Sie, die meisten Leute drücken mir ihr Mitgefühl aus, obwohl ich genau sehen kann, dass sie die ganze Zeit über denken: Worüber beschwert die sich denn? Aber Sie meinen das ehrlich."

Jackson zuckte mit den Schultern. „Sie werden irgendwann einmal mehr Geld erben, als ich mir vorstellen kann. Und weiter? Das ist in keiner Weise eine Entschädigung für alles andere, was Ihnen zugestoßen ist. Nichts könnte das wiedergutmachen. Das Problem mit der heutigen Gesellschaft ist, dass es den meisten Menschen zu gut geht, als dass sie die Schwierigkeiten im Leben anderer überhaupt nachvollziehen können."

„Wenn ich Ihnen ein Mikrofon besorge, würden Sie das noch mal für alle Anwesenden wiederholen?"

„Auf keinen Fall. Ich hab in diesem Anzug nur ein Reservemagazin."

Sie lachte und Jackson grinste.

„Shaye?", erklang Corrines Stimme hinter ihr. „Die Auktion hat begonnen."

Corrine trat neben Shaye und bemerkte, dass diese nicht allein war. Sie zog eine Braue hoch. „Willst du mich deinem Freund nicht vorstellen?"

„Doch, Mom. Wenn du mir eine Sekunde Zeit lässt, tue ich das. Das ist Detective Jackson Lamotte. Jackson, das ist meine Mutter, Corrine Archer."

Jackson streckte ihr die Hand entgegen. „Es ist mir ein Vergnügen, Sie kennenzulernen, Ms Archer."

Corrine schüttelte ihm die Hand. „Sie sind der Detective, der Shaye mit Emma Frederick geholfen hat. Ich sollte mich bei Ihnen bedanken. Der Himmel allein weiß, wie viele Menschen Sie gerettet haben."

Jackson wurde rot. „Ich hab nur meine Arbeit gemacht."

Corrine hob erneut die Braue. „Ich denke, wir wissen alle, dass das so nicht stimmt. Ich bin sehr froh, dass Sie Probleme haben, die Befehle von Vorgesetzten zu befolgen."

Jackson grinste. „Nur, wenn die im Unrecht sind."

„Ihre Mutter macht vermutlich ganz schön was mit", sagte Corrine lächelnd.

„Das stimmt", bestätigte Jackson, „und sie lässt keine Gelegenheit aus, mir das unter die Nase zu reiben."

„Also, es hat mich gefreut", sagte Corrine, „aber ich muss jetzt meine Gebote abgeben. Shaye, bist du bereit?"

„Ja. Gib auch gleich Gebote für mich ab. Ich komme in einer Minute nach und rette dich."

„So ist das also", sagte Jackson, als Corrine in Richtung Auktionstisch verschwand. „Sie sind hier, um darauf zu bestehen, dass sie früher geht und sich ausruht."

„Sie haben uns durchschaut", gab Shaye zu.

„Nun ja, wenn die einzig interessanten Menschen hier alle gehen, dann drehe ich wohl besser eine Runde und mache mich dann ebenfalls aus dem Staub. Geben Sie mir Bescheid, wenn Sie etwas von dem Priester erfahren."

Shaye nickte und Jackson ging in Richtung der Tische davon. Auf halbem Weg sah er sich noch einmal nach ihr um, und Shaye blickte hastig hinüber zu den künstlichen Palmen. Dass sie erwischt worden war, wie sie ihm nachstarrte, war ihr peinlich.

„Er sieht ziemlich gut aus", flüsterte Eleonore im Vorbeigehen.

Shaye spähte hinüber zu Jackson, der gerade ein Gebot für einen Korb voller Pralinen abgab.

Ja. Das tut er.

Kapitel 6

Jinx wachte mit schmerzenden Armen und Beinen auf. Die Haut an ihrem Arm juckte, und sie stellte fest, dass sie jetzt auf Stroh lag, nicht mehr auf dem Steinboden wie zuvor. Sie richtete sich auf und fasste sich an den Kopf, als der Schmerz durch sie hindurchschoss. Offensichtlich war sie doch wieder betäubt worden. Das Zeug musste in dem Burger gewesen sein.

Peter!

Sie schob sich hoch und blickte sich hektisch in der Dunkelheit um. Doch bis auf die schattenhaften Umrisse von Gegenständen konnte sie nichts erkennen. Keiner dieser Umrisse sah irgendwie menschlich aus. Langsam kroch sie vorwärts, bis sie an Holz stieß und darunter eiserne Gitterstäbe ertastete. „Peter?", flüsterte sie. „Bist du da?"

„Wir sind die Einzigen hier."

Die männliche Stimme kam aus der gegenüberliegenden Richtung. Sie klang nicht so jung wie Peters, aber erwachsen war der Sprecher auch noch nicht. Jinx spähte angestrengt, konnte jedoch nichts erkennen. „Wer bist du?", fragte sie.

„Man nennt mich Spider."

Der Name sagte ihr nichts, aber es klang nach einem Spitznamen von der Straße. „Ich bin Jinx", antwortete sie.

„Lebst du auf der Straße?"

„Ja. Ich hänge in Bywater ab. Du auch?"

„Ja. Ich meine, in Tremé … vor dem hier."

Seine Stimme klang melancholisch, irgendwie hohl. „Was ist das hier?", fragte Jinx.

„Der letzte Tanz."

Sie erschauderte. „Was meinst du damit?"

„Das war's für uns. Unsere Zeit ist abgelaufen."

„Soll das heißen, dass uns jemand töten wird?" Irgendwo tief in ihrem Inneren hatte Jinx immer gewusst, dass vermutlich der Tod am Ende von dem stand, was gerade mit ihr passierte, aber es auszusprechen machte es um einiges realer.

„Genau das soll es heißen", bestätigte Spider. „Diese beiden kranken Arschlöcher, die uns hier gefangen halten – für die ist das nur so eine Art Spiel. Die zählen mit."

„Wovon redest du da?"

„Von den Männern, die uns gekauft haben."

„Gekauft?"

„Ja. Uns und noch jemanden vor uns namens Joker. Für zwanzigtausend pro Nase. Ich hab gehört, wie sie sich darüber unterhalten haben."

Jinx schossen eine Million Fragen durch den Kopf. Er konnte unmöglich recht haben. Warum sollte jemand einen Menschen kaufen, nur um ihn zu töten? Das ergab doch überhaupt keinen Sinn.

Sie biss sich auf die Unterlippe. „Weißt du … ich meine, wie …"

„Sie lassen uns im Sumpf frei und jagen uns dann", flüsterte er und begann zu weinen.

Jinx sank auf die Knie. Der kleine Hoffnungsschimmer,

an dem sie festgehalten hatte, verschwand. Zurück blieb nichts weiter als Angst und Bedauern.

Shaye studierte Pater Michael während des Gottesdienstes gründlich. Er war jung, vermutlich Ende zwanzig, und trug einen ernsten Blick zur Schau, während er über Religion redete. Nach dem Gottesdienst verwandelte sich der jedoch zu einem Lächeln, während er mit seinen Gemeindemitgliedern sprach. Sie blieb auf ihrem Platz im hinteren Teil der Kirche sitzen und wartete darauf, dass die Nachzügler ihr Schwätzchen beendeten und die Kirche verließen. Schließlich ging der letzte mit einem Nicken an ihr vorbei und Pater Michael kam den Gang entlang.

Vor ihrer Reihe blieb er lächelnd stehen. „Möchten Sie mit mir reden?"

„Ja, aber nicht über meine unsterbliche Seele." Shaye stand auf und streckte ihm die Hand entgegen. „Mein Name ist Shaye Archer. Ich bin Privatdetektivin."

Das Lächeln verschwand aus Pater Michaels Gesicht. „Nun ja, ich kann mir nicht vorstellen, wobei ich Ihnen helfen könnte, aber bitte, stellen Sie Ihre Frage."

Shaye zog eine Kopie von Hustles Zeichnung aus der Tasche. „Kennen Sie dieses Mädchen?"

Pater Michael betrachtete die Zeichnung einen Moment lang und runzelte dann die Stirn. „Sie kommt mir bekannt vor, aber in meiner Position begegnen mir viele Kinder."

„Sie meinen, bei Ihrer Straßenmissionsarbeit? Ich nehme

an, wenn sie ein normales Gemeindemitglied wäre, würden Sie sie kennen."

Sein Blick veränderte sich leicht. „Ja, natürlich. So viele junge Leute leben auf der Straße. Es werden immer mehr, aber niemand tut etwas dagegen."

„Bis auf Sie?"

„Man könnte sagen, dass ich ein persönliches Interesse an der Sache habe."

„Und warum das?"

„Weil ein Freund aus Kindertagen nach dem Tod seiner Mutter auf der Straße gelebt hat, und niemand hat sich um ihn gekümmert. Mit Pflegefamilien hat es nicht geklappt, wie es manchmal der Fall ist. Schließlich hat sich ein pensionierter Herr, der als Freiwilliger in einem Obdachlosenasyl gearbeitet hat, mit ihm angefreundet, und er und seine Frau haben meinen Freund aufgenommen. Damit haben sie ihm vermutlich das Leben gerettet."

Shaye beobachtete Pater Michael genau, während dieser seine Geschichte erzählte. Er schien aufrichtig zu sein, und wenn sie den Namen seines Freundes erfuhr, konnte sie das auch ganz leicht nachprüfen. „Dieses Mädchen hier wird Jinx genannt, und sie ist seit drei Tagen vermisst."

Pater Michael nahm Shaye die Zeichnung aus der Hand und hielt sie sich dichter vor die Augen. „Jinx … ja, ich erinnere mich daran, dass ich bei den Docks in Bywater mit einer jungen Frau gesprochen habe. Skateboarderin, richtig?" Er sah Shaye stirnrunzelnd an. „Sie wird vermisst, sagen Sie?"

„Ja. Sie war am Donnerstag mit einem Freund verabredet

und ist nicht aufgetaucht. In dem Gebäude, wo sie übernachtet, sind noch alle ihre Sachen, aber keine Spur von ihr."

„Dieser Freund, mit dem sie sich treffen wollte, lebt der auch auf der Straße?"

„Ja. Tut er."

„Wie kann er sich dann sicher sein, dass Jinx nicht einfach wieder nach Hause gegangen ist? Gut, den meisten dieser Kinder erging es zu Hause schrecklich und sie sind aus gutem Grund verschwunden, aber einige stammen aus anständigen Familien und rebellieren bloß gegen die Erziehung ihrer Eltern. Normalerweise reichen ein paar Wochen oder Monate auf der Straße aus, um ihnen zu zeigen, dass es zu Hause doch nicht so übel war."

Shaye nickte. „Das stimmt natürlich. Meine Mutter ist Sozialarbeiterin."

„Also wissen Sie, wie es läuft."

„Ja. Aber auf Jinx trifft Ihre Vermutung sicher nicht zu. Ihre Mutter war ein Junkie, und es besteht der Verdacht, dass sie Jinx an Männer verkaufen wollte, um ihre Sucht zu finanzieren."

„Oh!" Pater Michaels Bestürzung war offensichtlich. „Das ist ja fürchterlich. Natürlich würde sie nicht freiwillig zu so einer ... wie kann ich Ihnen helfen?"

„Wann haben Sie Jinx zum letzten Mal gesehen?"

Pater Michael zog sein Smartphone heraus und überprüfte den Kalender. „Ich hab letzten Dienstag Bibeln in Bywater verteilt. Wenn ich etwas freie Zeit habe, besuche ich immer eine andere Gegend."

„Sie haben Jinx am Dienstag eine Bibel gegeben?"

„Ja. Sie und zwei andere waren die Einzigen, die eine angenommen haben. Jeder hat ein Sandwich bekommen. Ich bringe immer Essen mit, und Decken und Jacken, wenn welche gespendet wurden."

Shaye fiel ein, dass in Jinx' Versteck eine Jacke gehangen hatte. „Haben Sie Jinx eine Jacke gegeben?"

„Nicht an diesem Tag. Ich hatte keine da, aber die Woche zuvor hatten wir einen ganzen Stapel. Eine der Sekretärinnen hat mir beim Verteilen geholfen. Vielleicht hat sie da eine gekriegt. Das war am Jackson Square. Jetzt haben wir zwar noch Sommer, aber im Winter werden sie froh sein, dass sie eine genommen haben."

Shaye nickte. „Als Sie sie das letzte Mal gesehen haben, ist Ihnen da etwas Ungewöhnliches aufgefallen? Irgendjemand, der neu war? Jemand, der aussah, als ob er da nicht hingehört?"

„Ich, äh …" Er schüttelte den Kopf. „Da fällt mir niemand ein, aber ich bin auch nur ein paarmal in der Nähe der Docks gewesen."

„Waren an diesem Tag auch noch andere Erwachsene bei den Docks?"

„Nicht, dass ich wüsste." Er zuckte mit den Schultern. „Leider bin ich wohl kein besonders guter Beobachter. Die meiste Zeit über bin ich tief in Gedanken versunken."

Er lügt.

Das spürte sie sofort. Seine Körpersprache und sein Ton hatten sich verändert. Es war zwar so subtil, dass es den meisten Menschen gar nicht aufgefallen wäre, aber Shaye war darauf trainiert, solche Kleinigkeiten zu bemerken. Die Frage war nur, in welchem Punkt hatte er gelogen? Hatte er Jinx nach ihrem Verschwinden gesehen? Hatte er jemanden bei den Docks gesehen, der dort seiner Meinung nach nichts zu suchen hatte? Oder ging es sogar um mehr?

Sie reichte Pater Michael eine Visitenkarte. „Falls Ihnen noch etwas einfällt oder Sie irgendwas hören, wenn Sie draußen unterwegs sind, dann rufen Sie mich bitte an."

„Natürlich." Er steckte die Karte in die Hosentasche. „Ich werde für Jinx beten, und auch für Sie, Ms Archer."

„Ich bin Ihnen für jegliche Hilfe dankbar", antwortete Shaye und ging in Richtung Ausgang. An der Tür warf sie einen Blick zurück und sah, dass Pater Michael immer noch da stand, wo sie ihn zurückgelassen hatte. Mit besorgter Miene starrte er zum Fenster hinaus.

Für jemanden, der behauptete, nichts zu wissen, zeigte er eine Menge Angst.

Hustle ließ sein Skateboard auf den Gehweg fallen und versuchte, Ruhe zu bewahren. Er wusste, dass Shaye alles in ihrer Macht Stehende tat, um Jinx zu finden, doch er fürchtete, dass es nicht reichen würde. Die Geschichte des Cops über Joker hatte ihm einen größeren Schrecken eingejagt, als er zugeben wollte. Er versuchte sich einzureden, dass sich Joker beim Pokern vielleicht mit dem Falschen angelegt hatte, aber das glaubte er selbst nicht so recht. Beim Glücksspiel kam es dauernd zu Prügeleien, aber die arteten in der Regel nicht in Mord aus. Wäre Joker an den Folgen einer Schlägerei gestorben und in irgendeiner Gasse aufgefunden worden, hätte Hustle das für das Ergebnis eines Streits bei einer Pokerrunde gehalten. Aber erschossen und ins Wasser geworfen? Das ergab überhaupt keinen Sinn.

Am Dock befanden sich bereits ein paar Jugendliche, aber keiner von ihnen fuhr Skateboard. Stattdessen hatten sie sich in der Nähe des Wassers versammelt und sahen nicht besonders glücklich aus. Hustle fuhr zu ihnen hinüber, kickte sein Board nach oben und stellte sich dazu.

„Was ist los?", fragte er.

Einer der älteren Jungen namens Boots sah ihn an. „Hast du's nicht gehört?"

Hustle blickte in fünf düstere Mienen. „Nein. Ich war gestern nicht hier. Was ist passiert?"

„Seit Donnerstag hat niemand mehr Scratch gesehen", erklärte Boots.

Hustle starrte ihn an und versuchte zu verarbeiten, was er gerade gehört hatte. Scratch war der Älteste von ihnen. Er war siebzehn und lebte seit drei Jahren auf der Straße. Scratch hatte Hustle damals geholfen, als er neu gewesen war. Er hatte ihm Tipps gegeben, wie er ein Nachtlager finden oder sich Geld für Essen verdienen konnte. „Vielleicht macht er Überstunden?"

„Zwei Tage am Stück?", erwiderte Boots. „Außerdem bin ich gestern bei der Baustelle vorbeigegangen. Der Vorarbeiter hat gesagt, dass Scratch weder am Freitag noch am Samstag zur Arbeit erschienen ist."

Ein Junge namens Reaper schüttelte den Kopf. „Er ist

nicht der Einzige. Ich hab gehört, dass zwei Jungs aus Tremé verschwunden sind – Joker und Spider."

„Joker ist tot", sagte Hustle.

„Mach keinen Scheiß!"

„Woher weißt du das?"

„Was ist passiert?"

Alle redeten durcheinander. Hustle suchte fieberhaft nach einer Erklärung, bei der er Shaye nicht mit ins Spiel bringen musste.

„Ich hab gestern am Square nach Jinx gesucht. Da hat ein Cop nach einem Jungen herumgefragt, den ein Fischer mit seinem Netz rausgezogen hat. Als er das Bild gezeigt hat, hab ich einen Blick drauf werfen können. Es war Joker."

„Verdammt", sagte Boots. „Joker ist ertrunken?"

Hustle schüttelte den Kopf. „Jemand hat ihn erschossen. Das hat zumindest der Cop behauptet."

„Erschossen? Warum?", hakte Reaper nach.

„Keine Ahnung", erwiderte Hustle. „Ich hab keine Fragen gestellt. Nur die Ohren aufgesperrt und zugehört, und mehr weiß ich nicht."

Die Jungs sahen sich an. „Was zum Teufel ist hier los?", fragte Boots.

„Straßenkinder verschwinden", fasste Reaper zusammen. „Das ist hier los."

Boots fuhr sich über den rasierten Schädel. „Vielleicht sollten wir uns alle für eine Weile versteckt halten."

„Wo denn?", wollte ein Junge namens Shadow wissen. „Von einem Amateur ist Scratch jedenfalls nicht überrumpelt worden. Er lebt schon länger hier draußen als wir alle.

Und Jinx war vielleicht neu, aber sie war schlau. Wenn jemand die beiden gekriegt hat, welche Chancen hat dann der Rest von uns?"

„Wir müssen alles umstellen", schlug Hustle vor. „Alles, was wir so machen."

„Was meinst du damit?", fragte Shadow.

„Er meint, dass wir unseren Tagesablauf ändern sollen", erklärte Boots. „Wir machen alle jeden Tag dasselbe. Wo wir skaten, wann wir arbeiten, wann wir essen und wo wir schlafen. Es ist ziemlich leicht rauszukriegen, wann wir wo sind."

„An den meisten Tagen skaten wir alle hier", bestätigte Reaper. „Aber bei den Docks passiert nichts. Nicht am helllichten Tag und mit all den Bauarbeitern ringsrum."

„Vielleicht nicht", stimmte ihm Hustle zu. „Aber wenn es jemand auf uns abgesehen hat, kann er uns leicht finden und verfolgen. Eventuell sollten wir weniger Zeit hier verbringen und von hier aus nicht direkt zu unseren Schlafplätzen gehen."

„Aber wenn wir alles umstellen", fragte Shadow, „woher sollen wir dann wissen, ob jemand fehlt?"

„Wir richten eine Kontrollstelle ein", schlug Boots vor. „Eine für jetzt und dann eine andere, wenn wir uns bei der ersten gemeldet haben. Jedes Mal an einem anderen Ort. Wenn ihr herkommen wollt, schön, aber Hustle hat recht – ihr solltet von hier aus nicht direkt zurück in euer Versteck gehen."

„Klingt gut", befand Hustle.

„Okay", bestimmte Boots, „dann meldet sich jeder morgen beim Drugstore an der Ecke zur Saint Claude. Egal, was ihr sonst noch vorhabt. Mittags um zwölf."

Er sah die anderen an. Alle nickten.

„Und ich muss ja wohl nicht erst sagen, dass wir alle die Ohren aufsperren sollten", fuhr er fort.

„Und passt auf euch auf", setzte Reaper hinzu.

Boots sah sich um. „Jetzt sind wir schon mal hier. Da können wir auch genauso gut ein bisschen skaten." Er tippte sein Board an und machte sich auf den Weg zu den Rampen. Die anderen folgten ihm langsam, doch Hustle blieb zurück. Eine Weile sah er den Skateboardern zu, dann setzte er sich auf die Bordsteinkante. Shadow ließ sich neben ihm nieder.

„Hast du was über Jinx rausgekriegt?", fragte Shadow.

Hustle schüttelte den Kopf.

Shadow malte mit dem Finger einen Kreis in den Staub auf dem Boden. Hustle kannte ihn nicht besonders gut. Er schätzte Shadow auf vierzehn, vielleicht jünger, aber seine Augen hatten diesen gehetzten Blick, der verriet, dass er schon mehr gesehen und erlebt hatte, als jemand in seinem Alter sollte.

„Was passiert mit uns?", fragte Shadow.

Bei der Angst in Shadows Stimme zog sich Hustle das Herz zusammen. Auf der Straße zu leben war schon schwer genug, wenn alles normal lief. „Keine Ahnung", gab er zu.

„Ich hab Angst", gestand Shadow mit leiser, tonloser Stimme.

„Ich auch."

Überrascht sah Shadow zu ihm auf. Hustle unterdrückte

ein Stöhnen. Obwohl es die Wahrheit war, würde sein Ein-geständnis wohl nicht dazu beitragen, Shadow etwas von seiner Furcht zu nehmen. Vermutlich hatte er es nur noch schlimmer gemacht.

Das ist gut.

Hustle holte tief Luft. „Hör zu. Angst ist nichts Schlim-mes. Oft ist sie genau das, was dich am Leben hält. Du weißt doch, dass man ab und zu ein komisches Gefühl bei einer Sache hat. Manchmal ist es ein Bauchgefühl, oder man spürt Blicke im Nacken?"

„Ja."

„Ignorier das nicht. Wenn dir irgendwas komisch vor-kommt, dann verschwinde dort, egal, wo du bist. Und geh irgendwohin, wo viele Menschen sind."

Shadow nickte und stand auf. „Ich muss los zum Tier-heim. Die bezahlen mich fürs Reinigen der Käfige. Es ist zwar nicht viel Geld, aber ich kann mir davon was zu essen kaufen, und ich mag die Hunde. Sie erinnern mich irgend-wie an uns."

Hustle nickte. „Sei vorsichtig. Wachsam."

„Okay. Ich werde für Jinx beten."

„Danke", sagte Hustle und sah zu, wie Shadow auf sei-nem Skateboard davonfuhr.

Für Jinx beten.

Er kontrollierte sein Handy, doch er hatte weder Anrufe verpasst noch Nachrichten bekommen. Er fragte sich, ob Shaye schon mit dem Priester gesprochen und etwas her-ausgefunden hatte.

Der Mann beobachtete die Skateboarder vom leer stehenden Gebäude auf der gegenüberliegenden Straßenseite aus. Der da am Straßenrand saß, war der Junge vom Square. Er hatte ihn am Vortag mit der Frau und dem Mann reden sehen. Der Mann war ein Cop. Die Haltung, der Gang und wie er die Menge beobachtete ... genauso gut hätte er sich auch ein Schild umhängen können. Die Frau konnte er nicht zuordnen. Sie war nicht aufgetreten wie eine Polizistin, aber eine typische Feiertagstouristin war sie auch nicht.

Vielleicht war sie Sozialarbeiterin. Das würde erklären, woher sie den Cop kannte und warum sie mit einem Straßenjungen redete. Wie auch immer, die Frau konnte ihm möglicherweise Schwierigkeiten machen, und der Cop ganz bestimmt.

Er stieß den Atem aus. So gesehen galt das auch für seine Kunden. Die meisten von ihnen stammten nicht aus New Orleans. Wenn sie Mist bauten, würde die Polizei in deren Heimat ermitteln, nicht in seiner. Normalerweise wurde die Ware hier abgeholt und seine Klienten kümmerten sich um den Transport. Er hatte keine Ahnung, wohin die Ware geliefert oder wofür sie überhaupt gebraucht wurde, und es war ihm auch egal. Er war nur der Lieferant, alles andere ging ihn nichts an. Die auswärtigen Kunden machten nie Probleme, aber bei den einheimischen sah das schon anders aus. Ganz besonders bei den neuen.

Man hatte ihm versprochen, dass niemals eine Leiche auftauchen würde, und nun lief ein Cop am Square herum und stellte Fragen. Er hätte ihnen nichts verkaufen sollen. Sie hatten zwar jede Menge Geld, aber nicht besonders viel Grips. Typisch für diese vielen Hinterwäldlermillionäre, die irgendwann vor ein paar Jahren Öl auf ihrem Land entdeckt hatten. Allerdings hatten sie ihm mehr geboten, als er gewöhnlich verlangte, also hatte er zugestimmt. Er hätte es wissen müssen. Das Angebot war zu gut gewesen, da musste ja ein Haken dran sein.

Ursprünglich hatten sie einen Vertrag über fünf gesunde Teenager abgeschlossen, aber jetzt würde er die Menge reduzieren. Wenn der eine, der immer noch bewusstlos war, nicht durchkam, mussten sie halt mit drei auskommen. Besonders glücklich würden sie darüber nicht sein, aber das war ihm egal. Schließlich waren sie diejenigen, die den Vertrag gebrochen und die Aufmerksamkeit der Polizei auf die Sache gelenkt hatten.

So was passierte viel zu häufig. Die Leute wurden unvorsichtig. Geradezu rücksichtslos. Einschließlich seiner eigenen Mitarbeiter. Immerhin hatte er nicht Jahrzehnte damit verbracht, ein Vermögen anzuhäufen, um es dann wegen der Blödheit und Fahrlässigkeit anderer zu verlieren. Die Entführung von Peter Carlin war ein riesiger Fehler gewesen. Jedes Mal, wenn er den Fernseher einschaltete, war das Gesicht des Jungen auf allen Kanälen zu sehen.

Auch die Warenbeschaffung wurde immer schwieriger. Nach Katrina waren viele Menschen weggezogen und nie zurückgekommen. Der Ninth Ward hatte mehr als zehn Jahre lang immer eine reiche Ernte ermöglicht. Die Menschen dort konnte man in zwei Kategorien einteilen: die, die niemand vermisste, und die, die zum Preis eines Auftragsmords auch ein Kind verkaufen würden. Nach dem Hurrikan war die Warenbeschaffung aufgrund der Umzüge schwieriger gewesen, allerdings hatte es damals so viele Vermisste gegeben, dass er einige Jahre lang völlig unbemerkt arbeiten konnte und reiche Beute eingefahren hatte, bevor die Polizei ihre Datenbanken auf den aktuellen Stand brachte.

Die kleinen Bayoustädte waren danach jahrelang sein Notbehelf gewesen, aber bis vor Kurzem hatte er selbst dort nicht genügend Material beschaffen können, um alle Kundenwünsche zu erfüllen. Die Straßenkinder waren ihm wie eine tolle Lösung für den Bedarf an älterer Ware erschienen, und da er keine Junkie-Mütter bezahlen musste, war auch sein Gewinn gestiegen. Früher oder später hätten die Jugendlichen sowieso was gemerkt und wären nicht mehr so einfach zu schnappen gewesen, aber wenn seine Kunden nicht so geschlampt hätten, wären ihm bis dahin vielleicht noch ein paar Monate geblieben. Eventuell hätte das ausgereicht, um ihm eine schöne Jacht zu finanzieren, die vor seinem Strandhaus in einem Land ohne Auslieferungsvereinbarung ankern konnte. Jetzt sah es so aus, als wäre die Jacht vom Tisch.

Es war an der Zeit, den Laden dichtzumachen. Das bedeutete, dass er alle Spuren beseitigen musste.

Und anfangen würde er mit dem Skateboarder.

Kapitel 7

Jackson klopfte an die Tür der Bar. Das Gebäude unterschied sich nicht von den vielen anderen heruntergewirtschafteten Häusern in Tremé: eine Bar im Erdgeschoss, und vermutlich ein Lagerraum oder eine Wohnung im Obergeschoss. Man hatte damit begonnen, die Bereiche in der Nähe des French Quarter zu sanieren. Die Grundstücke wurden zu Spottpreisen aufgekauft, herausgeputzt und dann mit riesigem Profit weiterveräußert.

Auf dem Schild im Fenster stand „Geschlossen", doch Jackson hatte einen Tipp erhalten. Angeblich fanden hier sonntagmorgens Pokerrunden statt, bevor die Bar öffnete. Die Fenster waren verdunkelt, sodass er nicht hineinsehen konnte. Er klopfte erneut und hörte aus dem Inneren ein Geräusch. Schließlich wurde die Tür von einem jungen Schwarzen mit Dreadlocks geöffnet.

„Wir haben noch zu", erklärte er.

Jackson zeigte seine Dienstmarke vor. „Ich interessiere mich nicht für das illegale Glücksspiel hier. Ich arbeite an einem Mordfall und möchte wissen, ob Sie mir was über das Opfer erzählen können."

Der Mann musterte ihn misstrauisch. „Woher sollte ich den toten Typen kennen?"

„Man hat mir gesagt, dass er manchmal hier mitgespielt hat."

Der Mann starrte ihn ein paar Sekunden lang an und schien erkannt zu haben, dass er größere Schwierigkeiten bekommen würde, wenn er Jackson vor der Tür stehen ließ, als wenn er ihn hereinließ. Jackson folgte ihm zu einem Tisch, an dem vier Männer saßen, vor sich einen Stapel Karten und Pokerchips.

Dreadlocks deutete auf Jackson. „Ein Cop. Glaubt, dass irgendein Typ, den sie um die Ecke gebracht haben, hier gepokert hat."

Ein Mann mit einem Bob-Marley-T-Shirt nickte Jackson zu. „Was haben Sie denn, Cop?"

Jackson zog Jokers Foto heraus und zeigte es ihnen. Alle Augen richteten sich darauf. Schließlich nickte der Mann mit den Dreadlocks.

„Der hat ein paarmal mit uns gespielt", bestätigte er. „Ich glaube, er wechselt zwischen verschiedenen Spieltischen hier in der Gegend, aber wir haben angenommen, dass er diese Woche wieder hier auftaucht. Jetzt wissen wir, warum er nicht gekommen ist."

„Was ist mit ihm passiert?", fragte Mr Bob-Marley-T-Shirt.

„Er wurde erschossen und in den Lake Pontchartrain geworfen", erklärte Jackson. „Ein Fischer hat die Leiche am Freitag aus dem Wasser gezogen."

Dreadlocks hob abwehrend die Hände. „Hören Sie, diese Art von Kartenspielen veranstalten wir hier nicht, okay? Der Typ hat ein paarmal mit uns gepokert, und da war alles in Ordnung mit ihm."

„Ich hab gehört, dass er beim Pokern ein richtiges Schlitzohr war", sagte Jackson.

Ein paar der Männer nickten, und Bob-Marley-T-Shirt blickte finster drein. „Der Kerl hat mich vor ein paar Wochen nach allen Regeln der Kunst abgezockt, aber das ist kein Grund, ihn umzubringen. Nicht wegen der Summen, um die wir hier spielen."

„Das stimmt", bekräftigte Dreadlocks. „Hier geht niemand mit mehr als ein paar Hundertern raus. Wir spielen mehr aus Spaß. Das Geld macht es lediglich ein wenig interessanter."

Jackson nickte. „Können Sie mir irgendwas über ihn erzählen? Wo er sonst noch mitgepokert hat, vielleicht ... Wo es um Summen ging, bei denen die Leute womöglich nicht lange fackeln?"

Alle schüttelten den Kopf. „In Tremé wird nicht um das große Geld gespielt", erklärte Dreadlocks. „Hier geht's nur um Peanuts. Wie bei uns. Wir sind Straßenmusiker, Mann. In der Branche schwimmt man nicht gerade in Geld."

Bob-Marley-T-Shirt nickte. „Für die großen Summen müssen Sie sich im Business District umsehen. Ich hab gehört, dass die Anzugkasper gern mal zehntausend oder mehr pro Spiel hinblättern. Da können wir nicht mithalten."

Einer der anderen Männer schnaubte. „Als ob die uns überhaupt reinlassen würden."

„Wie ist Joker zu Ihnen gestoßen?", fragte Jackson. Oberflächlich betrachtet schien ein dürrer weißer Straßenjunge nicht besonders viel mit den Männern im Raum gemeinsam zu haben. Falls Jackson rausbekam, wie Joker sich Zugang zu den Pokerrunden verschafft hatte, konnte er eventuell auch in Erfahrung bringen, wo er sonst noch mitgespielt hatte.

„Der Kerl hatte es auf dem Saxofon echt drauf", sagte Dreadlocks. „Eines Abends ist er in der Bourbon Street auf uns zugekommen, hat gefragt, ob er mal spielen darf, und hat losgelegt. Danach sind wir ins Reden gekommen und haben rausgefunden, dass er auf Poker steht. Da haben wir ihn eingeladen, doch mal vorbeizukommen."

Jackson nickte. Sein Frust stieg. Mit dem Saxofon war Joker vielleicht in Tremé weitergekommen, aber bei den Schlipsträgern hätte ihm das ganz sicher keine Türen geöffnet. „Können Sie mir sonst noch irgendwas über ihn erzählen? Mit wem er abgehangen hat, wo er gewohnt hat?"

Erneut allgemeines Kopfschütteln.

„Wenn man keine Fragen stellt", erklärte Dreadlocks, „dann hat man auch keine Antworten. Die Cops sind nicht die Einzigen, die scharf auf Informationen sind."

Jackson wusste genau, was er damit meinte. Kredithaie, Buchmacher und eine ganze Reihe von anderen zwielichtigen Gestalten waren auch häufig auf der Suche nach bestimmten Personen. Je weniger man wusste, desto sicherer waren man selbst und die Person, nach der gesucht wurde. Es war das offizielle Motto auf der Straße: Frag nichts. Sag nichts.

Jackson reichte Dreadlocks seine Visitenkarte. „Wenn Sie irgendwas hören oder Ihnen noch was einfällt, geben Sie mir Bescheid."

Er verließ die Bar und stieß frustriert den Atem aus. Dieses Gespräch hatte ihn absolut nicht weitergebracht. Sofern sie nicht die besten Schauspieler der Welt waren, kamen ihm diese Männer nicht unbedingt wie Typen vor, die ein Kind erschießen und dann die Leiche entsorgen würden. Er hatte unauffällig das Geld auf dem Tisch gezählt; es waren insgesamt etwa sechzig Dollar gewesen. Wenn sie nicht gerade alles versteckt hatten, bevor er hereingekommen war, dann hatten sie über den Einsatz bei ihren Spielen die Wahrheit gesagt. Hundert Dollar waren für Joker vermutlich ein guter Gewinn für ein paar Stunden Arbeit, aber es war nicht genug, um dafür zu morden.

Wie käme ein Jugendlicher also an Pokerrunden im Business District, bei denen es um höhere Einsätze ging? Und wie sollte Jackson herausfinden, wo die stattfanden? Er konnte ja schlecht in die Büros hineinspazieren und danach fragen. Die Leute hätten schon ihre Anwälte parat stehen, noch ehe er den ersten Satz beendet hätte.

Als sein Handy klingelte, sah er aufs Display. Shaye.

„Was gibt's?", fragte er.

„Ich hab gerade mit dem Priester gesprochen."

„Haben Sie was rausgekriegt?"

„Nein. Er hat zwar zugegeben, dass er Jinx kennt, aber er behauptet, dass er sonst nichts über sie weiß und sie vergangenen Dienstag zum letzten Mal gesehen hat. Da hat er ihr eine Bibel geschenkt."

„Das ist das, was er gesagt hat. Aber was ist Ihnen aufgefallen?"

„Ich weiß nicht. Er hat gemischte Signale ausgesandt. Was sein Treffen mit Jinx angeht, hat er nicht gelogen, denke ich. Aber ich hatte den Eindruck, dass er sich wegen irgendetwas Sorgen macht, und ich meine ganz spezielle Sorgen. Nicht in der Art von ‚Ich bin Priester und sorge mich um meine Schäfchen, weil das meine Aufgabe ist‘. Wissen Sie, was ich meine?"

„Klar. Ich werde ihn überprüfen. Ich kann ja einfach sagen, dass ein paar Jugendliche den Priester im Gespräch mit Joker gesehen haben. Das Gegenteil kann niemand beweisen, also sollte das auch im Revier problemlos durchgehen. Vincent kommt sowieso erst am Montag wieder zum Dienst."

„Natürlich, warum sollte er auch sein freies Wochenende opfern, nur um einen Mordfall zu lösen? Wie kann der Mann bloß nachts schlafen?"

„Ziemlich gut, würde ich wetten, und dabei träumt er von seiner Pensionierung und davon, wie er mir das Leben noch schwerer machen kann."

„Vermutlich. Haben Sie herausgefunden, wo Joker gepokert hat?"

„Ja, aber da hab ich nicht viel erfahren. Joker hat zwar mit den Männern gespielt, aber ich glaub nicht, dass sie ihn getötet haben. Dafür ging es bei ihren Spielen um viel zu wenig Geld. Ich hatte auch nicht den Eindruck, dass sie aus irgendeinem Grund so sauer auf ihn waren, dass sie ihn ermordet hätten. Als ich ihnen gesagt habe, dass er tot ist, wirkten sie überrascht." Jackson hielt einen Moment inne und dachte an Shayes Beziehungen.

„Hey", sagte er, „Sie wissen nicht zufällig was über Pokerspiele mit hohem Einsatz im Business District, oder?"

„Ha. Ich verliere ja sogar bei Quartett. Ich wäre der letzte

Mensch, der etwas über solche Runden wüsste. Glauben Sie, dass Joker in was Großes reingeraten ist und sich mit den Falschen angelegt hat?"

„Ein Falscher würde schon reichen."

„Stimmt. Ich verkehre nicht in diesen Kreisen, das ist eher so eine Männerdomäne, aber ich wette, dass Eleonore ein paar von diesen Typen kennt. Ich hab gehört, dass sie wahnsinnig gut Seven Card Stud spielt."

Jackson lächelte. „Diese Frau steckt voller Überraschungen. Kann ich sonst noch was für Sie überprüfen?"

„Im Moment nicht. Ich treffe mich jetzt mit Hustle. Womöglich hat er was Neues erfahren."

„Klingt gut. Geben Sie mir Bescheid, wenn Sie etwas über die Pokerrunden herausgefunden haben. Oh, und Shaye – Sie sahen gestern Abend toll aus."

Er legte auf, ehe sie antworten konnte. Und ehe er sich noch um Kopf und Kragen redete.

Shaye starrte immer noch auf ihr Handy und suchte nach einer Antwort, doch Jackson hatte den Anruf bereits beendet. Was vielleicht auch gut so war. Zum ersten Mal seit Langem war sie sprachlos.

Warum hat er so eine Wirkung auf mich?

Weil du dich von ihm angezogen fühlst, und ganz offensichtlich kann sogar ein Jugendlicher wie Hustle die Funken sprühen sehen.

Sie seufzte. Das war eine ziemlich unerwartete und unerwünschte Wendung in ihrem Leben. Jackson besaß alles, wovon sie bei anderen Männern immer behauptet hatte, dass es ihr fehle. Er hatte Ehrgefühl, war engagiert und es war ihm wichtig, das Richtige zu tun. Sogar, wenn es persönliche Nachteile für ihn bedeutete. Er war selbstbewusst, aber nicht überheblich. Er war klug, aber nicht arrogant. Und er war unglaublich attraktiv.

Sie seufzte erneut. Gott sei Dank war Corrine von den Wohltätigkeitshyänen und durch Jacksons Rolle in Shayes letztem Fall abgelenkt gewesen. Ansonsten wäre ihr vielleicht auch etwas aufgefallen. Wobei Corrine ihr Jackson vermutlich keineswegs so aufgedrängt hätte wie ihre fürchterlichen Kandidaten. Sein Job als Polizist wäre für Corrine das Schlimmste, was Shaye passieren konnte. Größere Gefahren. Größere Angriffsfläche. Größeres Risiko. Corrine würde wahrscheinlich lieber einen Stripper an Shayes Seite sehen, als einem Cop ihren Segen zu geben.

Shaye stieg in ihren SUV und rief Hustle an. Die Gedanken an Jackson und ihre Mutter schob sie zur Seite. Beide waren Ablenkungen, die sie jetzt nicht gebrauchen konnte, wenn auch aus völlig unterschiedlichen Gründen.

Hustle ging sofort ran, und sie vereinbarten, sich in Bywater in der Nähe des Hotdog-Standes zu treffen, wo er ihnen neulich etwas zum Mittagessen geholt hatte. Als sie am Bordstein hielt, bedeutete sie ihm, einzusteigen. Er kletterte auf den Beifahrersitz und legte sein Skateboard auf den Boden. Shaye berichtete ihm von ihrem Gespräch mit Pater Michael.

„Jackson überprüft ihn", erklärte sie anschließend. „Vielleicht haben wir Glück und dabei kommt was raus. In der

Zwischenzeit halte bitte die Augen offen, ob er auch mit anderen Straßenkindern spricht."

„Soll ich nach ihm herumfragen?"

Shaye zögerte. „Lieber nicht. Wenn du anfängst, Fragen zu stellen, glaubt womöglich jemand, der Priester ist der Täter, und ergreift Maßnahmen."

„Sie denken, dass man ihn über die Klippe springen lässt? Ja, wenn die Leute glauben, dass er für alles verantwortlich ist, dann sind sie bestimmt hinter ihm her."

„Aber falls irgendjemand das Gespräch auf ihn bringt, dann horch ihn ein bisschen aus, wenn du kannst."

Hustle nickte. „Es sind noch zwei weitere Jungen verschwunden – Scratch und Spider. Spider kenne ich nicht. Er hängt in Tremé ab und ich glaube, er ist ziemlich neu. Aber Scratch ist ein Oldie. Er lebt seit mindestens drei Jahren auf der Straße. Der lässt sich nicht so leicht überrumpeln, das muss einer vorher geplant haben."

„Wie hat er sein Geld verdient?"

„Er hatte einen Job bei einer dieser Baufirmen. Abrisse. Er hat gehofft, dass sie ihn weiterbeschäftigen, wenn sie mit dem Wiederaufbau beginnen. Damit er was lernen kann, um sein Leben auf der Straße hinter sich zu lassen."

„Wie alt ist er?"

„Knapp achtzehn, schätze ich. Ich glaube, deshalb war er auf der Suche nach was Dauerhaftem. Als er nicht zum Skaten erschienen ist, hat einer der anderen bei der Abrissfirma nachgefragt. Der Chef hat ihm erzählt, dass Scratch weder am Freitag noch gestern aufgetaucht ist."

„Hast du ihn am Donnerstag gesehen?"

Hustle schüttelte den Kopf. „Am Mittwoch war er nach der Arbeit bei den Docks. Am Donnerstag nicht."

„Wäre er normalerweise da gewesen?"

„Ja, sonst kam er immer nach der Arbeit zum Skateboarden."

„Also können wir davon ausgehen, dass ihn jemand am Donnerstag nach der Arbeit geschnappt hat, bevor er bei den Docks ankam. Es sei denn, Scratch hatte an dem Tag nicht vor, zu skaten."

Hustle nickte. „Ja, ich glaub schon."

„Weißt du, wo diese Baustelle ist?"

„Ja. Ich hab Scratch ein paarmal dort arbeiten sehen."

Shaye ließ ihr Auto an. „Dann zeig sie mir."

Hustle dirigierte sie bis zum Upper Ninth Ward und dort zu einem Häuserblock, bei dem die meisten Gebäude nicht mehr wirklich sanierbar aussahen. Er deutete auf eine Ecke, wo ein Bulldozer mitten in einem Haufen Schutt stand. Daneben reihten sich mehrere Container aneinander. Einige waren schon mit Bauschutt gefüllt. Am Bordstein parkte ein weißer Lkw, und inmitten all des Durcheinanders stand ein Mann und beobachtete, wie Shaye heranfuhr.

„Ich glaube, das ist der Chef", sagte Hustle.

„Da haben wir aber Glück, dass wir ihn an einem Sonntag hier erwischen", antwortete Shaye. „Dann wollen wir mal sehen, ob er uns weiterhelfen kann. Überlass das Reden mir."

Hustle nickte.

Sie stiegen aus und gingen zu dem Mann hinüber. Er war ziemlich groß und wog gut und gerne einhundert Kilo. Wie viele andere Mittvierziger hatte auch er einen deutlichen

Bauchansatz und schütteres Haar, doch Shaye hatte keine Zweifel, dass er sich bei einer Schlägerei behaupten konnte. Wenn man in diesem Stadtteil arbeitete, musste man sich seiner Haut wehren können. Für Elektrowerkzeuge würden Diebe sogar töten. Die Ausbuchtung an seiner Hüfte verriet Shaye, dass er bewaffnet war.

Stirnrunzelnd sah er ihr und Hustle entgegen. Er wirkte argwöhnisch. Das konnte sie ihm nicht verübeln. Diebe gab es in allen Varianten, Frauen und Kinder eingeschlossen. Und alle waren gleichermaßen gefährlich.

„Hi", begrüßte ihn Shaye. „Mein Name ist Shaye Archer. Ich bin Privatdetektivin." Sie hielt ihre Brieftasche hoch, die sie im Auto aus ihrer Handtasche genommen hatte, um ihm ihren Ausweis zu zeigen.

Er warf einen Blick darauf. „Ich bin John Clancy. Ich bin hier der Vorarbeiter. Was bringt eine Privatdetektivin zu uns?"

„Ich bin auf der Suche nach Informationen über einen Ihrer Mitarbeiter. Er ist seit Kurzem verschwunden. Seine Freunde nennen ihn Scratch."

John nickte. „Sie meinen den obdachlosen Jungen." Er sah hinüber zu Hustle. „Daher kenn ich dich also. Ich hab dich letzte Woche mit ihm reden sehen."

Hustle nickte, sagte jedoch nichts.

„Was können Sie mir über Scratch erzählen?", fragte Shaye.

„Er leistet gute Arbeit. Der Junge ist zuverlässig und kräftig. Als er Freitag und Samstag nicht erschienen ist, hat mich das zwar überrascht, andererseits kann es dafür viele Gründe geben."

„Was meinen Sie damit?", hakte Shaye nach.

111

Er zuckte mit den Schultern. „Viele Obdachlose kommen in Kontakt mit Drogen, und das ist normalerweise der Anfang vom Ende, wenn Sie verstehen, was ich meine. Andere geraten in irgendwelche Schwierigkeiten und werden geschnappt, oder sie sind einfach zur falschen Zeit am falschen Ort. Mitgefangen, mitgehangen. Manchmal werden die Jugendlichen von den Cops aufgegriffen und für eine Weile aus dem Verkehr gezogen. Die kreuzen normalerweise nach ein paar Tagen wieder auf."

„Also haben Sie sich nicht wirklich Sorgen gemacht, als er nicht zur Arbeit kam."

„Ich hab mir mehr Sorgen darüber gemacht, dass mir jetzt ein Arbeiter fehlt. Wegen dem Regen hinken wir unserem Zeitplan eh schon hinterher. Diese Jugendlichen tauchen in der Regel von ganz allein wieder auf. So oder so hätte ich nichts machen können."

„Haben Sie ihn als vermisst gemeldet?"

„Weil er ein paar Tage lang nicht zur Arbeit erschienen ist? Die Polizei würde sich nicht mal die Mühe machen, meine Meldung aufzunehmen."

Shaye wusste, dass er recht hatte, doch seine gleichgültige Einstellung frustrierte sie.

„Hören Sie", sagte John, der ihr Missfallen offensichtlich bemerkt hatte. „Ich hoffe wirklich, dass dem Jungen nichts passiert ist. Ich mag ihn und er hat ganz sicher eine Zukunft auf dem Bau, wenn er das will. Aber ich weiß von ihm tatsächlich nur, dass er ein guter Arbeiter ist."

„Aber Sie haben doch bestimmt Unterlagen über ihn, für seine Lohnabrechnung?"

„Ich hab eine Kopie von seinem Ausweis und seiner Sozialversicherungsnummer. Er ist ein Hilfsarbeiter und ich hab zugestimmt, ihn in bar zu bezahlen, deshalb waren keine weiteren Unterlagen nötig."

„Und gleichzeitig keine Lohnsteuer oder Abgaben für Versicherungen."

„Hey, der Junge hat um Bargeld gebeten, so wie die meisten von denen, aber ich führe sowieso keine Hilfsarbeiter auf meiner Lohnabrechnung. Das würde mich schon allein durch den Verwaltungsaufwand ein Vermögen kosten. Und das ist die übliche Praxis. Kein Bauunternehmer setzt ungelernte Arbeitskräfte auf die Gehaltsliste."

Shaye nickte. „Würden Sie mir die Ausweiskopien zeigen?"

Er sah zwischen Hustle und ihr hin und her. „Würden Sie mir sagen, worum es hier geht?"

„Einige der Straßenkinder sind verschwunden. Ein Junge wurde ermordet aufgefunden. Scratchs Freunde können ihn nicht finden, also untersuche ich sein Verschwinden und das von einigen anderen."

Er runzelte die Stirn. „Wieso war dann die Polizei noch nicht hier?"

„Und nach wem hätten die fragen sollen?", antwortete Shaye. „Einer Person, die eigentlich gar nicht existiert? Die niemand als vermisst gemeldet hat? Wenn ich davon ausgehe, dass auch die anderen in bar bezahlt wurden, haben deren Arbeitgeber vermutlich die gleichen Schlussfolgerungen gezogen wie Sie."

„Höchstwahrscheinlich ja."

„Ich nehme auch an, dass Scratchs Ausweisunterlagen gefälscht sind, also würden die Ermittlungen der Polizei sowieso nicht viel ergeben."

„Und Sie glauben, dass Sie da mehr Glück haben?"

„Die Möglichkeit besteht. Polizisten unterliegen Beschränkungen, die Privatdetektive nicht betreffen."

„Ja, aber die Cops stellen einem nicht ihre Arbeitsstunden in Rechnung."

„Ich betrachte diesen Auftrag als meinen Beitrag für die Gesellschaft."

Er musterte sie einige Sekunden lang und nickte dann. „Okay. Wenn Sie glauben, dass Sie das weiterbringt." Er deutete auf ein Gebäude auf der gegenüberliegenden Straßenseite. Die Fenster waren vergittert und an der Eingangstür prangte ein Vorhängeschloss. „Mein Behelfsbüro ist dort drüben."

Shaye und Hustle folgten ihm. Seine Miene war während des gesamten Gesprächs unverändert geblieben und Shaye fragte sich, was ihm wohl durch den Kopf ging. Als sie das Gebäude erreichten, entriegelte John das Schloss und führte sie hinein. Anschließend zog er einen dünnen Hefter aus dem Aktenschrank und reichte ihn Shaye. Sie betrachtete die Kopien vom Ausweis und von der Sozialversicherungskarte und sah sich dann im Büro um.

Es gab weder Kopierer noch Scanner. „Ist es okay, wenn ich die beiden Dokumente fotografiere?", fragte sie.

„Klar", stimmte John zu.

Sie legte die beiden Kopien auf den Schreibtisch und machte von jeder ein Foto. Vermutlich waren die Daten gefälscht, aber trotzdem musste sie dieser Spur nachgehen. Sie steckte das Handy zurück in ihre Tasche und gab John den Hefter. „Die Adresse auf dem Ausweis – stimmt die?"

„Keine Ahnung", musste John zugeben. „Wir verschicken erst Ende des Jahres die Steuerunterlagen, und wenn die Arbeiter dann noch hier sind, geben wir ihnen das Formular gleich mit."

„Okay. Vielen Dank, dass Sie sich Zeit für mich genommen haben."

„Kein Problem." Er nahm eine Visitenkarte vom Schreibtisch. „Wenn Sie was rausfinden, sagen Sie mir dann bitte Bescheid? Wie gesagt, er kann es auf dem Bau weit bringen, wenn er will."

Sie steckte die Karte ein und zog eine von ihren hervor. „Natürlich. Und falls Sie etwas hören oder er auftaucht, lassen Sie es mich wissen."

Er nickte und warf Hustle einen letzten Blick zu, ehe sie gingen. Als sie abfuhren, hob er die Hand zum Gruß.

„Was denken Sie?", fragte Hustle.

„Ich denke, dass er die Wahrheit sagt, auch wenn er uns nicht viel weiterhelfen konnte."

Hustle runzelte die Stirn. „Ich auch. Wir kommen überhaupt nicht voran. Jinx ist immer noch irgendwo da draußen. Ich darf gar nicht darüber nachdenken, was ..."

„Ich weiß. Wir tun alles, was in unserer Macht steht. Du musst positiv denken. Ich bleib an der Sache dran, bis wir Jinx gefunden haben."

Er sah sie an und nickte. „Danke."

„Wo soll ich dich absetzen?"

„Bei den Docks. Ich will ein bisschen skaten. Vielleicht tauchen ein paar der anderen auf und wissen was Neues."

Shaye verließ den Ninth Ward und fuhr zurück nach Bywater. Sie ließ Hustle einige Häuserblocks vom Dock entfernt aussteigen, sodass keins der Straßenkinder sie zusammen sehen konnte. Während des Frederick-Falls hatte sie ihn an den Docks befragt. Vielleicht würden manche der Jungen sie wiedererkennen. Wenn sie herausfanden, dass Hustle mit einem Outsider zusammenarbeitete, würden sie ihm womöglich nichts mehr erzählen.

Und momentan war er die beste Informationsquelle, die sie hatten.

Kapitel 8

Corrine saß am Küchentisch und hämmerte auf die Tastatur ihres Laptops ein. Mit jedem Buchstaben wurde ihr Anschlag härter.

„Entweder brichst du dir gleich einen Nagel ab oder machst eine Taste kaputt", kommentierte Eleonore.

Corrine sah stirnrunzelnd zu ihrer Freundin hinüber, die gerade Eistee in zwei Gläser einschenkte. „Wenn du mir sowieso nicht hilfst, kannst du auch gerne gehen."

„Prima. Wie kann ich dir helfen? Ich hab Panzertape und Superkleber. Damit können wir entweder deine Nägel oder die Tastatur verstärken. Deine Entscheidung."

Seufzend lehnte sich Corrine zurück. „Es tut mir leid. Ich bin ziemlich frustriert wegen meines Vaters und Shaye, und mir fällt hier die Decke auf den Kopf. Das hab ich an dir ausgelassen."

„Da hast du zum ersten Mal heute recht."

„Dein Mitgefühl macht mich ganz sentimental."

„Ich bin Psychiaterin. Wir haben's nicht so mit Mitgefühl. Ich bin mehr für die Realität."

„Na schön, ich spiele mit. Dann verrat mir doch mal, wie ich damit umgehen soll, dass mein Vater es mit seinem Geglucke total übertreibt, aber jedes Mal, wenn ich ihn deshalb anfahren will, höre ich mich selbst, wie ich ähnliche Sachen zu Shaye sage. Dann möchte ich mir am liebsten dafür in den Hintern treten, dass ich schon genauso neurotisch und nervig bin wie er."

Eleonore schob ein Glas Eistee über den Tisch, setzte sich Corrine gegenüber und nahm sich ein Himbeercroissant. „Pierce ist nicht neurotisch. Jedenfalls nicht, wenn es um dich geht. Beim Geschäftlichen vielleicht. Nervig ist er allerdings, zumindest aus deiner Perspektive."

„Deine halbherzige Zustimmung ist weder tröstlich noch hilfreich."

Eleonore lachte. „Tut mir leid. Du hast mir nicht gesagt, dass ich realistisch *und* hilfreich sein soll. Lass es mich noch mal versuchen. Pierce liebt dich und macht sich Sorgen, weil du sein einziges Kind bist. Du arbeitest in einem gefährlichen Beruf, und obwohl der letzte Vorfall nichts mit deinem Job zu tun hatte, hat er nur noch unterstrichen, wie angreifbar du während der Arbeit bist."

„Aber der Risiken waren wir uns beide immer bewusst. Das ist ja wohl kaum neu."

„Nein. Aber zum ersten Mal bist du dem Tod so nah gekommen. Sich einer Sache theoretisch bewusst zu sein ist etwas völlig anderes, als wenn einem die Realität mit voller Wucht ins Gesicht schlägt."

„Und jetzt soll ich mich besser fühlen?"

„Das war gar nicht mein Ziel. Ich will dir helfen zu verstehen, warum Pierce so nervig ist, und wichtiger noch, warum sich das vermutlich nicht ändern wird."

Corrine seufzte. „Hattest du eigentlich auch schon mal unrecht? Ich meine, irgendwann wird das sicher mal vorgekommen sein, aber ich war niemals dabei."

„Ich könnte mich ja irgendwo mal absichtlich täuschen, wenn du dich dadurch besser fühlst."

„Ach, jetzt machst du dir plötzlich Gedanken um meine Gefühle?"

Eleonore grinste. „Verschwende deine Zeit nicht damit, dich über Pierce aufzuregen. Früher oder später wird er sich mit der nächsten großen Firmenübernahme beschäftigen, oder seine Wiederwahl steht an, und dann tritt all das in den Hintergrund."

„Das ist ja alles gut und schön, aber es löst nicht mein Problem, dass ich Shaye genauso auf die Nerven gehe wie mein Vater mir."

„Du könntest da schon große Fortschritte machen, indem du aufhörst, ihr deine unmöglichen Beziehungskandidaten aufzudrängen."

„Derrick Oliver ist ein ganz wunderbarer junger Mann."

Eleonore zog eine Braue hoch.

Corrine warf eine Serviette nach ihr. „Ihr zwei seid vom selben Schlag."

„Du weißt selbst, wie fürchterlich er ist", sagte Eleonore. „Du willst es bloß nicht zugeben."

„Schön, dann ist er halt ein bisschen schrecklich. Aber vor ihm liegt eine wunderbare Zukunft. Shaye müsste nicht arbeiten …"

„Du meinst, so wie du nicht arbeiten müsstest? Wem willst du hier eigentlich etwas vormachen? Shaye bräuchte jetzt auch nicht zu arbeiten. Mit ihrem Treuhandvermögen könnte sie vermutlich ein kleines Land finanzieren. Und du mit deinem wahrscheinlich die kompletten Staatsschulden abbezahlen. Und ich sehe dich auch nicht kündigen."

„Ist es denn falsch, wenn ich möchte, dass sie jemanden an ihrer Seite hat?"

„Natürlich nicht. Mütter wollen nun mal das Beste für ihre Kinder, und du bist eine gute Mutter. Lediglich dein Männergeschmack ist unter aller Kanone. Shaye beweist da viel mehr Urteilsvermögen."

„Was soll das heißen?"

„Hast du etwa gestern Abend nicht den gut aussehenden Detective Lamotte kennengelernt?"

Corrine runzelte die Stirn. „Der Polizist? Der war gut aussehend?"

„Das ist dir nicht aufgefallen?"

„Aber dir?"

„Es war ziemlich schwer zu übersehen. Schließlich bin ich nicht tot."

„Na gut, vermutlich sah er nicht übel aus, aber ich verstehe nicht, was das mit ... Oh mein Gott. Du glaubst doch wohl nicht ..."

„Dass er total auf Shaye abfährt? Und ob ich das glaube. Und das ist meine berufliche Meinung."

Corrine stöhnte. „Bitte sag, dass das ein Witz ist."

„Was ist denn daran so schlimm? Er schien ein netter Kerl zu sein."

„Er ist Polizist, das ist schlimm daran. Das Letzte, was Shaye braucht, ist ein Mann, dessen Beruf sie noch weiteren Risiken aussetzt. Was um alles in der Welt hat er ihr außer Problemen schon zu bieten?"

„Nun ja, er kann verdammt gut schießen und sieht im Anzug hervorragend aus. Das wären dann schon mal zwei Dinge."

„Das mit dem Schießen lass ich durchgehen, und das mit dem Anzug vielleicht."

„Vielleicht? Er war der bestaussehende Mann im Raum, und wahrscheinlich der einzige, mit dem ich freiwillig gesprochen hätte. Shaye schien seine Anwesenheit nichts auszumachen, und das solltest du positiv bewerten. Bei ihrer bisherigen Einstellung zu Männern ist das eine große Sache, auch wenn er unter Umständen kein Mann ist, bei dem sie sich deiner Meinung nach wohlfühlen sollte."

„Sie sah aus, als hätte sie sich wohlgefühlt?"

„Als ich zu ihnen kam, hat sie lächelnd mit ihm geredet. Sie hat mit mir herumgealbert, uns vorgestellt und unser Wohltätigkeitsspielchen erklärt. Das sind private Informationen. Das ist gut, Corrine. Sie öffnet sich mehr. Ich weiß, dass du deshalb umso besorgter um ihre Sicherheit bist, aber emotional gesehen ist das ein Schritt nach vorne."

Corrine hob resigniert die Hände. „Schön. Es ist ein gutes Zeichen. Ich wünschte nur, sie würde diesen Schritt bei einem langweiligen Investmentbanker oder vielleicht einem Buchhalter mit Sinn für Humor machen." Sie nahm einen Schluck von ihrem Eistee. „Ich hab Shaye gefragt, ob sie immer noch unter diesen Albträumen leidet."

Eleonore schüttelte den Kopf. „Du weißt doch, dass ich über nichts sprechen darf, was Shaye mir in den Sitzungen anvertraut."

„Also ehrlich, für jemanden, der fürs Zuhören bezahlt

wird, unterbrichst du mich ganz schön oft. Ich hab dich nicht um Informationen gebeten. Ich versuche, dir welche zu geben."

„Warum sagst du das denn nicht gleich?"

Corrine seufzte. „Sie hat zugegeben, dass sie immer noch Albträume hat. Ich glaube jedoch, dabei handelt es sich nur um die Spitze des Eisbergs. Vermutlich werden sie schlimmer."

„Hat sie das gesagt?"

„Nein. Das sagt mir meine mütterliche Eingebung. Ich hab sie auch gefragt, ob sie sich an irgendwas erinnert. Sie meinte, sie wüsste es nicht. Dass ihr die Träume so real erscheinen, aber wenn sie aufwacht, kann sie sich an nichts mehr erinnern."

Eleonore nickte. „Und das bleibt womöglich für immer so. Das weißt du."

„Ja, aber sie musste mir versprechen, dass sie es mir erzählt, wenn sie es doch tut. Sie hat gesagt, damit müsse ich mich nicht belasten. Ich hab geantwortet, dass ich seit neun Jahren darauf warte, mich damit zu belasten."

„Wie hat sie das aufgenommen?"

„Ganz gut, denke ich. Ich hoffe zumindest, dass sie mir Bescheid sagt. Ich will sie nicht dauernd drängen."

„Ich weiß. Es ist ein schmaler Grat dazwischen, da zu sein, um helfen zu können, und sie zu stark zu bedrängen und damit eine Grenze zu überschreiten, was dazu führt, dass sie alles für sich behält."

Corrine biss sich auf die Lippe und starrte in ihren Tee. Schließlich sah sie wieder zu Eleonore auf. „Ich weiß, dass du mir nichts verraten darfst, was sie dir während der Therapiesitzungen erzählt, aber du würdest es mir doch sagen, wenn sie in Gefahr wäre, oder? Falls es jemals so weit kommt, dass ich jemanden für ihre Sicherheit anheuern muss? Sie wäre sauer, aber das ist mir egal."

Eleonore drückte Corrines Hand. „Jeder, der Shaye was antun will, müsste erst mal an uns beiden vorbei. Das verspreche ich dir."

Corrine spürte, wie ihr Tränen in die Augen stiegen. Fast solange sie denken konnte, war Eleonore immer für sie da gewesen. Und dann für Shaye. So oft hatte Corrine sich gewünscht, sie könnte mit Worten ausdrücken, wie viel ihr die Freundschaft mit Eleonore bedeutete, aber immer, wenn sie es versuchte, kamen ihr die Worte unzulänglich vor. Sie sah ihre beste Freundin an.

Eleonore lächelte. „Ich weiß."

Corrine erwiderte das Lächeln und zuckte dann erschrocken zusammen, als ihr Laptop piepte.

„Was war denn das?", erkundigte sich Eleonore.

Corrine zog den Laptop zu sich heran. „Das ist ein Treffer für das verschwundene Mädchen, nach dem Shaye sucht."

Eleonore eilte um den Tisch herum, damit sie mit auf den Bildschirm sehen konnte.

„Mandy LeDoux. Baton Rouge. Fünfzehn Jahre alt." Eleonore schüttelte den Kopf. „Sieht aus, als ob deine Kollegen in der Hauptstadt der Mutter ein paar Besuche abgestattet haben."

„Offensichtlich zu wenige." Corrine lehnte sich zurück.

„In solchen Momenten könnte ich am System verzweifeln. Es versagt so oft."

„Und Tausende andere Male funktioniert es."

„Bei diesem Mädchen hat es versagt, und sie ist auf den Straßen von New Orleans gelandet. Gott allein weiß, was ihr zugestoßen ist."

Eleonore deutete auf den Bildschirm. „Hier steht, dass ihre Tante mütterlicherseits sie als vermisst gemeldet hat. Sie wohnt hier in Uptown."

Corrine griff nach ihrem Handy. „Ich gebe Shaye Bescheid. Sie wird mit der Tante reden wollen."

Shaye umklammerte das Lenkrad und versuchte, ihre Emotionen unter Kontrolle zu bringen, aber das war schwer. Jinx' Tante wohnte nur fünf Minuten entfernt. Shaye konnte kaum erwarten, was ihr die Frau zu sagen hatte. Alle möglichen Fragen schossen ihr durch den Kopf. War Jinx wegen ihrer Tante nach New Orleans gekommen? Falls ja, warum lebte sie dann auf der Straße? Die Tante hatte als Jinx' letzte bekannte Adresse die Bruchbude angegeben, in der Jinx mit ihrer Mutter außerhalb von Baton Rouge gewohnt hatte, als die Sozialarbeiter bei ihr vorstellig geworden waren. Vielleicht wusste die Frau ja gar nicht, dass Jinx in New Orleans war.

Das Haus der Tante war winzig und eng und brauchte einen neuen Anstrich, aber es befand sich in einer anständigen Gegend. Shaye parkte auf der Straße und ging zur Tür.

Hoffentlich war Cora LeDoux daheim. Corrine hatte ihr zwar auch Coras Telefonnummer gegeben, aber Shaye zog ein Gespräch von Angesicht zu Angesicht vor. Und sie tauchte lieber ohne Vorwarnung auf. Dadurch blieb den Leuten keine Zeit, sich vorzubereiten, falls sie etwas zu verbergen hatten.

Sie klopfte an und wartete. Ein paar Sekunden später hörte sie aus dem Inneren ein Geräusch. Kurz darauf schwang die Tür auf und eine dünne Frau in mittleren Jahren mit kurzen schwarzen Haaren und blasser Haut starrte sie an.

„Cora LeDoux?"

„Ja."

Shaye zog ihre Brieftasche hervor und zeigte Cora ihren Ausweis. „Mein Name ist Shaye Archer. Ich bin Privatdetektivin."

Cora machte große Augen. „Eine Privatdetektivin? Was um alles in der Welt wollen Sie denn von mir?"

„Ich bin auf der Suche nach Ihrer Nichte Mandy."

„Ich auch."

„Ich weiß. Sie haben beim Sozialen Dienst in Baton Rouge eine Vermisstenanzeige aufgegeben."

Cora runzelte die Stirn. „Ich verstehe nicht. Warum suchen Sie meine Nichte dann hier bei mir?"

„Ihre Nichte hat die letzten Monate über in New Orleans auf der Straße gelebt. Vor ein paar Tagen ist sie verschwunden. Ein Freund von ihr hat mich engagiert, um sie zu finden."

Cora klammerte sich am Türrahmen fest. Shaye konnte

sehen, dass es nicht aus emotionalen Gründen, sondern aus purer Erschöpfung geschah.

„Darf ich hereinkommen?", fragte sie.

„Bitte." Cora öffnete die Tür ein Stück weiter, um Shaye durchzulassen. „Ich muss mich setzen."

Nachdem sie die Tür geschlossen hatte, setzte sich Cora in einen Sessel und deutete auf die Couch. Shaye suchte sich einen Platz in nächster Nähe. Dabei fiel ihr auf, dass der Sessel einen elektrischen Mechanismus hatte, der dem Sitzenden beim Aufstehen half.

„Ms LeDoux", begann sie, „ich hoffe, Sie finden meine Frage nicht unverschämt, aber sind Sie krank? Ich kann auch ein anderes Mal wiederkommen, wenn es Ihnen besser geht."

Cora winkte ab. „Bitte nennen Sie mich Cora. Morgen geht's mir vielleicht besser. Vielleicht auch nicht. Ich hatte Brustkrebs. Jetzt ist das Schlimmste überstanden, aber die Chemo hat mich fix und fertig gemacht. Die Ärzte sagen, es wird eine Weile dauern, bis ich wieder einigermaßen bei Kräften bin."

Shaye tat die Frau leid. Sie selbst hatte zwar keinen Krebs gehabt, aber ebenfalls einen zerschundenen Körper und einen erschöpften Geist und wusste daher aus eigener Erfahrung, wie schwer es war, wieder auf die Beine zu kommen. Es war ein harter, schmerzhafter Weg. „Es tut mir sehr leid, dass Ihnen die Chemo so sehr zu schaffen gemacht hat, aber ich bin froh, dass Sie auf dem Weg der Besserung sind."

Cora schenkte ihr ein schwaches Lächeln. „Da sind wir

schon zwei. Sie haben gesagt, Mandy hat hier in New Orleans auf der Straße gelebt?"

„Ja. Sie wussten nicht, dass sie hier war?"

„Nein. Ich hatte einen Anwalt aufgesucht, um mich wegen der Beantragung des Sorgerechts beraten zu lassen, aber dann bekam ich die Krebsdiagnose. Der Anwalt war der Meinung, dass das Gericht mir Mandy in meinem Zustand nicht zusprechen würde. Erst recht nicht, weil es mir erst mal schlechter statt besser gehen würde. Er meinte, der Richter würde sicher befinden, dass Mandy bei einem gesunden Elternteil besser dran wäre als bei einer kranken Tante."

Beim letzten Satz durchzog Ärger Coras Miene.

„Ich liebe meine Schwester", erklärte sie. „Aber das, was aus ihr geworden ist, verabscheue ich. Die Drogen, die Männer – was Gina Mandy zugemutet hat, ist kriminell."

„Ist sie schon lange süchtig?"

„Mandy behauptet, seit ungefähr fünf Jahren, aber das sind die Erinnerungen eines Kindes. Gina könnte genauso gut schon vorher Drogen genommen haben und Mandy konnte einfach die Anzeichen nicht einordnen."

Shaye runzelte die Stirn. „Sie haben nichts davon gewusst?"

Cora schüttelte den Kopf. „Wir stammen aus North Carolina. Nach ihrem Highschoolabschluss ist Gina verschwunden. Ein paar Jahre später hab ich sie in Kalifornien gefunden. Damals war Mandy noch ein Kleinkind. Gina lebte zwar nicht auf großem Fuß, aber sie hatte einen Job als Kellnerin und wohnte in einem Apartment in der Nähe des Restaurants. Es war winzig, aber sauber, und es schien ihr gut zu gehen."

„Was hat sich geändert?"

„Eines Tages hab ich versucht, sie anzurufen, doch ihre Handynummer war plötzlich nicht mehr gültig. Das war etwa acht Jahre, nachdem ich sie aufgespürt hatte. Als ich mich bei dem Restaurantbesitzer und ihrem Vermieter nach ihr erkundigt habe, bekam ich von beiden das Gleiche zu hören: dass sie sich mit einigen miesen Typen eingelassen und sich verdünnisiert hatte. Sie rückten zwar nicht direkt mit der Sprache raus, worum es dabei ging, aber an ihrem Tonfall konnte ich schon erkennen, dass es sich um nichts Gutes handelte."

„Und wann haben Sie sie erneut aufgespürt?"

„Vor ungefähr anderthalb Jahren. Ich hab einen Privatdetektiv engagiert. Er hat drei Jahre lang nach Gina gesucht."

„Drei Jahre? Wow. Das ist eine lange Zeit. Da kamen sicher einige Arbeitsstunden auf der Rechnung zusammen."

„Mein Verlobter kam bei einem Autounfall ums Leben. Er hatte eine gute Lebensversicherung abgeschlossen, und ich war die Nutznießerin. Außerdem arbeite ich als Programmiererin, verdiene also gut. Wäre Mandy nicht gewesen, hätte ich vermutlich früher aufgegeben, aber ich hab immer daran denken müssen, was ihr zustoßen könnte, verstehen Sie?"

„Meine Mutter ist hier in New Orleans als Sozialarbeiterin tätig. Ich weiß besser als die meisten Menschen, was Sie meinen."

Cora nickte. „Wenn der Privatdetektiv eine neue Spur von ihr auftrieb, war sie meistens schon wieder ein paar Monate lang von dort weg. Es war fast so, als ob sie wüsste, dass er ihr auf den Fersen war. Wer weiß, vielleicht wusste sie es wirklich. Vielleicht haben ein paar der Gestalten, mit denen sie abhing, sie gewarnt. Schließlich hat er sie in Baton Rouge aufgespürt, und ich hab sie dort besucht."

Coras Augen füllten sich mit Tränen. „Es war sogar noch schlimmer, als ich erwartet hatte. Gina sah aus wie ein Skelett, nichts als Haut und Knochen. An Armen und Beinen hatte sie überall Einstichwunden. Mandy ist quasi allein aufgewachsen, aber sie hat sich schützend vor ihre Mutter gestellt, obwohl ich ganz genau sehen konnte, dass sie Angst hatte."

„Gina war alles, was sie hatte."

„Genau. Sie konnte sich nicht an mich erinnern und hat mir auch nicht viel erzählt, aber ich hatte genug gesehen. Ich hab den Sozialen Dienst benachrichtigt. Sie haben Mandy eine Zeit lang aus dem Haus geholt, aber ohne Mandy bekam Gina auch nur noch die Hälfte an Sozialhilfe, also ist sie lange genug clean geworden, um sie zurückholen zu können. Während Mandys Heimaufenthalt hab ich viel Zeit mit ihr verbracht, und wir hatten ein gutes Verhältnis aufgebaut. Als die Sozialarbeiter sie an Gina zurückgegeben haben, bin ich zurück nach North Carolina gefahren und hab einen Anwalt engagiert."

„Und dann bekamen Sie Ihre Diagnose." Shaye schüttelte den Kopf. „Sie müssen furchtbar enttäuscht gewesen sein. Da haben Sie so lange nach Gina und Mandy gesucht, und dann wird Ihnen plötzlich alles genommen."

„Was der Anwalt mir gesagt hat, hat mir nicht gefallen,

aber ich wusste, dass es stimmt. Also hab ich Zukunftspläne geschmiedet. Mein Arzt in North Carolina hat mir einen Spezialisten in New Orleans empfohlen. Er hält ihn für die führende Koryphäe auf dem Gebiet der Krebsbehandlung. Es war zwar nicht Baton Rouge, aber ich war immerhin in Mandys Nähe, und ich hab hier eine Freundin, die mir helfen konnte, wenn ich gesundheitlich zu angeschlagen war, um allein zurechtzukommen. Sobald ich wieder einigermaßen auf dem Damm war, wollte ich um das Sorgerecht für Mandy kämpfen."

„Hatte Mandy eine Möglichkeit, Sie zu erreichen?"

„Bevor ich aus Baton Rouge wegging, hab ich ihr meine Handynummer gegeben. Sie hatten zwar selbst kein Telefon, aber Mandy hat mir versprochen, mich jeden Tag aus der Telefonzelle bei der Drogerie anzurufen. Was sie jedoch nie getan hat. Nach ein paar Tagen hab ich mir Sorgen gemacht und den Privatdetektiv hingeschickt, während ich mit meinem Umzug hierher beschäftigt war. Es war genau so, wie ich befürchtet hatte. Gina war wieder verschwunden. Der Detektiv hat sie schließlich in einem runtergekommenen Motel gefunden, das für Prostitution und Drogenhandel bekannt war, aber von Mandy war weit und breit nichts zu sehen. Als er sie zu ihr befragt hat, meinte Gina nur, sie wäre weg."

„Und da haben Sie sie als vermisst gemeldet."

„Ja." Cora schüttelte den Kopf. „Ich kann nicht fassen, dass Mandy hier in New Orleans gelebt hat. Warum hat sie mich denn nicht angerufen? Sie hat doch gewusst, dass ich ihr helfen wollte. Ich hab geglaubt, dass sie mir vertraut."

„Vielleicht hat sie Ihre Nummer verloren oder verlegt, wenn Gina es mit dem Umzug so eilig hatte. Sie wussten nichts von dem Krebs, als sie aus Baton Rouge weggegangen sind, also wusste Mandy auch nichts von Ihrem Umzug. Falls sie versucht hat, Sie zu finden, dann hätte sie in North Carolina nach Ihnen gesucht."

Cora wischte sich schniefend Tränen aus den Augen. „Ich hätte mich früher melden sollen. Ach was, ich hätte sie einfach mitnehmen und in die Obhut einer Freundin geben sollen."

„Bitte machen Sie sich keine Vorwürfe. Sie haben Ihr Bestes in einem Sozialsystem versucht, das leider nicht immer zum Wohl des Kindes entscheidet."

Cora nickte. „Danke. Also, was können Sie mir über meine Nichte erzählen?"

Shaye berichtete Cora alles, was sie über Mandy wusste. Als sie geendet hatte, schüttelte Cora den Kopf.

„Jinx. Der Pechvogel. Das arme Mädchen", sagte sie. „Sie hat sich einen Namen ausgesucht, der aus ihrer Sicht gut zu ihr passt. Das Leben bei ihrer Mutter war so schlimm, dass sie lieber obdachlos sein wollte, und jetzt das. Sie haben also keine Ahnung, was passiert sein könnte?"

Shaye schüttelte den Kopf. Das Schlimmste hatte sie Cora bisher verschwiegen. „Leider ist Mandy nicht die Einzige, die verschwunden ist." Sie informierte Cora über Jacksons Ermittlung und die anderen Jugendlichen, von denen ihr Hustle erzählt hatte.

Cora krallte die Finger in den Saum ihres Shirts, bis es völlig verknittert war. „Ich verstehe das nicht", sagte sie, als Shaye ihren Bericht beendet hatte. „Was geht da vor sich?"

„Nichts Gutes. Das ist das Einzige, was ich mit Bestimmtheit sagen kann."

„Und dieser Detective, mit dem Sie zusammenarbeiten … Hat der eine Theorie?"

„Vermutlich mehrere, genau wie ich. Was wir allerdings nicht haben, sind Beweise. Ich will vollkommen aufrichtig zu Ihnen sein. Wir haben nicht besonders viele Spuren. Die Straßenkinder leben zu ihrem eigenen Schutz sehr isoliert. Da keiner von ihnen viel über die anderen weiß, ist es schwer, rauszukriegen, was passiert ist."

„Aber dieser Hustle kannte meine Nichte?"

„Ich glaube, dass Hustle Ihre Nichte mag, und zwar über eine freundschaftliche Basis hinaus. Als sie ihm erzählt hat, dass sie glaubt, verfolgt zu werden, hat er versucht, sie zu beschützen."

Cora neigte den Kopf. „Darf ich fragen, wie Hustle dazu gekommen ist, Sie zu engagieren? Und wovon er Sie bezahlt? Ich hab Geld …"

Shaye hob abwehrend eine Hand. „Hustle hat mir bei einem Fall geholfen. Meine Klientin wurde gestalkt. Hustle hatte zufällig kurz Kontakt mit dem Stalker und hat mir Informationen geliefert."

„Haben Sie den Stalker erwischt?"

„Detective Lamotte hat ihn erschossen, um meine Klientin zu retten."

„Oh! Nun ja, so schrecklich das klingt, aber das ist vermutlich das beste Resultat für Ihre Klientin. Jetzt braucht sie sich jedenfalls nicht mehr auf Schritt und Tritt vor ihm zu fürchten."

„Der Stalker hat sich letztendlich als Serienmörder herausgestellt, insofern hat nicht nur meine Klientin etwas davon gehabt. Wer weiß, wie viele Menschen dadurch noch gerettet wurden."

Cora richtete sich auf. „Moment mal. Sprechen Sie von dem Emma-Frederick-Fall? Davon hab ich in den Nachrichten gehört. Das war Ihre Klientin? Oh mein Gott! Dass sie darüber so ruhig sprechen können. Sie müssen ja Nerven wie Drahtseile haben."

Shaye lächelte. „So was in der Art."

„Also ich bin jedenfalls froh, dass der Junge Ihnen genug vertraut, um Sie um Hilfe zu bitten. Und dass Sie und der Detective nach meiner Nichte suchen, erleichtert mich sehr. Sie haben Emma Frederick gerettet. Das gibt mir Hoffnung. Vielleicht gelingt Ihnen das auch bei Mandy."

„Wir haben es jedenfalls vor."

Shaye hatte Mühe, ihr Lächeln beizubehalten. Sie wollte nichts lieber, als Jinx lebendig zu finden und sie zu Cora zu bringen, wo sich ihr die Chance auf ein normales Leben bot. Doch mit jedem Tag, der vorüberging, schwand ihr Optimismus ein wenig mehr. Die Statistiken logen nicht.

Jinx lief die Zeit davon. Falls es nicht schon längst zu spät war.

Hustle sah sich um, ehe er die Straße überquerte. Die Straßenlaternen waren zwar gerade eingeschaltet worden, aber sie spendeten nur ein dämmriges Licht. Seit Shaye ihn abgesetzt hatte, war er bei den Docks gewesen. Dort hatte er die Skater abgepasst und mit ihnen gesprochen. Keiner von ihnen hatte Jinx, Scratch oder Spider gesehen, und alle schienen ehrlich geschockt, als sie erfuhren, was mit Joker passiert war. Niemand hatte Pater Michael erwähnt oder das Gefühl gehabt, dass er verfolgt wurde.

Sein rechter Knöchel pochte ein wenig, sodass er den Großteil seines Gewichts auf das linke Bein verlagern musste. Wenig überraschend waren seine Skateboardkünste heute miserabel gewesen. Seine Konzentration war völlig im Eimer. Ständig musste er an Jinx denken und daran, was ihr wohl zugestoßen war. Jedes Mal, wenn seine Gedanken in diese Richtung abwanderten, unterdrückte er sie schnell. Er wollte sich all die schrecklichen Möglichkeiten nicht mal vorstellen. Die schlimmsten davon waren endgültig. Und er würde einzig und allein ein Ende akzeptieren, bei dem Jinx lebte und es ihr gut ging, selbst wenn sie anschließend in eine Pflegefamilie kam. Vielleicht würde das für sie sogar besser funktionieren als bei ihm damals. Möglicherweise bekam sie die Chance auf ein normales Leben.

Das hatte sie sich verdient.

Als er die Straße überquerte, richteten sich seine Nackenhaare auf. Jemand beobachtete ihn. Er konnte es spüren.

Wer auch immer Jinx gekidnappt hatte, hatte ihr vermutlich auf dem Weg zu ihrem Versteck aufgelauert. Er wollte nicht zulassen, dass ihm dasselbe passierte. Ihn würden sie nicht kriegen. Statt geradeaus weiterzugehen, bog er nach links ab und beschleunigte seine Schritte. Nur zwei Blocks entfernt befanden sich ein paar Bars. Wenn er es unter

Leute schaffte, wäre er in Sicherheit. Selbst wenn er auf dem Gehweg vor den Bars warten musste, bis ihm etwas Besseres einfiel. Dann erinnerte er sich an sein Handy. Shaye würde wissen, was zu tun war. Er zog das Handy heraus und rief die Kontaktliste auf.

Der Mann kam so schnell aus dem Eingang eines verlassenen Gebäudes gerannt, dass Hustle kaum Zeit zum Reagieren blieb. Er sah eine erhobene Hand. Hustle streckte den Arm aus, um sich zu verteidigen, und die Hand des Mannes knallte auf das Handy. Hustle schwang sein Skateboard und traf den Mann seitlich am Kopf. Der stolperte gerade lange genug rückwärts, um Hustle die Möglichkeit zur Flucht zu geben. Er ließ sein Skateboard auf den Boden fallen und schoss darauf so schnell die Straße hinunter, wie er konnte. Vergessen war sein schmerzender Knöchel.

Als er die Bars erreicht hatte, sah er sich um, doch es war niemand zu sehen. Ein Blick auf das Handy verriet ihm, dass das Display zwar zerbrochen war, das Handy aber noch funktionierte. Dankbar tippte er Shayes Nummer ein. Als es klingelte, stieß er erleichtert den Atem aus.

„Hustle? Was ist los?"

Sein Herz klopfte so laut, dass er sie kaum verstehen konnte. „Gerade hat mich jemand angegriffen", brachte er zwischen kurzen Atemstößen hervor.

„Wo bist du?"

Er nannte ihr die Straßenkreuzung.

„Sind da Menschen?", fragte sie.

„Ja. Hier gibt es ein paar Bars."

„Beweg dich dort nicht weg. Keinen einzigen Schritt. Stell

dich in einen Eingang, wenn du kannst, aber achte drauf, dass dich genügend Leute sehen können. Ich bin in zehn Minuten bei dir."

Sie legte auf und Hustle lehnte sich vor dem Eingang der nächstgelegenen Bar an die Wand. Vor der Bar stand eine Gruppe Raucher. Sie sahen zwar zu ihm herüber, aber niemand schenkte einem Straßenjungen mit einem Skateboard besonders viel Beachtung. Dafür gab es einfach zu viele von ihnen. Die Stammkunden in diesen Bars machten sich mehr Sorgen darüber, dass die Polizei sie womöglich mit etwas Stärkerem als Zigaretten aufgreifen würde.

Sein Puls beruhigte sich ein wenig und sein Knöchel begann wieder zu pochen. Er rieb sich über die Stelle. Sie war bereits geschwollen. Als er fluchte, sahen die Raucher erneut zu ihm herüber. Das Letzte, was er jetzt brauchte, war eine Verletzung, die ihn noch langsamer machte. Er war gerade so noch mal davongekommen. Wer auch immer der Typ gewesen war, er war schnell. Hätte Hustle nur eine Sekunde langsamer reagiert, hätte ihm Gott weiß was geblüht.

Er spürte, wie ihm Tränen in die Augen stiegen, und wischte sie ärgerlich fort. Jetzt war keine Zeit für Schwäche. Jinx verließ sich darauf, dass er stark war. Wenn Shaye es trotz der schlimmen Erlebnisse in ihrer Vergangenheit sogar mit Serienmördern aufnehmen konnte, dann musste er sich erst recht zusammenreißen. Dann blieb ihm keine Ausrede.

Aber mehr als je zuvor vermisste er in diesem Moment seine Mom.

Kapitel 9

Shaye drückte das Gaspedal durch und raste wie eine Irre durch den Verkehr in Bywater. Hoffentlich waren keine Polizisten in der Nähe. Aber auch wenn einer hinter ihr herfuhr, würde sie nicht anhalten. Nicht, solange Hustle noch in Gefahr war. Mit allem anderen konnte sie sich später abgeben. Ihr Großvater beschäftigte genügend Anwälte.

Das Navi zeigte ihr an, dass sie abbiegen musste, und mit quietschenden Reifen fuhr sie nach rechts. Ein Fußgänger hatte gerade bei Rot die Fahrbahn betreten und sprang schnell zurück auf den Bürgersteig. Nicht jedoch, ohne ihr den Finger zu zeigen. Sie fuhr ein kleines bisschen langsamer, um besser auf Passanten achten zu können. In diesem Stadtbezirk gab es jede Menge Bars. Die Leute auf der Straße waren oft betrunken und beachteten nur selten die Ampeln. Mit einem Strafzettel für zu schnelles Fahren käme sie zurecht, sogar mit einem für rücksichtsloses Fahren, aber ein Unfall mit Todesfolge konnte sie ihre Privatdetektivlizenz kosten.

Sie umklammerte das Lenkrad. Tausende Fragen schossen ihr durch den Kopf. War er verletzt? Warum Hustle? Wusste jemand, dass er mit ihr zusammenarbeitete? Befand sie sich ebenfalls in Gefahr? Wie war ihm die Flucht gelungen, obwohl die anderen es nicht geschafft hatten? Hatte er seinen Angreifer gesehen? Würde er ihn zeichnen können?

Sie fuhr um die letzte Kurve und auf die Straßenkreuzung zu, an der er auf sie warten sollte. Als er ihr Auto kommen sah, lief er ihr entgegen. Dabei fiel ihr auf, dass er humpelte. Noch bevor sie angehalten hatte, riss er die Tür auf und sprang ins Auto hinein.

„Bist du verletzt?", fragte sie und fuhr weiter.

„Nein."

Sie musterte ihn genauer. Er war blass, und seine Augen waren rot und geschwollen, als hätte er geweint. „Du hinkst ja."

„Ich hab mir heute beim Skateboardfahren den Knöchel verdreht. Das eben hat dem Fuß vermutlich auch nicht besonders gutgetan."

„Erzähl mir, was passiert ist."

Hustle berichtete ihr, wie ihn auf dem Heimweg das Gefühl beschlichen hatte, verfolgt zu werden. Dass er die Richtung geändert hatte und der Mann aus einem verlassenen Gebäude auf ihn zugesprungen war.

„Hast du ihn gesehen?", erkundigte sie sich.

„Ja."

„Also kannst du ihn zeichnen?", fragte sie aufgeregt.

„Das würde nicht viel nützen. Er hatte eine Maske auf."

Shaye hatte Mühe, ihre Enttäuschung in den Griff zu bekommen. „Was für eine Maske?"

„Eine dieser Karnevalsmasken. Die mit dem Bruch in der Mitte, die das ganze Gesicht bedecken."

„Eine venezianische Maske?"

„Ja, ich glaube, so heißen die."

„Das hilft uns trotzdem weiter. Wenn du die Maske für

mich zeichnen kannst, dann finde ich vielleicht den Laden, der sie verkauft." Das sagte sie hauptsächlich, damit er sich ein wenig besser fühlte. Die Wahrscheinlichkeit war groß, dass mindestens ein Dutzend Läden im French Quarter dieselben Masken führten. „Was ist mit den körperlichen Merkmalen? Kannst du von seinen Händen oder der Art seiner Bewegungen auf sein Alter schließen?"

„Er war ziemlich groß, über einen Meter achtzig. Seine Statur konnte ich nicht erkennen, er hatte ein Hoodie und eine Jogginghose an. Und Handschuhe, deshalb hab ich keine Ahnung, wie seine Hände aussehen, aber bewegt hat er sich nicht wie ein alter Mann."

Ein paar Sekunden lang schwieg er. „Er war echt schnell, und er hat keine richtigen Schuhe getragen. Das ist mir aufgefallen. Das waren so eine Art Hausschuhe in Stiefelform."

„Damit du seine Schritte nicht hören kannst."

„Das nehme ich an, ja." Hustle blickte sie mit offenkundiger Angst an. „Der wusste genau, was er da tat. Seine Bewegungen wirkten so, als hätte er das schon öfters gemacht. Der hat auf mich gewartet. Das ist hier nicht irgend so eine Zufallssache. Da gibt es doch ein Wort dafür. Ich komme grad nicht drauf."

„Es war nicht aus der Gelegenheit geboren."

„Ja, genau! Er hat keine Sekunde gezögert und er hatte etwas in der Hand. Damit hat er das Display meines Handys kaputt gemacht. Könnte eine Spritze gewesen sein."

„Das würde erklären, wie er die anderen Jugendlichen überwältigen konnte. Du bist vermutlich der Erste, der ihm entwischt ist. Wenn das sonst noch jemand geschafft hätte, hätten wir es längst erfahren."

„Er hat Jinx. Der Typ mit der Spritze. Ich muss dauernd daran denken, was ihr wohl blüht. Obwohl ich ständig versuche, es auszublenden, aber das funktioniert nicht."

„Ich weiß. Sich nicht das Schlimmste auszumalen, ist der schwerste Teil von meinem Job. Aber wenn ich die negativen Gedanken zulasse, dann beeinflussen sie womöglich mein Handeln. Ich muss einfach an einen glücklichen Ausgang glauben. Dann mache ich weiter, statt aufzugeben. Und du musst das auch tun."

Er sah sie an. „Sie verlangen jetzt aber nicht, dass wir uns an den Händen halten und zusammen was singen, oder?"

„Ich hab's nicht so mit dem Singen, also nein."

„Ich bin auch nicht gerade der Supersänger." Er richtete sich ein wenig auf und sah zum Fenster hinaus. „Hey, wo fahren wir hin?"

„Zu mir."

„Auf keinen Fall! Ich kann nicht mit zu Ihnen. Was, wenn er mich beim Einsteigen in Ihr Auto gesehen hat? Wenn er das mit Ihnen rausfindet? Dann ist er hinter uns beiden her."

Shaye hielt vor ihrem Apartment an. „Das soll er erst mal versuchen. Komm mit rein. Wenn du es später immer noch für eine schlechte Idee hältst, bringe ich dich in ein Hotel."

Sein Blick schweifte zwischen dem Apartment und ihr hin und her. Seine Unentschlossenheit war offensichtlich. „Ich komme mit rein. Aber ich verspreche nichts."

„Einverstanden." Sie stieg aus und ging zur Tür. Hustle wartete, bis sie die Alarmanlage ausgeschaltet hatte, und betrat dann mit ihr zusammen die Wohnung. „Sieh her."

Sie verriegelte die Tür. Ein Riegel befand sich am oberen Teil, einer am unteren. Dann schaltete sie die Alarmanlage wieder ein. Sie deutete auf die Fenster. „Alle Fenster sind vergittert. Sie können nur von innen entriegelt werden, und dafür besitzen ausschließlich meine Mutter und ich den Code. Hier entlang." Sie winkte ihn in Richtung Küche.

„Diese Tür führt zur Gasse hinter den Häusern. Sie ist verschlossen und doppelt verriegelt wie die Vordertür. Beide Riegel sind aus Metall, nicht aus Holz. Auch die Türen sind aus Metall, aber absichtlich so getrimmt, als wären sie aus Holz. Und jetzt schau hier."

Sie ging mit ihm zu ihrem Schlafzimmer und deutete auf die Wand. Dort hingen vier Flachbildschirme. Jeder zeigte einen anderen Bereich der Wohnung oder des Außenbereichs. Die Bilder wechselten alle fünf Sekunden. „Hier kommt niemand rein, ohne dass wir es mitkriegen."

„Wow", sagte Hustle beeindruckt. „Sie haben ja mehr Sicherheitsvorkehrungen getroffen als eine Bank."

„Und meine sind vermutlich sogar besser. Die Banken müssen schließlich nicht meinem Großvater Rechenschaft ablegen."

„Ihr Großvater hat all das eingebaut?"

„Nicht persönlich, aber er hat eine Hightech-Firma dafür bezahlt, meine Wohnung und das Haus meiner Mutter zu sichern."

Hustle nickte. „Wegen der Sache mit Ms Frederick."

„Ja. Und wenn ich bewaffnete Bodyguards zugelassen hätte, dann hätte er auch die engagiert."

„Das wäre vielleicht gar keine so schlechte Idee. Falls Sie in diesem Beruf bleiben wollen, meine ich."

„Du klingst schon wie meine Mutter. Wie wäre es, wenn ich einen Bodyguard für dich einstelle, bis wir Jinx gefunden haben?"

Seine Miene, eine Mischung aus Schock und Entsetzen, brachte sie fast zum Lachen.

„Wenn es einen selbst betrifft, klingt die Idee plötzlich nicht mehr so toll, oder?", fragte Shaye. „Also, was meinst du? Kannst du heute Nacht hierbleiben? Ich verspreche dir, dass ich mir für morgen etwas anderes überlege."

„Für eine Nacht ist es okay. Ich nehme die Couch."

„Das musst du nicht. Neben meinem Schlafzimmer ist ein Gästezimmer. Das Bad ist gegenüber." Sie zog eine Jogginghose und ein großes T-Shirt aus einer Schublade und reichte ihm die Sachen. „Wenn du möchtest, kannst du deine Klamotten waschen. Die Waschmaschine steht in der Küche hinter der Flügeltür."

Er blickte auf die Kleidung in seiner Hand, und sie konnte sehen, dass er gleichzeitig dankbar und beschämt war. „Wie wär's, wenn du schnell duschst?", schlug sie vor. „Ich mache uns solange was zu essen. Allerdings bin ich eine ganz miese Köchin, deshalb bleibt dir nur die Wahl zwischen Tiefkühlpizza und gegrilltem Käsesandwich."

Seine Augen leuchteten auf. „Wie wär's mit beidem?"

„Kein Problem." Sie ging in die Küche, um ihm ein bisschen Privatsphäre zu geben. Sein Unwohlsein war offensichtlich, aber eine heiße Dusche war ein Luxus, zu dem Straßenkinder normalerweise keinen Zugang hatten. Sie zog eine Pizza aus der Tiefkühltruhe und steckte sie in den Ofen. Ein paar Sekunden später hörte sie die Dusche rauschen. Sie lächelte.

Eine Hürde geschafft.

Jetzt musste sie nur noch herausfinden, wo Hustle ab morgen wohnen konnte, wer ihn angegriffen hatte und wo Jinx war.

Das reinste Kinderspiel also.

Die Tür flog auf und abendliches Sonnenlicht fiel herein, sodass nur die Umrisse des Mannes zu erkennen waren, der auf sie zukam. Jinx drückte sich in eine Ecke und beobachtete ihn. Er trug keine Maske, aber als er an den Käfig herantrat, wünschte sie sich, er täte es.

Seine sonnengebräunte Haut wirkte ledrig. Auf der linken Wange zog sich eine lange Narbe vom Augenwinkel bis zur Lippe, wodurch sein Lid ein wenig herabhing. Sein Kopf war kahl geschoren, und über die Seite von Gesicht und Hals verlief ein Drachentattoo. Doch nichts davon machte ihr Angst. Auch die Freunde ihrer Mutter waren tätowierte, rau aussehende Männer gewesen. Sie hatten sie mit Drogen vollgepumpt und geschlagen, bis sie ihrer überdrüssig wurden und weiterzogen. Jinx hatte schon vor langer Zeit gelernt, wie man sich möglichst unsichtbar machte.

Was ihr Angst machte, war die Art und Weise, wie der Mann sie betrachtete.

Die meisten Loser ihrer Mutter hatten sie auch so angestarrt. Als ob sie sie in Gedanken auszögen. Es hatte sie immer angeekelt. Manche von ihnen waren geradezu gruselig gewesen, aber keiner hatte sie je so teilnahmslos gemustert. Als wäre sie ein Gegenstand und kein Mensch.

Er beugte sich herab und schob eine Papiertüte durch die Gitterstäbe. „Was zu essen", erklärte er, als er sich aufrichtete und sie erneut anstarrte. „Besonders kräftig siehst du nämlich nicht aus. Wir wollten für die letzte Runde ein Mädchen. Dann können wir vielleicht noch ein bisschen Spaß haben, ehe das Spiel vorbei ist, aber du bist für meinen Geschmack zu dünn."

Übelkeit stieg in ihr auf. Der Gedanke, dass der Kerl sie anfasste, war noch schlimmer als der Tod.

„Aber um dich aufzupäppeln, bleibt uns vermutlich eh keine Zeit", fuhr er fort. „Außerdem würde dich das langsamer machen, also wäre es bestimmt auch keine gute Idee. Schließlich soll die letzte Jagd nicht zu einfach werden."

Er grinste. Seine schiefen, abgebrochenen Zähne ragten wie Grabsteine in seinem Mund auf. Er klopfte auf den Käfig. „Iss das und ruh dich aus. Mach dich bereit für den Lauf. In zwei Tagen bist du dran, Süße."

Er drehte sich um, schob eine Tüte mit Essen durch Spiders Käfig und verließ pfeifend den Schuppen. Als er die Tür hinter sich schloss, nahm er auch einen Großteil des Lichts mit.

„Jinx?", rief Spider zu ihr herüber. „Jinx, ist alles okay?"

Sie versuchte gar nicht erst, gegen die Tränen anzukämpfen. Sie rannen ihr die Wangen hinab. „Nichts wird je wieder okay sein."

„Vielleicht können wir sie überlisten. Wir sind doch clever, oder? Wir wissen, wie man untertaucht. Machen wir doch auf der Straße auch."

„Und dabei sind wir hier gelandet. Was glaubst du, wie gut wir uns in einem Sumpf behaupten können, den die kennen wie ihre Westentasche und den wir vorher noch nie gesehen haben? Wie sollen wir uns ohne Waffen gegen die Pistolen dieser Männer schlagen?"

„Wir müssen hier raus." Spiders Stimme klang jetzt einige Oktaven höher. „Das ist unsere einzige Möglichkeit. Wir müssen hier rauskommen, ehe sie uns für die Jagd abholen."

„Wir sitzen in Käfigen. Wie genau stellst du dir das vor?"

„Keine Ahnung, aber es muss einen Weg geben. Womöglich ist irgendein Teil locker. Irgendwas. Es muss etwas geben, das wir tun können."

Angesichts von Spiders Verzweiflung zog sich Jinx das Herz zusammen, und ihre Gedanken wanderten zu Peter – dem kleinen, einsamen, verängstigten Jungen, dem die Zeit davonlief. Spider hatte recht. Sie mussten versuchen, auszubrechen und aus dem Sumpf zu entkommen. Sie mussten jemanden finden, der ihnen helfen konnte. Nur dann hatten sie eine Chance.

Eine Idee begann in ihrem Kopf Gestalt anzunehmen, und sie kroch aus ihrer Ecke auf die Käfigtür zu. „Okay, dann such nach Schwachstellen", sagte sie. „Ich schaue, ob ich dieses Schloss irgendwie aufkriegen kann."

Sie studierte es einen Moment. Ein typisches Vorhängeschloss. Sie tastete nach den Glitzersteinen an ihrer Gesäßtasche. Die dünnen Stäbchen, mit denen die Steine angeklebt waren, reichten vielleicht aus, um das Schloss zu knacken. Sie zog die Schuhe und die Jeans aus und begann, die Steine abzuklauben.

Das musste einfach funktionieren. Eine andere Möglichkeit blieb ihnen nicht.

Shaye ließ sich mit dem Laptop auf die Couch fallen. Hustle hatte drei Viertel der Pizza verschlungen, dazu drei Käsesandwiches, eine halbe Tüte Kartoffelchips und zwei Milkshakes, ehe er eingenickt war. Mit einem unbeholfenen „Danke" war er schließlich in Richtung seines Zimmers verschwunden. Als sie zehn Minuten später vorsichtig hineinspähte, lag er leise schnarchend auf dem Bett.

Sie schaltete den Fernseher ein und zappte auf einen Nachrichtenkanal. Normalerweise sah sie sich keine Nachrichten an, schon gar nicht vor dem Schlafengehen, aber bei diesem Fall wollte sie über alles informiert sein, was in der Stadt vor sich ging. Letzten Endes wusste man nie, was sich als relevant erweisen würde.

Sie öffnete den Laptop, um nach Straftaten mit Betäubungsmitteln zu suchen. Als der Reporter mit der Topstory begann, wandte sie ihre Aufmerksamkeit jedoch schlagartig dem Fernseher zu.

„Die Polizei sucht nach einem zehnjährigen Jungen, der

seit letztem Freitag vermisst wird. Er verschwand inmitten der Feierlichkeiten zum Nationalfeiertag aus dem Woldenberg Park. Peter Carlin wurde von seiner Nanny zuletzt auf einer Parkbank vor dem Stand eines Eisverkäufers in der Nähe der Conti Street gesehen. Die Nanny hatte den Jungen nur einen kurzen Moment aus den Augen gelassen, um eine Serviette zu holen. Als sie zurückkam, war er weg. Sofort verständigte sie alle Umstehenden. Mehrere Festivalbesucher und Verkäufer halfen ihr bei der Suche nach dem Jungen im Park und in dem angrenzenden Bereich, jedoch erfolglos.

Bitte setzen Sie sich sofort mit der Polizei von New Orleans in Verbindung, falls Sie Peter irgendwo gesehen haben. Die Polizei bittet auch darum, dass alle, denen der Junge im Woldenberg Park aufgefallen ist, sich für eine Zeugenaussage melden. Falls Sie zwischen zwei und drei Uhr nachmittags in der Nähe der Standverkäufer fotografiert haben, schicken Sie bitte Ihre Fotos per Mail an findpeter at NOLA police dot com."

Shaye zog sich der Magen zusammen, als ein Foto des lächelnden kleinen Jungen eingeblendet wurde. Schon wieder ein vermisstes Kind, aber dieses hier hatte Eltern und eine Nanny. Er war außerdem viel jünger als die Straßenkinder und war am helllichten Tag verschwunden. War die Gelegenheit einfach günstig gewesen? Ungeplant, im Gegensatz zu den Entführungen der Obdachlosen?

Sie stieß den Atem aus. Es war bereits 23.00 Uhr. Eigentlich hatte sie vorgehabt, Jackson erst am nächsten Morgen anzurufen und ihm von dem Angriff auf Hustle zu berichten. Außerdem musste sie herausfinden, ob er irgendwas über Pater Michael in Erfahrung gebracht hatte, und ihn fragen, ob er die Ausweispapiere von Scratch durch die Datenbank schicken konnte. Und obwohl es ihren Fall eigentlich nicht weiterbrachte, wollte sie ihm von Cora LeDoux erzählen.

Ehe sie ihre Meinung ändern konnte, schnappte sie sich ihr Handy und wählte seine Nummer. Es klingelte vier Mal und sie wollte gerade auflegen, als er abnahm. Er klang etwas atemlos.

„Störe ich?"

„Ich komme gerade aus der Dusche und musste einen Sprint zum Handy einlegen. Jetzt tropfe ich meinen Wohnzimmerteppich voll. Und das Schlimme ist, dass Sie heute keinen besseren Moment hätten erwischen können, um mich zu erreichen."

„So einen schönen Tag hatten Sie also."

„Ja. Warten Sie mal eine Sekunde, damit ich mir ein Handtuch holen kann."

Sie stellte den Fernseher leiser und versuchte, sich auf den Newsticker am unteren Bildschirmrand zu konzentrieren, aber der Gedanke, dass Jackson gerade nackt in seinem Wohnzimmer stand, schlich sich immer wieder in ihren Kopf.

Reiß dich zusammen.

„So. Ich bin wieder da", erklärte Jackson.

„Bitte entschuldigen Sie mein mieses Timing", sagte Shaye, weil sie das Gefühl hatte, sich für irgendwas entschuldigen zu müssen, nachdem sie ihn sich nackt vorgestellt hatte.

„Kein Problem. Ich wollte Ihnen eigentlich eine Nachricht hinterlassen, doch dann ist das untergegangen und ich hab beschlossen, bis morgen zu warten."

„Wie bei mir. Aber dann hab ich die Nachrichten gesehen."

„Sie sprechen von Peter Carlin. Ja, das ist eine schlimme Geschichte."

„Vermuten Sie, dass es irgendwas mit Jinx und den anderen zu tun hat?"

„Eigentlich nicht, und Sie können mir glauben, ich hab alle Fakten mit dem zuständigen Detective abgeglichen. Peter stammt aus einer wohlhabenden Familie. Der Vater ist Banker, die Mutter Marketingdirektorin. Ihnen gehört ein schönes Haus in Uptown. Peter hat eine Nanny, und sie fahren jedes Jahr nach Disneyland."

„Kurz gesagt, das genaue Gegenteil von Jinx' Lebensumständen."

„Richtig."

„Das ist gut, nehme ich an. Aber wer weiß das schon? Ein kleiner Junge ist verschwunden und niemand hat eine Ahnung, warum." Sie umklammerte das Handy. „Ich finde das ganz schrecklich, Jackson. Kinder sollten so etwas nicht durchmachen müssen. Sie sollten keine Angst haben müssen, dass jemand sie auf offener Straße entführt ..."

Ihre Stimme wurde brüchig und sie holte tief Luft.

Hier geht es nicht um dich.

„Shaye?", fragte Jackson. „Geht es Ihnen gut?"

„Ja, tut mir leid. Jemand hat heute Abend Hustle angegriffen", wechselte sie das Thema.

„Was? Ist ihm was passiert? Hat er seinen Angreifer gesehen?"

„Er ist ziemlich durch den Wind, aber nicht verletzt." Sie berichtete Jackson, was vorgefallen war.

„Eine Spritze?", wiederholte er, als sie geendet hatte. „Das ergibt Sinn. Und dieser Mann hat versucht, Hustle auf dem Weg zu seinem Schlafplatz zu erwischen, richtig?"

„Ja."

„Ich verstehe das nicht. Wie schafft er es, den Kindern zu folgen, wenn die so vorsichtig sind und genau auf ihre Umgebung achten?"

„Keine Ahnung. Weil er gut ist, nehme ich an?"

„Um jemanden zu verfolgen, der sehr genau aufpasst, dass ihm niemand folgt, muss er besser sein als gut. Das erfordert ganz besondere Fähigkeiten. Der Mann trug eine Maske und hatte Überschuhe an, damit er keine Geräusche macht."

„Sie denken an einen Soldaten."

„Würde mich nicht überraschen."

Shaye stieß den Atem aus. „Wenn wir es mit jemandem zu tun haben, der darauf gedrillt ist, unerkannt Spuren zu folgen, dann wird er schwer zu fassen sein. Und wenn er wirklich so gut ist, dann weiß er vermutlich längst Bescheid, dass wir hinter ihm her sind."

„Da stimme ich Ihnen zu, was bedeutet, dass wir beide sehr vorsichtig sein müssen. Da er bei Hustle erfolglos geblieben ist, hat er sich vielleicht jemand anderen gesucht."

„Hustle hat erfahren, dass noch zwei weitere Jungen verschwunden sind. Einer aus Tremé, den er nicht kennt. Der

Junge heißt Spider. Der zweite hat in Bywater geschlafen, und ihn kennt Hustle gut. Das heißt, so gut sich die Jungs auf der Straße eben kennen." Sie klärte Jackson über Scratch auf und berichtete auch, was der Vorarbeiter ihnen erzählt hatte.

Es entstand eine Pause und sie hörte ein Rascheln in der Leitung.

„Geben Sie mir den Namen und die Nummer durch", bat er.

Sie rief die Bilder auf dem Handy auf und las beides vor. Sie hörte ein Klicken, und dann erneut eine Pause.

„Der Name und die Nummer sind echt", erklärte Jackson, „aber sie gehören einem Mann, der vor acht Jahren verstorben ist. Der Junge hat sich die Identität vermutlich gekauft, damit er den Job bekommt."

„Hab ich mir schon gedacht. Haben Sie irgendwas über Pater Michael rausgefunden?"

„Genau deshalb wollte ich Sie morgen früh anrufen."

Shaye richtete sich auf. „Was haben Sie ermittelt?"

„Er hat keine Vorstrafen, aber in den letzten fünf Jahren hat er dreimal die Stadt gewechselt. New Orleans ist seine dritte Pfarrgemeinde. Ich weiß, dass die Kirche ihre jüngeren Priester gern herumschickt, also ist das an sich nicht unbedingt ein Warnsignal, aber ich hab sicherheitshalber mal bei seinen früheren Gemeinden angerufen. Niemand rückt damit heraus, warum Pater Michael versetzt wurde."

„Was haben Sie denn als Antwort auf Ihre Frage erhalten?"

„Ich hab mit zwei Sekretärinnen und einem Büroleiter gesprochen. Sie alle sagen dasselbe, und ich meine damit wortwörtlich dasselbe: ‚Ich habe keinerlei Informationen über die Entscheidungen der Kirche bezüglich Pater Michaels Versetzung.'"

„Sie glauben, man hat ihnen das so eingeschärft."

„Auf jeden Fall. Es waren nicht nur die Worte, es war auch die Art und Weise, wie sich die Stimmlage von einem normalen Ton zu dieser roboterhaften Stimme verändert hat, als sie mir diesen einstudierten Text präsentiert haben."

Shaye griff nach ihrem Laptop. „Wo war er denn vorher?"

Jackson gab ihr die Namen. „Sie wollen dort ein bisschen herumstochern?"

„Ich werd's versuchen. Die Kirche ist nicht mehr besonders auskunftsfreudig. Sie wollen vermeiden, dass ihr Ruf noch weiter befleckt wird, aber vielleicht redet jemand mit mir. Auf jeden Fall bedeutet es aber, dass wir Pater Michael genauer unter die Lupe nehmen sollten."

„Ich könnte ihn aufsuchen und nach Joker fragen, aber für alles andere hab ich nicht genügend Beweise."

„Ich dachte auch nicht an Sie. Sondern an mich."

„Und was genau wollen Sie tun?"

„Den Jäger jagen."

Kapitel 10

Jinx hielt die Metallteile mit dem Saum ihres T-Shirts fest und versuchte, sie zu einem Stäbchen zusammenzudrücken. Durch den Stoff ließen sich die winzigen Teile nicht gut anfassen, aber sie hatte sich an den scharfen Kanten schon drei Finger aufgeschnitten. Sie brauchte mehr Licht, aber das gab es erst am Morgen wieder, wenn das Sonnenlicht durch die Ritzen in der Scheunenwand hereinfiel.

Spider hatte an jedem Stück Holz und Metall in seinem Käfig gezogen, aber nichts hatte auch nur einen Zentimeter weit nachgegeben. Mit seinem T-Shirt hatte er ein Stück Holz herangefischt und versuchte jetzt, damit eins der Bretter von der Wand zu hebeln. Jinx glaubte zwar nicht, dass das funktionieren würde, aber zumindest war er beschäftigt und verwickelte sie nicht dauernd in ein Gespräch, worunter jedes Mal ihre Konzentration litt. Wenn sie ihr Schloss aufbekam, dann konnte sie auch Spider befreien.

Das war ihre beste Chance.

Es hatte eine Weile gedauert, bis sie die Glitzersteine von ihrer Jeans entfernt hatte, und noch länger, die kleinen Häkchen von der Rückseite der Steine zu lösen. Ohne Werkzeuge, nur mit abgebrochenen Fingernägeln und bei schwindendem Tageslicht, war das unglaublich schwierig gewesen. Nachdem sie schließlich alle Steine entfernt hatte, hatte sie eine Pause eingelegt und das Sandwich gegessen.

Da ihr Magen immer noch rebellierte, hatte sie eigentlich darauf verzichten wollen, aber sie musste bei Kräften bleiben. Die Männer brachten ihnen nur zweimal pro Tag etwas zu essen. Wenigstens dafür war es gut, dass sie sich daran gewöhnt hatte, deutlich weniger zu essen als andere Mädchen ihres Alters. Ein normales Mädchen wäre vermutlich längst vor Hunger ohnmächtig geworden.

Ein normales Mädchen wäre gar nicht erst hier.

Der Gedanke schoss ihr durch den Kopf, und sie spürte erneut Tränen in ihren Augen aufsteigen. Als ihre Tante Cora sie damals gefunden hatte, hatte sie an eine Chance geglaubt. Wenn Cora sie von ihrer Mutter und der Hütte, in der sie hausten, weggeholt hätte, und von diesen drogenbenebelten Männern, bei denen ihr übel wurde, dann hätte sie vielleicht herausfinden können, wie sich ein normales Leben anfühlte. Doch ihre Mutter hatte Coras Telefonnummer unter ihrer Matratze gefunden und sie lachend im Herd verbrannt.

Niemand würde ihr den Freifahrtschein zu mehr Sozialhilfe wegnehmen, hatte sie gesagt.

Jinx hatte versucht, ihrer Mutter das Papier zu entreißen, aber es war zu spät gewesen. Die Nummer war bereits verbrannt. Vor lauter Wut hatte sie ihre Mutter geschubst. Das hatte sie noch nie zuvor getan. Ihre Mutter war über den Küchenstuhl gestürzt und gegen die Wand geknallt. Als sie zu Jinx aufsah, stand blanker Hass in ihren Augen.

„Wenn mich das nächste Mal einer von denen fragt", erklärte sie, „dann nehm ich das Geld."

Jinx wusste genau, was sie damit meinte. Sie rannte in ihr Zimmer, knallte die Tür zu und warf ein paar Kleidungsstücke in ihren Rucksack. Ihre Mutter trommelte an die Tür und schrie, wenn sie nicht aufmachte, dann würde es ihr bitterlich leidtun. Jinx war zum Fenster hinausgeklettert und die Straße hinabgelaufen. An der Ecke hatte sie sich noch einmal umgedreht, einen letzten Blick auf die schäbige Hütte geworfen und war so schnell davongerannt, wie ihre Beine sie trugen.

Die Scheunentür wurde geöffnet und riss sie aus ihren Erinnerungen. Schnell versuchte sie, die Metalldrähtchen unter dem Stroh in der Ecke zu verstecken. Sie hörte Schritte und dann flackerte am äußeren Ende des Schuppens etwas auf. Sie sah den Mann mit der Narbe. Er trug eine Laterne in der einen und einen Sack in der anderen Hand.

Jinx rutschte das Herz in die Hose. Noch ein Kind!

Der Mann ging bis zur Mitte der Scheune und zog ein dickes Seil mit einem Haken am Ende von den Balken herab. Dann drehte er den Sack um und schüttelte ein Wildschwein heraus. Blut sickerte aus dem Einschussloch zwischen den Augen.

Erleichterung durchzuckte Jinx, und der Mann sah grinsend zu ihr herüber. „Du hast gedacht, ich hab da wieder einen von euch drin, oder? Diesmal nicht. Diesmal bringe ich nur das Essen."

Er schnappte sich die Hinterläufe des Schweins, die mit einem Seil zusammengebunden waren, und hängte es kopfüber am Haken auf. Dann stellte er einen Eimer unter das Tier, zog ein riesiges Messer aus seiner Gesäßtasche und schnitt dem Schwein den Bauch auf. Mit einem übelkeiterregenden Platschen fielen die Eingeweide in den Eimer.

Jinx drehte den Kopf weg und hörte den Mann lachen.

„Das verträgt wohl dein Magen nicht?", fragte er. „Wenn man einem noch lebenden Wildschwein den Bauch aufschneidet und es im Wald aufhängt, dann ist es noch nicht tot, wenn die anderen Tiere anfangen, es aufzufressen. Hast du das gewusst? Bei Menschen wäre das vermutlich genauso."

Jinx drehte sich der Magen um. Sie kniff die Augen so fest wie möglich zusammen und hielt sich die Ohren zu. Es dauerte lange, bis das Licht erlosch. Sie öffnete die Augen und starrte in die Dunkelheit, konnte jedoch nichts erkennen.

„Ist er weg?", fragte sie.

„Ja", bestätigte Spider.

„Und was ist mit dem ..."

„Das Wildschwein und den Eimer hat er mitgenommen."

Gott sei Dank. Obwohl ihr das tote Wildschwein nichts antun konnte, wurde ihr schon allein bei dem Gedanken, dass es hier hing, schlecht. Genau, wie das Monster es geplant hatte.

„Jinx?", hörte sie Spider. „Bastelst du immer noch einen Schlüssel?"

„Ja. Ich bin dran."

„Ich glaub, ich hab einen der Nägel ein bisschen gelockert."

„Das ist gut. Wenn du ihn rauspulen kannst, dann behalt ihn. Wir können ihn als Waffe verwenden."

Jinx konzentrierte sich erneut auf die Metallstücke. Wenn sie hier raus war, würde sie ihre Tante suchen, selbst wenn sie dafür bis nach North Carolina fahren musste. Und sie würden es hier raus schaffen. Sie würde ihre Tante finden.

Sie würde endlich erleben, was Normalität bedeutete. So wahr ihr Gott helfe.

Hustle biss von einer Zimtschnecke ab und sprang in Shayes SUV. Beim Aufwachen war er in relativ guter Stimmung gewesen, wenn man den Angriff vom Vorabend bedachte. Trotzdem schien es ihn immer noch nervös zu machen, dass er sich in ihrem Apartment aufhielt. Ihr erster Halt war bei einem Telefonladen gewesen, wo sie Hustle ein neues Handy besorgt hatten. Dann war Shaye mit ihm zu einem Café gefahren, in das sie gern zum Frühstücken ging.

„Wo fahren wir hin?", fragte er.

„Wir suchen dir eine Bleibe. Ich hab dir doch versprochen, dass ich was anderes für dich finde."

Er nickte und wirkte ein wenig schuldbewusst. „Sie sollen nicht denken, dass ich undankbar bin oder so. Ihre Wohnung ist super. Vermutlich die beste, in der ich seit dem Tod meiner Mutter geschlafen habe. Aber ich will Sie nicht in Schwierigkeiten bringen, erst recht nicht, wenn dieser Typ hinter mir her ist."

Shaye fuhr los. „Ich halte dich keineswegs für undankbar. Keiner von uns beiden legt Wert auf eine erneute Begegnung mit dem Kidnapper, also werden wir besonders vorsichtig sein. Du kennst jetzt mein Apartment und weißt, dass es sicher ist. Nun besorgen wir dir einen sicheren Unterschlupf und du passt heute Abend gut auf, wenn du dorthin gehst."

„Okay."

Sie lächelte ihn an. „Und außerdem, obwohl wir uns gut verstehen, hab ich das Gefühl, dass jeder von uns beiden gern ein bisschen Privatsphäre hätte."

„Ja. Alleinsein hat mir nie etwas ausgemacht. Früher hab ich viel gezeichnet. Und gelesen."

„Versprichst du mir was?"

Er runzelte die Stirn. „Erst will ich wissen, worum es geht."

„Okay. Versprich mir, dass du über ein paar Möglichkeiten nachdenkst, die ich dir aufzeige, wenn das hier vorbei ist. Ich verlange ja nicht, dass du sie alle wahrnimmst, aber denk zumindest darüber nach."

Er starrte sie erst einige Sekunden lang an, ehe er nickte. „Über etwas nachzudenken kann nicht schaden, nehme ich an."

„Gut. Dann wollen wir dir jetzt mal einen Schlafplatz verschaffen und uns an die Arbeit machen."

Sie fuhr bis zum westlichen Ende von Bywater und dort auf den Parkplatz eines Hotels. Das Gebäude war alt und hätte einen Anstrich gut vertragen können, aber die Struktur war solide. Wichtiger noch, es wurde nicht für irgendwelche kriminellen Aktivitäten genutzt. Oder anders ausgedrückt, die Zimmer wurden nicht stundenweise vermietet.

„Warte hier", bat Shaye und ging hinein.

Ein großer Mann mit schütterem Haar und rotem Gesicht an der Rezeption sah lächelnd auf. „Shaye." Er streckte ihr die Hand entgegen. „Ich hab von der Sache mit dem Serienmörder gehört. Ich bin sehr froh, dass du noch unter uns weilst."

„Ich auch. Wie geht es dir, Saul?"

„Och, mir geht es gut. Dieser Auftrag mit dem Versicherungsbetrug, den du für mich erledigt hast, war im Vergleich zu dem Mordfall vermutlich das reinste Zuckerschlecken."

Shaye nickte. „Die Fälle bei Breaux waren auf jeden Fall weniger ... äh ... aufregend, würde ich sagen."

Er zog eine Braue hoch. „‚Gefährlich' war das Wort, das mir in den Sinn gekommen ist. Wie kann ich dir helfen? Du bist doch sicher nicht nur zum Spaß nach Bywater gekommen."

„Nein. Ich möchte dich um einen Gefallen bitten. Für den ich natürlich bezahlen werde."

Er runzelte die Stirn. „Wenn du damit Informationen meinst, ich weiß von nichts Ungewöhnlichem hier in der Gegend. Also jedenfalls nichts, was von der Norm abweicht. Außerdem würde ich von dir niemals Geld für Informationen annehmen."

„Darum geht es nicht. Ein Freund von mir, ein Klient, steckt in Schwierigkeiten."

„Welche Art von Schwierigkeiten?"

„Gestern Abend hat ihn jemand angegriffen. Er braucht einen sicheren Unterschlupf."

„Durch diese Tür da kommt niemand, ohne dass ich oder Roscoe ihn sehen, das ist auf jeden Fall schon mal klar. Und ich hab eine Neunmillimeter. Der Typ müsste schon schnell seine Waffe ziehen und sehr genau schießen können, wenn er mir zuvorkommen will. Ich würde sagen, das ist sicher genug."

„Ohne Zweifel. Aber du musst noch etwas wissen. Mein Klient lebt auf der Straße, und er ist minderjährig."

Saul wirkte verblüfft. „Hältst du das wirklich für eine gute Idee, dich mit einem Obdachlosen einzulassen?"

„Er ist ein guter Junge, dem das Leben übel mitgespielt hat. Er hat mir bei dem Frederick-Fall geholfen."

„Er ist dein Klient, sagst du? Wofür braucht er dich?"

Shaye gab ihm eine kurze Zusammenfassung der Sache mit den verschwundenen Jugendlichen. Saul hörte ihr aufmerksam zu und schüttelte anschließend den Kopf.

„Das ist ja furchtbar. Ich kann mir nicht mal ansatzweise vorstellen, warum jemand … du weißt schon."

„Ja, ich weiß. Auf jeden Fall käme es mir falsch vor, wenn er hier wohnt, ohne dass du über die Umstände Bescheid weißt. Ich kenne weder seinen richtigen Namen noch sein Alter, aber ich bin sicher, achtzehn ist er noch nicht. Er ist zwar obdachlos, aber dieses Mädchen liegt ihm so sehr am Herzen, dass er seinen Stolz hinuntergeschluckt und mich um Hilfe gebeten hat."

Saul nickte. „Ich vertraue dir. Wenn du deine Hand für ihn ins Feuer legst, dann kann er hier wohnen. Direkt über der Lobby ist ein Zimmer frei. Falls sich irgendjemand Zugang zu ihm verschaffen will, müsste er erst hier durch."

„Das klingt hervorragend." Sie zog ihre Geldbörse heraus und reichte ihm ihre Kreditkarte. „Keine Ahnung, wie lange er hier wohnen wird. Rechne einfach alle Ausgaben über meine Kreditkarte ab."

Er zog die Karte durch das Lesegerät und gab sie ihr zurück. „Sag mir Bescheid, wenn ich sonst noch was für dich tun kann."

„Halt einfach die Augen offen. Wenn irgendjemand hier herumschleicht, den du zuvor noch nie gesehen hast, dann ruf mich an."

„Ganz sicher." Er reichte ihr zwei Schlüsselkarten. „Eine ist für dich. Für den Fall der Fälle."

„Danke." Sie steckte die Karte ein, ging nach draußen und klopfte ans Beifahrerfenster ihres SUVs. „Komm mit."

Hustle folgte ihr ins Hotel. Shaye deutete auf Saul. „Das hier ist Saul. Ihm gehört dieses Hotel. Saul, ich möchte dir meinen Freund Hustle vorstellen."

„Schön, dich kennenzulernen", sagte Saul und streckte die Hand aus.

Nach kurzem Zögern trat Hustle einen Schritt nach vorn und schlug ein. „Gleichfalls."

„Wenn du was brauchst, dann sag mir Bescheid. Die Rezeption ist rund um die Uhr besetzt."

„Danke." Hustle sah zu Boden.

„Dann sehen wir uns jetzt mal dein Zimmer an", schlug Shaye vor und ging in Richtung Treppe. In der ersten Etage reichte sie ihm die Schlüsselkarte. „Das hier ist es." Sie deutete auf die Zimmertür.

Hustle schloss auf und ging hinein. Der Raum war klein, kam Hustle aber vermutlich wie ein Palast vor. Rechts befand sich eine kleine Küchenzeile mit einem Tisch und zwei Stühlen. Links gelangte man in den Wohnbereich mit einer Couch, einem Stuhl und einem an der Wand befestigten

Fernseher. Dahinter lag das winzige Schlafzimmer mit angrenzendem Bad. Insgesamt waren es wahrscheinlich keine vierzig Quadratmeter, aber das Zimmer war sauber und es war alles vorhanden, was Hustle brauchte.

Er ging durch den Raum, sah sich um, öffnete einige Schubladen in der Küche und betrachtete das Geschirr, die Töpfe und Pfannen. „Das ist Wahnsinn", sagte er. „Aber so was kostet eine Menge Geld. Sie arbeiten doch schon gratis für mich. Ich kann Sie nicht auch noch für das Zimmer bezahlen lassen."

„Das ist eine Geschäftsausgabe", erklärte sie.

„Aber Sie haben doch gar kein Einkommen. Ich weiß, wie so was funktioniert. Ich bezahle Ihnen nichts, also zahlen Sie das aus eigener Tasche."

Shaye dachte einen Moment lang darüber nach, und ehe sie ihre Meinung ändern konnte, platzte sie damit heraus, was ihr durch den Kopf ging. „Ich sage das nicht, um anzugeben, aber ich bin reich. Und ich rede hier von der Sorte reich, bei der ich dieses Zimmer ein Jahr lang mieten könnte und die Ausgabe nicht mal merken würde. Mein Großvater hat vor vielen Jahren einen Treuhandfonds für mich eingerichtet. Ich mache diesen Job nicht, um damit Geld zu verdienen."

Hustle starrte sie unschlüssig an. Ganz offensichtlich hatte er nicht die geringste Ahnung, was er darauf erwidern sollte. „Aber Sie können doch nicht ständig gratis arbeiten. Jeder stößt irgendwann mal an seine finanziellen Grenzen."

„Ich arbeite ja auch nicht immer gratis. Das fände das Finanzamt nicht besonders witzig. Aber hast du schon mal davon gehört, dass Anwälte und Ärzte manchmal Fälle übernehmen, ohne dafür Geld zu verlangen?"

Hustle schüttelte den Kopf. „Das fällt unter Wohltätigkeit. Ich will keine Almosen."

„Das sind keine Almosen. Man nennt es Pro-bono-Arbeit."

„Was bedeutet das?"

„Das sind Fälle, die Profis kostenlos übernehmen, weil sie damit der Allgemeinheit Gutes tun wollen. Da draußen entführt jemand Menschen. Wenn dieser Jemand hinter Schloss und Riegel sitzt, haben alle etwas davon."

„Vielleicht, aber mir kommt es so vor, als ob ich mehr als alle anderen davon habe."

„Du bist ein wichtiger Bestandteil meiner Ermittlung. Ich brauch dich auf der Straße, aber da kann ich dich nicht guten Gewissens hinschicken, wenn ich Angst um deine Sicherheit haben muss. Soweit wir wissen, entführt dieser Kerl die Jugendlichen bei Nacht, und zwar vermutlich auf dem Weg zu ihrem Schlafplatz. Damit ich mich auf den Fall konzentrieren kann, muss ich wissen, dass du nachts in Sicherheit bist. Du musst jeden Abend vor Einbruch der Dunkelheit hier sein. Das bedeutet, dass du die Docks oder wo auch immer du dich aufhältst, früher verlassen musst, für ein paar Umwege. Damit dir niemand folgen kann."

Hustle ließ den Blick durchs Zimmer schweifen und Shaye entging nicht die Sehnsucht in seinen Augen. Er wollte unglaublich gerne hier wohnen, aber sein Stolz stand ihm im Weg. Schließlich nickte er. „Okay, aber nur, bis wir Jinx gefunden haben."

„Bis wir Jinx gefunden haben", stimmte Shaye zu, aber sie hatte für die Zeit danach längst Pläne für Hustle. Sofern er eins ihrer Angebote annehmen würde. „Ich hab dieses Hotel hier ausgesucht, weil ich mal an einem Fall für Saul gearbeitet habe und ihn kenne. Du kannst ihm vertrauen. Er weiß ein bisschen über dich Bescheid und wird ebenfalls die Augen offen halten. Wenn dir irgendwas Verdächtiges auffällt, dann sag es ihm. Er kann beurteilen, ob das für die Gegend hier normal ist oder nicht. Und wenn es nicht normal ist, dann rufst du mich an."

„Vertrauen Sie ihm?"

„Ja. Er hat das Hotel während des Wiederaufbaus am Laufen gehalten und nicht zugelassen, dass es wie viele andere für krumme Geschäfte genutzt wurde. Er hat zwanzig Jahre im Marine Corps gedient und sein Sohn ist ein hochdekorierter Kampfpilot. Falls es jemand auf dich abgesehen hat, wird er dich bis zum Äußersten verteidigen. Er mag keine Ungerechtigkeit."

„Marine, ja? Cool."

„Also bist du vor Einbruch der Dunkelheit hier?"

„Ja."

„Auch wenn wir uns tagsüber sehen, schick mir immer eine SMS, wenn du hier angekommen bist." Sie zog ihre Geldbörse aus der Handtasche und reichte ihm zweihundert Dollar in Zwanzigern. „Das ist Geld für Lebensmittel oder andere notwendige Dinge. Du musst unbedingt ausreichend essen."

Er weigerte sich, es anzunehmen. „Das ist viel zu viel. Davon werde ich ja einen ganzen Monat lang satt."

Shaye drückte ihm die Scheine in die Hand. „Ich war noch nicht fertig. An der Straßenecke ist eine Klinik. Lass deinen Knöchel untersuchen. Ich brauch dich in Topform. Wenn der Mann dich noch mal verfolgen sollte, entwischst du ihm nicht, wenn du humpelst oder vor Hunger und Durst völlig entkräftet bist."

Hustle senkte den Blick und nickte. Dann sah er ihr in die Augen. „Ich finde einen Weg, um Ihnen das Geld zurückzuzahlen. Für alles."

„Wenn du das willst, dann machen wir das so. Uns bleibt jede Menge Zeit, um dafür einen Weg zu finden. Und jetzt holen wir dein Skateboard aus meinem Auto, und dann ziehst du los und lässt deinen Knöchel untersuchen."

„Und was haben Sie vor?"

„Ich will mit Jackson einer Spur nachgehen", behauptete sie und fühlte sich schuldig, weil sie ihn anlog, auch wenn ein Funken Wahrheit in ihrem Satz steckte. Jackson hatte ihr Informationen über Pater Michael geliefert und wusste, dass sie ihm folgen wollte. Es gefiel ihm nur nicht. „Gehst du nach der Klinik zu den Docks?"

Er nickte. „Vielleicht finde ich was raus."

„Vielleicht. Oder du siehst jemanden dort rumlungern."

„Außerdem muss ich die anderen vor dem Kerl warnen."

„Das stimmt. Sag ihnen, dass er dir aufgelauert hat und dass ihre Schlafplätze womöglich nicht mehr sicher sind. Wenn sich jeder eine neue Bleibe sucht, wirft ihn das wenigstens ein bisschen zurück."

Sie zog ihren Autoschlüssel aus der Tasche. „Ich muss los. Ruf mich an, falls du irgendwas herausfindest. Ich, äh, hab heute eine Besprechung, also hinterlass mir eine Nachricht, falls ich nicht rangehe. Ich rufe dich dann schnellstmöglich zurück."

„Okay." Als sie gehen wollte, griff er sie am Arm. „Seien Sie vorsichtig. Am Ende weiß er auch über Sie Bescheid."

Hustle verließ die Klinik und bemühte sich, normal zu gehen. Wenn er humpelte, offenbarte er eine Schwäche. Ein guter Jäger würde das sofort ausnutzen. Der Arzt hatte lediglich eine Verstauchung diagnostiziert, den Knöchel bandagiert und ihm ein paar Schmerztabletten mitgegeben. Der Verband saß fest und beschränkte seinen Bewegungsradius. Normales Laufen wurde dadurch zu einer echten Herausforderung. Im Vergleich zum Vorabend waren die Schmerzen jedoch gering, also steckte er die Tabletten erst mal ein. Momentan brauchte er sie nicht, aber wenn er den ganzen Tag mit dem verstauchten Knöchel herumgelaufen war, sah das vielleicht anders aus.

Statt zu den Docks zu skaten, ging er zu Fuß und dachte darüber nach, was er für ein Glück hatte, dass Shaye einen Hotelbesitzer in Bywater kannte. Die Lage war ideal für ihn – weit genug von den Docks entfernt, dass er jemanden abschütteln konnte, der ihm zu folgen versuchte, aber immer noch nah genug, um jeden Tag zu Fuß dorthin zu gehen.

Fast wünschte er sich, er wäre bei Shaye statt unterwegs zu den Docks. Als er sie nach ihren Plänen gefragt hatte, war sie ihm ausgewichen. Irgendetwas verschwieg sie ihm, allerdings musste er auch nicht zwangsläufig alles erfahren, was sie wusste. Eventuell hatte sie ja auch andere Klienten, für die sie etwas erledigte. Klienten, die sie bezahlten.

Er schüttelte den Kopf. Die Sache mit dem Geld machte ihm zu schaffen. Shaye hatte ihm zwar versichert, dass sie reich war, und er nahm nicht an, dass sie ihn anlog. Wenn man dem Internet glauben durfte, gehörte ihr Großvater zu den reichsten und mächtigsten Männern im Bundesstaat. Das hieß allerdings nicht, dass sie gratis arbeiten sollte. Schließlich war sie nicht Batman. Keiner war das. Obwohl ihm der Gedanke, dass ein maskierter Superheld für Gerechtigkeit in New Orleans sorgte, gut gefiel.

Wenn alles vorüber war, würde er einen Weg finden, um ihr das Geld zurückzuzahlen. Und wenn er dafür bis zu seinem Lebensende jede Woche ein paar Dollar abstottern musste. Das war ihm die Sache wert. Shaye war ein guter Mensch. Sie riskierte ihr eigenes Leben, um anderen zu helfen. Jemandem wie ihr war er noch nie zuvor begegnet. Bisher hatte er geglaubt, dass alle Menschen nur an sich selbst interessiert waren und daran, wie sie es zu etwas bringen konnten.

Als er bei den Docks ankam, skateten bereits einige Jugendliche dort. Da sie vereinbart hatten, ihre Tagesabläufe umzustellen, war er sich nicht sicher gewesen, ob er überhaupt jemanden hier antreffen würde. Aber Gewohnheiten waren nicht leicht zu ändern, erst recht nicht, wenn das Skateboardfahren das einzig Positive am Tag war. Er ging auf die Bank zu und winkte die anderen zu sich heran. Alle nahmen ihre Boards und bildeten einen Kreis.

„Was ist denn los?", fragte Boots. „Hast du irgendwas gehört?"

„Nein", antwortete Hustle. „Gestern Abend hat jemand versucht, mich zu schnappen."

„Was?"

„Fuck, das gibt's doch nicht!"

„Ohne Scheiß?"

„Wo denn?"

Alle redeten durcheinander, und die Aufregung in der Gruppe übertrug sich auf ihn.

„Ich war auf dem Weg zu meinem Schlafplatz, als mich irgend so ein Kerl aus einem verlassenen Gebäude angegriffen hat."

„Und du hast ihn nicht kommen gehört?", wollte Reaper wissen.

Hustle schüttelte den Kopf. „Erst, als er mich fast schon erwischt hatte. Er hatte irgendwelche Überschuhe an, die wie Stiefel aussahen. Die waren völlig geräuschlos. Im letzten Moment konnte ich mich noch wegdrehen und ihn abwehren. Er hatte eine Spritze in der Hand."

Die Jungs sahen ihn an. Ihre Angst war offensichtlich.

„Ich hab mein Board hochgeschwungen und ihn hart genug getroffen, dass ich abhauen konnte, aber das war reines Glück."

„Wie sollen wir uns schützen, wenn dieser Typ jemanden wie Hustle und Jinx und Scratch verfolgen kann und sie es nicht mal merken?", fragte Shadow.

„Er ist mir nicht gefolgt", widersprach Hustle. „Er hat auf mich gewartet. Er wusste sehr genau, wo ich hinwollte.

Ich tippe mal drauf, dass es bei Jinx und Scratch ganz genauso war."

„Das bedeutet, dass er uns schon eine Weile beobachtet", stellte Boots fest. „Stück für Stück hat er seine Informationen zusammengetragen, sodass wir es nicht mitbekommen haben, bis er genug für einen Angriff wusste. Das ist mehr als abartig. Das ist ja, als ob ..."

„Als ob er uns jagt", stimmte Hustle zu. „Genau das macht er."

„Dann weiß er also längst alles über uns?" Shadows Stimme klang um einige Oktaven höher als sonst. „Und was sollen wir jetzt tun? Wir sind nirgendwo sicher."

„Keine Panik", beschwichtigte ihn Hustle, obwohl er es ihm nur allzu gut nachfühlen konnte. „Wir machen genau das, was Boots gestern vorgeschlagen hat. Wir ändern alles. Auch unsere Schlafplätze."

„Was wird aus unseren Sachen?", fragte Reaper. „Ich meine, wir haben zwar nicht viel, aber jeder von uns hat ein bisschen was, was er nicht verlieren will."

„Holt euer Zeug und sucht euch einen neuen Platz", riet ihm Hustle. „Aber macht das tagsüber. Ich weiß, das ist riskant, aber nachts ist es noch riskanter. In der Dunkelheit sind viel weniger Leute unterwegs und die Straßen sind schlecht beleuchtet."

„Da hat er recht", bekräftigte Boots. „Wenn dieser Typ uns schon länger beobachtet, dann weiß er vermutlich, wo jeder von uns schläft. Verdammt, wir machen es jetzt gerade verkehrt. Eigentlich sollten wir doch unseren Tagesablauf ändern und uns beim Drugstore treffen, und trotzdem sind wir alle hier und skaten bei den Docks, als wäre nichts passiert."

Hustle sah sich um. Am hinteren Ende des Parkplatzes errichteten Bauarbeiter ein Geschäftsgebäude. „Unter der Woche, wenn die Arbeiter da sind, ist es hier wahrscheinlich sicher. Aber wenn ihr neue Schlafplätze gefunden habt, solltet ihr euch jeden Tag einen neuen Weg hierher suchen."

„Ich hab gedacht, er entführt nur nachts Leute?", fragte Shadow.

„Bei mir hat er es nachts versucht", sagte Hustle, „und ich glaube, dass es bei Jinx auch so war, aber genau wissen wir das nicht. Außerdem ist es sowieso egal. Ich würde darauf wetten, dass er uns tagsüber beobachtet, also keine Wiederholungen. Verstanden?"

Alle nickten.

„Wir sollten jetzt losziehen, unser Zeug holen und uns neue Plätze suchen", schlug Boots vor. „Er kann uns schließlich nicht allen gleichzeitig folgen."

„Das ist eine gute Idee", sagte Reaper.

Boots ließ sein Board fallen. „Und morgen Mittag treffen wir uns alle beim Drugstore. Wenn ihr die anderen seht, sagt ihnen Bescheid."

„Ich glaube, Bugs spült heute Geschirr im Café", sagte Shadow. „Ich treffe mich normalerweise nachmittags mit ihm zum Essen. Sie geben ihm immer die Reste vom Buffet."

Boots nickte. „Dann also bis morgen. Dass ihr vorsichtig sein sollt, muss ich euch ja nicht extra sagen. Wir lassen diesen Kerl nicht als Sieger aus der Sache hervorgehen, okay?"

Boots stellte einen Fuß auf sein Board und stieß sich ab, und die anderen folgten ihm. Bis auf Reaper, der mit Hustle zurückblieb.

„Hör mal", sagte Reaper, „ich wollte vor den anderen nichts sagen, falls ich mich irre, aber ich hab in der Pfandleihe in Arabi ein Board im Schaufenster gesehen, das aussah wie das von Jinx."

„Die in der Saint Claude?"

„Ja, genau."

„Hast du es deutlich erkennen können?"

Reaper nickte. „Ja, es war schwarz. Ein Drache mit grünen Augen drauf. Rote Räder."

Hustle fuhr sich mit der Hand über den Kopf. „Das klingt wie ihrs. Aber wie kommt es in eine Pfandleihe?"

„Keine Ahnung, aber ich hab überlegt ... Vielleicht hat dieser Kerl Jinx gar nicht entführt. Vielleicht hat sie ihr Board verkauft und sich vom Acker gemacht."

Ärger durchzuckte Hustle. „Dann hätte sie mir Bescheid gesagt."

Reaper zog eine Braue hoch. „Ach ja? Eigentlich kennen wir uns doch alle gar nicht richtig. Wir sind unseren Familien davongelaufen. Klar, wir hatten alle gute Gründe dafür, aber trotzdem. Wir sind nicht gerade das, was normale Leute als zuverlässig bezeichnen."

„Zum Teufel mit normalen Leuten! Ich kenne Jinx, und sie wäre nicht verschwunden, ohne sich zu verabschieden."

Reaper zuckte mit den Schultern. „Kann sein. Klar. Ich hab nur gedacht, dass es mir lieber wäre, sie wäre abgehauen und in Sicherheit, als dass dieser Kerl sie erwischt hat, verstehst du?" Er klopfte Hustle auf den Rücken. „Ich wollte dich nicht aufregen."

„Hast du nicht. Nicht wirklich. Und du hast ja recht. Es wäre tatsächlich besser, wenn sie von sich aus verschwunden wäre. Aber irgendwas sagt mir, dass es nicht so ist."

„Ich weiß, was du meinst. Dann werd ich mal los und mein Zeug holen. Was ist mit dir? Willst du es riskieren?"

„Nein. Außer ein paar Decken besitze ich nichts. Die sind es nicht wert. Ehe der Winter kommt, beschaffe ich mir neue."

Reaper nickte und hielt die Faust hoch. „Pass auf dich auf."

Hustle stieß mit seiner Faust dagegen. „Du auch."

Reaper rollte davon. Auch Hustle bestieg sein Skateboard. Den Schmerz in seinem Knöchel ignorierte er. Die Pfandleihe war ziemlich weit von den Docks entfernt. Er wollte so schnell wie möglich dorthin. Unterwegs würde er irgendwo eine Pause einlegen und Shaye eine Nachricht schreiben, wohin er wollte.

Kapitel 11

Jackson sah zu, wie Shaye ihren SUV zwei Blocks von Pater Michaels Kirche entfernt parkte. Mit einem Fernglas beobachtete sie den Haupteingang. Kopfschüttelnd stieg er aus und ging zu ihr hinüber. Starrköpfiger geht es ja kaum noch, dachte er. Am Vorabend hatte er versucht, ihr diese verrückte Idee auszureden, allerdings erfolglos. Shaye war klug und hatte das Zeug zu einer hervorragenden Ermittlerin, aber die Observation von Versicherungsbetrügern und Ehebrechern war in keiner Weise mit der eines gewalttätigen Kriminellen zu vergleichen.

Bei ihrem Auto angekommen, klopfte er an die Scheibe. Erschrocken zuckte sie zusammen. Als sie ihn erkannte, ließ sie das Fenster herunter. „Verdammt, Jackson. Legen Sie es darauf an, erschossen zu werden?"

„Und Sie?"

„Ich mache meine Arbeit, genau wie wir es gestern Abend besprochen haben."

„Aha." Er öffnete die Fahrertür. „Steigen Sie aus."

„Nein."

„Ich meine es ernst. Kommen Sie mit. Ich will Ihnen etwas zeigen."

Einige Sekunden lang musterte sie ihn stumm, dann folgte sie ihm zu einem älteren Corolla. Er deutete auf die Beifahrertür, und sie stieg ein.

„Ich hab Sie mehr für einen V8-Typen gehalten", erklärte sie, während er sich hinters Lenkrad setzte.

„Bin ich auch. Zu Hause steht einer dieser lauten Trucks mit Monsterrädern in meiner Einfahrt. Aber das hier ist mein Dienstwagen."

„Warum?"

„Weil man so unauffällig wie möglich sein will, wenn man jemanden verfolgt, erst recht in den weniger wohlhabenden Gegenden der Stadt. Ihr SUV ist zu neu, zu glänzend und zu teuer, so was fällt auf, aber ein älterer weißer Mittelklassewagen ist praktisch unsichtbar."

Widerwillig stimmte sie ihm zu. „Warum sind Sie denn nicht bei der Arbeit?"

„Ich hab mich krankgemeldet. Ich dachte mir, auf diese Weise kann ich mehr erledigen."

„Ich verstehe. Ziemlich traurig, oder?"

Er griff nach einer Sporttasche auf dem Rücksitz. „Hier ist noch etwas, das Sie gleich verstehen werden." Er zog eine blonde Perücke heraus. „Pater Michael hat Sie schon einmal gesehen. Setzen Sie die auf."

Mit einem tiefen Seufzer klappte sie die Sonnenblende herunter und stülpte sich die Perücke über. Stirnrunzelnd betrachtete sie sich im Spiegel, schob die Blende wieder hoch und sah zu ihm herüber. „Für Sie gibt's keine Verkleidung?"

„Mich kennt Pater Michael nicht, aber wenn Sie sich dadurch besser fühlen, trage ich beim nächsten Mal die Perücke."

„Auf der Bourbon Street würde sich niemand darüber wundern."

Er lachte. „Ja, vermutlich nicht."

„Also, Mr Überwachungsexperte, wie lautet der Plan?"

„Wir warten, bis Pater Michael die Kirche verlässt, und dann folgen wir ihm."

Sie schüttelte den Kopf. „Genial."

Er ließ den Motor an und fuhr die Straße hinab, bis er freie Sicht auf die Kirche hatte. „Sehen Sie die getönten Scheiben?", fragte er. „Deshalb hab ich mir dieses Auto ausgesucht. Niemand kann hereinsehen."

„Mein Auto hat auch getönte Scheiben."

„Und deshalb sieht es auch aus, als ob es dem Geheimdienst oder einem Rapper gehört."

„Schön, ich hab's ja verstanden. Ich werde darüber nachdenken, mir extra für Observationen ein anderes Auto anzuschaffen."

„Ich kenne da einen Händler, der ältere weiße Corollas verkauft."

„Da bin ich mir sicher." Sie deutete auf die Kirche. „Da kommt jemand."

Beide hoben ihre Ferngläser an die Augen.

„Es ist Pater Michael", sagte sie.

„Er geht zu seinem Auto. Dem blauen Escort. Ich hab gestern Abend noch die Zulassung überprüft."

Sie sahen zu, wie Pater Michael einstieg und losfuhr. Jackson reichte Shaye sein Fernglas und folgte dem Priester, wobei er sorgfältig darauf achtete, genügend Abstand zu lassen. Pater Michael fuhr vorsichtig und hielt sich genau an die Geschwindigkeitsvorgaben. Was das Verfolgen anging, bereitete er ihnen keine Schwierigkeiten.

Als er auf die Saint Roch Avenue abbog, berührte Shaye Jackson am Arm. „Fahren Sie langsamer. Ich glaube, ich weiß, wo er hinwill."

„Wohin?"

„Zum Friedhof."

Er nickte. Der Saint-Roch-Friedhof war zwei Blocks entfernt. Jackson bremste ein wenig ab und ließ einen Pick-up zwischen sich und Pater Michael einscheren, behielt den blauen Escort jedoch im Blick. Vor dem Friedhofseingang hielt der Priester an. Jackson parkte einen Block entfernt und beobachtete, wie er ausstieg und den Friedhof betrat.

„Also los", sagte er, sobald Pater Michael außer Sichtweite war. Er schnappte sich einen Fotoapparat vom Rücksitz und schlang sich den Träger über die Schulter.

„Wollen Sie ihn bitten, sich für Sie in Pose zu werfen?", fragte Shaye.

„Das ist der Touristenlook. Außerdem weiß man nie, wann man irgendwas dokumentieren muss. Ich bin überrascht, dass Sie keine Kamera dabeihaben."

Sie seufzte. „Die liegt auf dem Rücksitz in meinem Rap-Mobil. Sie haben mich kalt erwischt."

„Sorry", sagte er und verkniff sich ein Lachen. Gut zu wissen, dass er sie aus dem Konzept bringen konnte. Das bedeutete, dass er hinter die Stahlwand gedrungen war, die sie für alle Welt errichtet hatte. Das war ihm wichtig. Er mochte und respektierte Shaye und wollte ihr gern ein echter Freund sein.

Und vielleicht sogar ein bisschen mehr.

Schnell verscheuchte er diesen Gedanken. Dafür war jetzt

weder der richtige Ort noch die richtige Zeit. Shaye mochte ihn hinter die erste Verteidigungsmauer gelassen haben, aber das konnte man kaum als weit offene Tür bezeichnen. Dafür war sie viel zu vorsichtig.

„Wollen wir uns aufteilen?", fragte sie, als sie den Friedhof betraten.

„Ja, so finden wir ihn vermutlich am schnellsten, ehe er uns sieht. Holen Sie Ihr Handy raus. Dann können Sie so tun, als ob Sie fotografieren, falls er Sie entdeckt. Schicken Sie mir eine SMS, wenn Sie ihn gefunden haben."

Shaye nickte und wandte sich nach rechts. Jackson ging die linke Reihe entlang. Am Ende der Reihe spähte er um die Ecke zu den Grabmälern am nördlichen Ende, doch von Pater Michael keine Spur. Langsam ging er an der äußeren Friedhofsmauer entlang und hielt an jeder Reihe Ausschau nach dem Priester. Erst in der letzten entdeckte er ihn kniend vor einem Wandgrab.

Er schickte Shaye eine SMS.

Hintere Mauer. Nordseite. Gräberwand.

Ein paar Sekunden später kam die Antwort.

In der Kapelle. Komme von hier aus.

Jackson hob die Kamera und ging um die Ecke, wobei er das Objektiv auf die hintere Ecke richtete. Ein schneller Seitenblick verriet ihm, dass Pater Michael sich bekreuzigte und aufstand. Er berührte das Grab vor ihm, und Jackson sah, dass sich seine Lippen bewegten. Ohne auch nur einen Blick in Jacksons Richtung zu werfen, drehte er sich um und ging. Jackson senkte die Kamera und zog sein Handy heraus.

Er geht in Ihre Richtung.

Er drückte auf Senden.

Alles klar.

Jackson eilte die Reihe entlang bis zu der Stelle, an der Pater Michael gebetet hatte.

Bradley Thompson
Geboren am 3. August 2001
Gestorben am 2. Juni 2015

Er fotografierte die Inschrift, ehe er dem Priester folgte. Als er den Hauptgang in der Mitte des Friedhofs erreichte, entdeckte er ihn auf halbem Weg zum Ausgang. Er wartete, bis der Priester dort angekommen war, und joggte dann zügig hinterher. Shaye stand seitlich vor dem Friedhofseingang neben einer Gruft. Gemeinsam beobachteten sie, wie der blaue Escort vorbeifuhr. Sobald das Auto einen Block weiter um die Kurve gebogen war, rannten sie zu ihrem Wagen.

„Schnell!" Mit quietschenden Reifen fuhren sie los.

„Da!" Shaye packte Jackson am Arm und deutete auf die Straße, als sie die Kreuzung erreichten. „Er biegt ab."

Jackson fuhr auf die Straße zu, die der Escort überquert hatte, bog erneut ab und sah, wie der Priester an einer Kreuzung hielt. Sie folgten ihm noch einige Blocks weit. Schließlich seufzte Shaye auf.

„Er fährt zurück zur Kirche. Wir haben überhaupt nichts herausgefunden."

„Vielleicht doch." Jackson fuhr bis zu Shayes SUV und parkte hinter ihm. „Schauen Sie sich das hier mal an."

Er rief das Foto auf, das er bei der Gruft gemacht hatte.

Shaye wirkte erschüttert. „Er war erst dreizehn."

„Vor einem Monat verstorben. Eventuell hat es nichts zu bedeuten, aber es ist auf jeden Fall ein paar Nachforschungen wert."

Als sie gerade antworten wollte, zeigte ihr Handyton eine SMS an. Sie zog sich die Perücke vom Kopf. „Die ist von Hustle. Ich muss los."

„Ist alles in Ordnung? Soll ich mitkommen?"

„Er schreibt, dass er Informationen hat und sich mit mir treffen will. Mit mir gesehen zu werden bedeutet schon genug Schwierigkeiten für ihn. Mit einem Cop gesehen zu werden, kann er sich nicht leisten. Und die anderen Jugendlichen würden Sie genauso schnell erkennen wie Hustle."

Das gefiel ihm zwar nicht, aber ihrer Logik konnte er nichts entgegensetzen. „Sagen Sie Bescheid, falls Sie Hilfe brauchen. Ich bleibe noch eine Weile hier. Womöglich unternimmt unser Freund Pater Michael ja noch irgendwas."

„Danke für die Verkleidung und das Auto", sagte Shaye.

„Jederzeit."

Sie lief hinüber zu ihrem SUV. Jackson beobachtete, wie sie losfuhr. Hoffentlich hatte Hustle etwas Nützliches herausgefunden. Gleichzeitig wünschte er, Shaye müsste nicht zu den Docks fahren, wo sich Hustle vermutlich aufhielt. Der Kidnapper lauerte dort mit hoher Wahrscheinlichkeit irgendwo, erst recht, wenn er sein Glück noch mal bei Hustle versuchen wollte. Wenn man Shaye im Gespräch mit Hustle sah, könnte man noch annehmen, dass es irgendetwas mit der Sozialarbeit ihrer Mutter zu tun hatte, aber was Jackson betraf, hatte sie recht. Wenn die Jugendlichen ihn zu Gesicht bekamen, würden sie ganz schnell verduften. Hustle hatte bereits bewiesen, dass die Jungs einen Cop auf hundert Meter Entfernung riechen konnten.

Er zog sein Handy heraus und rief erneut das Foto auf. Während er hier herumsaß, konnte er zumindest ein bisschen nachforschen. Eine umfassende Datenbankrecherche würde jedoch warten müssen, bis er wieder an seinem Schreibtisch saß. Er tippte den Namen des Jungen ein und drückte „Suchen".

Eine Liste von Treffern füllte den Bildschirm. Hauptsächlich handelte es sich dabei um Schulveranstaltungen und einen Nachruf.

Er klickte darauf und las die Fakten. Beide Elternteile, eine Schwester. Geliebt. Der Trauergottesdienst war von Pater Michael abgehalten worden. Er runzelte die Stirn. Keine Todesursache.

Er rief in der Telefonzentrale des Reviers an. „Hey, hier spricht Lamotte. Könnten Sie mir einen Gefallen tun?"

„Ich dachte, Sie sind krank", erwiderte der Sergeant am anderen Ende.

„Bin ich auch, aber ich stelle von zu Hause aus ein paar Nachforschungen an. Leider ist meine Internetverbindung ganz mies. Ich hab hier einen Jungen, der letzten Monat verstorben ist. Ich wollte mal schauen, ob wir irgendwas zu ihm haben."

„Geben Sie mir mal den Namen."

Jackson gab ihn durch und hörte eine Tastatur klappern.

„Arbeiten Sie immer noch an dem Fall mit dem Jungen?", fragte der Sergeant.

„Ja, aber so richtig komme ich nicht vorwärts. Langsam greife ich schon nach Strohhalmen."

„Manchmal muss das reichen. Warten Sie mal, ich hab was. Schau an, wer hätte das gedacht? Wer weiß, vielleicht ist das einer dieser Strohhalme, die ein Feuer entzünden."

„Was haben Sie gefunden?"

„Hier steht, der Junge hat sich umgebracht."

Shaye fuhr in einer wenig respektabel aussehenden Gegend im Holy-Cross-Bereich des Ninth Ward an den Straßenrand, und Hustle stieg in ihr Auto. „Tut dein Knöchel noch weh?", fragte sie, weil sie gesehen hatte, dass er immer noch humpelte.

„Ein bisschen. Vermutlich hab ich es ein wenig übertrieben, aber ich wollte so schnell wie möglich hierher, und ich wusste ja auch nicht, ob Sie Zeit haben. Als es mit dem Fuß immer schlimmer wurde, hab ich Sie angerufen. Jetzt geht's aber schon wieder besser."

Shaye nickte. Sie verstand das oft unvernünftige Bedürfnis, sofort zu handeln, auch wenn es körperlich oder mental nicht unbedingt die beste Idee war. Mit Eleonores Hilfe hatte sie gelernt, diese Ausbrüche zu erkennen und zu kontrollieren ... meistens jedenfalls. Obwohl Jackson das angesichts ihres Ausflugs heute Morgen wahrscheinlich anders sehen würde.

„Was haben sie in der Klinik zu deinem Knöchel gesagt?", erkundigte sie sich.

„Eine Verstauchung. Nicht mal besonders schlimm. In einer Woche oder so ist alles wieder okay."

„Wenn du ihn schonst."

„Ja, kann sein, dass der Arzt so was erwähnt hat."

Er klang beinahe reuig, und sie stöhnte innerlich. „Du lieber Himmel, ich höre mich schon an wie meine Mutter. Okay, genug über deinen Knöchel. Erzähl mir von dem Skateboard."

Hustle berichtete, was er von Reaper über die Pfandleihe wusste. Shaye gab die Adresse in ihr Navi ein.

„Er war sich aber nicht hundertprozentig sicher, ob es sich wirklich um das Skateboard von Jinx handelt, oder?", fragte sie und fuhr los.

„Nein, aber die Beschreibung klang ganz danach, und ich hab auch noch nie ein ähnliches gesehen." Stirnrunzelnd blickte er zum Fenster hinaus. „Reaper glaubt, dass der Kerl Jinx vielleicht gar nicht erwischt hat. Dass sie womöglich das Board verkauft und sich davongemacht hat."

„Und was glaubst du?"

„Ich glaub nicht, dass Jinx einfach so wortlos verschwunden wäre. Aber das kann auch nur Wunschdenken sein."

„Der Meinung bin ich nicht. Ich hab ein bisschen was über sie rausgefunden. Gestern Abend wollte ich dir das nicht mehr erzählen, weil da schon genug los war, und heute Morgen musste ich erst dringend zu einem, äh ... Treffen."

„Was denn genau?"

„Meine Mom hat Jinx' Tante gefunden. Sie wohnt hier in New Orleans und ich hab sie gestern besucht." Shaye erzählte Hustle von Coras Suche nach ihrer Schwester und Nichte und wie sie Jinx aus den Augen verloren hatte. Die schlimmsten Einzelheiten aus Jinx' Leben bei ihrer Mutter ließ sie jedoch aus. Das sollte Jinx ihm selbst erzählen, wenn sie das wollte.

„Krebs." Er schüttelte den Kopf. „So ein Mist. Sie wird aber doch wieder gesund, oder?"

„Die Chemo hat sie ganz schön geschwächt, aber ihre Krankheit ist in Remission. Und sie ist wild entschlossen, Jinx ein normales Zuhause zu bieten."

Hustle nickte und schwieg einige Sekunden lang. „Welchen Eindruck hat sie auf Sie gemacht?", fragte er schließlich.

„Ich mag sie. Sie ist klug und stark, und sie macht sich viel aus Jinx. Sie hat das Geld und die Zeit, um Jinx ein gutes Leben zu ermöglichen."

„Das ist gut. Jinx hat das verdient. Sie ist ein guter Mensch. Hoffentlich finden wir sie."

„Wir geben nicht auf."

Er warf ihr einen dankbaren Blick zu. „Ja."

„Hier ist es!", verkündete Shaye und parkte.

Die Straße sah aus wie ein Kriegsgebiet. Die meisten Gebäude waren praktisch unbewohnbar, und bei den wenigen Häusern, wo noch alle vier Grundmauern standen, waren die Wände so beschädigt, dass die Reparaturen vermutlich den Grundstückswert übersteigen würden. Vor einigen wenigen hingen noch Geschäftsschilder, aber Fußgänger waren keine zu sehen. Es war einer der Orte, die Shaye sowohl bei Tag als auch in der Nacht meiden würde, doch wenn auch nur die geringste Hoffnung bestand, dass sie in der Pfandleihe einen Hinweis auf den Verbleib von Jinx erhielten, dann war es das Risiko wert.

Beim Aussteigen fiel Shaye Jacksons Kommentar zu ihrem Auto wieder ein, und obwohl sie davon am Morgen ein wenig genervt gewesen war, hatte er recht. In diesem Moment wäre sie mit einem unauffälligen Kleinwagen am unteren Ende der Preisskala besser dran gewesen. Bei der nächsten Gelegenheit würde sie einen kaufen. Sie näherten sich dem Eingang, und Hustle deutete auf das Skateboard im Schaufenster.

„Es ist eindeutig das von Jinx", sagte er aufgeregt. „Auf der Rückseite ist ein tiefer Kratzer. Da ist sie mal über zerbrochenes Glas gefahren. Aber wie zum Teufel kommt es hierher?"

Shaye schüttelte den Kopf. „Keine Ahnung. Finden wir's raus."

Sie schob die Tür auf und ging geradewegs auf die Verkaufstheke zu. Ein stämmiger Mann, der ungefähr dreißig Jahre alt und einen Meter achtzig groß war, musterte sie von Kopf bis Fuß.

„Wollen Sie etwas kaufen oder verkaufen?", fragte er, als sie an die mit Schmuck gefüllte Vitrine herantraten.

„Ich interessiere mich für das Skateboard im Schaufenster", erklärte Shaye.

„Fünfzig Dollar", sagte der Mann.

„Wo haben Sie es her?", entgegnete Shaye.

Der Mann kniff misstrauisch die Augen zusammen. „Ich hab's gekauft. Genau wie alles andere hier drin."

Shaye holte ihren Ausweis hervor und hielt ihn dem Mann vor die Nase. „Das Board gehört einem verschwundenen Mädchen. Ich möchte gern wissen, wer es Ihnen verkauft hat. Sie heben solche Belege doch fürs Finanzamt auf, richtig?" Sie bezweifelte, dass viele seiner Käufe den Weg in die Buchhaltungsunterlagen fanden, aber manchmal reichte die bloße Erwähnung des Finanzamtes dafür aus, dass die Leute mit Informationen rausrückten. Hauptsache, sie wurden Shaye damit los.

„Das hier ist eine Pfandleihe, kein Auskunftsbüro. Meine Kunden bestehen auf Diskretion, und genau das bekommen sie von mir auch."

„Ich verstehe. Die Polizei sucht ebenfalls nach dem Mädchen. Vielleicht sollte ich denen die Nachforschungen überlassen."

Der Mann kramte ein wenig herum. „Hey, wie wär's, wenn ich Ihnen den Namen des Verkäufers nenne und Ihnen das Board mitgebe? Geht aufs Haus."

Shaye verkniff sich ein Lächeln. „Das wäre sehr großzügig von Ihnen."

Der Mann verzog das Gesicht, holte das Skateboard aus dem Schaufenster und übergab es an Shaye.

„Wollen Sie nicht in Ihren Unterlagen nachsehen?", fragte sie.

„Das muss ich nicht. Der Verkäufer war Rick Rivette."

Als Hustle sich versteifte, war Shaye klar, dass ihm der Name etwas sagte. „Hat er Ihnen erzählt, wo er das Board herhat?"

„Nein. Und ich hab nicht gefragt."

„Gehört das auch zu Ihrer Geschäftspolitik?"

Er lächelte. „Eine meiner besten Regeln."

Shaye nickte. „Danke für das Board und die Info."

Ohne zu antworten, ging er in das kleine Büro hinter der Theke. Shaye verließ den Laden, Hustle im Schlepptau. Noch bevor er die Tür zu ihrem Auto geschlossen hatte, platzte es schon aus ihm heraus.

„Dieser Scheißkerl! Rick Rivette!" Er ballte die Hände zu Fäusten. „Wenn er Jinx etwas angetan hat, dann schwöre ich …"

„Langsam. Wir wissen noch nicht, wie er an das Skateboard gelangt ist. Erzähl mir erst mal, wer das überhaupt ist."

„Der Neffe von Johnny Rivette. Er ist sechzehn oder siebzehn und ein Rowdy."

Shaye runzelte die Stirn. Der Name kam ihr bekannt vor, aber sie konnte ihn nicht zuordnen. Dann fiel es ihr plötzlich ein. „Johnny Rivette wurde wegen organisierter Kriminalität verhaftet, aber der Staatsanwalt hatte nicht genug Beweise für eine Anklage."

„Genau der. Der Pate von New Orleans, auch wenn er nicht mächtig genug ist, um das ganze French Quarter zu kontrollieren. Er regiert lediglich über diese Seite hier – Bywater und den Ninth Ward."

Shaye blickte die Straße hinunter. Die Situation war suboptimal. Man behelligte nicht einfach den Neffen eines Gangsters und verlangte Informationen. Andererseits war Rick die einzige Spur. Sie dachte kurz nach und entschied sich schließlich für die Vorgehensweise, die ihr am vielversprechendsten schien.

„Weißt du, wo wir Johnny Rivette finden können?", fragte sie.

Hustle riss die Augen auf. „Das kann doch wohl nicht Ihr Ernst sein!"

„Leider doch."

Er schüttelte den Kopf. „Man geht nicht einfach zu Johnny Rivette und bittet ihn um Informationen. Das hat vielleicht in der Pfandleihe funktioniert, aber Rivette hat keine Angst vor der Polizei oder dem Finanzamt. Wahrscheinlich nicht mal vor Satan persönlich."

„Ich hab nicht vor, ihm zu drohen. Ich hoffe, dass er mir aus lauter Nächstenliebe die Antworten gibt, die ich brauche."

Ungläubig starrte er sie an. „Keine Ahnung, was Sie geraucht haben, aber wenn Sie glauben, dass Sie von ihm was erfahren können, dann will ich Ihnen nicht im Weg stehen. Er hält sich in Bywater in einem dieser alten Lagerhäuser auf. Ich glaube, er wohnt dort. Auf jeden Fall wickelt er von dort aus seine Geschäfte ab."

„Weißt du, wo genau das ist?"

„Ja, ich kann es Ihnen zeigen."

„Dann los. Verschwenden wir keine Zeit."

Kapitel 12

Corrine stürmte ins Polizeirevier, dicht gefolgt von Eleonore.

„Ms Archer." Der Sergeant sprang auf, um sie zu begrüßen. „Die anderen warten im Konferenzraum auf Sie. Ich bringe Sie hin."

Corrine folgte ihm mit Eleonore in den Konferenzraum, wo bereits der Polizeichef Bernard und ein Mann und eine Frau auf sie warteten. Das Paar war Corrine unbekannt. Als Corrine und Eleonore eintraten, verstummte das Gespräch abrupt.

„Ist Shaye irgendwas zugestoßen?", fragte Corrine. „Kann mir bitte mal jemand sagen, was los ist?"

Um Pierce konnte es nicht gehen. Mit ihrem Vater hatte Corrine, erst eine Viertelstunde bevor der Anruf von der Polizei gekommen war, gesprochen.

Der Chief sah den anderen Mann finster an. „Tut mir sehr leid, Ms Archer. Shaye ist nichts passiert. Das hätte Ihnen eigentlich mitgeteilt werden sollen, als man Sie hierhergebeten hat."

„Ich verstehe nicht ganz", sagte Corrine. „Der Mann, mit dem ich gesprochen habe, hat behauptet, es wäre äußerst wichtig, dass ich sofort herkomme."

„Das ist es auch", erklärte Chief Bernard. „Nehmen Sie doch Platz, dann können wir Ihnen erklären, worum es geht. Das hier sind Detective Grayson, der sich Ihnen gegenüber offenbar nicht besonders deutlich ausgedrückt hat, und Dr. Melissa Wells, unsere Rechtsmedizinerin."

Corrine warf Eleonore einen Blick zu, und beide setzten sich an den Konferenztisch. Ihre Freundin wusste auch ohne Erklärung, dass es nichts Gutes verhieß, wenn der Polizeichef jemanden zu sich bestellte und ein Detective und eine Rechtsmedizinerin dazugebeten wurden. Chief Bernard setzte sich Corrine und Eleonore gegenüber. Grayson und Wells folgten seinem Beispiel. Alle drei sahen sich an. Corrine verspannte sich. Sie wünschte, die drei würden endlich mit der Sprache herausrücken.

Chief Bernard öffnete eine Akte. „Ms Archer, kennen Sie eine Frau namens Lydia Johnson?"

Corrine schüttelte den Kopf. „Der Name kommt mir nicht bekannt vor, aber im Lauf der Jahre habe ich Hunderte von Leuten kennengelernt."

„Ich verstehe", erklärte der Chief. „Ich glaube nicht, dass Sie beruflich mit ihr zu tun hatten, aber ich wollte erst wissen, ob Sie sich kennen, ehe ich die Situation erläutere."

„Bitte", sagte Corrine. „Ich merke doch, dass was passiert ist. Sagen Sie es mir einfach. Solange es meiner Familie gut geht, kann ich alles andere wegstecken."

Chief Bernard nickte. „Vor zwei Tagen haben die Rettungssanitäter auf einen Notruf im Lower Ninth Ward reagiert. In einer Gasse wurde die Leiche einer Frau entdeckt, mit einer Spritze im Arm. Als die Sanitäter eintrafen, war sie bereits tot. Sie hatte keinen Ausweis dabei. Wir haben die Leiche in die Rechtsmedizin gebracht, und die Polizei ist mit Fotos von Tür zu Tür gegangen, um sie zu identifizieren. Im Rahmen der Autopsie wurde ihre DNS in unsere Datenbank eingegeben."

„In der Sie vermisste Personen erfassen", ergänzte Corrine.

„Genau. Detective Grayson hat mit dem Barkeeper gesprochen, der die Tote als Lydia Johnson identifiziert hat. In ihrer Wohnung hat man einen abgelaufenen Führerschein entdeckt, dessen Foto zu der Toten passt."

„Ich verstehe immer noch nicht, was das alles mit mir zu tun hat", sagte Corrine.

Chief Bernard sah hinüber zu der Rechtsmedizinerin. „Auch bei der DNS konnten wir einen Treffer landen. Es handelte sich zwar nicht um eine einhundertprozentige Übereinstimmung, aber ganz klar um eine enge familiäre Beziehung. Es tut mir leid, dass ich Ihnen das sagen muss, aber Lydia Johnson war höchstwahrscheinlich Shayes Mutter."

Entsetzt schlug sich Corrine die Hand vor den Mund. Eleonore griff nach ihrer anderen Hand. „Oh mein Gott." Corrine sah zwischen der Rechtsmedizinerin und Chief Bernard hin und her. „Sind Sie sicher?"

Chief Bernard deutete auf die Ärztin, die sich räusperte.

„Angesichts der Umstände hab ich den Test drei Mal durchlaufen lassen, um ganz sicherzugehen", erklärte Dr. Wells. „Die Testergebnisse sind korrekt, und aufgrund der hohen Zahl übereinstimmender Marker bin ich mir relativ sicher, dass Ms Johnson Shayes Mutter ist."

„Als mich Dr. Wells mit diesem Resultat angerufen hat", fuhr Chief Bernard fort, „hab ich meine Detectives noch mal zum Haus von Ms Johnson geschickt, um es erneut zu durchsuchen, aber diesmal gründlicher." Er zog ein Stück verknittertes Papier aus der Akte und schob es Corrine zu. „Dabei haben sie das hier gefunden."

Corrine starrte auf das Blatt. „Das ist eine Eintragung aus dem Krankenhaus."

Sie fuhr mit den Fingern über das abgegriffene Dokument.

Baby Johnson
Mutter Lydia Rose Johnson
Vater unbekannt
Geboren am 5. August 1991

Corrine kämpfte gegen die Tränen an. „Sie haben ihr nicht mal einen Namen gegeben."

„Ich hab bereits im Geburtsregister nachgesehen", sagte Chief Bernard. „Dort gibt es keine Eintragung über eine Geburt von Lydia Johnson. Die Detectives haben auch das zutage gefördert." Er reichte Corrine ein vergilbtes Foto.

Das Mädchen darauf war ungefähr zwei Jahre alt, doch für Corrine bestand kein Zweifel daran, dass es sich dabei um Shaye handelte. Die Augen, das Kinn und die Nase sahen heute noch genauso aus. Sie spürte, wie ihr die ersten Tränen über die Wangen rollten. Eleonore legte ihr einen Arm um die Schultern.

„Aber Shaye war nicht dumm", wandte Corrine ein. „Sie konnte lesen. Und kannte die Grundrechenarten."

„Die Schulen im Lower Ninth Ward hätten sie wahrschein-

lich auch ohne Dokumente zum Unterricht zugelassen",
vermutete Chief Bernard. „Dort gibt es eine Menge Haus-
geburten. Viele bleiben undokumentiert. Wir werden in den
Schulen nach entsprechenden Aufzeichnungen fragen, aber
nach der Verwüstung, die der Wirbelsturm Katrina angerichtet hat, kann man da wohl nicht viel erwarten."

„Ich bin für alles dankbar, was Sie finden", versicherte
Corrine.

„Sie können die beiden Dokumente behalten", sagte Chief
Bernard. „Wir haben Kopien für unsere Akte gemacht."

„Danke."

Chief Bernard sah hinüber zu Detective Grayson. „Es
gibt noch etwas, worüber wir sprechen sollten. Ich habe
zwar auf meinem Revier Auskunftsverbot verhängt und Dr.
Wells hat in ihrem Institut dasselbe getan, aber die Wahrscheinlichkeit, dass wir diese Entdeckung geheim halten
können, ist gering."

Verbitterung stieg in Corrine auf. „Dann wird Shayes Leben erneut bis aufs kleinste Detail seziert."

„Es tut mir sehr leid. Was Sie bei Shaye erreicht haben, ist
außergewöhnlich. Sie ist zu einer bemerkenswerten jungen
Frau herangewachsen und ich wünschte, wir könnten ihr
das ersparen, was jetzt auf sie zukommt. Ich weiß, dass das
alles schwer für Sie beide wird. Lassen Sie es mich wissen,
wenn ich etwas für Sie tun kann."

„Danke, dass Sie sich persönlich der Sache angenommen
und sich um Vertraulichkeit bemüht haben", sagte Corrine.
„Wenn das alles ist, könnte ich dann bitte kurz allein mit
Eleonore sprechen?"

„Natürlich." Chief Bernard stand auf und führte den Detective und die Rechtsmedizinerin aus dem Raum.

Corrine riss sich zusammen, bis er die Tür hinter sich geschlossen hatte, dann brach sie zusammen und schluchzte so stark, dass sie kaum noch Luft bekam.

„Du bist schon mit Schlimmerem fertiggeworden", versicherte ihr Eleonore, den Arm immer noch um ihre Schultern gelegt. „Wir wussten doch immer, dass dieser Tag kommen würde."

„Was, wenn sie sich erinnert?", fragte Corrine weinend. „Was, wenn ihre Mutter ihr all diese Sachen angetan hat? Oder sie zugelassen hat? Das käme auf dasselbe raus."

„Shaye kann damit umgehen."

Corrine richtete sich auf. „Kannst du mir das versprechen?"

„Ja, das kann ich, und du weißt, dass ich dich niemals anlügen würde. Shaye ist viel stärker, als du oder ich ahnen. Wir drei kommen damit zurecht. Genau wie mit allem anderen. Ein Tag nach dem anderen, Corrine. Wir verarbeiten das Schritt für Schritt."

Corrine umarmte ihre Freundin. „Ich weiß nicht, was ich ohne dich anfangen würde."

„Da sind wir schon zwei."

Als Jackson das Revier betrat, beäugte ihn der Sergeant prüfend.

„Ich dachte, Sie sind krank."

„Mir geht's jetzt besser", erklärte Jackson und sah sich um. Mit ein bisschen Glück war Vincent ausnahmsweise mal außerhalb des Reviers unterwegs. Der Raum war merkwürdig leer. Nur wenige Officers saßen an ihren Schreibtischen. „Wo sind denn alle?"

„Vincent ist in der Mittagspause. Danach wollte er einige Spuren in Ihrem Fall verfolgen, was meiner Meinung nach bedeutet, dass er erst irgendwo für drei isst und danach ins Kasino fährt. Alle anderen stecken vermutlich gerade in den Pausenräumen und diskutieren die neuesten Entwicklungen."

„Was ist denn passiert?"

Der Sergeant sah sich um, dann beugte er sich vor. „Wir wurden zu Stillschweigen verpflichtet, also haben Sie das nicht von mir."

„Ja, okay." Vermutlich ging es wieder um irgendeinen Sexskandal eines örtlichen Politikers. Als eine Tür geöffnet wurde, sah er jedoch überrascht auf. Corrine Archer rauschte an ihm vorbei, dicht gefolgt von Eleonore Blanchet.

Shit. Es geht vermutlich um Pierce Archer.

Sobald sich die Eingangstür hinter ihnen geschlossen hatte, machte Jackson dem Sergeant ein Zeichen, dass er fortfahren sollte.

„Die Kollegen haben vor ein paar Tagen die Leiche einer Drogensüchtigen in die Rechtsmedizin gebracht. Wie sich herausgestellt hat, war das die Mutter von Shaye Archer."

Jackson hatte das Gefühl, als hätte man ihm eine schallende Ohrfeige verpasst. „Ist das sicher?"

„Die Rechtsmedizinerin war den ganzen Vormittag über im Büro des Chiefs. Grayson und seine Männer haben die

Wohnung durchsucht und ein paar Dinge mitgebracht. Der Chief hätte niemals Corrine Archer herbestellt, wenn er sich nicht hundertprozentig sicher wäre."

In Jacksons Kopf überschlugen sich die Gedanken. Wie würde Shaye diese Nachricht aufnehmen? „Das kommt raus", sagte er.

„Früher oder später auf jeden Fall", stimmte ihm der Sergeant zu. „Das ist eine riesige Schlagzeile. Irgendjemand quatscht mit Sicherheit." Er schüttelte den Kopf. „Das arme Mädchen. Sie hat schon so viel durchgemacht. Es ist ein Wunder, dass aus ihr so ein guter Mensch geworden ist. Und jetzt kommt schon wieder ein neuer Schlag auf sie zu."

„Ja. Das hat sie nicht verdient."

Der Sergeant kniff die Augen zusammen. „Sie haben sich mit ihr angefreundet, oder?"

„Ich denke, das könnte man so sagen. Soweit sie das zulässt, zumindest."

„Dass sie vorsichtig ist, kann man ihr nicht verübeln."

„Nein. Auf keinen Fall. Danke, dass Sie es mir erzählt haben. Ich werde jedenfalls nichts verraten."

Jackson ging zu seinem Schreibtisch und ließ sich auf den Stuhl fallen. Das war eine echte Bombe. Zweifellos war Shaye ein starker Mensch. Das hatte er selbst schon erlebt, doch solche Neuigkeiten waren hart.

Was, wenn sie sich erinnert?

Er umklammerte die Armlehne seines Stuhls. Vielleicht würde die Nachricht Erinnerungen auslösen. Und wenn die Mutter für das verantwortlich war, was Shaye hatte durchmachen müssen, dann … Er fuhr sich mit den Händen

durch die Haare. Der Sergeant hatte die Mutter als drogen-
süchtig beschrieben. Das verhieß nichts Gutes.

Ruhig bleiben.

Er richtete sich auf und rückte mit dem Stuhl an den
Schreibtisch heran. Für Panik blieb noch genügend Zeit.
Falls Shaye sich tatsächlich erinnern sollte, dann würde er
für sie da sein und ihr helfen, sofern sie das zuließ, natürlich. Und wenn sie seine Hilfe nicht wollte, dann blieben ihr
immer noch ihre Mutter und Eleonore. Beide verstanden
deutlich mehr vom Umgang mit emotionalem Stress als er.
Zwei der qualifiziertesten Menschen im ganzen Bundesstaat
würden sie unterstützen, und sie hatte genügend Geld, um
sich vor dem Mediensturm zu verstecken, falls es dazu kam.
Sie würde es überstehen.

Das würde er sich immer wieder einreden.

Kapitel 13

Shaye parkte vor dem Lagerhaus, das Hustle ihr gezeigt hatte, stieg jedoch nicht aus. Die ganze Fahrt über hatte sie über diese Begegnung nachgedacht. Trotzdem wusste sie immer noch nicht, ob das, was sie vorhatte, auch klug war.

„Es ist nicht zu spät, um Ihre Meinung zu ändern", erinnerte Hustle sie.

„Er ist unsere einzige Spur."

„Ich weiß, und ich will auch rauskriegen, woher Rick das Board hatte, aber wenn Johnny Rivette hinter allem steckt, dann unterschreiben wir unser Todesurteil, wenn wir jetzt da reingehen und Fragen stellen."

„Ich mache es trotzdem, aber du nicht." Sie gab ihm den Autoschlüssel. „Kannst du ein Auto fahren?"

Hustle riss die Augen auf, nickte aber. „Mehr oder weniger."

„Gut. Dann fahr um den Block und parke am Ende der Straße."

Er schüttelte den Kopf. „Ich lass Sie da nicht allein reingehen."

„Oh doch, das wirst du. Du hilfst mir am meisten, wenn du hier auf mich wartest. Wenn ich in einer Viertelstunde nicht zurück bin, rufst du Jackson an. Ich speichere dir seine Nummer in deinem Handy ab."

„Das sind genau vierzehn Minuten mehr, als er braucht, um Sie abzuknallen."

Sie stieg aus. „Darauf lasse ich es ankommen."

„Shaye – warten Sie! Was wollen Sie ihm denn sagen?"

„Die Wahrheit."

Hustle starrte sie an, als hätte sie den Verstand verloren. Damit lag er vielleicht gar nicht so falsch. Bevor er noch weiter diskutieren konnte, schloss sie die Autotür und ging auf den Eingang zum Lagerhaus zu. Sie wartete, bis Hustle um die Ecke gefahren war, und klingelte dann. Nur wenige Sekunden später wurde die Tür aufgerissen und ein riesiger, tätowierter Kerl mit rasiertem Kopf starrte sie an. Ganz offensichtlich hatte man ihm die Aufgabe des Bodyguards übertragen.

„Was willst du?", herrschte er sie an.

„Ich muss mit Rick Rivette sprechen."

Misstrauisch kniff er die Augen zusammen. „Worüber?"

„Über ein Skateboard, das er in der Pfandleihe versetzt hat."

„Bist du die Skateboardpolizei?"

„Nein. Ich gehöre überhaupt nicht zur Polizei. Ich bin Privatdetektivin."

„Rick wohnt nicht hier und Mr Rivette redet nicht mit Cops oder anderen Schnüfflern. Dazu gehören auch dürre Privatdetektivzicken."

Er wollte gerade die Tür schließen, als Shaye die Hand ausstreckte. „Das Mädchen, dem das Board gehört hat, wird vermisst. Rick kann entweder mit mir reden oder ich übergebe alle meine Spuren der Polizei. Sie haben die Wahl."

Er grinste. „Glaubst du, ich hab Angst vor den Cops? Da liegst du aber falsch, Süße."

„Wer ist denn da?" Hinter der Tür erklang die Stimme eines Mannes.

„Nur so eine Tussi, die was über Rick und ein Skateboard wissen will. Nichts, womit Sie Ihre Zeit vergeuden müssen."

„Das entscheide ich immer noch selbst", erklärte der Mann.

Der Bodyguard trat zur Seite und ein Mann Mitte vierzig in einem schwarzen Anzug kam an die Tür. „Sie haben Fragen zu meinem Neffen?"

„Ja. Mr Rivette? Ich bin nicht hier, um Ihnen Schwierigkeiten zu machen."

Der Bodyguard schnaubte. „Als ob du das könntest."

Rivette warf ihm einen missbilligenden Blick zu und bedeutete Shaye, hereinzukommen. Nach kurzem Zögern betrat sie den Flur.

Das Innere des Gebäudes stand in starkem Kontrast zur schäbigen Außenfassade. Das Foyer des Lagerhauses war mit einem Marmorboden und Holzpaneelwänden ausgestattet. Die offenen Doppeltüren zur Linken gewährten freie Sicht auf ein Büro. Im hinteren Bereich führte eine Treppe nach oben. Rivette ging ins Büro und setzte sich hinter den Schreibtisch. Dann deutete er auf den Stuhl davor. Shaye nahm Platz. Der Bodyguard stellte sich mit verschränkten Armen neben Rivette.

Der sah zu ihm auf. „Hinten gibt es Probleme. Überprüf das für mich."

Mit einem bösen Blick auf Shaye verließ der Bodyguard das Büro.

„Bitte entschuldigen Sie die Manieren meines Partners",

begann Rivette. „In meinem Geschäft haben wir es in der Regel nicht mit Damen zu tun, schon gar nicht hier in diesem Stadtteil."

„Und welches Geschäft ist das?", fragte Shaye.

„Ach, ein bisschen dies, ein bisschen das. Immobilien, Import/Export ... alles ziemlich öde und nicht besonders interessant."

Sein selbstsicheres Lächeln verriet jedoch, dass hinter seinen höflichen Phrasen deutlich mehr steckte.

„Sie wollten mit meinem Neffen sprechen?", hakte er nach.

„Ja. Er hat einer Pfandleihe ein Skateboard verkauft. Ich möchte herausfinden, woher er das hatte."

„Und wieso glauben Sie, dass es nicht seins war?"

„Weil es einem Mädchen gehört, dessen Verschwinden ich aufklären soll."

Rivette lehnte sich zurück. „Verstehe. Und Sie glauben, dass mein Neffe dieses Mädchen angegriffen hat?"

„Ich glaube überhaupt nichts. Aber je eher ich das Mädchen finde, desto besser. Deshalb brauche ich Informationen."

„In Ordnung." Rivette tätigte einen Anruf mit dem Handy. „Schick Rick in mein Büro." Er legte das Telefon zurück auf den Schreibtisch. „Er wird gleich hier sein. Dann können Sie Ihre eigenen Schlussfolgerungen ziehen."

„Sie halten ihn nicht für den Täter", stellte Shaye fest.

„Ich halte meinen Neffen für schwach, dumm und faul. Jemanden anzugreifen erfordert Handeln, und jemanden so verschwinden zu lassen, dass sogar eine Privatdetektivin die Person nicht finden kann, zeugt von einer gewissen Intelligenz. Den Besitz des Opfers an eine Pfandleihe zu verkaufen zeugt von einem großen Mangel an Intelligenz." Er schüttelte den Kopf. „Ich kann mir nicht vorstellen, dass mein Neffe genügend Intelligenz und Tatkraft für das aufbringt, was Sie hier beschreiben. Bestimmt werden Sie nach einer Minute im Gespräch mit ihm zur selben Schlussfolgerung kommen."

Ein paar Sekunden später betrat der Teenager das Büro. Er war etwa einen Meter fünfundsiebzig groß und keine siebzig Kilo schwer. Ganz sicher war er nicht die Person, die Hustle angegriffen hatte. So ungern Shaye es auch zugab, im Hinblick auf seinen Neffen schien sich Johnny Rivette nicht geirrt zu haben. Den Teenager konnte man kaum als imposant beschreiben.

Rivette deutete auf Shaye. „Die Dame hier möchte dir ein paar Fragen stellen, die du gerne beantworten wirst."

Shaye musterte Rick. „Du hast einer Pfandleihe ein Skateboard verkauft. Schwarz, mit einem Drachen."

Er nickte.

„Wo hattest du das her?"

„Ich hab's gefunden."

„Kannst du mir sagen, wo?"

Er zuckte mit den Schultern. „Das weiß ich nicht mehr."

„Lüg nicht!", ermahnte ihn Rivette. „Antworte ihr."

Der Teenager warf seinem Onkel einen Blick zu. Für Shaye war es offensichtlich, dass er sich um die Antwort drücken wollte.

„In der Nähe der Rampart irgendwo", gab er schließlich zu. „An den Straßennamen kann ich mich nicht erinnern."

„In welchem Bezirk?", fragte Shaye. Die Rampart war eine lange Straße, die durch mehrere Stadtbezirke verlief.

„Lower Ninth", knurrte er.

Rivette schüttelte den Kopf. „Du hast dich wieder bei diesen Kiffern rumgedrückt, oder? Wie oft müssen wir dieses Gespräch noch führen?"

„Vermutlich mindestens noch einmal", entgegnete Rick.

Rivette stand auf und verpasste ihm eine Kopfnuss. „Kein respektloses Verhalten vor Gästen." Er blickte zu Shaye und nahm wieder Platz. „Haben Sie noch weitere Fragen?"

„Hast du das Skateboard auf der Straße gefunden?"

„In einer Gasse zwischen den Häusern. Es lag unter einem Stück Pappe. Wahrscheinlich hat es deshalb niemand vor mir gefunden."

„An welchem Tag war das?"

„Letzten Freitag."

„Hast du sonst noch was gefunden, oder ist dir irgendwas Merkwürdiges aufgefallen?"

Rick schien verwirrt. „Ich glaub nicht. Ich meine, wir reden hier vom Lower Ninth, da gibt es so was wie normal gar nicht."

Shaye rief auf ihrem Handy ein Bild von Jinx auf und zeigte es ihm. „Hast du dieses Mädchen schon einmal gesehen?"

Rick starrte auf das Display und schüttelte dann den Kopf. „Die kenne ich nicht."

Er lügt.

Das war so sicher wie das Amen in der Kirche. „Und das weißt du genau?" Sie hielt das Handy noch etwas höher.

Er schaute nicht einmal mehr hin. „Ich hab gesagt, die hab ich nie gesehen. Kann ich jetzt gehen? Ich hab Hunger."

Rivette blickte Shaye an und die nickte. Von Rick würde sie nichts mehr erfahren. Sobald er den Raum verlassen hatte, schob sie das Handy hinüber zu Rivette. „Haben Sie das Mädchen schon mal gesehen?"

Rivette musterte das Bild. „Hübsch. Die Vermisste, nehme ich an?"

„Ja."

Er gab ihr das Handy zurück. „Leider nein."

Das schien die Wahrheit zu sein, allerdings hatte er auch viel Erfahrung im Lügen und galt darin mehr oder weniger als Experte. Mehr würde sie hier nicht herausbekommen. Da sie es für eine schlechte Idee hielt, sich Rivette zum Feind zu machen, stand sie auf.

„Vielen Dank für Ihre Hilfe, Mr Rivette", sagte sie.

„Gern geschehen." Er hatte sich ebenfalls erhoben. „Hoffentlich finden Sie das Mädchen."

„Das hoffe ich auch."

Sie verließ das Gebäude und blickte sich um. Hustle hatte einen Block entfernt geparkt. Sobald sie aus der Tür getreten war, hörte sie den Motor aufjaulen. Sie ging auf die Ecke zu und deutete auf die Seitenstraße. Hustle bog ab und hielt an. Sie stieg auf der Beifahrerseite ein.

„Fahr ein paar Blocks weiter und dann übernehme ich", bat sie ihn.

Auch wenn sie sicher war, dass Rick Hustle nicht angegriffen hatte, wollte sie kein Risiko eingehen. In Rivettes

Gebäude sollte niemand Hustle zusammen mit ihr sehen. Ihr Handy vibrierte und auf dem Display wurde der Name ihrer Mutter angezeigt. Sie steckte es zurück in die Tasche. Wenn es wichtig wäre, würde Corrine eine Nachricht hinterlassen. Und wenn es nicht wichtig war, konnte es warten.

Hustle umklammerte das Lenkrad und erhöhte die Geschwindigkeit ein wenig. Die Brauen hatte er hoch konzentriert zusammengezogen. Ganz offensichtlich wusste er, wie man Auto fährt, hatte aber wenig Übung. Und er hatte bisher noch keine einzige Frage zu Rivette gestellt. Fahrpraxis war nicht allzu leicht zu bekommen, wenn man hauptsächlich auf einem Skateboard unterwegs war und keinen Erwachsenen hatte, der es einem beibrachte. Er fuhr noch zwei Blocks weiter, hielt am Straßenrand an und tauschte mit ihr den Platz.

„Haben Sie irgendwas rausgefunden?", fragte er, als er die Beifahrertür schloss.

„Nicht viel." Sie wiederholte, was Rick behauptet hatte.

„Glauben Sie, dass er die Wahrheit gesagt hat?"

„Der Ort passt zu meiner Theorie, dass der Kidnapper sie auf dem Weg zu ihrem Schlafplatz entführt hat. Wenn wir davon ausgehen, dass er dieselbe Taktik wie bei dir versucht hat, sie aus einem verlassenen Gebäude anzugreifen, dann hat sie das Board vielleicht entweder fallen gelassen oder sie wurde heruntergeschubst. Dann könnte es unter die Pappe gerutscht sein, wo Rick es gefunden hat."

„Das stimmt."

„Was ich allerdings mit Sicherheit sagen kann – Rick ist nicht der Kidnapper."

„Nein", stimmte Hustle zu. „Dafür ist er zu dürr."

„Ich hab ihm ein Foto von Jinx gezeigt. Er hat behauptet, sie nicht zu kennen, aber das war ganz offensichtlich gelogen. Hast du Rick schon mal in ihrer Nähe oder bei den Docks gesehen?"

„Nein. Er hängt normalerweise mit ein paar Kiffern im Lower Ninth ab. Ein Skater ist er definitiv nicht."

„Wenn er sich gewöhnlich im Lower Ninth rumtreibt, dann hat er Jinx womöglich schon mal dort gesehen. Eventuell ist er ihr gefolgt. Glaubst du, dass vielleicht noch jemand dabei war, als du überfallen wurdest?"

Hustle runzelte die Stirn. „Ich hab niemand anderen gesehen oder gehört. Als ich mich losgerissen hatte, hab ich mich noch mal umgedreht, aber es war zu dunkel, deshalb hab ich nichts erkennen können. Falls noch eine zweite Person da war, warum hat die mir nicht geholfen?"

„Keine Ahnung. Vielleicht war es zu schnell vorbei. Oder er ist nicht besonders kräftig. Du hast Rick als einen Rowdy bezeichnet, aber er ist definitiv nicht in der Lage, irgendwo Prügeleien anzufangen."

Hustle nickte. „Er wirft einfach mit dem Namen seines Onkels um sich, dann lassen ihn alle in Ruhe."

„Ja, das kann ich mir ausmalen. Sein Onkel ist eine ziemlich interessante Gestalt."

Hustle sah sie erschrocken an. „Sie haben mit Johnny gesprochen?"

Shaye nickte. „Ich kann mir gut vorstellen, warum sein Name die Leute nervös macht. Er gibt sich sehr kultiviert, was entweder auf Überheblichkeit oder Selbstbewusstsein hindeutet. Ich tendiere zu Letzterem, wenn man bedenkt, dass er einer Verurteilung bisher aus dem Weg gehen konnte."

„Auf jeden Fall gerät man durch ihn in Schwierigkeiten."

„Meinst du, Jinx hat vielleicht etwas gesehen, das nicht für ihre Augen bestimmt war? Vielleicht etwas, das Rick getan hat?"

„Alles ist möglich, aber wie passen die anderen verschwundenen Jugendlichen da rein?"

„Auch wieder wahr. Die Wahrscheinlichkeit, dass sie alle gleichzeitig dasselbe beobachtet haben, ist sehr gering. Außerdem hätte irgendjemand was verraten." Sie stieß den Atem aus. Irgendwo gab es ein Muster, aber sie konnte es nicht erkennen. Als ob die Antworten ganz knapp außerhalb ihrer Reichweite lägen. „Ich hab Johnny nach seinen Geschäften gefragt und er hat was von Immobilien gesagt. Weißt du ungefähr, was er besitzt?"

„Ein paar Bars und einige dieser gruseligen Motels, glaub ich. Sie wissen schon, welche."

„Irgendwelche Gebäude um Bywater herum? Hat er damit was zu tun?"

Hustle richtete sich auf. „Ich hab seinen Mercedes an der Baustelle gesehen, wo Scratch arbeitet."

„Wann?"

„Vor ein paar Wochen."

Shaye bog nach links ab. „Ich glaube, wir sollten uns noch mal mit diesem Vorarbeiter unterhalten."

Kapitel 14

Jackson fuhr vor dem Haus von Bradley Thompson vor und wartete einen Moment, nachdem er den Motor abgestellt hatte. Er war sich nicht ganz sicher, was er jetzt unternehmen sollte. Ursprünglich hatte er vorgehabt, mit Bradleys Eltern zu reden und herauszufinden, ob sie ihm nähere Informationen über den Selbstmord ihres Sohnes geben konnten. Insbesondere interessierten Jackson die Gründe für den Suizid. Allerdings hatte er nicht die geringste Ahnung, wie er das Thema anschneiden sollte. Für die Polizei gab es keinen legitimen Grund, die Eltern noch einmal zu befragen.

Schließlich ging er zum Eingang und hoffte, dass ihm etwas einfallen würde, sobald er ihnen gegenübersaß. Eine Frau in mittleren Jahren mit braunen Haaren und einer traurigen Miene öffnete die Tür. Als er ihr seine Dienstmarke zeigte, wirkte sie überrascht, bat ihn jedoch herein. Sie erklärte, dass ihr Mann noch bei der Arbeit sei, aber Jackson könne mit ihr reden.

Jackson nahm auf einem Stuhl im Wohnzimmer Platz und betrachtete ein Foto auf dem Kaminsims. Es war ein Bild von Bradley bei einem Umzug am Mardi Gras. Er lächelte und sah aus wie ein ganz normaler Teenager, der sich amüsiert. Mrs Thompson setzte sich ihm gegenüber und verschränkte die Hände im Schoß.

„Was kann ich für Sie tun, Detective Lamotte?", fragte sie.

„Ich wollte mich bei Ihnen nach Bradley erkundigen, aber falls Sie nicht mit mir reden wollen, respektiere ich das natürlich."

Mrs Thompson runzelte die Stirn. „Das verstehe ich nicht. Ich dachte, die Polizei hätte ihre Ermittlungen abgeschlossen."

„Die Untersuchung zu seinem Tod, ja, aber ich arbeite an einem anderen Fall, bei dem Bradleys Name aufgetaucht ist. Leider kann ich Ihnen zu einer laufenden Ermittlung keine weiteren Auskünfte geben, aber ich wäre Ihnen sehr dankbar, wenn Sie mir ein paar Fragen beantworten."

„Wenn Sie das weiterbringt."

„Ich hab in der Akte gelesen, dass Bradley keinen Abschiedsbrief hinterlassen hat. Haben Sie irgendeine Ahnung, warum er getan hat, was er getan hat?"

Mrs Thompson schüttelte den Kopf. „Ich denke seither kaum noch über etwas anderes nach. Was war so schlimm, dass er nicht mit mir darüber reden konnte? Wir hatten uns immer nahegestanden."

Jackson fiel ihre Wortwahl auf. „Sie hatten sich immer nahegestanden? War das zum Zeitpunkt seines Todes nicht mehr der Fall?"

„Irgendetwas hat ihn beschäftigt. Das wusste ich, aber er hat sich ausgeschwiegen. Er verhielt sich kühl, beinahe schon missmutig. Manchmal starrte er zum Fenster hinaus, und wenn ich ihn ansprach, hörte er mich nicht einmal. Er war völlig vertieft in seine Gedanken."

„Haben Sie seine Freunde danach gefragt?"

„Ja. Mit zwei Jungs war er seit der Grundschule eng befreundet, aber beide haben mir dasselbe gesagt – dass er sich verändert hätte, ihnen aber nicht sagen wollte, was los war. Einer seiner Freunde war nach Bradleys Tod so verstört, dass sie ihn ins Krankenhaus einweisen mussten. Sie machen beide eine Therapie. Die ganze Sache ist so sinnlos und so unerträglich. Wie soll man Schlechtes von seinem Kind fernhalten, wenn man überhaupt nicht weiß, woher es kommt?“

„Ich wünschte, darauf hätte ich eine Antwort.“

Mrs Thompson nickte. „Das glaube ich Ihnen, gerade bei Ihrem Job. Vermuten Sie, dass eine Verbindung zwischen dem Tod meines Sohnes und einem anderen Fall besteht?“

„Da bin ich mir nicht sicher. Die Fakten geben keine Verbindung her, aber da der Name Ihres Sohnes aufgetaucht ist, dachte ich, ein paar Fragen können nicht schaden. Ich hab gesehen, dass der Gottesdienst von einem gewissen Pater Michael abgehalten wurde. Ich denke gerade über eine Rückkehr zu den christlichen Wurzeln meiner Kindheit nach. Was halten Sie von ihm?“

„Er war uns eine große Stütze. Mindestens einmal pro Woche kommt er vorbei, um gemeinsam mit mir zu beten. Bei den Jugendlichen in der Kirche hat er wahre Wunder vollbracht. Es ist schwierig, Teenager für etwas zu begeistern, erst recht für Religion, aber er hat eine Art, zu reden, auf die die Jungs ansprechen. Bradley hat ihn sehr gern gemocht.“

„Hat Bradley viel Zeit in der Kirchengruppe verbracht?“

„Eine Weile, aber als er sich zu verändern begann, hat er

sich allmählich auch von all seinen Gruppen und Hobbys verabschiedet. Pater Michael hat ihn ein paarmal besucht und versucht, ihn zur Jugendgruppe zurückzuholen, aber Bradley hat sich rundheraus geweigert."

Der Kummer der Mutter war so greifbar, dass Jackson ihn fast körperlich spüren konnte. „Es tut mir sehr leid, Mrs Thompson", sagte er und stand auf. „Ich will Sie nicht länger belästigen."

„Hoffentlich können Sie Ihren Fall aufklären", sagte Mrs Thompson. „Wir brauchen weniger Schrecken in der Welt."

„Ja, Ma'am. Da haben Sie recht."

Er verließ das Haus und stieg ins Auto. Bradley Thompsons langsamer Rückzug aus dem Leben passte genau zu der üblichen Teenager-Suizidstory. Handelte es sich bei Pater Michael also um einen mitfühlenden Priester, der sich um die emotionale Gesundheit seiner Gemeindemitglieder sorgte?

Oder besuchte er Bradleys Grab aus Schuldgefühlen?

Jackson ließ den Motor an und schaltete das Radio ein. Die Abendnachrichten begannen gerade – das Neueste zum Verschwinden von Peter Carlin, oder genau genommen die fehlenden Neuigkeiten. Der Fall blieb mysteriös. Soweit Jackson wusste, hatte niemand Informationen zum Verbleib des Jungen liefern können. Angesichts der verstrichenen Zeit sanken die Chancen, ihn unversehrt zu finden, immer weiter. Genau wie bei Jinx.

Während er fuhr, erkannte er, dass er lediglich einen Block von Peters Zuhause entfernt war. Er trommelte auf das Lenkrad. Die Fälle zeigten keine Gemeinsamkeiten, und nichts deutete darauf hin, dass eine Verbindung bestand. Aber trotzdem … vielleicht schadete es nicht, mit Peters Eltern zu sprechen. Vorausgesetzt, die wären dazu bereit. Schließlich bearbeitete er nicht ihren Fall.

Vincent kriegt einen Anfall, wenn er herausfindet, dass du dich in die Ermittlungen eines anderen Detectives eingemischt hast.

Jackson parkte vor Peters Haus und stieg aus. Zum Teufel mit Vincent. Der sogenannte leitende Ermittler hatte nichts zur Lösung dieses Falles beigetragen. Wenn man mal vom Informieren der Eltern und von einer mehrstündigen Mittagspause absah, hatte er bisher noch nicht einmal seinen Schreibtisch verlassen. Was Jackson nicht unrecht war. Dadurch konnte er tun und lassen, was er wollte, aber es ärgerte ihn trotzdem, dass der Mann dafür bezahlt wurde, Verbrechen aufzuklären, und nichts tat, um sein Gehalt auch zu verdienen.

Jackson ging die Einfahrt hinauf und klopfte. Eine Frau mit verquollenen Augen, die aussah, als hätte sie sich seit Tagen nicht gekämmt, öffnete. „Kann ich Ihnen helfen?", fragte sie mit mechanisch klingender Stimme.

Er zeigte seine Dienstmarke vor. „Mein Name ist Detective Lamotte. Ich würde Ihnen gern ein paar Fragen zu Peter stellen, wenn ich darf."

Sie öffnete die Tür, damit er hereinkommen konnte. „Mein Mann ist aber nicht da."

„Das macht nichts."

Sie setzte sich auf die Couch und er sich auf einen Sessel daneben.

„Ich dachte, Detective Grayson bearbeitet Peters Fall", sagte sie.

„Das stimmt. Ich ermittle in einem anderen Fall mit verschwundenen Teenagern. Ich will ehrlich zu Ihnen sein, Mrs Carlin. Ich habe keine guten Gründe für die Annahme, dass mein Fall irgendwas mit Peters Entführung zu tun hat, aber ich bin an einem Punkt angelangt, wo ich selbst eine weit hergeholte Verbindung überprüfen möchte."

Mrs Carlin nickte. „Das kann ich verstehen. Für Eltern ist es natürlich noch schlimmer, aber Ihre Arbeit hinterlässt sicher auch bei Ihnen Spuren. Wenn Sie auch nur die geringste Chance sehen, dass ich Ihnen helfen kann, will ich es gern versuchen."

„Danke. Ich kenne den Bericht der Nanny vom besagten Tag. Ist ihr vielleicht sonst noch irgendwas eingefallen?"

„Nein. Das arme Mädchen musste mit Medikamenten ruhiggestellt werden. Sie fühlt sich verantwortlich. Seit der Entführung steht sie wegen suizidaler Tendenzen unter Beobachtung. Ich mache ihr gar keine Vorwürfe für das, was passiert ist. Sie ist neunzehn, und Peter hat sich absichtlich von ihr weggeschlichen. Bei mir hat er das auch schon mal gemacht."

„Wie vermutlich die meisten kleinen Jungen. Ich war jedenfalls auch so einer."

„Nur dass die meisten nicht spurlos verschwinden."

„Das stimmt. Ist Ihnen vor diesem Tag jemand in der Nähe des Hauses aufgefallen?"

Sie runzelte die Stirn. „Nein. Mir nicht."

Das schien nicht gelogen, aber er konnte erkennen, dass sie ihm etwas verschwieg.

„Was auch immer es ist", bat Jackson, „erzählen Sie es

mir. Selbst wenn es nur ein Gefühl sein sollte. Ich wäre der Letzte, der etwas abtut, nur weil man es nicht sehen kann."

Sie senkte den Blick. „Ich hab nichts gesehen. Aber Peter. Anfang letzter Woche hat ihn ein gruseliger Mann im Park beobachtet, hat er gesagt. Ich hab in den Büschen nachgeschaut, wo er ihn entdeckt haben wollte, aber da war niemand."

„Hat Peter den Mann erkannt?"

„Nein. Er hat ihn als groß und kräftig beschrieben, aber er konnte sein Gesicht nicht sehen. Er trug eine Kappe und hat sich im Schatten herumgedrückt."

„Aber Peter hat geglaubt, dass der Mann ihn beobachtet. Hat er ihn danach noch mal irgendwo bemerkt?"

„Angeblich vor seinem Zimmerfenster, aber diesmal hat er eine Maske getragen."

Jacksons Puls beschleunigte sich. „Eine Maske?"

„Seiner Beschreibung nach vermutlich eine venezianische Karnevalsmaske. Er hat sie als weiß und lila mit Gold dazwischen geschildert. Peters Cousin hat ihm bei seinem letzten Besuch ein paar schreckliche Horrorfilme gezeigt. Danach hatte er eine Woche lang Albträume."

Sie sah Jackson an. „Oh mein Gott. Sie glauben, dass Peter verfolgt wurde. Peter hat es mir erzählt und ich hab ihm nicht geglaubt. Und was wissen Sie?"

„Ein obdachloser Jugendlicher wurde gestern Abend von einem Mann mit einer Karnevalsmaske angegriffen. Er ist der Freund eines vermissten Mädchens. Ebenfalls obdachlos."

„Das verstehe ich nicht. Warum sollte Peters Kidnapper

auch obdachlose Teenager entführen? Da gibt es keine Gemeinsamkeiten."

Jackson schüttelte den Kopf. „Das weiß ich leider nicht. Aber ich hab das Gefühl, wenn wir auf diese Frage eine Antwort finden, dann wissen wir auch, wer Peter und die Teenager entführt hat."

Er stand auf. Jetzt konnte er es kaum erwarten, mit dem leitenden Ermittler in Peters Fall zu sprechen und danach Shaye anzurufen und sich eine Beschreibung der Maske geben zu lassen. Es war seine schwächste Spur gewesen, aber er würde darauf wetten, dass die Fälle zusammenhingen.

„Vielen Dank, Mrs Carlin. Ich verspreche Ihnen, sobald ich etwas herausfinde, sind Sie die Erste, die davon erfährt."

„Ich hätte ihm glauben sollen", schluchzte sie, während ihr die Tränen über die Wangen rannen.

Jackson legte ihr eine Hand auf die Schulter. „Woher hätten Sie wissen sollen, was passiert? Und wenn dieser Mann Peter schon eine Weile lang beobachtet hat, war er offenbar stark auf ihn fixiert. Es war nur eine Frage der Zeit, bis sich eine Gelegenheit bot und er aktiv wurde. Sie hätten es nicht verhindern können. Dazu hätten Sie Peter schon in Fort Knox einschließen müssen."

Schniefend wischte sie sich die Tränen ab. „Ich weiß, dass Sie recht haben. Ich hab viel zu dem Thema gelesen. Trotzdem hab ich deswegen nicht weniger Schuldgefühle."

Jackson spürte, welches Gewicht auf ihren Schultern lastete. Und dass es nichts gab, was er sagen konnte, um es ihr abzunehmen. An ihrer Stelle würde er sich genauso fühlen. Der einzige Weg, ihre Schuldgefühle zu schmälern, war,

Peter zu finden. Und wenn nicht … die Dinge entwickelten sich nicht immer zum Positiven für die Hinterbliebenen.

Jackson wollte gerade gehen, als ihm noch etwas einfiel. „Mrs Carlin, darf ich Sie fragen, ob Sie religiös sind?"

Sie zuckte mit den Schultern. „Vermutlich bin ich eine typische Katholikin. Ich gehe nicht so oft zum Gottesdienst, wie ich sollte, nehme ich an, aber ich glaube an Gott. Beantwortet das Ihre Frage?"

„Nein. Das meine ich nicht. Ich dachte nur, wenn Sie religiös sind, dann könnte vielleicht jemand vorbeikommen und mit Ihnen gemeinsam beten."

„Ach so. Pater Michael war hier, sobald er von der Sache gehört hat. Er hat angeboten, dass wir ihn jederzeit anrufen können. Wahrscheinlich sollte ich das tun."

„Pater Michael von Sacred Heart?"

Sie sah auf. „Ja. Kennen Sie ihn?"

„Nicht persönlich, aber ich hab von seiner Missionsarbeit gehört."

„Er kann wirklich gut mit Kindern umgehen. Eigentlich ist Saint Louis unsere Gemeinde, aber Pater Michael hat dort für die jüngeren Kinder ein paar Bibelkurse abgehalten. Peter hat ihn sehr gern."

Jackson nickte. „Da bin ich mir sicher."

John Clancy gab gerade einem Bulldozerfahrer Anweisungen. Als er Shaye und Hustle aussteigen sah, hielt er einen Finger hoch. Shaye nickte und wartete auf dem Bürgersteig, bis Clancy mit dem Fahrer fertig war, der in die andere Richtung davonfuhr.

„Haben Sie Scratch gefunden?", fragte Clancy, als er sie erreicht hatte. Wegen des Maschinenlärms um ihn herum musste er praktisch schreien.

„Leider nicht", entgegnete Shaye, „aber ich wollte Sie gern noch etwas fragen, wenn Sie nichts dagegen haben."

„Natürlich nicht. Gehen wir in mein Büro. Dort lässt es sich leichter reden."

Sie überquerten die Straße und betraten Clancys Reich. Shaye setzte sich vor seinen Schreibtisch, und Hustle lehnte sich ans Fensterbrett. Clancy nahm hinter dem Schreibtisch Platz.

„Womit kann ich Ihnen weiterhelfen?", fragte er.

„Sind Sie der Bauherr hier?"

„Schön wär's. Obwohl das der lukrativste Zweig im Baugewerbe ist. Allerdings braucht man erst mal eine Menge Anfangskapital. Das ist eine Nummer zu groß für mich. Die Bauherren, für die ich arbeite, haben entweder die Firmen oder das Geld geerbt."

„Also sind Sie ein Subunternehmer?"

„Genau. Die Schäden durch den Hurrikan haben eine Menge Arbeit geschaffen. Ich konnte mir weitere Fahrzeuge leisten und habe jetzt zwei Teams. Reich wird man dabei nicht, aber es gibt mehr Menschen Arbeit und ich komme zurecht."

„Kennen Sie Johnny Rivette?", fragte Shaye.

Clancys Stirnrunzeln ließ keinen Zweifel an seiner Antwort. „Ja. Ein Stück Dreck. Bitte entschuldigen Sie meine

Ausdrucksweise, aber für so jemanden gibt es keine höfliche Umschreibung."

„Ist er hier der Bauherr?"

„Auf gar keinen Fall. Wobei das irrelevant ist."

„Was meinen Sie damit?"

Clancy sah aus dem Fenster und dann wieder zurück zu Shaye. Dabei trommelte er unaufhörlich mit den Fingern auf den Schreibtisch. „Hören Sie, ich sag's Ihnen, aber wenn die Cops danach fragen, werde ich behaupten, dass Sie dieses ganze Gespräch nur erfunden haben."

„Okay", stimmte Shaye zu. Sie hatte schon so eine Ahnung, worauf Clancy hinauswollte.

„Rivette gehören einige runtergekommene Grundstücke in der Stadt", erklärte Clancy, „aber er ist bei keiner der großen Baustellen der Bauherr, soweit ich weiß. Einschließlich dieser."

„Aber trotzdem hat er irgendwas damit zu tun?"

„Wenn man die Erpressung der Subunternehmer so bezeichnen will, dann ja, dann hat er alle Hände voll damit zu tun."

„Und was genau erhalten Sie für diese Schutzzahlungen?"

„Rivettes Männer sorgen nicht dafür, dass meine Männer die Arbeit hinschmeißen. Meine Ausrüstung verschwindet nicht. Anfangs hab ich versucht, um die Zahlungen herumzukommen. Aber keiner meiner Bauarbeiter blieb länger als einen Tag. Sobald Rivettes Männer sie zu bearbeiten begannen, nahmen sie die Beine in die Hand. Also hab ich nachgegeben und seither zahle ich."

„Kann man Ihnen nicht verübeln", knurrte Hustle.

Clancy nickte. „Er ist ein echter Scheißkerl. Ich hab eine Menge Geschichten gehört. So was soll weder mir noch meinen Männern zustoßen. Glauben Sie, dass Rivette etwas mit dem Verschwinden von Scratch zu tun hat? Ich hab mein Geld abgeliefert, das schwöre ich."

„Ich glaube Ihnen", versicherte ihm Shaye. „Um Ihre Frage zu beantworten, ich weiß es nicht. Rivettes Neffe hat ein Skateboard versetzt, das einem anderen verschwundenen Teenager gehört hat. Als ich ihn danach gefragt habe, war deutlich, dass er etwas verheimlicht, aber ich hab keine Ahnung, ob es sich um etwas Relevantes handelt oder nicht. Womöglich wollte er einfach nicht vor seinem Onkel damit rausrücken."

„Ich weiß, von welchem Jungen Sie reden", erklärte Clancy. „Ich hab ihn manchmal hier rumlungern sehen."

„An der Baustelle?", vergewisserte sich Shaye.

„Ja. Anfangs dachte ich, er wäre irgend so ein Punk, der ausspioniert, ob es was zu klauen gibt. Ich wollte ihn verscheuchen, aber Scratch hat mich davon abgehalten und mir gesagt, wer das ist."

„Wann genau hat das angefangen?", fragte Shaye.

Clancy rieb sich kopfschüttelnd übers Kinn. „Vor ungefähr zwei Wochen. Genau weiß ich es nicht, aber das müsste hinkommen."

„Vielleicht schnüffelt er für seinen Onkel herum", mutmaßte Shaye.

Hustle schnaubte. „Johnny Rivette braucht keine Spione. Eher hat er versucht, die Arbeiter zu erpressen, so wie sein Onkel das mit Mr Clancy macht."

Clancy wirkte bestürzt. „Du glaubst, er hat sich von meinen Männern Geld geben lassen?"

Shaye nickte. „Das könnte sein. Er sieht, wie sein Onkel damit Geld verdient, dass er Leute bedroht. Die Bauarbeiter sind für ihn eine leichte Beute. Schließlich wissen sie, dass ihr Boss Rivette bezahlt. Vermutlich halten sie Rick für seinen Eintreiber."

„Der Mistkerl", knurrte Clancy. „Ich wünschte, die müssten alle beide mal einen ganzen Tag lang auf dem Bau arbeiten."

„Das würden sie wahrscheinlich gar nicht schaffen", erwiderte Shaye. „Viel zu anstrengend." Sie erhob sich. „Vielen Dank, dass Sie sich die Zeit für uns genommen haben, Mr Clancy, und für Ihre Offenheit. Falls Sie Rick hier noch mal sehen, sagen Sie mir dann Bescheid?"

„Na klar. Nichts wäre mir lieber, als wenn die Rivettes hier ganz verschwinden würden. Und bei dem Neffen fange ich liebend gern an."

Shaye und Hustle gingen zurück zum Auto, doch Shaye fuhr noch nicht los. Stattdessen blickte sie auf die Straße und ließ ihr Gespräch mit Clancy noch mal Revue passieren.

„Was geht Ihnen durch den Kopf?", fragte Hustle.

„Eine Menge, aber nichts Konkretes. Momentan haben wir einfach noch zu viele Unbekannte. Ich mach mir Gedanken über die Rivettes und die Baustellen. Auf einer davon hat Scratch gearbeitet. Direkt neben den Docks ist auch eine, und wir müssen davon ausgehen, dass Rivette jeden Vorarbeiter hier erpresst. Hast du seine Männer schon mal bei den Docks gesehen?"

„Nein. Aber die Straße liegt auf der anderen Seite des Gebäudes. Die Baucontainer versperren die Sicht."

„Das stimmt."

„Und wie geht es jetzt weiter?"

Shayes Handy vibrierte. Sie zog es heraus. Schon wieder Corrine. Bei ihrem letzten Anruf hatte sie keine Nachricht hinterlassen, was ungewöhnlich war. Normalerweise sprach sie wenigstens ein paar Worte aufs Band, selbst wenn es nur eine Erklärung war, dass sie eigentlich ohne bestimmten Grund anrief.

„Das ist noch mal meine Mutter. Eine Sekunde bitte", bat sie Hustle und nahm den Anruf an.

„Shaye?", sagte Corrine mit ungewöhnlich hoher Stimme. „Hast du gerade zu tun?"

Shaye verstärkte ihren Griff. „Was ist denn los?"

„Ich muss was mit dir besprechen. Es ist was Ernstes, und, äh, die Zeit drängt ein wenig. Kannst du bei mir vorbeikommen?"

„Jetzt?"

„Das wäre am besten. Falls das möglich ist."

Shaye verspannte sich. Ihre Mutter war immer direkt. Immer gefasst. Diese Unsicherheit in ihrer Stimme und ihre Anweisungen waren so ungewöhnlich, dass Shaye sofort wusste: Irgendetwas Großes musste passiert sein.

„Ich bin in zwanzig Minuten bei dir", versprach Shaye.

„Ist was passiert?", wollte Hustle wissen.

„Ja, aber sie verrät nicht, was. Ich muss los. Wo soll ich dich rauslassen?"

„Hier reicht. Ich hole mir in dem Laden an der Ecke ein

Sandwich und schaue dann mal, was auf der Straße so geredet wird."

„Okay. Falls ich dich bis dahin nicht angerufen habe, dann sag mir unbedingt Bescheid, wenn du wieder im Hotel bist."

Er stieg aus. „Mach ich. Ich hoffe, es ist nichts Schlimmes."

„Ich auch."

Doch schon beim Losfahren war ihr klar, dass ihr Wunsch nicht in Erfüllung gehen würde.

Stirnrunzelnd sah er auf den bewusstlosen Jungen hinab. Der Idiot hatte ihm eine so hohe Dosis verpasst, dass der Junge vielleicht nie wieder aufwachen würde. Und falls doch, würde es danach definitiv keine weiteren Lieferungen mehr an die Kunden geben, denen er den Teenager aushändigen sollte. Darüber hatten sie heftig gestritten, aber das kümmerte ihn nicht. Sie konnten ihm drohen, so viel sie wollten. Immerhin kannten sie seine Identität nicht. Die Kunden wickelten ihre Geschäfte mit seinem Mitarbeiter ab, und diese Person war austauschbar. Geschah ihm recht. Schließlich hatte er das mit diesem Jungen und dem Kleinen versaut. Was zum Teufel hatte er sich bloß dabei gedacht, ein Kind zu entführen, dessen Eltern Himmel und Hölle in Bewegung setzten, um es zu finden?

Er schlug mit der Faust gegen die Wand und hinterließ ein Loch in der Gipskartonplatte. Gestern Abend hatte er versucht, einen Teil des Chaos zu beseitigen, das sein Geschäftspartner angerichtet hatte, aber der Skater war ihm entkommen. Wäre das Handy nicht gewesen, hätte es womöglich geklappt, aber das Abblocken der Spritze hatte dem Jungen genügend Zeit verschafft, um ihn mit dem Skateboard zu treffen.

Der Junge war schnell, das musste man ihm lassen. Und clever. So wachsam, wie er seine Umgebung gemustert hatte, wusste er, dass man ihn beobachtete. Und jetzt wusste er auch, dass jemand hinter ihm her war, was bedeutete, dass er nicht an seinen regulären Schlafplatz zurückkehren würde. Die Frau hatte ein Versteck für ihn gefunden, obwohl das sicher nicht bei ihr zu Hause war.

Shaye Archer. Tochter der berühmten Corrine Archer und Enkelin von Senator Pierce Archer. Und ein verdammtes Problem.

Schon als er sie das erste Mal gesehen hatte, war sie ihm bekannt vorgekommen, und schließlich war ihm eingefallen, woher. Von der Geschichte mit dem Stalker, den sie vor ein paar Wochen gestellt hatte. Ms Archer war jung und mutig und hatte alles Geld der Welt, um ihre Nachforschungen zu unterstützen. Leider würde ihre Ermordung nur noch mehr Probleme für ihn aufwerfen. Ihr Tod würde eine Menge Publicity für ihren aktuellen Fall nach sich ziehen, und zweifellos würde Pierce Archer auf der Suche nach Antworten jeden Stein umdrehen.

Doch wenn der Skateboarder erst mal weg war, hätte sie niemanden mehr, der ihr half, und die ganze Sache würde im Sande verlaufen. Er brauchte lediglich noch etwa einen Monat, um seine Geschäfte hier abzuwickeln. Dann konnte er alles verkaufen, das Land erwerben, das er sich in Übersee ausgesucht hatte, und sich ein für alle Mal von Louisiana verabschieden.

Sein Geschäftspartner würde heute Abend den bewusstlosen Jungen loswerden müssen. Selbst wenn er noch aufwachen sollte, nützte er ihnen nichts mehr, weil sie sich von dem Kunden getrennt hatten. Je länger er hier war, desto mehr stieg das Risiko, dass er entdeckt wurde. Außerdem musste er herausfinden, wo sich der Skater jetzt nachts aufhielt. Gestern Abend war er auf einen Verfolger vorbereitet gewesen, aber wenn er sich in Sicherheit wähnte, dann würde er nicht ganz so vorsichtig sein.

Was genau der Vorteil war, den er brauchte, um die Sache zu Ende zu bringen.

Kapitel 15

Shaye parkte vor dem Haus ihrer Mutter. Die Polizeieskorte war immer noch da, stellte sie fest. Auch Eleonores Auto stand in der Einfahrt. Um was auch immer es sich handelte, Corrine ging offenbar davon aus, dass entweder sie oder Shaye Unterstützung brauchte. Die Sache wurde immer schlimmer. Shaye stieg aus, winkte den Polizisten zu und näherte sich dem Eingang. Eleonore musste sie gesehen haben, denn sie öffnete, noch bevor Shaye den Schlüssel aus der Tasche gezogen hatte.

„Sie ist in der Küche." Eleonores Miene und Ton waren grimmig.

Vielleicht war Pierce etwas zugestoßen. Er war am Morgen nach China aufgebrochen. War sein Flieger abgestürzt? Oder Corrine war etwas passiert. Waren die Verletzungen von dem Überfall eventuell gravierender, als sie zuerst angenommen hatten? Hatte sie womöglich Krebs, so wie Cora LeDoux?

Shaye holte tief Luft und verdrängte diese Gedanken, als sie die Küche betrat. Es war sinnlos, sich alle Möglichkeiten auszumalen. Sie würde die Wahrheit schon früh genug erfahren.

Sobald sie Shaye erblickte, sprang Corrine auf. Ganz offensichtlich hatte sie geweint. Shaye umarmte sie rasch. „Was ist los? Ist Großvater etwas zugestoßen?"

„Nein", antwortete Corrine und ließ Shaye los. „Ihm geht es gut. Mir auch. Es ist nichts in der Art."

Shaye schaute zwischen ihrer Mutter und Eleonore hin und her. „Was ist es dann?"

„Setz dich lieber hin", schlug Corrine vor.

Shaye nahm am Ende des Tisches Platz, und Corrine zog sich einen Stuhl heran, sodass sie unmittelbar vor ihr saß. Eleonore setzte sich an Corrines andere Seite. Sie sahen sich an, dann Shaye und wieder sich. Schließlich nahm Corrine Shayes Hand.

„Der Polizeichef hat mich heute aufs Revier bestellt", begann sie. „Vor ein paar Tagen hat man im Lower Ninth eine Leiche gefunden. Eine Frau."

Shaye zog scharf den Atem ein und versuchte das Gehörte zu verarbeiten.

Eine Frau, kein Mädchen. Es ist nicht Jinx.

Shaye versuchte, ihre Gefühle unter Kontrolle zu bekommen, bevor sie aus dem Ruder liefen. Auch wenn es nicht um Jinx oder ihre Mutter oder Eleonore ging, konnte es immer noch Klienten betreffen oder jemanden, den sie während ihrer Reha oder Schulzeit kennengelernt hatte.

„Um wen handelt es sich?", fragte sie.

Corrine drückte ihre Hand so fest, dass es schon wehtat. „Ich weiß nicht, wie ich dir das beibringen soll. Shaye, es war deine Mutter."

Shaye umklammerte den Tisch mit ihrer freien Hand. Der Raum begann sich um sie herum zu drehen. Ihre Mutter und Eleonore schwankten vor ihren Augen wie Wellen im Ozean. Ihre Gesichter waren unscharf und verzerrt. Sie sah die offenen Münder, konnte jedoch außer dem lauten Klingeln in ihren Ohren nichts hören. Übelkeit stieg in ihr auf und sie schluckte schnell.

„Shaye?" Corrines verschwommenes Gesicht kam immer näher. „Kannst du mich hören?"

Corrine wandte sich an Eleonore. „Sie reagiert nicht."

Eleonore stand auf und nahm Shayes Gesicht zwischen die Hände. „Atme, Shaye. Einatmen. Und jetzt langsam aus. Wir haben das schon Hunderte Male gemacht." Ihre Stimme klang für Shaye wie ein Echo, als spräche sie aus einem tiefen Loch, doch sie drang zu ihr durch.

Shaye holte tief Luft und konzentrierte sich darauf, sie langsam wieder auszustoßen. Das Zimmer hörte auf, sich zu drehen, und ihr Blick wurde wieder klar. Ihr Puls raste jedoch weiter. Blinzelnd sah sie hinüber zu Corrine, während Eleonore die Hände von ihrem Gesicht nahm.

„Gott sei Dank", sagte Corrine. „Einen Moment lang hatte ich schon Angst, du kippst uns um."

Shaye nickte. Sprechen konnte sie noch nicht.

„Ich kann mir nicht mal annähernd vorstellen, was für ein Schock das für dich sein muss", erklärte Corrine.

„Für dich auch."

„Ja, es ist schrecklich", stimmte Corrine zu, „aber ich komme zurecht. Ich mache mir mehr Sorgen um dich."

Shaye holte erneut tief Luft. „Mir geht's gut", behauptete sie und versuchte damit sowohl ihre Mutter als auch sich selbst zu überzeugen. Unendlich viele Fragen schossen ihr durch den Kopf. Womit sollte sie anfangen?

„Wer war sie?", fragte Shaye.

Corrine sah hinüber zu Eleonore. Die nickte. „Ihr Name war Lydia Johnson", erklärte Corrine. „Kommt dir das bekannt vor?"

„Lydia Johnson", wiederholte Shaye. Sie sprach den Namen ein paarmal leise aus, schüttelte dann aber den Kopf. „Woran ist sie gestorben?"

„An einer Überdosis. Die Rechtsmedizinerin meinte, sie muss schon lange süchtig gewesen sein."

Ein Junkie.

Shaye hatte sich niemals irgendwelchen albernen Vorstellungen hingegeben, dass sie eine Prinzessin sei, die man aus ihrem Königreich entführt habe. Sie wusste genau, welche Art von Eltern ihr Kind nicht als vermisst meldete. Sie hatte nie erwartet, dass ihre Eltern aufrechte Bürger waren, die immer noch panisch nach ihrer verschwundenen Tochter suchten. Dass sich ihre schlimmsten Ängste jetzt bewahrheiteten, war trotzdem ein herber Schlag.

„Seid ihr sicher, dass sie mich geboren hat?", erkundigte sich Shaye. Das Wort „Mutter" wollte sie nicht benutzen. Das war für Corrine reserviert.

„Die Rechtsmedizinerin meint, die DNS-Übereinstimmung ist eindeutig. Als ihr die Zusammenhänge bewusst wurden, hat man die Wohnung der Frau durchsucht." Corrine stand auf und holte etwas vom Tisch. Sie reichte Shaye ein Foto. „Dabei haben sie unter anderem das hier gefunden."

Shaye betrachtete das lächelnde Mädchen mit den Zöpfen. Seine Haare wirkten ungekämmt und das T-Shirt war abgetragen, aber sie erkannte sich. Es war das Gesicht aus ihren Träumen.

„Und auch das hier", fuhr Corrine fort und gab ihr ein Stück Papier.

Shaye überflog das Dokument. „Da steht kein Name."

„Ich weiß", bestätigte Corrine. „Die Polizei hat im Geburtsregister nachgesehen, aber nichts gefunden."

„Das war's dann also", stellte Shaye fest. „Meine gesamte Kindheit bei diesem … Junkie ist auf ein einziges Foto und ein Stück Papier aus dem Krankenhaus reduziert."

Corrine biss sich auf die Unterlippe und blickte zu Eleonore hinüber. „Wir haben immer vermutet, dass deine Vergangenheit nicht gerade rosig war. Es tut mir unendlich leid."

Shaye sah die Frau an, die ihre einzig wahre Mutter war. „Du brauchst dich nicht für ihre Entscheidungen zu entschuldigen. Und sie hatte die Wahl."

„Sie war süchtig", gab Eleonore zu bedenken. „Du weißt, dass ihr das Grenzen setzte."

Shaye suchte Eleonores Blick. „Und du weißt, dass sie einen Entzug hätte machen können. Du entscheidest dich doch auch jeden Tag gegen das Trinken, obwohl das völlig legal ist und dir bei jedem gesellschaftlichen Ereignis in New Orleans Alkohol auf dem Silbertablett serviert wird."

„Nicht jeder bringt die nötige Kraft auf", wandte Eleonore ein.

Shaye schüttelte den Kopf. „Nicht jeder interessiert sich für andere Menschen. Ich weiß, was ihr beide versucht, und ich bin euch dankbar dafür, aber die Wahrheit ist immer noch unsere stärkste Verbündete. Ich möchte nicht, dass ihr glaubt, ihr müsstet mir etwas verheimlichen."

„Du weißt, dass wir dich nie anlügen würden", sagte Corrine.

„Ich rede davon, dass wir aussprechen, was wir wirklich denken", erklärte Shaye. „Ich fange an. Meine biologische Mutter war ein Junkie mit offensichtlich null Interesse an ihrem Kind, und deswegen ist mir etwas Schreckliches zugestoßen. Darauf läuft es hinaus. Egal, was ihr auch sagt, daran ist nicht zu rütteln."

„Ach Shaye." Tränen rannen Corrine über die Wangen. „Sie wusste gar nicht, was sie verpasst hat. Ihr Pech und mein Glück."

„Und meins", stimmte Eleonore zu.

Corrine zog Shaye in ihre Arme und hielt sie so fest, als wolle sie sie nie wieder loslassen. „Ich hasse sie für das, was dir passiert ist. Das ist meine Wahrheit."

Shaye erwiderte die Umarmung. Sie wusste, wie schwer Corrine diese Worte gefallen waren und dass sie sich wegen ihrer negativen Gedanken schuldig fühlte. Corrine besaß kein Talent für Hass.

Shaye zog sich ein wenig zurück, um ihr in die Augen sehen zu können. „Ich hatte großes Glück. Am Ende hab ich dich dafür bekommen."

Unter Tränen küsste Corrine Shaye auf die Wange. „Du wirst immer das Beste bleiben, was mir je passiert ist."

Shayes Herz füllte sich mit Liebe und Kummer. Ihre Beziehung zu Corrine war etwas ganz Besonderes. Wäre ihre Kindheit anders verlaufen, gäbe es ihr jetziges Leben nicht. Aber was genau war in dieser Kindheit geschehen? Wann war ihre Mutter süchtig geworden? Es gab keinerlei medizinische Anzeichen dafür, dass Shaye als Drogenbaby geboren worden war, doch die Möglichkeit bestand natürlich trotzdem. Falls sie mehr über ihr Leben bei Lydia herausfand, würde sie sich dann daran erinnern, wann und warum dieses Leben geendet hatte?

Shaye wandte sich an Eleonore. „Ich brauche Antworten."

Eleonore nickte. „Und wir werden alles in unserer Macht Stehende tun, um dir welche zu verschaffen."

Corrine drückte ihre Hand. „Ich engagiere den besten Privatdetektiv."

Shaye lächelte verhalten. „Ich dachte, ich wäre der beste Privatdetektiv."

„Du kannst in diesem Fall nicht ermitteln. Du bist viel zu nah an der Sache dran."

„Und genau deshalb sollte ich die Ermittlerin sein", widersprach Shaye. „Wenn jemand anders durch die Wohnung geht, in der ich als Kind gelebt habe, oder über meinen ehemaligen Spielplatz, dann ruft das bei ihm keinerlei Erinnerungen hervor. Das hier ist mein Fall. Es gibt keine andere Möglichkeit."

Corrine sah stirnrunzelnd zu Eleonore hinüber. „Da gibt es noch etwas zu beachten."

„Es wird noch eine ganze Menge andere Dinge zu beachten geben", entgegnete Shaye.

„Aber das hier ist was Großes. Der Chief hat zwar auf dem Revier ein Redeverbot verhängt, und die Rechtsmedizinerin auch für ihr Institut, aber ..."

„Es wird rauskommen", beendete Shaye ihren Satz und

fluchte. Es würde schon schwer genug werden, Informationen aus ihrer Kindheit zu beschaffen. Die Sorte Menschen, mit der sich ihre biologische Mutter vermutlich umgeben hatte, erinnerte sich entweder nicht oder behauptete, sich nicht zu erinnern. Doch wenn eine Meute Reporter bei den Leuten herumstocherte, ehe Shaye eine Gelegenheit dazu bekam, dann ruinierte ihr das womöglich jede Chance, überhaupt etwas herauszufinden.

„Also muss ich mich beeilen", schlussfolgerte Shaye. „Ich hab momentan sowieso im Lower Ninth zu tun. Da kann ich die beiden Fälle auch genauso gut kombinieren. Hast du ihre Adresse? Kann ich Zugang zur Wohnung bekommen?"

Eleonore nahm eine Akte von der Arbeitsplatte und reichte sie Shaye. „Hier drin sind alle Informationen der Polizei und noch einiges, was ich durch Anrufe erfahren habe. Lydia hat seit zwölf Jahren in einer Sozialwohnung gelebt. Ich hab mit dem Vermieter gesprochen und ihm die Situation geschildert. Er hat sich bereit erklärt, sich im Laufe der nächsten beiden Tage mit dir zu treffen und dich in die Wohnung zu lassen."

„Warum hab ich nur zwei Tage?", fragte Shaye.

„Weil sein neuer Mieter nächste Woche einzieht. In drei Tagen wird alles entrümpelt. Wenn du also was haben willst, musst du es jetzt holen."

Shaye stieß den Atem aus. Zwei Tage.

Achtundvierzig Stunden für fünfzehn Jahre Erinnerung.

###

Scratch regte sich. Sein Kopf schmerzte, als würde er gleich explodieren. Irgendwo im Gebäude erklang die Stimme eines Mannes. Er hatte sie schon mal gehört, aber da hatte er es für einen Traum gehalten. Jetzt, wo er in einem fremden Zimmer ans Bett gefesselt aufgewacht war, hielt er es nicht mehr länger für einen Albtraum. Es war die Realität.

Die Stimme wurde lauter und er erkannte, dass der Mann auf ihn zukam. Eine weitere männliche Stimme antwortete. Eine klang wütend, die andere verteidigend. Er zerrte an seinen Handschellen, obwohl das Zeitverschwendung war. So könnte er sich niemals befreien. Vor der Tür verhallten die Schritte, und Scratch blieb regungslos liegen.

„Entsorg ihn heute Nacht", verlangte der wütende Mann.

„Ich glaube, er kommt zu sich", widersprach der andere. „Vorhin hat er sich ein wenig bewegt."

„Interessiert mich nicht. Der Kunde hat die Vereinbarung gebrochen, also hat der Chef ihn abserviert. Bewusstlos oder nicht, solange er sich in diesem Haus befindet, stellt er ein Risiko für uns dar. Die Anweisungen vom Chef sind eindeutig. Er muss weg."

„Und wie soll ich ihn jetzt hier rausschaffen? Es ist helllichter Tag."

„Am Hintereingang steht der Van. Direkt vor der Tür. Im Kofferraum findest du eine Plane und Gewichte. Wickel ihn ein, schlepp ihn raus und versenke ihn irgendwo im Sumpf."

„Und warum ausgerechnet jetzt?"

„Weil du dich heute Abend um den anderen Jungen kümmern musst, sobald wir ihn gefunden haben."

„Ja, schon gut."

Die Tür knarrte und Scratch stellte sich schlafend. Seine beste Chance war vermutlich, so zu tun, als wäre er immer noch bewusstlos, und seinen Gegner dann zu überwältigen, wenn der andere Mann nicht mehr da war. Er hörte, wie ein Riegel zurückgeschoben wurde und die Tür sich öffnete. Dann näherten sich Schritte dem Bett.

Der Mann stieß ihn fest in die Rippen, und Scratch musste seine gesamte Willensstärke aufbieten, um nicht zu reagieren. Er zwang sich, weiterhin schlaff zu wirken, als der Mann noch einmal zustieß. Nachdem er sich offenbar ausreichend versichert hatte, dass Scratch immer noch bewusstlos war, schloss er die Handschellen auf. Sobald er nicht mehr am Gestänge festgebunden war, ließ Scratch die Arme fallen.

Der Mann verschloss die Handschellen vor Scratchs Körper wieder, schnappte sich seine Beine und zog ihn vom Bett. Scratch knallte auf den Boden und biss die Zähne zusammen. Er hörte, wie der Mann über ihm ein- und ausatmete. Wahrscheinlich wartete er ab, ob Scratch aufwachte. Schließlich packte er ihn an den Füßen und zog ihn in den Flur.

Nach einer gefühlten Ewigkeit ließ er seine Füße sinken und Scratch hörte, wie eine Tür aufgeschoben wurde. Er öffnete die Augen einen winzigen Spaltbreit, um einen Blick auf den Mann zu erhaschen, doch der stand mit dem Rücken zu ihm und kramte im Van herum. Das war die Gelegenheit, auf die er gewartet hatte.

Er versuchte, sich zur Seite zu rollen, damit er aufspringen konnte, aber sein Körper gehorchte ihm kaum. Schmerz schoss durch seine Gelenke und seine Beine, seine

Arme und der Rücken begannen zu kribbeln. Als der Mann sich umdrehte, schloss Scratch schnell die Augen und stellte sich bewusstlos.

Shit!

Das Betäubungsmittel und die Fesseln hatten seine Muskeln geschwächt; sie waren völlig steif und nicht zu schnellen Bewegungen fähig. Er musste irgendwie seine Durchblutung anregen, sonst würde er es niemals schaffen, seinen Entführer zu überwältigen. Selbst von hinten hatte er erkennen können, dass der Kerl groß war.

Der Mann warf etwas neben ihn, und als Scratch das Rascheln von Plastik hörte, wurde er panisch. Der Mann wollte ihn jetzt schon einwickeln. Momentan hatte er überhaupt nicht die Kraft, um sich zu wehren, also musste dringend ein neuer Plan her. Der Mann ergriff ihn bei den Schultern und rollte ihn auf die Plane, die er dann um ihn herumschlug. Mit äußerster Willenskraft widerstand Scratch dem Drang, sich die Abdeckung vom Gesicht zu reißen. Er zwang sich zu ruhigen Atemzügen, damit er seiner Platzangst Herr wurde.

Er weigerte sich, aufzugeben. Falls er die Handschellen loswurde, würde er sich vielleicht aus der Plane befreien können, wenn der Mann ihn im Sumpf ablud. Falls er seine Gliedmaßen zur Kooperation überreden konnte, natürlich, und unter einer ganzen Menge anderer Voraussetzungen, mit denen er sich nicht gleichzeitig befassen konnte.

Eins nach dem anderen.

Das war das Erfolgsrezept. Er musste sich immer auf eine Sache konzentrieren. Dadurch konnte er die aufsteigende Panik in den Griff kriegen. Ihm blieb nur ein einziger Versuch, sich zu befreien, und der musste klappen.

Der Mann verschnürte die Enden mit einem Seil und dann wurden Scratchs Beine angehoben und er wurde wieder gezogen. In den Lieferwagen, nahm er an. Er hörte, wie sich die Türen schlossen, und versuchte sofort, eine seiner Hände aus den Handschellen zu befreien. Beim Geräusch der sich öffnenden Fahrertür hielt er still, bis er das Brummen des Motors hörte. Sobald das Auto losrollte, konzentrierte er sich wieder auf die Handschellen. Langsam bewegte er Arme und Beine, um möglichst wenig Geräusche zu machen. Ein gelegentliches Rascheln während der Fahrt war normal, doch wenn er es übertrieb, würde der Mann merken, dass er nicht mehr bewusstlos war.

Die Handschellen waren nicht von Polizeiqualität. Scratch hatte erst vor Kurzem die Erfahrung gemacht, wie sich die anfühlten. Das hier waren Standardhandfesseln mit einem Verbindungsstück. Mit einer Büroklammer hätte er sie vermutlich aufbekommen, aber ohne musste er eben einfach versuchen, sie zu zerbrechen. Wenn er sie im richtigen Winkel verdrehte, müsste der Druck eigentlich ausreichen.

Er führte seine Hände in eine geeignete Position und wartete. Auch wenn der Van nicht gerade das leiseste Fahrzeug war, hatte Scratch große Angst, dass das Motorengeräusch das Ploppen der zerbrechenden Handschellen nicht übertönen würde. Schweißtropfen bildeten sich auf seiner Stirn und liefen ihm seitlich am Gesicht hinab. Sein Atem erwärmte die Luft und er kämpfte gegen das Gefühl des Erstickens an.

Plötzlich fluchte der Fahrer, drückte auf die Hupe und trat gleichzeitig die Bremse durch. Scratch zog, so fest er konnte, und das Verbindungsstück gab nach. Der Fahrer fluchte immer noch. Scratch tastete nach dem zerbrochenen Stück Metall. Langsam löste er es von der Kette und umklammerte es fest mit seiner rechten Hand. Er musste bereit sein, wenn der Mann mit ihm im Sumpf ankam. Seinen Atem konnte er etwa eine Minute lang anhalten, aber das war schon die Obergrenze, erst recht, wenn er sich dabei bewegte. Vermutlich sollte er lieber nur dreißig Sekunden einplanen. Und all das würde sowieso nur funktionieren, wenn der Kerl ihn nicht vorher erschoss.

Der Mann fuhr etwa fünfundvierzig Minuten, ehe er anhielt, doch Scratch konnte keine Rückschlüsse daraus ziehen, da er nicht wusste, wo er sich vorher befunden hatte. Der wütende Mann hatte dem anderen befohlen, tief in den Sumpf zu fahren, also ging Scratch davon aus, dass er ihn weit weg von der Zivilisation gebracht hatte. Was bedeutete, dass niemand in der Nähe war, um ihm zu helfen.

Die Türen wurden geöffnet und Scratch spürte, wie der Mann ihn aus dem Van zog. Er wappnete sich gegen die unweigerliche Qual, als sein Körper aus dem Auto fiel und auf den Boden knallte. Es war heftiger als erwartet. Der Schmerz schoss ihm durch Rücken und Beine, und sein Kopf schlug so fest auf, dass er Angst hatte, ihm würden die Augen herausfallen. Er schloss sie und holte tief Luft, um gegen den Drang anzukämpfen, einfach wieder in die Bewusstlosigkeit abzugleiten.

Er zwang sich, ruhig zu atmen. Wenn er jetzt das Bewusstsein verlor, war alles vorbei. Der Mann schnappte sich die Plane und zerrte erneut daran herum, aber diesmal war es schlimmer als auf den Fliesen im Gebäude. Steine und Stöcke stachen ihm in den Rücken, und Scratch musste sich die Hand vor den Mund schlagen, damit ihm nicht versehentlich ein Schmerzensschrei entwich.

Als der Mann stehen blieb, versteifte sich Scratch. Mit jeder Sekunde, die in Schweigen verstrich, stieg seine Panik. Lud sein Entführer gerade eine Waffe?

„Ach, zum Teufel mit den beiden", sagte der Mann laut. „Ich mach da jetzt keine Gewichte dran fest. Wo soll es denn schon hinsinken außer auf den Grund?"

Gewichte! Das hatte Scratch völlig verdrängt. Zu seinem Glück hatte der Typ kein Interesse daran, Anweisungen zu befolgen. Sein Körpergewicht allein reichte schon aus, um ihn auf den Grund eines jeden Gewässers sinken zu lassen und wahrscheinlich sogar ein paar Zentimeter in den schlammigen Boden hinein. Zusätzliche Gewichte bedeuteten für ihn nur eine weitere Komplikation.

Der Mann griff nach Scratchs Schultern und drehte ihn um. Offenbar befanden sie sich an einem Überhang vor dem Sumpfufer. Vermutlich wollte er ihn von hier aus ins Wasser rollen. Scratch wartete auf den unvermeidlichen Sturz. Der Mann drehte ihn noch einmal und plötzlich spürte Scratch, wie der Boden unter ihm verschwand.

Es dauerte nur ein paar Sekunden, bis er auf die Wasseroberfläche auftraf, aber es fühlte sich an wie eine Ewigkeit. Fast, als wäre er in der Luft stehen geblieben. Sobald er eintauchte, holte er tief Luft, reckte das zerbrochene Stück

Metall nach oben und schnitt damit in die Plane. Die Öffnung musste groß genug werden, damit er seine Hände durchstecken konnte. Dann konnte er die Plane zerreißen – vorausgesetzt, er brachte genügend Kraft auf.

Du hast genügend Kraft.

Wieder und wieder sagte er sich das innerlich vor, während er mit dem winzigen Metallstück die Plane bearbeitete. Wasser strömte herein und er fühlte, wie er immer weiter sank. Dann zwang er sich, nicht darüber nachzudenken und sich weiter auf die Plane zu konzentrieren. Er spürte, wie sie nachgab, stieß das Metall in das Loch und zog, so fest er konnte. Sie öffnete sich ein paar Zentimeter weit, und er nahm das Kettenglied zwischen die Zähne und riss mit beiden Händen an der Öffnung.

Ein paar Zentimeter gewann er dazu, aber das reichte bei Weitem nicht aus. Er nahm etwas an seinem Rücken wahr und erkannte, dass er auf dem Boden lag. Seine Lungen brannten und er ließ etwas von der angehaltenen Luft ausströmen, um den Druck zu lindern. Dann riss er erneut mit beiden Händen an der Plane. Diesmal kämpfte er sich ungefähr einen dreißig Zentimeter langen Spalt frei, aber durch die Anstrengung presste er auch die verbliebene Luft hinaus.

Panisch setzte er noch mal an und zerrte mit solcher Wucht, dass er seine Schultern knacken hörte. Die Plane zerriss und er zwang sich durch das Loch, stieß sich am Boden ab und schwamm zur Oberfläche. Hoffentlich war der Mann verschwunden und stand nicht wartend am Ufer.

Scratch versuchte, in dem schlammigen Wasser etwas zu erkennen, doch alles war braun. Seine Brust begann zu zucken und er kämpfte gegen das natürliche Bedürfnis seines Körpers nach Sauerstoff an. Er strampelte und ruderte mit den Armen, so schnell er konnte, und ignorierte das Brennen in seiner rechten Schulter.

Gerade als er glaubte, keine Sekunde mehr durchhalten zu können, durchbrach er die Wasseroberfläche und zog keuchend Luft ein. Er blickte hinüber zu dem Überhang. Erleichtert stellte er fest, dass dort niemand stand. Sicherheitshalber schwamm Scratch noch ein paar Meter weiter flussabwärts. In ungefähr sechs Meter Entfernung machte er Bäume und Büsche aus. Dort müsste er aus dem Wasser steigen können, ohne gesehen zu werden.

Als er das Ufer erreichte, versuchte er sich an ein paar dicken Baumwurzeln hochzuziehen, aber seine rechte Schulter gab nach und er stieß unwillkürlich einen Schrei aus. Schnell versteckte er sich hinter den Wurzeln und warf einen verstohlenen Blick zum Überhang hinauf, entdeckte den Mann jedoch nicht. Langsam paddelte er ein Stückchen weiter flussabwärts, bis das Wasser so flach wurde, dass er ans Ufer kriechen konnte.

Er hievte sich hinauf und brach nach Luft schnappend im Gras zusammen. Mit der linken Hand betastete er seine Schulter. Etwas stand hervor, und als er mit dem Finger darüberstrich, keuchte er auf. Mit seinem gesunden Arm kämpfte er sich hoch und taumelte die Böschung hinauf. Kurz vor dem Überhang hielt er inne, um sich zu vergewissern, dass der Van fort war. Erst dann betrat er die Lichtung.

Dort begann ein Trampelpfad, dem Scratch folgte. Der unebene Boden ließ ihn mehrfach stolpern. Plötzlich sah er alles verschwommen und spürte, wie sein Körper nachgab. Er riss die Augen auf, um sich wach zu halten, und fing an zu singen.

Twinkle, twinkle, little star,
How I wonder what you are.

An den Rest des Textes konnte er sich nicht erinnern, also wiederholte er diese beiden Zeilen immer wieder und zwang sich, einen Fuß vor den anderen zu setzen. Als er keinen einzigen Schritt mehr gehen konnte, sank er auf die Knie und kroch weiter bis zu einer Gabelung. Er starrte auf den Flecken Erde, der überall im Hinterland von Louisiana sein konnte. Nichts kam ihm bekannt vor.

Er versuchte, wieder aufzustehen, doch sein gequälter Körper war am Ende. Als er zusammenbrach, hörte er im Geist noch einmal das Gespräch seiner Kidnapper. Sein letzter Gedanke, ehe er in die Bewusstlosigkeit hinüberglitt, war die Erinnerung, dass der wütende Mann mit den Befehlen sich irgendwie bekannt angehört hatte. Scratch war ihm schon mal irgendwo begegnet. Er wusste lediglich nicht mehr, wo.

Kapitel 16

Shaye umklammerte fest das Lenkrad, als sie vor ihrem Apartment hielt. Es war kurz vor acht Uhr abends und die Sonne verschwand allmählich hinter den Häusern. Corrine hatte sie gebeten, über Nacht zu bleiben, aber Shaye hatte rausgemusst, weg von Corrine und Eleonore. Um die Neuigkeit zu verarbeiten, musste sie allein sein. Doch jetzt verspürte sie nicht das geringste Bedürfnis, einsam in ihrem Apartment herumzusitzen.

Du bist ja völlig durch den Wind.

So verloren hatte sie sich schon lange nicht mehr gefühlt. So benommen. Sie zog den Zündschlüssel ab und ließ endlich das Lenkrad los. Was sollte sie jetzt bloß tun? Morgen früh würde sie als Erstes den Hausverwalter anrufen und sich Zugang zu der Wohnung verschaffen, aber bis dahin lag eine lange Nacht vor ihr. Und sie hatte nicht das Gefühl, dass Netflix und ein Root Beer Float die Stunden schneller vergehen lassen würden.

Sie sah auf ihre Uhr. Acht. Ganze zwei Minuten waren vergangen. Angefühlt hatte es sich wie eine Stunde. Sie konnte keinesfalls reingehen. Es gab gar nicht genug heiße Duschen und Bier auf der Welt, damit sie sich entspannte. Sie musste irgendwas tun. Sie zog ihr Handy heraus und rief den Kurzwahlspeicher auf. Unschlüssig hielt sie den Finger über Jacksons Nummer.

Er musste über die Sache mit Johnny Rivette Bescheid wissen, aber rief sie ihn aus beruflichen Gründen an oder weil sie mit jemand anderem außer ihrer Mutter und Eleonore reden wollte? Angesichts der pikanten Situation zweifelte sie nicht daran, dass Jackson längst von der neuesten Erkenntnis über ihre mysteriöse Vergangenheit gehört hatte. Auf dem Revier überschlugen sich die Polizisten vermutlich mit Theorien. Was bedeutete, sie würde Jackson nichts erklären müssen.

Shaye nahm zwar an, dass sich Jackson ihretwegen Sorgen machen würde, aber er war nicht so sehr in ihr Leben involviert wie Corrine und Eleonore. Die ganze Zeit im Haus ihrer Mutter über hatte sie sich von den beiden beobachtet gefühlt, als ob sie darauf warteten, dass irgendetwas passierte. Vielleicht ein Zusammenbruch? Shaye hatte gewusst, dass sie dort verschwinden musste, ehe diese Überwachung womöglich doch noch einen auslöste.

Kurz entschlossen berührte sie den Bildschirm und wählte Jacksons Nummer. Er ging sofort ran.

„Shaye? Ist alles in Ordnung?"

Die Unsicherheit in seiner Stimme verriet ihr, dass er tatsächlich bereits von ihrer biologischen Mutter erfahren hatte. „Ich hab ein paar Informationen über den Fall, aber zuerst möchte ich Sie um einen Gefallen bitten."

„Okay."

Sie lächelte. „Einfach so? Wollen Sie denn nicht mal wissen, um was für einen Gefallen es sich handelt?"

„Eigentlich nicht."

„Gut möglich, dass Sie gleich Ihre Meinung ändern. Sie

haben sicher schon gehört, dass man mir heute Neuigkeiten mitgeteilt hat."

„Jemand hat es erwähnt."

„Ich hab die Nummer des Hausverwalters. Ich möchte in die Wohnung."

„Jetzt sofort?"

„Ja. Wenn ich bis morgen warte, werden meine Mutter und Eleonore drauf bestehen, mich zu begleiten. Und wenn die beiden dabei sind, dann kann ich nichts ... fühlen. Ich weiß, das klingt schräg und verrückt, aber ..."

„Nein. Überhaupt nicht. Sind Sie zu Hause? Ich hole Sie ab."

„Ich kann uns hinfahren."

„Nur Beifahrer zu sein ist mir zu wenig Verantwortung. Ich bin sowieso in der Nähe. In fünf Minuten bin ich bei Ihnen."

Ihr nächster Anruf ging an den Hausverwalter. Ein wenig Überredungskunst war nötig, aber schließlich stimmte er zu, sich in zwanzig Minuten mit ihr zu treffen, um ihr den Schlüssel zu geben. Sie steckte das Handy ein und stieg aus. Dann ging sie bis zum Ende des Blocks und wieder zurück, insgesamt drei Mal, ehe Jackson in seinem Undercover-Auto um die Ecke gefahren kam. Noch bevor er vollständig angehalten hatte, war Shaye schon eingestiegen.

Er gab die Adresse ins Navi ein und fuhr los.

„Wie kommen Sie zurecht?", fragte er.

„Gut, denke ich. Allerdings sind meine Gedanken mit dieser Sache und dem Fall ganz schön beschäftigt."

„Das glaub ich Ihnen gern. Hören Sie, wie wär's, wenn wir

auf dem Weg zur Wohnung über den Fall reden? Dann sind wir beide auf dem aktuellen Stand, und Sie können sich dort auf was anderes konzentrieren. Sie fangen an."

„Gute Idee", fand Shaye und berichtete über ihren Ausflug in die Pfandleihe, das Gespräch mit Johnny und Rick Rivette und den zweiten Besuch bei John Clancy.

Als sie geendet hatte, schüttelte Jackson den Kopf. „Johnny Rivette. Der ist von der ganz üblen Sorte. Vermuten Sie, dass er irgendwas weiß?"

„Ganz ehrlich, ich hab nicht die geringste Ahnung. Rick verheimlicht irgendwas, aber ich weiß nicht, ob er es vor mir oder seinem Onkel verheimlicht. Johnny ist ein professioneller Lügner. Vermutlich würde er sogar einen Lügendetektor überlisten."

„Da könnten Sie recht haben. Ich werde mal ein bisschen nachforschen und schauen, was bei uns aktenkundig ist. Vielleicht finden wir da was. Vielleicht aber auch nicht."

Shaye nickte. „Und wie war's bei Ihnen? Haben Sie noch irgendwas über Pater Michael rausgefunden?"

„Oh ja. Ich hab heute eine Menge über unseren Priester erfahren." Jackson berichtete von seinem Besuch bei Bradley Thompsons Mutter und der Verbindung zum Fall Peter Carlin.

„Das gibt's doch nicht! Ich hätte nie gedacht, dass die beiden Fälle miteinander zu tun haben könnten."

„Ich wollte Sie eigentlich gleich anrufen, nachdem mir Mrs Carlin von der Maske erzählt hatte, aber angesichts der anderen Situation wollte ich lieber abwarten, bis Sie sich bei mir melden."

„Es klingt genau nach der Maske, die Hustle beschrieben hat. Er wollte ein paar Shops im French Quarter durchstöbern, ob er dort eine ähnliche finden kann. Falls nicht, wollte er Buntstifte kaufen und sie malen. Ich weiß, dass das den Fall nicht wirklich weiterbringt, aber er braucht das Gefühl, dass er aktiv mithilft."

Jackson nickte. „Und wenn Sie ihm Aufgaben übertragen, haben Sie eine gewisse Kontrolle über das, was er tut."

„Genau. Ganz sicher möchte ich keine Wiederholung der gestrigen Sache. Wenn dem Jungen in meiner Obhut was zustößt …"

Jackson blickte sie an. „Ihm wird nichts passieren. Sie haben ihm einen neuen guten Unterschlupf verschafft. Er ist clever. Er weiß, wie man Schwierigkeiten aus dem Weg geht, und das gestern Abend war ein sehr lauter Weckruf. Jetzt wird er sicher noch vorsichtiger sein."

„Das hoffe ich, aber er ist immer noch ein Teenager. Einer mit Stolz, einem großen Herzen und einer mächtigen Prise Mumm. Ich hoffe nur, dass seine Cleverness überwiegt."

„Ich auch."

„Wie geht es jetzt also weiter?", fragte Shaye.

„Ich schaue mal, was ich mir zu Rivette besorgen kann, aber wir müssen uns Pater Michael noch mal genauer vornehmen." Vor einem heruntergekommenen Apartmentgebäude hielt er an. „Wir sind da. Ich bin froh, dass Sie mich gebeten haben, mitzukommen."

Shaye nickte. Weder das Gebäude noch die Straße machten einen vertrauenerweckenden Eindruck, erst recht nicht nach Einbruch der Dunkelheit. Sie stiegen aus und gingen zum Eingang. Vor der Tür stand ein älterer Mann mit silbergrauen Haaren und einem schmutzigen Hemd.

„Sind Sie Shaye Archer?", fragte er.

„Ja. Sind Sie der Hausverwalter?"

Der Mann nickte und reichte ihr einen Schlüssel. „Wohnung 114. Wenn Sie da drin irgendwas finden, das Sie wollen, dann behalten Sie's. Aber holen Sie es unbedingt vor Donnerstag ab."

„Warten Sie!", rief Shaye, als der Mann sich anschickte zu gehen. „Können Sie mir irgendwas über Lydia erzählen?"

„Sie hat hier zwölf Jahre lang auf Kosten der Steuerzahler gelebt. Mehr weiß ich nicht. Je weniger ich von diesen Leuten mitkriege, desto besser." Mit diesen Worten ging er.

Shaye sah ihm hinterher. „Angenehmer Zeitgenosse."

Jackson zuckte mit den Schultern. „Typisch halt. Wenn er nicht weiß, was seine Mieter treiben, kann er von der Polizei nicht beschuldigt werden, dass er etwas Verbotenes zugelassen hat."

Shaye wandte sich dem Eingang zu, machte aber keine Anstalten, die Tür zu öffnen. Jackson blieb schweigend neben ihr stehen. Sie wusste, dass er sicher darauf brannte, sich umzusehen, doch das ließ er nicht erkennen. Es war sowohl tröstlich als auch irritierend. Sie stieß den Atem aus.

„Bringen wir's hinter uns."

Sie gingen den Flur entlang bis zu der Wohnung, die ihnen der Verwalter genannt hatte. Die himmelblaue Farbe an der Tür blätterte ab. Shaye schloss auf. Im Inneren war es kohlrabenschwarz, also tastete sie nach dem Lichtschalter.

Als es hell wurde, erhaschte sie den ersten Blick auf den Ort, an dem sie möglicherweise gelebt hatte.

Viel zu sehen gab es allerdings nicht. Genau genommen ähnelte das Apartment dem verlassenen Gebäude, in dem Jinx geschlafen hatte. Küche und Wohnzimmer bestanden aus einem Raum mit einem winzigen Herd und einem Kühlschrank in der Ecke. Darüber war ein Spülbecken an der Wand befestigt. Die Schränke und Wände waren ursprünglich wohl mal weiß gewesen, aber im Laufe der Zeit und durch Zigarettenrauch vergilbt. Es stank durchdringend nach kaltem Rauch.

Die Fenster waren mit Decken verhängt; nicht mal der schwächste Lichtstrahl drang durch. Im winzigen Küchenbereich war der Boden mit verschlissenem Linoleum bedeckt. Man konnte allerdings noch das verblasste Rautenmuster darauf erkennen. Im Wohnzimmer lag goldfarbener Teppichboden, der bis ins Schlafzimmer reichte. Shaye betrat den Wohnbereich. In der Hoffnung auf eine Erinnerung musterte sie jeden Quadratzentimeter.

Aber da war nichts.

Schließlich ging sie hinüber ins Schlafzimmer. Dort wurde sie von den gleichen vergilbten Wänden begrüßt, die sich bis ins Bad erstreckten. In einer Ecke des Raumes stand ein provisorisches Bett neben einem abgenutzten Nachtschrank. Shaye zog die Schublade heraus, doch außer einem Haargummi und einem Paar Socken befand sich nichts darin.

Sie öffnete den Schrank und wühlte sich durch die karge Ansammlung fadenscheiniger Kleidung. In einem Schuhkarton entdeckte sie Unterwäsche, die an manchen Stellen bereits durchgescheuert war. Sie schloss die Tür und ging ins Bad. Auf der Ablage fand sie eine Bürste und ein paar Haarspangen. Als sie die Schublade aufzog, entdeckte sie voller Abscheu Spritzen und eine Abklemm-Manschette.

Sie knallte das Fach zu und kehrte ins Wohnzimmer zurück. Langsam drehte sie sich im Kreis. Mit jeder Sekunde stieg ihre Verzweiflung. Jackson, der die ganze Zeit über schweigend danebengestanden hatte, runzelte die Stirn und griff vorsichtig nach ihrer Schulter.

„Shaye?", fragte er.

Das eine Wort öffnete die Tränenschleusen.

„Ich kenne das hier nicht!", sagte sie. „Ich kenne nichts hiervon."

„Sie haben vielleicht gar nicht hier gelebt. Vielleicht ist sie erst hergezogen, nachdem …"

„Nachdem sie mich verloren hat? So wie jemand seinen Autoschlüssel verliert? Mit dem einzigen Unterschied, dass der Autoschlüssel tatsächlich gesucht wird."

Jackson blickte sie an. „Ich weiß nicht, was ich sagen soll."

„Es gibt nichts zu sagen. Und hier gibt es auch nichts für mich. Hat es nie."

Ohne sich auch nur noch ein einziges Mal umzudrehen, verließ sie das Apartment.

###

Hustle drückte die Tüte mit Malzubehör an sich, als er das Geschäft verließ. Obwohl er mindestens zwanzig Läden im French Quarter überprüft hatte, hatte er keine Maske gefunden, die der seines Angreifers glich. Beinahe hätte er eine ähnliche gekauft, aber dann war ihm eingefallen, dass er vermutlich besser das Original zeichnen sollte, statt die Unterschiede zu erklären. Als er aus dem Laden kam war es fast schon dunkel. Im Hellen würde er das Hotel nicht mehr erreichen.

Er dachte darüber nach, ein Taxi zu nehmen. Von Shayes Geld war noch eine Menge übrig und sie wollte nicht, dass er nach Einbruch der Dunkelheit draußen unterwegs war. Doch der Gedanke, dass er für eine einfache Autofahrt so viel Geld bezahlen sollte, war für ihn unerträglich. Normalerweise hatte er kaum genügend Geld für seine nächste Mahlzeit. Wenn er sich beeilte, konnte er in etwa zwanzig Minuten zurück in Bywater sein. Seinem Knöchel würde das zwar nicht gefallen, aber er konnte ihn anschließend kühlen und hochlegen.

Entschlossen ließ er sein Skateboard auf die Straße fallen und fuhr los, wobei er den Schlaglöchern und Gullydeckeln auswich und die laut hupenden Autos ignorierte, zwischen denen er sich durchfädelte. Er hatte bereits die halbe Strecke hinter sich gelassen, als er stehen blieb, um Atem zu schöpfen. Die Sonne ging schon hinter den Häusern unter. Viel Tageslicht war nicht mehr übrig.

Erneut stieß er sich ab. Nicht mal vor sich selbst mochte er zugeben, dass er nachts auf den Straßen Angst hatte. Davor, dass sein Angreifer vom Vorabend zurückkehrte und sich diesmal Unterstützung geholt hatte. Mit jedem Kick nahm der Schmerz in seinem Knöchel ein wenig zu, aber er behielt sein Tempo bei. Als er die Straße erreichte, in der sich das Hotel befand, trat er keuchend von seinem Board.

Die Sonne war inzwischen fast vollständig verschwunden und die spärlich verteilten Straßenlaternen erwachten flackernd zum Leben. Schwer hinkend nahm er sein Board auf und machte sich auf den Weg zum Hotel. Vom Eingang trennten ihn nur noch etwa zehn Meter, als er es spürte – jemand beobachtete ihn.

So schnell sein Knöchel es erlaubte, rannte er auf das Hotel zu. Dann sah er sich um. Ein Mann kam aus der Dunkelheit auf ihn zugestürzt. Hustle versuchte, schneller zu laufen, aber sein verstauchter Fuß ließ das nicht zu. Er würde es nicht schaffen.

Das Licht in der Lobby war an, und Hustle brüllte, so laut er konnte, nach dem Manager. Er hörte das Rascheln von Stoff hinter sich und wusste, dass der Mann ihn fast eingeholt hatte. Im selben Moment, als die Eingangstür des Hotels aufflog, packte der Mann Hustle bei der Schulter und riss ihn zu Boden. Hustle hielt sein Skateboard hoch, um die Hand mit der Spritze abzublocken.

Ein Schuss erklang und er schloss die Augen. Das war wohl das Ende. Er hatte sich geirrt. Das in der Hand des Mannes war gar keine Spritze gewesen, sondern eine Waffe. Eine Sekunde später fiel der Mann auf ihn. Hustle öffnete die Augen und schob ihn zur Seite, während er panisch versuchte, seinem Gewicht zu entfliehen.

„Nimm meine Hand", sagte Saul.

Hustle umklammerte die Hand des Hotelmanagers und kämpfte sich auf die Füße. Dann sah er hinab auf den Mann. Blut strömte aus dem Einschussloch in seiner Brust. Der Junge drehte den Kopf zu Saul, der immer noch die Neunmillimeter in der Hand hielt.

„Danke", brachte Hustle heraus.

Saul nickte. „Geht's dir gut?"

„Ja. Ist er tot?"

„Da bin ich mir ziemlich sicher." Saul musterte Hustle. „Wir haben jetzt ein Problem. Ich muss die Polizei anrufen und die werden mit dir reden wollen, da du ja das Opfer des Angriffs warst."

„Sie bekommen doch keine Schwierigkeiten, oder? Ich meine, Sie haben mich beschützt."

„Das denke ich nicht", sagte Saul und deutete auf die Sicherheitskamera hinter ihnen. „Selbst wenn sie meinem Wort nicht glauben, ich hab Beweise. Aber du bist minderjährig und hast keine Verwandten. Die Polizei wird dich zu deinem eigenen Schutz in Gewahrsam nehmen."

„Nein! Die stecken mich bloß wieder in eins dieser Heime, und dann kann ich nicht mithelfen, Jinx zu finden!"

„Ich hab mir schon gedacht, dass dir das nicht gefallen wird, also machen wir Folgendes. Ich erzähle den Cops, dass du der Junge meines Kumpels bist, der mich für eine Woche besucht, solange seine Eltern irgendwo campen. Im Wald ist der Handyempfang ja immer nicht so doll, wenn du verstehst, worauf ich hinauswill."

Hustle starrte ihn an. „Das würden Sie für mich tun?"

„Der Mann hier hat viel riskiert, als er versucht hat, dich direkt vor meinem Hotel zu töten. Das sagt mir, dass du irgendwas weißt, wovon sehr schlechte Menschen nicht wollen, dass es andere erfahren. Ich mag keine schlechten Menschen in meiner Nachbarschaft. Ich versuche, diese Gegend hier zu einem besseren Ort zu machen. Und selbst wenn ich gar nichts über dich wüsste, wüsste ich immer noch, dass Shaye Archer dich beschützt sehen will. Wenn Shaye dir vertraut, dann aus gutem Grund."

„Und was soll ich sagen? Die werden mir eine Menge Fragen stellen."

„So wenig wie möglich. Schließlich stehst du unter Schock. Ich muss vermutlich zur Kontrolle mit dir ins Krankenhaus fahren. Sicherlich weißt du, wie man jemandem einen Haufen heiße Luft verkauft. Das machst du jetzt gleich noch mal." Er zog sein Handy heraus und wählte. „Hier spricht Saul Bordelon vom Bayou Hotel. Ich habe gerade auf jemanden geschossen, der einen meiner Gäste angegriffen hat. Schicken Sie die Polizei."

Saul steckte das Handy zurück in die Tasche. „Ruf Shaye an und erzähl ihr, was passiert ist. Wahrscheinlich ist es am besten, wenn sie sich erst mal von hier fernhält, bis die Polizei wieder weg ist. Sie kann im Krankenhaus zu uns stoßen."

Hustle nickte und holte sein Handy heraus. Ehe er wählte, schoss er ein Foto von dem Mann mit der Maske. Als er die Maske entfernen wollte, fiel Saul ihm jedoch in den Arm.

„Fass nichts an."

„Ich muss ihn sehen. Ehe die Polizei auftaucht."

„Nein. Falls du ihn kennst, dann merken sie das vielleicht an deiner Reaktion, und wie kann das sein, wenn du gar nicht hier lebst?" Er fuhr sich mit der Hand durch das schüttere Haar. „Okay, ich verstehe dich ja, aber lass wenigstens mich die Maske abnehmen. Dann kann ich behaupten, dass ich ihn berührt habe, um seinen Puls zu fühlen."

Saul beugte sich vor und zog die Maske ab. Hustle starrte den Mann an und suchte in seinem Gesicht nach irgendetwas Bekanntem, aber wer auch immer das war, Hustle hatte ihn noch nie zuvor gesehen.

„Kennst du ihn?", fragte Saul.

„Nein." Er machte ein Foto und wählte Shayes Nummer. Vor dem Gespräch graute es ihm jetzt schon.

Kapitel 17

Shaye rannte in die Notaufnahme, dicht gefolgt von Jackson. Saul sprang auf und lief ihr entgegen. „Es geht ihm gut", sagte er und war ganz offensichtlich bemüht, sie schnellstmöglich zu beruhigen. „Er humpelt ziemlich stark, aber das ist auch schon alles."

„Was ist passiert?", fragte Shaye leise. „Ich hab keine Streifenwagen gesehen."

„Die haben uns nicht begleitet", erklärte Saul.

„Wie hast du denn das geschafft?", wollte Shaye wissen. „Ich hab mir gedacht, man wird ihn mit Sicherheit in Gewahrsam nehmen, wenn rauskommt, dass er obdachlos ist."

„Ich hab ihnen erzählt, dass er der Sohn meines Kumpels ist und dass der mit seiner Frau gerade in einer handyfreien Gegend campt."

Shaye starrte ihn an. „Verdammt, Saul. Versprich mir, dass du nie zur anderen Seite überläufst. Das war ein wahnsinnig guter Einfall, und das, obwohl du gerade einen Menschen erschossen hattest."

Saul schnaubte. „Dieser Scheißkerl war kein Mensch." Reumütig lächelnd ergänzte er: „Sorry."

„Ist schon okay", entgegnete Shaye. „Ich stimme dir vollkommen zu. Ich weiß nicht mal, ob ich dich umarmen oder mit dir schimpfen soll. Wenn die Polizei rausfindet, dass du gelogen hast, bist du in Schwierigkeiten."

„Weswegen? Weil ich über die Lebensumstände des Jungen gelogen habe, damit er nicht in ein Heim gesteckt wird? Damit müssen sich die Cops abfinden oder mich verhaften."

„Sie werden gar nichts tun", beruhigte ihn Jackson. „Einige werden genervt sein, aber Sie stehen mit Ihrer Ansicht nicht allein da. Wenig überraschend haben viele Leute, einschließlich Polizisten, keine allzu gute Meinung von diesen Heimen."

Jacksons Worte nahmen Shaye ein wenig von ihrer Furcht, aber unbesorgt war sie noch nicht. „Also wie lief das mit der Polizei beim Hotel ab?"

„Wir haben Fragen beantwortet", sagte Saul, „und Hustle hat so getan, als hätte er einen Schock, damit er nicht viel reden musste. Dann hab ich darauf bestanden, dass wir ins Krankenhaus fahren. Nicht, weil er verletzt ist, sondern damit wir uns von den Cops loseisen konnten, ehe die zu tief nachgraben."

„Die werden sich nicht ewig davon abhalten lassen", gab Shaye zu bedenken. „Du hast den Mann getötet, der Hustle angegriffen hat, richtig? Obwohl das absolut gerechtfertigt war, müssen sie trotzdem allen Spuren nachgehen."

Saul nickte.

„Kennen Sie die Namen der Ermittler?", fragte Jackson.

„Gesprochen hab ich mit einem Detective Elliot. Den Namen von dem anderen weiß ich nicht."

„Elliot ist gut", versicherte ihm Jackson. „Der bauscht nichts auf."

„Soll heißen?", wollte Shaye wissen.

„Der Staatsanwalt würde die Akte sicher nicht mal lesen", erklärte Jackson. „Ein Mann greift einen Jugendlichen mit einer Spritze an. Und wenn man bedenkt, dass sich die Verbrechen gegenüber Kindern derzeit häufen, erhalten Sie vermutlich eher eine Dankeskarte als einen Haftbefehl. Aber sie werden zurückkommen, um mit Hustle zu reden."

„Uns fällt schon was ein", sagte Shaye. „Momentan gibt es Wichtigeres. Was kannst du mir über den Mann erzählen?"

„Er trug eine Maske. Laut Hustle war es so eine wie beim letzten Mal. Er war groß, weiß, etwa Mitte dreißig."

„Hat Hustle ihn erkannt?", fragte Jackson.

Saul schüttelte den Kopf. „Aber er hat ihn fotografiert, ehe die Polizei aufgetaucht ist. Vielleicht fällt ihm später noch was ein."

„Das bezweifle ich", entgegnete Shaye, die sich nur zu gut an Hustles Beschreibung des Stalkers in ihrem vorherigen Fall und an seine Zeichnung von Jinx erinnerte. „Ich glaube, er hat ein fotografisches Gedächtnis. Wenn er etwas sieht, kann er es bis ins kleinste Detail zeichnen oder beschreiben, weit über die Fähigkeit von normalen Menschen hinaus. Wenn er den Mann schon mal gesehen hätte, wüsste er das."

„Können Sie uns erzählen, was passiert ist?", bat Jackson.

„Ich saß an der Rezeption und hab den Jungen nach mir rufen hören", erklärte Saul. „Am Klang seiner Stimme war eindeutig erkennbar, dass er in Schwierigkeiten steckte, also hab ich meine Pistole geschnappt und bin nach draußen gelaufen. Dieser Scheiß... Mistkerl hatte Hustle am Boden und wollte ihm gerade eine Spritze verpassen, also hab ich geschossen. Und ihn direkt in die Brust getroffen."

„Hat Hustle sonst noch was erzählt?", fragte Shaye.

„Nur, dass er das Gefühl hatte, jemand würde ihn beobachten, als er in die Straße einbog. Und da fing er an zu rennen. Als der Kerl ihn verfolgte und Hustle begriff, dass er es nicht rechtzeitig ins Hotel schaffen würde, hat er nach mir gerufen. Ich hab das Sicherheitsvideo den Cops gegeben, damit es mich entlastet, sonst würde ich es euch zeigen."

Shaye legte Saul die Hand auf den Arm. „Danke. Wenn du nicht da gewesen wärst …"

„Und nicht so ein guter Schütze", ergänzte Saul lächelnd.

„Und nicht so ein verdammt guter Schütze", bestätigte Shaye.

Eine Krankenschwester erschien in der Tür eines Behandlungszimmers und winkte Saul zu. „Mr Bordelon, der junge Mann darf jetzt gehen."

„Übernimm seine Rechnung, um die Geschichte aufrechtzuerhalten", bat Shaye. „Ich gebe dir das Geld zurück."

Saul nickte und ging zu der Schwester, um Hustles Behandlung zu bezahlen. Shaye blieb mit Jackson zurück. Sie wollte nicht, dass jemand ihr Gespräch belauschte.

„Sie müssen mit Detective Elliot sprechen und herausfinden, wer der Mann war", sagte sie. „Diese Geschichte mit dem Sohn eines Freundes wird nicht lange standhalten. Wenn die Cops zurückkommen, werden sie Hustles Namen und seine Adresse wissen wollen. Wie viel Schwierigkeiten wird Saul kriegen, wenn die Polizei dahinterkommt, dass er gelogen hat? Die Wahrheit bitte."

Jackson überlegte. „Das Video bestätigt seine Geschichte von der Notwehr, also wird er mit diesem Teil keine Probleme haben, nehme ich an. Wenn er zugibt, dass er vermeiden wollte, dass man den Jungen in ein Heim steckt, kassiert er vermutlich nur eine Verwarnung. Es ist ja nicht so, als wüsste die Polizei nichts von den obdachlosen Jugendlichen."

„Gut. Falls Sie mitkriegen, dass die Sache doch schlimmer für ihn ausgeht, lassen Sie es mich wissen. Dann besorge ich Saul einen guten Anwalt."

„Und damit würden die Ermittlungen wahrscheinlich auch schon enden. Es gibt nichts zu ermitteln, erst recht nicht, wenn er einen Anwalt hat."

„Also haben wir dieses potenzielle Problem im Griff, aber jetzt haben wir ein noch größeres", gab Shaye zu bedenken. „Dieser Mann war unsere Verbindung zu Jinx, und ohne einen echten Fall können Sie sich nicht einfach in Elliots Ermittlung einmischen."

„Nein, aber er war auch unsere Verbindung zu Peter Carlin, falls die Maske dieselbe ist. Ich muss Detective Grayson anrufen und ihm das berichten. Er ermittelt im Carlin-Fall. Ich glaube nicht, dass Elliot etwas dagegen hat, seinen Fall an Grayson abzugeben. Er hat nicht solche Egoprobleme wie manche der anderen, und Peter Carlin zu finden hat derzeit oberste Priorität."

„Gut. Dann kontaktieren Sie Grayson und bearbeiten Elliot, und ich überlege mir was für Hustle. Ins Hotel kann ich ihn nicht zurückschicken. Wie es aussieht, muss er wieder bei mir übernachten."

„Auf keinen Fall. Mit sehr hoher Wahrscheinlichkeit hat dieser Mann nicht allein gearbeitet. Wenn das der Fall ist, dann läuft da draußen noch jemand herum, der über Hustle Bescheid weiß, und bestimmt auch über Sie. Wenn Sie mit Ihrer Ermittlung in ein Wespennest gestochen haben, könnte auch Ihre Wohnung unter Beobachtung stehen."

„Meine Wohnung ist vollkommen sicher", behauptete Shaye.

„Innen. Aber er braucht bloß zu warten, bis Hustle aus der Tür tritt, und ihm dann eine Kugel in die Brust jagen."

„Das Gleiche könnten sie mit mir tun. Mir bleibt keine Wahl. Ich hab niemand anders, dem ich seinen Schutz anvertrauen kann."

„Doch. Haben Sie." Jackson blickte sie eindringlich an.

„Oh nein, ich ziehe nicht mit ihm ins Haus meiner Mutter."

„Warum denn nicht? Es befindet sich in sicherer Distanz zu Bywater und dem French Quarter. Vor der Tür stehen bewaffnete Polizisten, und das Haus ist vermutlich stärker gesichert als Fort Knox."

„Schon allein der Gedanke, dass ich vorübergehend zurück nach Hause ziehe, ist mir zu viel. Ich kann nicht jedes Mal zu meiner Mami rennen, wenn ich in Gefahr gerate. Ich kannte die Risiken, als ich mich für diesen Job entschieden habe."

Jackson wirkte nicht gerade glücklich, aber er wusste auch, wann ein Kampf verloren war. „Dann soll wenigstens Hustle bei ihr wohnen."

Shaye schüttelte den Kopf. „Ich kann es versuchen, aber meine Mom ist Sozialarbeiterin. Hustle dazu zu überreden, unter einem Dach mit ihr zu wohnen, wird nicht einfach."

„Es wird einfacher, wenn sie seine einzige Alternative zur Polizei ist."

„Das ist gemein."

„Vielleicht sieht er das auch so. Aber bis wir genau wissen, dass dieser Mann allein gearbeitet hat, müssen wir davon ausgehen, dass Hustle in Gefahr schwebt."

Shaye nickte und versuchte, sich gute Argumente für ihre bevorstehende Diskussion mit Hustle zurechtzulegen, als Saul nach draußen geeilt kam.

„Komm besser mit rein", sagte er. „Hustle veranstaltet einen Riesenaufstand."

Shaye rannte hinter Saul her, vorbei an der erschrocken dreinblickenden Krankenschwester am Empfang. Hustle stand vor einer Zimmertür und stritt sich mit einem Rettungssanitäter.

„Sie müssen mich reinlassen!", rief er.

„Sir", sagte der Sanitäter und griff Hustle bei den Schultern. „Wenn Sie sich nicht beruhigen, muss ich die Polizei rufen."

„Was ist hier los?", wollte Shaye wissen und rannte auf die beiden zu.

„Das ist Scratch!", erklärte Hustle. „Sie haben ihn gerade auf einer Trage gebracht, aber sie sagen mir nichts."

Bevor Shaye antworten konnte, war Jackson vorgetreten und zeigte seine Dienstmarke. „Die Polizei sucht nach dem jungen Mann, den Sie gerade hergebracht haben. Wir halten ihn für das Opfer einer Straftat. Was können Sie mir berichten?"

Der Sanitäter ließ Hustle los, der sich gegen die Wand lehnte und sein rechtes Bein leicht anhob.

„Wir haben einen Notruf von einem Park Ranger beim Lake Maurepas erhalten. Die haben den Jungen dort auf einem Wanderweg gefunden."

„In welchem Zustand?", fragte Jackson.

„Keinem guten", gab der Sanitäter zu. „Er war bewusstlos und hat das Bewusstsein bisher nicht wiedererlangt. Seine Vitalzeichen sind schwach."

„Ist er verletzt?"

„Ein paar Kratzer und blaue Flecken und eine ziemlich dicke Beule am Hinterkopf." Der Sanitäter warf den anderen einen Blick zu, ehe er an Jackson gewandt fortfuhr: „Er trug Handschellen. Die Kette in der Mitte war zerbrochen, aber seine Handgelenke sind immer noch gefesselt."

„Sonst noch was?", erkundigte sich Jackson.

„Er war nass. Von Kopf bis Fuß. Und hatte eine Menge Sumpfschlamm an sich."

Jackson zog sein Handy heraus. „Geben Sie mir den Namen des Rangers."

Der Sanitäter gab ihm die Information, dann ertönte sein Pieper. „Ich muss los", sagte er.

Jackson reichte ihm eine Visitenkarte. „Rufen Sie mich an, falls Ihnen noch etwas einfällt."

Der Sanitäter steckte sie ein und rannte den Flur hinunter zum Ausgang.

„Kann uns denn niemand eine Auskunft zu Scratch geben?", fragte Hustle.

Wie aufs Stichwort öffnete sich die Tür zu dem Zimmer und ein Arzt trat heraus. Er wirkte überrascht, sie davor versammelt zu sehen.

„Sie dürfen sich hier nicht aufhalten", informierte er sie. „Sie müssen in der Lobby warten."

Jackson zeigte auch ihm seine Dienstmarke. „Können Sie

mir etwas über den Jungen mitteilen, den Sie gerade untersucht haben? In welcher Verfassung ist er?"

„Er reagiert nicht und ist schwach. Nach ein paar Tests wissen wir mehr."

„Aber er kommt doch durch, oder?", drängte Hustle.

Der Arzt runzelte die Stirn. „Das kann ich leider erst sagen, wenn ich das Ausmaß seiner Verletzungen kenne. Wenn Sie mich bitte entschuldigen, ich muss die Untersuchungen vorbereiten."

„Gehen wir", entschied Jackson. „Er kann uns sowieso nichts erzählen."

„Ich gehe nirgendwohin", widersprach Hustle. „Wenn es sein muss, bleibe ich die ganze Nacht über in der Lobby."

„Das würde auch keinen Unterschied machen", wandte Shaye ein. „Die Ärzte geben solche Informationen nur an Familienmitglieder oder die Polizei raus."

Hustle schaute erwartungsvoll zu Jackson, doch der schüttelte den Kopf.

„Ich will die Spur deines Angreifers verfolgen und mich mit diesem Park Ranger in Verbindung setzen. Untätig hier zu sitzen wäre Zeitverschwendung. Ich hinterlasse meine Telefonnummer am Empfang und sie werden mir Bescheid geben, sobald sie etwas Konkretes wissen."

„Ist er hier sicher?", fragte Hustle.

„Das weiß ich nicht, aber ich werde jemanden vor seinem Zimmer postieren."

Hustle war zwar nicht völlig zufrieden, aber ihm war klar, dass er nicht mehr verlangen konnte. „Schön, dann gehe ich wohl am besten mit Saul zurück ins Hotel."

Shaye unterdrückte ein Seufzen. „Was das angeht … da müssen wir reden."

Zum hundertsten Mal während der vergangenen Stunde sah Jinx auf ihre Uhr. Noch zehn Minuten. In genau sechshundert Sekunden waren exakt drei Stunden vergangen, seit der Irre ihnen was zu essen gebracht hatte, und beinahe zwei Stunden seit Sonnenuntergang. Seither herrschte Finsternis in der Scheune.

„Ist es schon Zeit?", fragte Spider.

Ach, zum Teufel. Die zehn Minuten würden auch nichts ändern. Draußen war es dunkel. Sie mussten hier verschwinden.

„Ja", sagte sie und zog den selbst gebastelten Dietrich aus der Tasche. Sie streckte die Hände durch die Gitterstäbe und tastete das Schloss nach dem Schlüsselloch ab. Dann schob sie das Metallstück hinein und beugte sich vor, damit sie auch jedes noch so kleine Geräusch wahrnehmen konnte. Konzentriert versuchte sie, sich in dem Schloss zurechtzufinden. Nach etwa zehn Minuten und einer Menge vorsichtiger Drehungen hörte sie schließlich ein Klicken, und das Schloss fiel zu Boden.

„Ich hab's", verkündete sie. Sie stieg aus dem Käfig und ging hinüber zu Spider, wobei sie die Arme weit ausgestreckt hielt.

„Oh mein Gott!", rief Spider, als sie das Schloss vor seiner Käfigtür in die Hand nahm. „Das war dein Ernst. Du bist wirklich draußen."

„Na klar war das mein Ernst. Wieso sollte ich denn lügen?"

„Ich hab so eine Angst, dass ich schon gar nicht mehr weiß, was ich glauben soll."

„Gib mir mal einen Moment und sei still, damit ich das hier aufkriege."

Beim zweiten Schloss ging es sogar schneller, und kurz darauf ließ sie Spider heraus. „Kannst du dich erinnern, wo alles ist?", fragte sie.

„Ja. Ich bin den ganzen Tag über im Kopf noch mal die Schritte durchgegangen."

„Okay, dann hol dein Zeug, aber langsam. Wir dürfen keine Geräusche machen, sonst wecken wir die Hunde auf."

Jinx bewegte sich nach rechts, bis sie die Tür ihres Käfigs spürte, dann ging sie zehn Schritte nach vorn, drehte sich nach rechts und machte noch fünf Schritte. Sie wedelte mit den Armen herum, bekam jedoch nur Luft zu fassen. Sie beugte sich vor, tastete erneut, und diesmal strichen ihre Finger über die Werkbank, nach der sie gesucht hatte. Nach zwei weiteren Schritten konnte sie die Hände darübergleiten lassen. Kurz darauf hatte sie das harte, zylindrische Objekt gefunden.

„Ich hab die Taschenlampe", flüsterte sie.

„Und ich das Seil."

„Gut. Geh in Richtung Tür, stoß aber nicht an diese Pumpe. Da steht alles Mögliche drauf, was Krach machen könnte. Ich hole jetzt noch das Brecheisen, dann treffen wir uns beim Ausgang."

Den ganzen Tag über hatten sie sich den Inhalt der

Scheune eingeprägt. Die Sonnenstrahlen waren gerade so weit durch die Ritzen im Holz gedrungen, dass sie nach und nach alles erblicken konnten. Die Taschenlampe war für sie unentbehrlich. Hoffentlich funktionierte sie auch. Das Seil würden sie vielleicht draußen brauchen und das Brecheisen war die leichteste Waffe. Stück für Stück arbeitete Jinx sich an der Werkbank vor, bis sie das Ende erreicht hatte. Dort fühlte sie auf der Oberfläche herum, bis sie das kalte, harte Eisen zu fassen bekam.

Sie drehte sich nach links und machte fünfzehn Schritte. „Spider?"

„Ich bin hier", meldete er sich aus unmittelbarer Nähe.

Sie ging auf ihn zu, bis sie mit ihrer Schulter gegen ihn stieß, und streckte dann die Hand nach vorn aus. Zentimeter für Zentimeter tastete sie an der Wand entlang, bis sie den Riegel fand. Sie öffnete die Tür einen Spaltbreit. Angestrengt spähte sie hinaus, konnte jedoch nichts erkennen. Jinx schob die Tür ein Stückchen weiter auf und sah einen Lichtschimmer von der Veranda eines alten Farmhauses kommen.

Die Hunde, die sie oft hatten bellen hören, waren nirgendwo zu entdecken, aber trotzdem konnten sie sich draußen irgendwo herumtreiben. Ganz langsam bewegte sie die Tür zur Seite und hoffte, dass das alte Holz nicht zu laut knarzte. Als genügend Platz zum Durchschlüpfen war, wand sie sich hinaus. Spider folgte ihr.

Er zog an ihrem Ärmel und deutete zum Haus, doch sie schüttelte den Kopf. Sie wusste, dass dort eine Straße sein musste. Schließlich brauchten die Männer eine Möglichkeit, um auf ihr Grundstück zu gelangen, aber sie würde keinesfalls riskieren, so nahe an das Haus heranzugehen. Schon allein wegen der Hunde. Außerdem würden die Männer sie auf der Straße viel zu schnell finden. Der Sumpf stellte ein Risiko dar, bot allerdings auch mehr Verstecke.

Sturmwolken zogen am nächtlichen Himmel entlang, und das Mondlicht kam und ging, was ihnen das Sehen zusätzlich erschwerte. In der Ferne hörte Jinx Donnergrollen und hoffte inständig, dass es lange genug andauerte, damit sie verschwinden konnten. Leise umrundeten sie die Scheune, bis sie außer Sichtweite vom Haus waren, und liefen dann auf den Sumpf zu. Dutzende Male waren sie den Plan durchgegangen, damit sie nicht miteinander reden mussten, bis sie weit genug vom Haus weg waren, sodass man sie nicht hörte. Jinx wartete, bis sie den Schutz der Bäume erreicht hatten, ehe sie die Taschenlampe hervorholte.

Als sie den Einschaltknopf drückte, hielt sie die Luft an. Erleichtert atmete sie aus, als das Licht aufleuchtete. Der Lichtschein war schwach, aber beständig. Hoffentlich hielten die Batterien noch lange genug, bis sie aus dem Sumpf heraus waren und irgendwo Hilfe holen konnten. Sie leuchtete in alle Richtungen, um den einfachsten Fluchtweg zu finden. Zu ihrer Rechten entdeckte sie einen Pfad.

Jinx tippte Spider auf die Schulter und deutete darauf, dann marschierte sie los. Die Zypressen formten über ihnen ein dichtes Zelt. Spanisches Moos hing herab und strich ihnen von Zeit zu Zeit über Gesicht und Schultern. Mit den Händen schob Jinx das Buschwerk aus dem Weg. Dabei kamen dichte Spinnennetze zum Vorschein. Die dünnen

Fäden klebten an ihren Händen und sie musste sich sehr zusammenreißen, um sich nicht vor Ekel zu schütteln, während sie sie wieder und wieder von der Haut abklaubte. Spinnen hatte sie noch nie gemocht.

Als sie eine Gabelung erreichten, blieben sie stehen und lauschten. Jinx hatte das Gefühl, dass sie rechts Wasser rauschen hörte. Genau auf dieses Geräusch hatte sie gehofft. Falls hier ein Bayou verlief, führte der sie möglicherweise zu einer Stadt. Vielleicht fanden sie sogar ein Boot.

„Hier lang", flüsterte sie.

Sie betrat den Weg, und beim ersten Schritt knackte unter ihrem Fuß ein trockener Ast. Das Knacken hallte durch den Sumpf wie ein Schuss. Sie erstarrte und traute sich kaum, zu atmen, doch es war zu spät.

Die Hunde bellten, und sie hörte die Tür zum Farmhaus auffliegen. „Was zum Teufel bellt ihr denn so laut an?", brüllte ein Mann.

„Das sind bestimmt wieder Kojoten. Nimm meine Pistole. Ich hole die Schrotpatronen aus der Scheune."

„Lauf!", schrie Jinx und sprintete den Weg entlang.

Zweige und Dornen bohrten sich in ihre Kleidung, kratzten über ihre nackten Arme und ihr Gesicht, aber das spürte sie kaum. Für sie zählte nur, dass sie entkamen. Das Wasser war ihre einzige Hoffnung, wenn die Hunde ihre Spur verlieren sollten. Sobald der Mann die Scheune betrat, würde die Jagd beginnen, und sie und Spider hatten einen Riesennachteil. Sie hatten weder Waffen, noch kannten sie die Gegend.

Als das Buschwerk ein wenig lichter wurde, erhöhte sie ihr Tempo. Weitere Schreie und das Bellen der Hunde erklangen hinter ihr, doch sie konnte das Gesagte nicht verstehen. Letztendlich war es auch egal. Sie wusste, was auf dem Spiel stand.

„Ich glaube, sie kommen!", rief Spider panisch.

Noch ehe sie wusste, wie ihr geschah, erreichten sie das Wasser. Jinx versuchte zu bremsen, damit sie nicht übers Ufer hinausrutschte, aber Spider knallte gegen ihren Rücken und schubste sie hinein. Sie fielen nicht tief, nur etwa einen halben Meter, doch das Geräusch klang im stillen Sumpf ohrenbetäubend. Jinx schoss hoch, hockte sich aber sofort wieder hin, weil ihr beim Sturz die Taschenlampe aus der Hand gefallen war. Schnell zog sie sie aus dem Wasser, doch es war zu spät. Sie funktionierte nicht mehr.

Als sich die Wolken ein Stückchen teilten, erblickte sie wenige Meter entfernt ein kleines Boot. „Dort drüben!", rief sie Spider zu.

Er folgte ihr und sie sprangen hinein. Er stieß sie vom Ufer ab und ging zum Motor am Heck. Jinx hatte keine Erfahrung mit Booten, wenn man von gelegentlichen Fahrten einmal absah, bei denen sie aber nur Passagier gewesen war. Spider hatte ihr jedoch erzählt, dass er vor dem Tod seines Onkels oft mit ihm geangelt hatte. Er fummelte ein wenig am Motor herum und zog dann heftig am Anlasser. Der Motor jaulte kurz auf, sprang allerdings nicht an.

Das Bellen wurde immer lauter, und Jinx erspähte einen Lichtschein durch die Bäume. Die Männer kamen geradewegs auf sie zu. „Beeil dich", drängte sie.

Er zog erneut, und diesmal erwachte der Motor zum Leben. „Halt dich fest!", befahl er.

Jinx umklammerte den Rand und drückte die Füße fest auf den Boden. Spider gab Gas, und das Boot sprang beinahe aus dem Wasser. Jinx beugte sich vor, damit sie durch den Rückstoß nicht von der Bank geschleudert wurde. Als das Boot einigermaßen gerade im Wasser lag, richtete sie sich wieder auf. Just in diesem Moment verschwand der Mond hinter den dunklen Wolken. Die Scheinwerfer am Bug reichten kaum einen Meter weit und spendeten nicht genug Licht für das Tempo, in dem sie über das Wasser rasten. Spider drosselte die Geschwindigkeit ein wenig und sah hinauf in den pechschwarzen Nachthimmel.

Der erste Schuss traf das Boot am Bug; einer der Scheinwerfer platzte. Der zweite Schuss krachte kurz darauf in etwas Metallisches. Jinx ließ sich zu Boden fallen und unterdrückte nur mühsam einen Schrei. Spider duckte sich so weit wie möglich und drehte erneut am Gashebel, obwohl sich Jinx sicher war, dass er nicht genügend sah, um sich auf dem Bayou zurechtzufinden.

Als ein dritter Schuss erklang, schrie Spider auf. „Ich bin getroffen!"

Das Boot kam abrupt auf dem Wasser zum Stillstand und Jinx kroch über die Bank nach hinten, wo Spider zusammengekrümmt lag. „Spider." Sie schüttelte ihn. „Hörst du mich?"

„In die Schulter", sagte er schluchzend. „Es tut so weh."

Jinx hörte die Männer hinter sich rufen und griff nach dem Gashebel, den sie Spider hatte benutzen sehen. Sie schob sich unter die hintere Bank und drehte daran. Das Boot machte einen Satz nach vorn und sie ließ los, ehe sie es erneut versuchte, diesmal ein wenig vorsichtiger. Sie fuhren los, und Jinx versuchte verzweifelt, in dem winzigen Lichtschein etwas zu erkennen.

„Jinx." Spider zog an ihrer Jeans. „Wir sinken."

Erst da bemerkte sie, dass ihre Füße bereits im Wasser standen und der Pegel immer höher stieg. Einer der Schüsse musste die Bootshülle durchdrungen haben.

„Ist hier irgendwo ein Eimer?", fragte sie. „Kannst du es leer schöpfen?"

„Dafür ist es zu viel. Es läuft zu schnell nach."

„Und wenn ich langsamer fahre?"

„Dann sinken wir langsamer und kommen nicht weiter weg. Mach einfach weiter, bis es nicht mehr geht."

Jinx presste die Zähne zusammen. Am liebsten hätte sie alles verflucht – den Sumpf, ihre Mutter, das Universum und Gott. Warum befanden sie sich nur in dieser Situation? Sie drehte ein wenig mehr an dem Hebel, um so viel Abstand wie möglich zwischen die Männer und sie zu bringen, aber eventuell würde es nicht reichen. Früher oder später würden sie zu Fuß weitergehen müssen, und da Spider immer mehr Blut verlor, wusste sie nicht, wie weit sie es schaffen würden, ehe er ohnmächtig wurde.

Oder bevor die Männer sie erwischten.

Als Spider ihr Boot vom Ufer abgestoßen hatte, war ihr ein metallisches Funkeln aufgefallen. Möglicherweise war das ein zweites Boot gewesen. In diesem Fall waren ihnen die Männer dicht auf den Fersen.

Kapitel 18

Corrine schob ein Baguette in den Ofen und knallte die Tür zu. „Sie hat den Verstand verloren. Um das zu sehen, brauche ich keine Expertin zu sein. Sag mir, dass ich mich irre."

Eleonore nahm einen Schluck von ihrem Kaffee. „Du irrst dich."

„Verdammt, Eleonore. Du brauchst mich nicht immer so wörtlich zu nehmen."

„Hab ich auch nicht. Ich glaube wirklich, dass du dich irrst."

„Wie kommst du darauf? Der arme Junge ist jetzt schon zwei Mal angegriffen worden, und wäre der Hotelbesitzer nicht gewesen, wäre er inzwischen vermutlich tot. Aber Shaye ist schon wieder draußen auf der Straße und sucht Spuren, als ob wir uns hier in einem Thriller befänden. Ihr Leben ist kein Roman. Das vergisst sie manchmal."

„Nein, ihr Leben ist kein Buch. Aber Teile davon waren schlimmer als jede Horrorgeschichte. Ich versteh dich ja. Ich will auch nicht, dass sie sich heute Abend dort draußen rumtreibt, oder morgen, und auch nicht nächste Woche, aber ich respektiere ihre Arbeit. Wer soll sich denn sonst um diese Kinder kümmern? Detective Lamotte tut, was er kann, aber ihm sind die Hände gebunden. Er ist genauso ein Opfer der Bürokratie wie du."

„Detective Lamotte." Corrine wischte sich die Hände an

einem Geschirrtuch ab und warf es auf die Arbeitsplatte. „Wenn ich den Namen schon höre! Er hätte ihr sagen können, dass sie hier bleiben soll, und ihn seinen Job machen lassen. Stattdessen lässt er sich von ihr auf der Jagd nach einem Mörder begleiten."

„Und wenn er sie nicht mitgenommen hätte", gab Eleonore zu bedenken, „dann wäre sie also deiner Meinung nach hiergeblieben?"

Corrine schürzte die Lippen, weil sie keine Lust hatte, diese Frage zu beantworten. „Nein", gab sie schließlich zu. „Worauf willst du hinaus?"

„Darauf, dass Detective Lamotte sie vielleicht gut genug einschätzen kann, um das zu erkennen, und dass er eventuell glaubt, bei ihm sei sie besser aufgehoben als allein da draußen."

„Kann sein", antwortete Corrine, die noch nicht bereit war, nachzugeben.

Eleonore räusperte sich und blickte bedeutungsvoll hinüber zur Küchentür.

Corrine sah den Teenager zögernd am Eingang stehen. Sie zwang sich zu einem Lächeln und hoffte, dass es echt wirkte. Was auch immer sie für Probleme mit Shaye hatte, dieser Junge konnte nichts dafür. Dass Shaye ihn hergebracht hatte, war Corrines Meinung nach ihre erste vernünftige Handlung seit Beginn dieses Falles gewesen.

„Komm rein und setz dich", sagte sie und deutete auf den Tisch. „Ich wärme gerade einen Braten und ein bisschen Brot auf. Du hast doch sicher Hunger. Möchtest du eine Cola oder so? Ich hab so was da."

Er nickte und setzte sich zwei Stühle von Eleonore entfernt, nicht ohne ihr einen misstrauischen Blick zuzuwerfen.

„Das ist meine Freundin Eleonore", erklärte Corrine. „Sie hat sich um mich gekümmert, als meine Mutter starb. Damals war ich noch ein Kind. Und jetzt, wo ich eine alte Frau im Krankenstand bin, kümmert sie sich wieder um mich."

Er lächelte sie verhalten an. „Sie sind nicht alt. Aber es ist schön, wenn man jemanden hat, der sich um einen kümmert." Er blickte zu Eleonore. „Shaye hat gesagt, Sie sind Seelenklempnerin."

„Das stimmt", bestätigte Eleonore, „aber ich verspreche dir, dass ich nicht beruflich mit dir rede. Wir möchten einfach nur, dass du sicher bist und dich wohlfühlst."

„Auf der Straße draußen stehen Polizisten", sagte Hustle. „Das Haus wird von zwei bewaffneten Sicherheitsmännern bewacht und Sie haben ein Wahnsinnsalarmsystem. Sicher fühle ich mich auf jeden Fall. Ob das mit dem Wohlfühlen allerdings was wird, weiß ich nicht. Dieses Haus ist ja der reinste Palast. Nobler als das Ritz."

„Du warst schon mal im Ritz?", fragte Eleonore.

Hustle nickte. „Ich hab es bis zur Rezeption geschafft, ehe sie mich rausgeschmissen haben, aber dort war es toll. Hier gefällt es mir sogar noch besser."

„Danke", entgegnete Corrine und stellte ein Glas Cola vor ihn hin. „Mir gefällt es auch sehr gut."

„Wie geht's dir?", erkundigte sich Eleonore.

Hustle wich ihrem Blick aus.

„Deinem Knöchel", setzte Eleonore rasch hinzu. „Nicht psychisch."

„Ganz gut, würde ich sagen. Vom Skaten und Laufen ist er ein wenig steif, aber nichts Schlimmes." Er nahm einen Schluck von seiner Cola. „Ich verrate Ihnen aber auch gern, was ich denke, falls Sie das hören wollen."

Eleonore tauschte einen Blick mit Corrine und nickte dann. „Sehr gern."

„Ich bin total angepisst!", stieß er hervor und bekam einen roten Kopf. „Angepisst, dass jemand Joker umgebracht hat, und angepisst, dass Scratch im Krankenhaus liegt und ich nicht mal weiß, ob er durchkommt. Ich bin angepisst, dass jemand Straßenkinder entführt, und obwohl Saul den Mann erschossen hat, können wir nicht davon ausgehen, dass das jetzt aufhört. Und am meisten stinkt mir, dass wir so leben müssen. Jinx und Scratch sind gute Menschen. Klar, auf der Straße gibt's auch miese Typen, aber die beiden gehören nicht dazu."

Er senkte den Blick. Offensichtlich war ihm sein Ausbruch peinlich.

„Ich bin auch angepisst", sagte Corrine. „Von Shaye weiß ich, dass sie dir ein bisschen was über sich erzählt hat, und du weißt, womit ich mein Geld verdiene. Also kannst du dir sicher vorstellen, was Eleonore und ich von Menschen halten, die sich an Kindern vergreifen."

Hustle nickte. „Shaye ist auch ein guter Mensch. Sie hat genauso wenig verdient, was ihr zugestoßen ist."

„Angepisstsein ist gut, finde ich", warf Eleonore ein. „Wenn man sich nur ein bisschen ärgert, dann lässt man es auf sich beruhen, aber wenn man echt sauer ist, dann sorgt man für Veränderung. Ich hab viele positive Veränderungen

in meinem Leben vorgenommen, nur weil ich richtig angepisst war."

Hustle starrte sie an und schüttelte den Kopf. „Sie wissen
schon, dass Sie ein wenig merkwürdig sind, oder?"

Eleonore schnaubte. „Da sagst du mir nichts Neues."

„Aber Sie haben vermutlich trotzdem recht", gab er zu.
„Ich bin so angepisst, dass ich nicht nachgeben werde, bis
ich weiß, wer hinter der ganzen Sache steckt. Und wenn es
nicht nur der Mann ist, den Saul erschossen hat, dann
werde ich Shaye und Detective Lamotte helfen, auch noch
die anderen aus dem Verkehr zu ziehen."

Corrine stellte einen Teller mit Braten, Kartoffeln und
Karotten vor ihn hin und reichte ihm ein großes Stück Baguette. „Du wirst deine Kraft brauchen."

Der Mann warf sein Glas gegen den Kamin, wo es an den
Backsteinen zersplitterte. Jetzt sah die Lage nicht nur
schlecht, sondern völlig aussichtslos aus. Die Dinge liefen
langsam aus dem Ruder. Statt sich wie befohlen um den
Skater zu kümmern, hatte der Idiot sich erschießen lassen.
Er hätte gleich wissen sollen, dass er so einem Blödmann
nicht trauen konnte. All die Jahre hatte er diesen Idioten mit
durchgeschleppt und hinter ihm aufgeräumt. Klar, er war
schon fast unanständig loyal gewesen, aber um welchen
Preis?

Obwohl er natürlich nicht vorgehabt hatte, irgendwelche
Mitwisser am Leben zu lassen, war der Tod des Mannes auf

offener Straße während eines Überfalls auf einen Jugendlichen doch weitaus auffälliger gewesen, als er vorgesehen hatte. Eine schnelle Kugel in den Kopf und ein Bad im Bayou mit Betonschuhen hatten ihm vorgeschwebt. Stattdessen musste er sich jetzt Gedanken machen, was sein Mitarbeiter wohl in seinem Apartment hinterlassen hatte, das möglicherweise zu ihm führen konnte.

Sein erster Impuls war gewesen, hinüberzufahren und die Wohnung des Idioten blitzblank zu wienern, damit man keine Spuren zu ihm fand, doch der Blödmann war vorbestraft gewesen. Sobald man bei der Polizei seine Fingerabdrücke überprüfte, hätten sie seine Adresse und würden schnurstracks dorthin fahren. Schlimm genug, dass sie ihm vielleicht schon auf der Spur waren. Er war jedoch nicht so dumm, dass er sich auch noch auf frischer Tat erwischen lassen würde.

Er hatte gleich gewusst, dass der Skateboarder und die Frau ein Problem darstellten, aber dass es solche Dimensionen annehmen würde, hatte er nicht geahnt. Sie hatten ihm das Geschäft ruiniert und ihn gezwungen, seine Flucht vorzuziehen. Statt einem Monat standen ihm nun nur wenige Tage zur Verfügung. Weil er so schnell verschwinden musste, ging ihm Geld verloren, aber er hatte genug zusammen und würde trotzdem zurechtkommen.

Jetzt blieb nichts weiter zu tun, als alle Unterlagen zu vernichten und sich um den Jungen zu kümmern. Die Lieferung würde er diesmal persönlich übernehmen und dabei gleich das Geld eintreiben. Und dann würde er mit dem nächsten Privatflugzeug, das er chartern konnte, aus New

Orleans verschwinden. Seine neue Identität hatte er schon vor Monaten vorbereitet und ein prall gefülltes Konto wartete auf ihn in Indonesien – einem Paradies ohne Auslieferungsvereinbarung.

Shaye ließ sich von der Kellnerin eine weitere Tasse Kaffee einschenken und starrte auf das Polizeirevier auf der gegenüberliegenden Straße. Jackson war bereits seit einer halben Stunde dort drin, und die Warterei machte sie ganz verrückt.

„Wollen Sie nicht doch was essen?", fragte die Kellnerin.

Shaye konnte sich gar nicht erinnern, wann und was sie zuletzt gegessen hatte, also war ein spätes Abendessen vermutlich nicht die schlechteste Idee, auch wenn sie kein bisschen hungrig war. „Wissen Sie was, warum eigentlich nicht?", sagte sie. „Ich nehme ein Sandwich mit Ei und Käse und dazu Pommes."

„Bekommen Sie." Die Kellnerin verschwand in Richtung Küche, und Shaye starrte erneut seufzend zum Fenster hinaus.

Sie hätte bei Corrine bleiben sollen. Wenn Detective Grayson zustimmte, Jackson an seiner Ermittlung zu beteiligen, dann konnte der wiederum schlecht darum bitten, dass Shaye mitdurfte. Und wer wusste schon, wie lange es dauern würde, den Angreifer zu identifizieren, ganz zu schweigen davon, Informationen über ihn zu bekommen? Wahrscheinlich verschwendete sie hier nur ihre Zeit und würde am Ende doch mit einem Taxi nach Hause fahren müssen.

Ihre Mutter hatte fast einen Anfall gekriegt, als Shaye verkündet hatte, dass sie weiter mit Jackson ermitteln wollte, und Hustle war kein bisschen glücklicher über die Situation gewesen. Erst die drohende Aussicht auf das Jugendamt hatte Hustle davon überzeugt, bei Corrine zu bleiben, doch gegen Shaye hatte Corrine nichts in der Hand. Obwohl sie ihr niemals gedroht hätte. Ihre Mutter bat und argumentierte, sie erpresste nicht. Pierce hätte da allerdings weniger Bedenken gehabt.

Trotzdem, wenn Shaye zu Hause geblieben wäre, hätte sie womöglich ihrer Mutter und Eleonore erzählt, dass sie in Lydias Apartment gewesen war. Und dann hätte es endlose Fragen und besorgte Blicke gegeben. Sie wusste, dass sie es den beiden sagen musste, und zwar eher früher als später, aber sie brauchte erst noch ein wenig mehr Zeit, um die Sache zu verarbeiten.

Dass sie in der Wohnung vor Jacksons Augen in Tränen ausgebrochen war, war sehr untypisch und ein bisschen peinlich für sie gewesen. Sie mochte Jackson und vertraute ihm, so sehr sie eben jemandem vertrauen konnte, aber sie kannte ihn eigentlich nicht gut genug, um ihren emotionalen Ballast bei ihm abzuladen. Er hatte etwas verblüfft, aber nicht wirklich überrascht gewirkt. Seine ruhige Reaktion rechnete sie ihm hoch an. Auch nach dem Verlassen des Apartments hatte er das Thema nicht angeschnitten. Schweigend waren sie losgefahren. Seine ersten Worte hatte er erst gesprochen, als sie den Anruf von Hustle bekam.

Die Türglocke läutete und sie erkannte verdutzt, dass Jackson hereinkam. Sofort sprang sie auf. „Haben Sie was rausgefunden?"

Er bedeutete ihr, sich wieder hinzusetzen, und glitt auf den Stuhl gegenüber. „Ja, wir haben etwas."

Die Kellnerin stellte einen Teller vor Shaye. „Möchten Sie auch etwas?", fragte sie Jackson.

Er deutete auf Shayes Essen. „Das sieht gut aus. Einmal das Gleiche für mich und Kaffee, bitte."

„Dann müssen wir offensichtlich nicht schnellstmöglich irgendwohin, oder?", erkundigte sich Shaye und war mehr als nur ein bisschen enttäuscht. „Konnten Sie den Angreifer nicht identifizieren?"

„Doch. Er war im System erfasst. Elliot und sein Team durchsuchen in diesem Moment seine Wohnung."

„Und was ist mit Detective Grayson?"

„Der war heute wegen einer Beerdigung nicht in der Stadt, ist aber gerade auf dem Rückweg. Innerhalb der nächsten Stunde sollte er hier auftauchen, aber er hat Elliot und mir schon grünes Licht gegeben, alle Spuren zu verfolgen, die wir finden."

„Wer war denn der Mann, der Hustle überfallen hat?"

„Bobby Fuller. Er hat wegen Diebstahl, Körperverletzung und Erpressung gesessen, hauptsächlich wegen kleinerer Delikte. Sagt Ihnen der Name irgendwas?"

Sie schüttelte den Kopf. „Wo hat er denn gearbeitet?"

„Seine letzte bekannte Arbeitsstelle war vor mehr als zehn Jahren eine als Lkw-Fahrer. Allerdings hat er damals wegen Trunkenheit am Steuer den Führerschein verloren. Ich vermute mal, dass ihn das nicht vom Fahren abgehalten hat, aber seinen Job war er danach los. Niemand hätte ihn mehr auf den Bock gelassen. Dafür gibt es in diesem Bereich viel zu viele Bestimmungen. Solche Risiken gehen Firmen nicht ein."

„Erpressung", wiederholte Shaye. „Klingt das nach jemandem, den wir kennen?"

„Wir haben keine Verbindung zwischen ihm und Johnny Rivette."

„Wir fangen ja auch gerade erst an."

Die Kellnerin brachte Jacksons Essen, und er widmete sich voller Inbrunst seinem Sandwich. „Ich hatte heute keine Zeit fürs Mittagessen", erklärte er mit vollem Mund. „Mir ist erst klar geworden, wie hungrig ich bin, als ich Ihr Sandwich gesehen hab."

Shaye nickte. „Es gibt noch etwas, das mich stört."

„Nur eine Sache?"

„In diesem Fall ja."

„Und was genau?"

„Wie hat dieser Bobby Fuller Hustle so schnell gefunden? Erst heute Morgen habe ich ihn dorthin gebracht. Das waren nicht mal vierundzwanzig Stunden."

„Vielleicht gehörte er zu den Menschen, die schon als Jäger geboren werden. Möglicherweise war er gut im Verfolgen."

„So gut, dass er durch das gesamte French Quarter hindurch an einem Jungen dranbleibt, obwohl der mit Spitzengeschwindigkeit auf einem Skateboard unterwegs ist, durch den Verkehr bis nach Bywater?"

„Oder er ist Ihnen heute Morgen von Ihrer Wohnung aus gefolgt."

„Ich war sehr vorsichtig. Zweimal hab ich die Richtung gewechselt und bin Dutzende Male abgebogen, ehe ich zum Hotel gefahren bin. Ich schwöre, wenn mir jemand hinterhergekommen wäre, hätte ich das gemerkt."

„Aber Sie hätten es nicht gemerkt, wenn Ihnen verschiedene Leute gefolgt wären. Womöglich saß einer in einem Taxi und einer in einem Lieferwagen mit dem Logo der Kabelgesellschaft und noch einer in einem weißen Mittelklassewagen. Wenn wir jemanden überwachen, dann niemals nur mit einem einzigen Fahrzeug."

Shaye runzelte die Stirn. „Kann sein. Aber dann wäre das hier eine viel größere Sache."

„Aber wenn tatsächlich jemand wie Johnny Rivette die Fäden zieht, dann ist das auch alles viel professioneller organisiert."

Shaye wollte gerade antworten, als Jacksons Handy klingelte. Er ging ran, hörte zu und legte auf.

„Das war das Krankenhaus", erklärte er. „Scratch ist stabil, hat aber das Bewusstsein noch nicht wiedererlangt. Der Arzt ist jedoch optimistisch, dass er wieder zu sich kommt, weil er keine anderen Verletzungen gefunden hat als die, die er uns gegenüber schon erwähnt hat. Allerdings weiß er nicht, wie lange es dauern kann."

„Sie haben jemanden vor seinem Zimmer postiert, oder?"

„Ja, und ich hab mit dem Park Ranger gesprochen. Leider konnte er mir nicht mehr erzählen als der Sanitäter, aber ich hab ihn um Stillschweigen gebeten. Wenn die Medien erfahren, dass wir noch einen Teenager aus dem Bayou gezogen haben, wird der Aufruhr unsere Ermittlungen erschweren."

„Ganz zu schweigen davon, dass die Medienaufmerksamkeit damit auf Scratch gelenkt würde. Momentan nehmen wir ja an, dass derjenige, der ihm das angetan hat, gar nicht weiß, dass er überlebt hat."

„Vielleicht war das auch Bobby Fuller."

Shaye schob seufzend die Überreste ihres Sandwichs hin und her. „Was machen wir eigentlich hier? Ich hab das Gefühl, als sollten wir etwas tun, aber wir haben keine Spuren."

„Der schlimmste Teil des Jobs ist das Warten auf Informationen."

„Eventuell findet Grayson etwas, das Fuller mit Johnny Rivette in Verbindung bringt."

„Nichts ist unmöglich. Aber es wird sicher schwierig, ihm etwas nachzuweisen, falls Johnny Rivette was mit dem Angriff auf Hustle zu tun hat. Rivette ist schlau und gerissen und hat ein ganzes Team von Winkeladvokaten zur Verfügung. Er hat schon mehr Anklagen abgewehrt als die meisten Kriminellen zusammen."

Shaye wusste, dass er recht hatte und dass Fuller möglicherweise ein Einzeltäter gewesen war. Ein Gestörter, der obdachlose Teenager entführte und tötete. Oder vielleicht war er einfach ein durch und durch böser Mensch. Sie hatte keinerlei Probleme, an das Böse im Menschen zu glauben. Schließlich war sie der lebende Beweis für dessen Existenz.

Jacksons Handy klingelte erneut und Shaye zog ihr eigenes Telefon heraus. „Ich rufe Hustle an und gebe ihm wegen Scratch Bescheid", sagte sie und ging nach draußen an die frische Luft. Mit ein wenig Glück würde Jackson eine neue Spur haben, wenn sie in das Diner zurückkehrte.

Der Anruf bei Hustle dauerte nicht lang. Der Teenager schien immer noch nicht besonders glücklich über sein Nachtquartier, aber er klang auch nicht mehr so betrübt wie vorhin, als sie und Jackson ihn zurückgelassen hatten. Zweifellos hatte Corrine versucht, ihn kulinarisch zu verwöhnen. Vielleicht war das für seine bessere Laune verantwortlich. Er war definitiv erfreut über Scratchs Prognose und erleichtert, dass ein Polizist vor seinem Zimmer wachen würde, bis alles aufgeklärt war.

Sie steckte das Handy ein und wollte gerade ins Diner zurückgehen, als Jackson herausgeeilt kam. „Ich hab schon bezahlt", verkündete er. „Wir müssen los."

„Wohin? Was ist passiert?"

Sie überquerten die Straße und liefen auf Jacksons Auto zu. „Das war Grayson", erklärte Jackson, als er losfuhr. „Fuller hat als Maurer gearbeitet – in der Sacred Heart Church."

„Pater Michael!", rief Shaye. „Das ist die Verbindung. Nicht Rivette. Wo fahren wir jetzt hin?"

„Wir statten dem guten Priester einen Besuch ab."

Hustle lief im Schlafzimmer umher. Er hatte nicht gelogen. Das Haus war ganz anders als die anderen, die er kannte. Sogar in diesem Zimmer, das ausschließlich für Gäste reserviert war, standen geschnitzte Möbel und Kristallvasen. Das Bad war so groß wie sein früheres Zimmer in der

Wohnung seiner Mom. Mit dem Finger fuhr er über die Marmoroberfläche und betastete die Handtücher. Sie fühlten sich so weich an wie Papiertaschentücher.

Er konnte sich nicht mal vorstellen, so zu leben. Wie schwer musste es für Shaye gewesen sein, dies nach allem, was passiert war, als ihr Leben zu akzeptieren, solange sie es wollte? Aber als Shaye damals zu Corrine gekommen war, hatte sie andere Sorgen gehabt als die Weichheit der Handtücher im Gästebad.

Er ging zurück ins Zimmer und ließ sich aufs Bett fallen. Sosehr er es auch zu schätzen wusste, dass Shaye versuchte, ihn zu beschützen, und Corrine es ihm angenehm machen wollte, er konnte seine Ungeduld kaum im Zaun halten. Auch wenn er Corrine sehr dankbar für das äußerst leckere Essen war. Dass Scratch stabil war und die Ärzte damit rechneten, dass er aufwachte, waren gute Neuigkeiten. Aber Jinx war immer noch irgendwo da draußen und er saß untätig hier in diesem Palast herum.

Erneut nahm er sein Handy in die Hand und betrachtete das Bild seines Angreifers. Shaye hatte ihm eine SMS mit seinem Namen geschickt: Bobby Fuller. Doch das sagte ihm genauso wenig wie das Gesicht des Mannes. Er hatte ihn zuvor weder gesehen noch seinen Namen gehört. Seufzend warf er das Handy neben sich aufs Bett. Seit er nach oben gekommen war, hatte er über kaum etwas anderes nachgedacht als die beiden Überfälle. Immer wieder liefen sie vor seinem inneren Auge ab.

Irgendetwas störte ihn, und es war nicht das Offensichtliche. Es war etwas Subtiles, von dem er wusste, dass es da war, das er aber nicht genau benennen konnte. Aber was? Er ging die Angriffe noch einmal durch. Die schwach beleuchteten Straßen, die verlassenen Gebäude, in allerletzter Sekunde das Gefühl, dass er beobachtet wurde, der Mann, der geräuschlos aus dem Nichts kam und den er beim ersten Mal gerade so abwehren konnte und beim zweiten Mal nicht hätte besiegen können.

Und dann fiel es ihm ein.

Er sprang vom Bett und zwang sich, seine Gedanken auf den Arm des Mannes zu konzentrieren. Das war's. Der Arm. Das stimmte nicht.

Der Mann beim ersten Überfall hatte die Spritze in der linken Hand gehalten, aber der Mann heute Abend in seiner rechten. Der eine hatte die Spritze hochgehoben, als er damit auf ihn einstechen wollte, der andere tiefer und abgewinkelt angesetzt.

Es waren zwei verschiedene Männer gewesen!

Was bedeutete, dass der erste Mann immer noch irgendwo da draußen war und womöglich gerade einen anderen Jugendlichen angriff. Und dann fiel ihm noch etwas ein. Etwas, das vielleicht nichts bedeutete, oder alles.

Er schob das Handy in die Tasche und ging nach unten. Corrine und Eleonore waren immer noch in der Küche und unterbrachen ihr Gespräch, als er eintrat.

„Ich möchte gern ein bisschen frische Luft schnappen", sagte er. „Ist es okay, wenn ich in den Garten gehe?"

Corrine wirkte nicht begeistert, aber offensichtlich erkannte sie, wann sich jemand eingesperrt fühlte. „Natürlich", stimmte sie zu. „Rechts neben dem Pool ist ein schöner Sitzplatz. Da stehen ein paar bequeme Sessel, und an der Stelle weht normalerweise auch ein leichtes Lüftchen, allerdings nicht unbedingt zu dieser Jahreszeit."

„Das macht nichts."

Corrine stellte die Alarmanlage ab und ließ ihn hinaus. „Klopf einfach an die Tür, wenn du wieder reinkommen willst. Ich schalte den Alarm wieder ein, damit sich niemand woanders Zutritt verschaffen kann."

„Alles klar." Er ging nach draußen und schloss die Tür zum Pool hinter sich. Dann bog er nach rechts ab. Hoffentlich dachte Corrine, dass er ihrem Rat folgte und zur Sitzecke ging. Er fand die Sessel, und obwohl er ihr zustimmen musste, dass es nach einem schönen Plätzchen aussah, war es nicht gerade das, was ihm vorschwebte. Er ließ den Blick durch den gut beleuchteten Garten schweifen, um sich zu vergewissern, dass keiner der Wachmänner in der Nähe war. Dabei fand er den perfekten Ort für seinen Plan. Unmittelbar hinter dem Sitzbereich verlief eine Mauer. Hustle schnappte sich einen der Sessel und ging darauf zu.

Nur ein kurzer Sprint und ein Sprung waren nötig, und schon hatte er die Mauer überwunden. Auf der anderen Seite ließ er sich so weit wie möglich hinunter, dann sprang er. Sein Knöchel schmerzte ein wenig, aber er konnte noch damit laufen. Halb ging, halb joggte er ein paar Blocks weit, damit ihn die Polizisten vor dem Haus nicht entdeckten, dann rief er ein Taxi. Das war zwar nicht das gewesen, wofür Shaye ihm das Geld gegeben hatte, aber in diesem Moment war er äußerst dankbar dafür, dass er es hatte.

Kapitel 19

Jinx spürte, wie ihr das Wasser über die Beine lief und das Boot immer langsamer wurde. Sie hatten vielleicht noch einmal fünfzehn Meter auf dem Bayou gutgemacht, aber außer den glühenden Augen der Sumpfkreaturen war kein anderes Lebewesen zu sehen. Bald müssten sie das Boot verlassen und zu Fuß weitergehen. Spider hatte sich auf die Bank gehievt und presste ein Stück einer zerrissenen Rettungsweste gegen das Einschussloch in seiner Schulter.

„Wir schaffen es nicht mehr sehr viel weiter", sagte Jinx.

„Ich weiß. Fahr lieber ans Ufer, wenn wir nicht schwimmen wollen. Es läuft ziemlich schnell voll."

Jinx lenkte das Boot auf das gegenüberliegende Ufer zu. Zumindest lag jetzt das Wasser zwischen ihnen und den Männern. An einer seichten Stelle hielt sie an. „Steig aus", forderte sie Spider auf.

Er kletterte ans Ufer und wartete darauf, dass sie ihm folgte. Doch Jinx hatte andere Pläne. Sie ließ erneut den Motor an und steuerte zurück in die Mitte des Bayous. Das Wasser hatte das Boot schon zur Hälfte gefüllt und sie kam kaum vom Fleck.

„Was machst du denn da?", klang Spiders panische Stimme zu ihr herüber. „Komm zurück! Du sinkst."

„Genau das will ich. Wenn es am Ufer untergeht, dann wissen sie, dass wir an Land sind."

Jinx zog eine abgetragene Schwimmweste unter der Bank hervor, stellte den Motor aus und sprang in den Bayou. Der Mond kam zwar immer mal hinter den Wolken hervor, aber ihr blieb kaum genügend Licht, um das Ufer zu erkennen. Und dann, als hätte jemand das Licht ausgeschaltet, wurde der Himmel plötzlich pechschwarz.

„Sag irgendwas", bat Jinx. „Dann kann ich auf deine Stimme zuschwimmen."

„Äh, okay. Der Herr ist mein Hirte. Mir wird nichts mangeln."

Jinx drehte sich ein wenig nach links und paddelte weiter. Gemeinsam mit Spider sagte sie das Gebet auf. Mit jedem Kraulschlag wurde seine Stimme lauter. Er war ganz in der Nähe.

Ein lautes Platschen dicht neben ihr ließ sie innehalten. „Was war das?", fragte sie. War Spider ins Wasser gefallen? Sie konnte seine Stimme nicht mehr hören.

„Jinx?", rief er da, und sie hörte das Entsetzen in seiner Stimme. „Es ist ein Alligator! Schwimm. Schnell!"

Panik durchzuckte jede Faser ihres Körpers. Sie schwamm, so schnell sie konnte. Dabei umklammerte sie die Rettungsweste mit der einen Hand und pflügte mit der anderen durchs Wasser.

„Hier rüber!", drängte Spider. „Ich sehe dich. Du bist nur noch ungefähr fünf Meter von mir entfernt."

„Alligator?", fragte Jinx und schluckte einen Mundvoll ekliges Sumpfwasser. Sie keuchte und spuckte, verringerte ihr Tempo aber nicht.

„Den sehe ich nicht. Er muss abgetaucht sein."

Jinx hatte von dem Mythos gehört, dass Alligatoren nicht unter Wasser angriffen, aber sie wusste, dass das nicht stimmte. Diese Kreaturen konnten unter Wasser genauso gut wie über Wasser töten, und ihr Gestrampel würde ihn direkt zu ihr lotsen.

Als etwas Festes an ihrem Bein entlangstrich, unterdrückte sie einen Schrei. Es war groß und bewegte sich. Das musste der Alligator sein. Hinter ihr spritzte Wasser auf und sie drehte sich um. In diesem Moment teilten sich die Wolken, und das Mondlicht erhellte den offenen Rachen des Tieres, nur wenige Zentimeter von ihrem Gesicht entfernt.

Schreiend stopfte sie ihm die Rettungsweste in den Rachen und schwamm in Richtung Land. Ihre Gliedmaßen brannten und das Herz klopfte ihr so heftig in der Brust, dass sie Angst hatte, es würde ihr die Rippen sprengen. Sie hörte, wie der Alligator hinter ihr herumplatschte, und hoffte, dass die Rettungsweste ihn eine Weile beschäftigen würde.

Und dass seine Freunde nicht in der Nähe waren.

„Beeil dich!", rief Spider. „Er bewegt sich wieder."

Jinx blickte auf. Das Ufer war nur noch etwa anderthalb Meter entfernt. Sie kämpfte sich mit letzter Kraft voran. Sobald sie Boden unter ihren Füßen spürte, stellte sie sich hin und watete an Land. Spider kauerte auf einem der unteren Ästen eines Baumes. Hastig kletterte sie zu ihm und sah gerade noch, wie der Alligator ans Ufer kroch, die Rettungsweste immer noch zwischen den mächtigen Zähnen.

„Ach du Scheiße", sagte Spider. „Guck dir mal dieses Riesenvieh an. Der ist doch mindestens drei Meter lang."

„Vier", behauptete Jinx und spuckte immer noch Sumpf-wasser aus.

Spider klopfte ihr auf den Rücken, stöhnte jedoch auf und hielt wieder seine Schulter.

„Mach keine überflüssigen Bewegungen mit deinem Arm", befahl Jinx. „Ich muss mich nur kurz verschnaufen."

Der Alligator hatte sich inzwischen von der Rettungs-weste freigekämpft und schleuderte sie zur Seite. Eine Weile lang blieb er reglos liegen, und Jinx hätte schwören können, dass er sie direkt anstarrte. Schließlich drehte er sich um und glitt zurück in den Bayou, wo sein langer Schwanz im schlammigen Wasser verschwand.

„Gehen wir", sagte sie und sprang von dem Ast.

Sie schnappte sich, was von der Rettungsweste übrig war, und versteckte es im Gebüsch. Sie war völlig erschöpft, aber das war egal. Nicht egal war, dass sie sich immer noch im Sumpf befanden und gejagt wurden. Mit dem Boot waren sie nicht weit genug gekommen, und sie hatte nicht die ge-ringste Ahnung, wie weit sie von möglicher Hilfe entfernt waren. Doch sie wusste, dass ihre einzige Chance auf Über-leben war, weiterzugehen.

Jackson klopfte an die Tür zu Pater Michaels Apartment. Es lag in einem der älteren Kirchengebäude, und Shaye konnte das ausgebesserte Mauerwerk erkennen. Bobby Fullers Maurerarbeiten. Es war kurz vor Mitternacht, und im

Apartment war es dunkel. Jackson wartete etwa zehn Sekunden, dann klopfte er erneut. Diesmal kräftiger.

In der Wohnung wurde Licht eingeschaltet, das die blauen Vorhänge im Fenster neben der Tür beleuchtete. Ein paar Sekunden später wurde die Tür geöffnet und Pater Michael spähte heraus. Er wirkte verschlafen und völlig verwirrt. Jackson zeigte ihm seine Dienstmarke.

„Wir müssen mit Ihnen reden, Pater", erklärte er.

Pater Michael riss die Augen auf, trat jedoch einen Schritt zurück und ließ sie hinein. Als er die Tür schloss, musterte er Shaye. „Sie sind die Privatdetektivin, mit der ich am Sonntag gesprochen habe."

Shaye nickte.

„Bitte entschuldigen Sie das Chaos", sagte er und deutete auf die Papiere und Bücher auf Couch und Couchtisch. „Ich hab vor dem Schlafengehen noch etwas recherchiert. Wir können uns in die Küche setzen, wenn Sie möchten. Die Stühle dort sind jedenfalls frei."

Sie gingen hinüber in die kleine Küche und setzten sich an den winzigen Tisch. Pater Michael schob Akten und Bücher zur Seite und blickte sie an. „Kann ich Ihnen einen Kaffee anbieten?"

„Nein, danke", erwiderte Jackson. „Wir befinden uns in einer zeitkritischen Situation."

„Okay", sagte der Pater und sah vom einen zum anderen. „Wie kann ich Ihnen helfen?"

„Kennen Sie Bobby Fuller?", begann Jackson.

„Bobby? Ja. Er repariert die Außenmauer."

„Wie gut kennen Sie ihn?", hakte Jackson nach.

„Nicht besonders gut. Er arbeitet seit mehreren Monaten hier, aber er redet nicht viel und ich bin tagsüber häufig nicht da. Vor Einbruch der Dunkelheit bin ich oft auf der Straße unterwegs."

„Hat er auf Sie einen gewalttätigen Eindruck gemacht?", fragte Jackson.

„Was? Nein!"

Jackson blickte den Priester forschend an. „Dann würde es Sie also überraschen, zu hören, dass er heute Abend versucht hat, einen Teenager umzubringen? Einen der Jungs, die unten bei den Docks Skateboard fahren. Ich glaube, Sie wissen, was ich meine."

Pater Michael sah ungläubig zwischen ihnen hin und her, als ob er auf die Pointe wartete. Als keine kam, fasste er sich. „Geht es dem Jungen gut? Wurde er verletzt?"

„Er ist ziemlich durcheinander, aber nicht verwundet", antwortete Jackson.

„Wenn das stimmt, was Sie da sagen", begann Pater Michael, „dann ist das in höchstem Maße verstörend. Sind Sie sicher, dass es sich um Bobby handelt? Hat ihn der Junge vielleicht verwechselt?"

„Der Junge hat ihn nicht identifiziert. Das war die Polizei. Bobby liegt auf einer Bahre in der Rechtsmedizin. Ein guter Samariter hat den Überfall gesehen und ihm eine Kugel in die Brust gejagt."

Pater Michael wurde blass. „Eine Kugel ..." Er bekreuzigte sich. „Der arme Mann."

„Welcher?", wollte Jackson wissen.

„Der gute Samariter natürlich. Wenn Bobby einen Jugendlichen angegriffen hat, dann hat er dem Mann keine Wahl gelassen. Ich werde für seine Seele beten, aber mein Mitgefühl gehört dem Mann, der ihn erschossen hat, und dem überfallenen Jungen."

Jackson neigte den Kopf und musterte Pater Michael eindringlich. Shaye hatte ihn während des gesamten Gesprächs genau beobachtet und empfand seine Antworten bisher als glaubwürdig, allerdings war es auch schon mehr als einem gestörten Menschen gelungen, sich unter dem Deckmantel der Kirche zu verstecken.

„Pater Michael", begann Jackson, „ich hab ein großes Problem. Und zwar, dass jemand Jugendliche entführt und ich nicht glaube, dass Mr Fuller allein gearbeitet hat. Ich glaube, er hatte einen Komplizen oder hat für jemand anderen gearbeitet. Jemanden, der die entführten Jugendlichen kannte."

Pater Michael starrte ihn an. „Und Sie denken, dass ich derjenige bin? Geht es hier darum? Wollen Sie mich beschuldigen, diesen Kindern etwas anzutun?"

„Wäre das so weit hergeholt?", hielt Jackson dagegen. „Jinx, Joker, Peter Carlin, Bradley Thompson ... das sind alles vermisste oder tote Kinder. Und wissen Sie, was der einzige gemeinsame Nenner in ihrem Leben ist?"

„Oh nein." Pater Michael fuhr sich durch die Haare. „Sie irren sich. Ich schwöre es Ihnen. Ich kann das erklären, aber Sie müssen mir versprechen, es an niemanden weiterzugeben."

„Ich kann Ihnen gar nichts versprechen", sagte Jackson. „Es handelt sich hier um eine Mordermittlung."

„Natürlich. Gut. Ich verstehe. Ich wünschte nur ... so sollte das eigentlich nicht laufen."

„Erzählen Sie mir einfach, was Sie wissen", forderte Jackson ihn auf.

„Ja. Ich kenne oder kannte alle diese Kinder, die Sie genannt haben, aber ich wurde hierhergeschickt, um die Kinder zu beschützen. Nicht, um ihnen wehzutun."

„Ich kann Ihnen nicht folgen."

„Der Erzbischof macht sich Sorgen um den Ruf der Kirche. Sie wissen schon, wegen all der Dinge, die passiert sind."

„Sie meinen Dinge wie den Schutz von Pädophilen?", hakte Jackson nach.

Pater Michael runzelte die Stirn. „Ja, das ist einer der Hauptgründe. Ich kenne den Erzbischof seit meiner Kindheit. Er ist ein Jugendfreund meines Vaters, der wiederum Polizist ist. Er hat mich gebeten, mich in verschiedene Kirchen versetzen zu lassen und dort dafür zu sorgen, dass nichts Unrechtes geschieht."

Überrascht sah Shaye ihn an. „Sie haben die Priester ausspioniert?"

Pater Michael zuckte zusammen. „Wenn Sie es so ausdrücken, klingt es schrecklich. Ich sehe es lieber so, dass ich die Schwachen beschütze und den Ruf und Zweck der Kirche bewahre."

„Egal, wie Sie es bezeichnen wollen", warf Jackson ein, „wir sollen Ihnen also glauben, dass der Erzbischof Sie in all diese Kirchen geschickt hat, damit Sie ihm berichten können, wer Dreck am Stecken hat?"

Pater Michael nickte. „Er hat mich in die Gemeinden gesandt, über die ihm Gerüchte zu Ohren gekommen waren."

„Auch über diese hier?", vergewisserte sich Shaye. „Ist Bradley Thompson das jüngste Opfer?"

„Möglicherweise", gab Pater Michael zu. „Ich habe den Erzbischof heute Abend angerufen und ihm meinen Verdacht mitgeteilt."

„Und wie geht es jetzt weiter?", fragte Jackson.

„Der Erzbischof kommt her und führt ein Gespräch mit dem Verdächtigen. Wenn er das Gefühl hat, dass der Betreffende schuldig ist, wird er ihn auffordern, die Kirche aus eigenem Antrieb zu verlassen, und bei der örtlichen Polizei um die Aufnahme von Ermittlungen bitten."

„Wie haben Sie es geschafft, Ihre Aufgabe vor der gesamten Diözese zu verheimlichen?", wollte Shaye wissen.

„Ich nehme an, da meine Versetzung immer unmittelbar nach einer Polizeiermittlung erfolgt, werden die meisten vermuten, dass etwas vertuscht werden soll."

„Sie halten Sie für den Täter", fasste Shaye zusammen. „Und das stört Sie nicht?"

„Natürlich macht mir das was aus, aber es ist ein geringer Preis, wenn ich dafür auch nur ein Kind vor Missbrauch retten kann. Mein Vater hat bei seiner Arbeit so viel davon gesehen … Er hat immer geglaubt, ich merke das nicht, aber ich hab manches belauscht und manchmal hab ich ihn beim Weinen ertappt. Der Wunsch des Erzbischofs ist mir als Ruf Gottes erschienen."

„Das ist ja alles sehr interessant", gab Jackson zu bedenken, „aber können Sie das auch beweisen? Sicher verstehen Sie, dass ich nicht einfach nur Ihrem Wort glauben kann."

„Natürlich." Pater Michael nahm ein Stück Papier und einen Stift vom Tisch und schrieb eine Nummer darauf. „Das ist die private Handynummer des Erzbischofs. Angesichts der Situation wird er Ihnen sicher bestätigen, was ich Ihnen erzählt habe."

„Können Sie uns noch irgendwas über Bobby Fuller sagen?", fragte Shaye. „Über seine Familie oder seine Freunde? Hatte er womöglich eine Angelhütte irgendwo? Irgendwas, das uns dabei helfen kann, die verschwundenen Kinder zu finden, ehe es zu spät ist?"

„Er hatte einen Neffen, der einmal vorbeigekommen ist und ihm Mittagessen gebracht hat. Ich hab ihn nur aus der Ferne gesehen, aber Statur und Bewegung passten zu einem jungen Mann, eventuell sogar einem Teenager."

„Hatte er ein Auto?", erkundigte sich Shaye.

„Ich hab keins bemerkt. Ich war gerade auf dem Heimweg, als ich ihn mit Bobby reden sah. Er stand mit dem Rücken zu mir und ist dann um die Ecke verschwunden. Vielleicht parkte sein Auto dort."

„Wie kommen Sie darauf, dass es Bobbys Neffe war?", wollte Shaye wissen.

„Das hat mir Bobby erzählt. Er saß mit seinem Essen auf der Veranda. Ich hab eine Bemerkung über das Aroma des Barbecuefleisches gemacht und er hat gesagt, sein Neffe hätte es vorbeigebracht."

„Das war's?", vergewisserte sich Shaye. „Weiter fällt Ihnen nichts ein?"

Pater Michael schüttelte mit offensichtlicher Bestürzung den Kopf. „Das war das längste Gespräch, das wir je miteinander geführt haben. Wie ich schon sagte, er hat nicht viel geredet. Vermutlich kennen wir jetzt den Grund dafür."

„Wenn Sie auf der Straße unterwegs waren", fragte Shaye, „ist Ihnen da irgendjemand aufgefallen? Der vielleicht die Jungs beobachtet oder in der Nähe gearbeitet hat? Jemand, der Ihnen zu denken gegeben hat?"

„Nein. Es tut mir leid. Ich wünschte, ich könnte Ihnen weiterhelfen. Das Mädchen, Jinx, wird sie immer noch vermisst?"

Shaye nickte.

„Sie war ein freundlicher Mensch", erinnerte sich Pater Michael. „Taff an der Oberfläche, aber noch nicht vom Leben abgestumpft. Ich hatte gehofft, für sie eine Alternative zu finden, die sie annehmen würde. Ich werde für die Jugendlichen beten, und auch für Sie."

Jackson steckte die Nummer des Erzbischofs ein und stand auf. „Vielen Dank für Ihre Zeit, Pater." Er reichte dem Priester eine Visitenkarte. „Rufen Sie mich an, falls Ihnen noch etwas einfällt. Egal, was es ist."

Sie verließen die Wohnung und bestiegen Jacksons Auto. „Glauben Sie ihm?", fragte Shaye.

„Ja, leider. Was uns wieder an den Anfang zurückwirft."

„Vielleicht", stimmte sie zu und runzelte die Stirn. „Der junge Neffe, den Pater Michael erwähnt hat … das könnte Rick Rivette sein. Er ist ein Teenager, und wir wissen, dass Johnny am Baugewerbe interessiert ist. Und ich bin mir sicher, dass Rick gelogen hat, was Jinx betrifft. Er kannte sie, und er hatte ihr Skateboard."

„Auch wenn es so ist, für Ermittlungen gegen Johnny Rivette reicht es nicht aus. Und selbst wenn wir wie durch ein Wunder einen Durchsuchungsbeschluss bekämen, wäre er nicht so dumm, die Kinder in seinem Haus versteckt zu halten. Niemand weiß, wie viele Grundstücke ihm gehören. Es würde Wochen dauern, das herauszufinden."

„Und so viel Zeit bleibt uns nicht."

Shayes Handy vibrierte.

Es war nicht derselbe Mann.

„Das ist von Hustle", verkündete sie und gab die Nachricht weiter.

„Was bedeutet das?"

„Ich glaube, er will damit sagen, dass er von zwei verschiedenen Männern überfallen wurde."

„Sie trugen beide eine Maske. Woher will er das wissen?"

Das Handy vibrierte erneut.

Der erste Mann hat die Spritze in der linken Hand gehalten.

Bei der nächsten Nachricht wurde Shaye von Panik erfasst.

Ich geh was überprüfen. Nicht böse sein.

Shaye zeigte Jackson die Nachrichten und schrieb dann zurück:

Wo bist du? Tu nichts ohne Verstärkung.

Sie drückte auf Senden und starrte schweigend aufs Handy. Inbrünstig wünschte sie sich eine Antwort, doch die Nachricht war zwar empfangen, aber nicht gelesen worden.

„Wir müssen ihn finden."

Jackson schüttelte den Kopf. „Wir wissen ja nicht mal, wo wir mit der Suche anfangen sollen."

Shaye zwang sich, ihre rasenden Gedanken zu beruhigen und zu überlegen. Es war möglich, dass Hustle jemanden überprüfen wollte, mit dem sie Kontakt gehabt hatte. Ein Linkshänder. Sie dachte an ihren Besuch bei Johnny Rivette zurück. Er hatte seinem Neffen die Kopfnuss mit der rechten Hand verpasst, aber Rick hatte auch rechts von ihm gestanden. Sie erinnerte sich an den Moment, als sie ihm ihr Handy über den Schreibtisch zugeschoben hatte, und war sich ziemlich sicher, dass er es mit der rechten Hand genommen hatte.

Und dann fiel es ihr ein – der Mann, der ein Schloss mit dem Schlüssel in der linken Hand geöffnet hatte.

Sie drehte sich zu Jackson um. „Wir müssen John Clancy finden."

Kapitel 20

Hustle spähte um die Ecke und sah über die Straße hinweg zu John Clancys Büro. Es war dunkel, und das Schloss hing davor, aber das musste nicht bedeuten, dass niemand hier war. Falls Clancy der Mann war, der ihn angegriffen und Jinx und Scratch entführt hatte, dann wusste er besser als viele andere, wie man sich versteckte.

Er ging anderthalb Blocks weit zurück, überquerte die Straße in der Mitte, wo der Schein der Laternen von beiden Seiten nicht hinreichte, und arbeitete sich dann seitlich am Gebäude bis zum Büro vor. Das Schloss bekäme er auf, aber über dem Eingang brannte eine Lampe. Jeder auf der Straße würde sehen können, was er da tat, selbst aus einiger Entfernung.

Als sie zum letzten Mal hier gewesen waren, war ihm ein Fenster an der Seitenwand hinter Clancys Schreibtisch aufgefallen. Wenn er das öffnen könnte, böte es die perfekte Gelegenheit, ungesehen ins Innere zu gelangen. Die Seite des Gebäudes lag im Dunkeln, und falls er ein Auto kommen hörte, könnte sich Hustle schnell weiter unten auf der Straße verstecken.

Er schlich bis zum Fenster und presste sich dagegen. Wie erwartet öffnete es sich nicht, also zog er das lange Metallstück heraus, das er sich unterwegs von der Baustelle geholt hatte, und steckte es unter den Rahmen, dann drückte er es nach unten und stemmte sich mit seinem ganzen Körpergewicht dagegen. Einen Moment lang hing er in der Luft, dann hörte er ein Knacken, mit dem der alte Riegel nachgab, und das Fenster bewegte sich einen Zentimeter weit nach oben.

Er schob das Fenster hoch, spähte hinein und zog sich dann am Sims durch die Öffnung ins Innere. Sofort schloss er das Fenster hinter sich und holte sein Handy heraus, um es als Lichtquelle zu benutzen. Er begann seine Suche am Schreibtisch. Vielleicht fand er ja gar nichts, aber falls Clancy etwas zu verstecken hatte, würde er es wohl nicht bei sich zu Hause aufbewahren, weil die Polizei da zuerst suchen würde. Möglicherweise stieß er wenigstens auf eine Liste von anderen Projekten, an denen Clancy arbeiten sollte – Gebäude, die noch nicht abgerissen waren und die ihm als Verstecke für die Jugendlichen dienen könnten.

Er blätterte das Notizbuch aus der ersten Schublade durch, aber es enthielt nur Abrechnungen, und nichts davon deutete auf eine andere Baustelle oder andere Adressen hin. In den anderen Schubladen entdeckte er lediglich Büromaterial und Kaffeetassen. Er ging hinüber zum Aktenschrank und knackte das Schloss. In den ersten drei Schubladen fand er Akten über die Baustelle – Lohninformationen der Arbeiter, Anweisungen und Unterlagen von der Stadt.

Im untersten Schubfach befanden sich einige Maschinenteile und darunter ein verschlossenes Metallkästchen. Vermutlich verwahrte Clancy darin Bargeld. Hustle zog es heraus und knackte das Schloss. Als er den Deckel öffnete, blieb ihm der Mund offen stehen.

Es war die Maske.

„Du machst es mir zu einfach." Das Licht wurde eingeschaltet und John Clancy trat durch eine Tür, die zum hinteren Teil des Gebäudes führte. In der Hand hielt er eine Pistole. „Ich dachte, nach zwei versauten Versuchen bekäme ich ganz sicher keine neue Gelegenheit. Obwohl es egal ist. Morgen um diese Zeit liege ich schon weit von New Orleans entfernt in der Sonne. Aber da ich mein Geschäft deinetwegen vorzeitig aufgeben musste, ist es schön, dass ich jetzt auch noch den letzten losen Faden abreißen kann."

„Sie haben meine Freunde getötet", warf Hustle ihm vor. „Soll ich das einfach ignorieren?"

„Ich hab deine Freunde nicht umgebracht. Ich hab sie verkauft. Normalerweise erfahre ich nicht, was aus ihnen wird, es sei denn, ein Käufer baut Mist. Und es ist mir auch egal. Ich liefere nur die Ware."

Hustle starrte ihn an. Er hatte gesehen, wie der Exfreund seiner Mutter ihr schreckliche Dinge antat, und noch Schlimmeres auf der Straße, aber dieser Mann übertraf alles, was er bisher erlebt hatte. „Sie sind ein Monster", sagte er.

Clancy zuckte mit den Schultern. „Manche sehen das vielleicht so. Ich selbst betrachte mich als Geschäftsmann. Ich hab eine Nachfrage erkannt und ein Angebot bereitgestellt. Und weil das Geschäft unter der Hand lief, konnte weder das Finanzamt noch der Staat, die Stadt oder dieser Scheißkerl Johnny Rivette den Großteil meines Gewinns kassieren, bis kaum noch etwas für mich übrig blieb."

„Wo ist Jinx?"

„Vermutlich tot. Oder möglicherweise auch nicht. Sie sah nicht übel aus."

„Sie Scheißkerl!" Hustle wusste, dass er gegen die Waffe keine Chance hatte, aber es war auch egal, weil Clancy ihn sowieso umbringen würde. Er stürzte sich auf ihn.

Clancy schoss, und Hustle spürte, wie die Kugel ihn seitlich traf. Er erwischte den Mann an der Hüfte und sie stürzten beide rückwärts über einen Haufen Kisten. Clancy schaffte es, die Waffe festzuhalten, und hob den Arm, um noch mal zu schießen. Hustle saß rittlings auf ihm und drückte seine Hand weg, damit es ihm nicht gelang, aber das würde er nicht mehr lange durchhalten.

Clancy nahm die rechte Hand von der Waffe und schlug Hustle seitlich gegen den Kopf. Vor Schmerz lockerte Hustle seinen Griff, worauf Clancy ihm seinen Arm entreißen konnte und sich nach hinten schob. Dann richtete er die Waffe auf ihn.

Hustle wurde schwarz vor Augen. „Es tut mir leid, Jinx", flüsterte er.

Jackson beendete den Anruf und wandte sich an Shaye. „Zu Hause ist Clancy nicht."

Sobald Shaye die Verbindung zu dem Mann hergestellt hatte, hatte Jackson Verstärkung angefordert. Ein Streifenwagen hatte sich nur einen Block von Clancys Wohnung entfernt befunden und dort nachgesehen. Niemand hatte aufgemacht, also hatten sie den Hausverwalter aus dem Bett geholt und sich die Tür öffnen lassen. Clancy war nicht da, und die vielen leeren Schubladen ließen darauf schließen, dass er eilig gepackt hatte.

„Er will fliehen", sagte Shaye.

„Wir finden ihn. Wenigstens hat Hustle ihn nicht vor uns aufgespürt."

Shaye zwang sich, ihren Frust zu bekämpfen, aber allmählich verlor sie diesen Kampf. Konnten sie Clancy erwischen? Er hatte einen Vorsprung und hatte seine Flucht vermutlich über einen langen Zeitraum geplant. Schließlich wusste er, dass er mit seinen Aktivitäten nicht langfristig durchkommen würde. Dann schoss ihr ein Gedanke durch den Kopf und sie packte Jackson am Ärmel.

„Hustle wäre nicht zu Clancys Haus gegangen. Sondern zu seinem Büro."

„Wo?" Jackson ließ den Motor an und fuhr mit quietschenden Reifen los.

Shaye beschrieb ihm den Weg, während er über Funk Verstärkung zur Baustelle schickte. Sie fluchte innerlich, dass ihr das nicht früher eingefallen war. Natürlich wäre ein normaler Mensch um diese Uhrzeit zu Hause im Bett gewesen, aber vieles deutete darauf hin, dass Clancy alles andere als normal war. Und Hustle war ein Kind, kein erfahrener Ermittler. Er wäre zu dem Ort gegangen, mit dem er Clancy in Verbindung brachte.

Clancy hatte Shaye an der Nase herumgeführt, und das ärgerte sie.

„Niemand hat mir gesagt, dass man in diesem Job so vielen Psychopathen begegnet", beschwerte sie sich.

„Das ist das Kleingedruckte, das gerne mal verheimlicht wird", gab Jackson zurück. „Wenn Sie auch weiterhin solche Fälle übernehmen wollen, werden Sie sich dran gewöhnen müssen."

„Hier müssen Sie abbiegen", sagte sie. „Es ist am Ende des Blocks auf der linken Seite."

„Das Licht ist an", erkannte Jackson. Er parkte einen halben Block entfernt und sprang mit gezogener Waffe aus dem Wagen. Shaye holte ihre Neunmillimeter heraus und folgte ihm. Sie hatten schon die halbe Strecke zum Gebäude zurückgelegt, als ein Schuss durch die Nacht drang.

Jackson sprintete los, dicht gefolgt von Shaye. Als sie die Tür erreichten, hörten sie die Kampfgeräusche aus dem Inneren.

„Bleib hinter mir!", rief Jackson und warf sich gegen die Tür.

Die Tür gab nach und Jackson fiel nach vorn. Shaye betrat den Raum gerade in dem Moment, als Jackson seine Waffe hob und auf Clancy schoss, dessen Pistole auf Hustle zeigte. Die Kugel traf Clancy am Hals, und er ließ die Waffe fallen und schlug beide Hände auf die Wunde. Hustle stürzte sich auf ihn.

„Sagen Sie mir, wo sie ist!", brüllte er. „Sagen Sie es mir!"

Clancy riss die Augen auf und öffnete den Mund, aber außer einem Gurgeln kam nichts heraus. Blut sprudelte ihm zwischen den Lippen hervor und sein Körper wurde schlaff.

„Nein!" Hustle schüttelte den Toten. „Sie müssen es mir sagen!"

Shaye zog ihn sanft am Arm. „Er ist tot."

Der Teenager war einige Sekunden lang wie erstarrt, dann

sackten seine Schultern nach vorn und er begann zu weinen. „Er hat gesagt, er hat sie verkauft. Wie einen verdammten Hund. Er hat sie verkauft und jetzt werden wir nie erfahren, an wen."

Shaye gefror das Blut in den Adern. Von allen Möglichkeiten war ihr diese nie in den Sinn gekommen. Sie beugte sich hinab, um Hustle zu trösten. Dabei sah sie Blut aus seiner Seite sickern.

„Hustle, du blutest ja. Hat er dich getroffen?"

„Ist doch egal", wehrte Hustle ab.

„Ist nicht egal", widersprach sie. „Lass mich mal nachschauen."

Jackson, der mit der Polizei telefoniert hatte, trat zu ihnen. „Ein Rettungswagen ist unterwegs. Zeig uns deine Wunde, okay?"

Hustle stand auf, um sein T-Shirt hochzuziehen, zuckte jedoch zusammen. Shaye hob sanft den Stoff an.

„Eine Fleischwunde", stellte Jackson fest. „Du hattest Glück."

„So fühle ich mich momentan aber nicht. Ich hab Jinx nicht gefunden."

„Wir müssen das Büro durchsuchen", sagte Shaye.

„Hab ich schon", erklärte Hustle. „Im Aktenschrank ganz unten lag die Maske, in einem abgeschlossenen Metallkästchen."

„Wo ist es?", fragte Shaye.

„Ich hab es fallen lassen, als ich ihn gepackt habe", erwiderte Hustle. „Es muss irgendwo da drüben sein."

Jackson blickte suchend über den Boden und kniete sich

schließlich hin, um unter den Schreibtisch zu schauen. „Ich hab es."

Mit dem Kästchen in der Hand stand er auf und zeigte es Shaye.

Sie betrachtete die lila-weiße Maske und konnte ein Schaudern nicht unterdrücken. Als sie sich vorbeugte, entdeckte sie etwas darunter. „Unter der Maske liegt etwas."

Jackson nahm einen Bleistift vom Schreibtisch, steckte ihn in die Aussparung für die Augen und hob die Maske so aus dem Kästchen. Er legte sie auf dem Schreibtisch ab. Darunter kam ein Zettel zum Vorschein.

„Das sind Telefonnummern", stellte Jackson fest. „Fünf Stück."

„Du musst den Detectives Grayson und Elliot Bescheid geben", sagte Shaye. „Einer von denen auf dem Zettel hat vielleicht für Peter Carlin bezahlt."

„Ich rufe gleich an und lass die Nummern zurückverfolgen." Jackson nahm sein Handy heraus. Während er telefonierte, kamen die Sanitäter, und Shaye half ihnen mit Hustle, der nicht besonders kooperativ war. Er bestand darauf, selbst zum Rettungswagen zu laufen. Die Sanitäter reinigten seine Wunde und verbanden sie.

„Sieht nicht tief aus", erklärte einer von ihnen, „aber er sollte sich trotzdem röntgen lassen, und er braucht ein Rezept für Antibiotika, damit sich die Wunde nicht entzündet. Möchten Sie ihn selbst ins Krankenhaus fahren oder sollen wir ihn mitnehmen?"

Shaye sah hinüber zu dem Gebäude, aus dem Jackson gerade gerannt kam.

„Hast du Grayson und Elliot erreicht?", fragte sie.

„Ja. Grayson ist eine halbe Stunde von New Orleans entfernt und hat mir aufgetragen, jeder Spur nachzugehen, die ich finde. Elliot fährt mit seinen Männern zu Clancys Wohnung, um zu sehen, ob sie Unterlagen von anderen Baustellen entdecken, auf denen die Kinder vielleicht gefangen gehalten werden, oder Hinweise, wo man sie eventuell hingebracht hat."

Shaye bemerkte, dass auch Jackson es nicht über sich brachte, das Wort „verkauft" in den Mund zu nehmen. „Und was geschieht jetzt hier?", wollte sie wissen.

Er deutete auf das Auto, das gerade hinter dem Rettungswagen hielt. „Diese Einheit sichert den Tatort und hält Ausschau nach Beweisen. Auf dem Revier suchen sie bereits nach weiteren Baugenehmigungen."

„Und was ist mit den Telefonnummern?"

„Vier von denen gehören zu Wegwerfhandys, aber die letzte ist auf einen gewissen Emmanuel Abshire registriert. Er ist seit fünf Jahren tot, aber seine Söhne Jacob und Moses haben seine Farm geerbt. Und jetzt halt dich fest – sie liegt mitten im Maurepas-Wildpark."

„Wo Scratch gefunden wurde?", fragte Shaye.

Jackson nickte. „Und ich dachte gerade – der Lake Maurepas fließt in den Lake Pontchartrain. Das würde auch bei Joker passen."

„Warum stehen wir dann noch hier rum?", drängte Hustle und wollte schon von der Trage aufstehen.

Shaye legte ihm die Hände auf die Schultern. „Du fährst ins Krankenhaus. Wenn Jackson dir Handschellen anlegen muss, wird er das tun."

Hustle wollte schon protestieren, aber da zog Jackson seine Handschellen hervor. Da er wusste, dass er geschlagen war, seufzte Hustle. „Versprechen Sie mir, dass Sie sie finden werden."

„Ich verspreche es", sagte Shaye, obwohl sie fürchtete, dass sie womöglich mit einem Leichensack zurückkommen würde.

„Und dass sie diese Schweine dafür büßen lassen."

Sie nickte. Dieses Versprechen konnte sie definitiv halten.

Jinx rannte durch den Sumpf, so schnell es das dämmrige Licht zuließ. Sie hielt sich dicht am Ufer, aber nicht direkt am Wasser. Ganz sicher war ihr Alligatorfreund nicht der Einzige seiner Art hier draußen. Ab und zu blickte sie kurz nach hinten, um zu sehen, ob Spider ihr noch folgte. Jedes Mal war der Abstand zwischen ihnen ein bisschen größer geworden, obwohl sie das Tempo nicht erhöht hatte. Im Gegenteil, da das Mondlicht immer schwächer wurde und ihre einzige Lichtquelle war, wurde sie sogar langsamer.

Sie blieb stehen und wartete, bis Spider sie eingeholt hatte. „Geht's noch?", fragte sie. Seit einer Stunde waren sie bereits zu Fuß unterwegs, aber Jinx hatte nicht das Gefühl, als wären sie sehr weit gekommen. Sie wusste, dass Spider sie aufhielt, aber daran war nichts zu ändern.

„Müde." Sein Atem kam stoßweise. „Mir wird schwindlig."

Sie warf einen Blick auf seine Schulter und sah frisches

Blut unter der Rettungsweste hervorquellen, die er auf die Wunde gepresst hielt. Er blutete viel zu stark. Bald würde er das Bewusstsein verlieren. Sie rieb sich übers Gesicht und suchte nach einem Plan B.

Da hörten sie, wie ein Bootsmotor angelassen wurde, und ihr Puls schoss in die Höhe. Entsetzt sah Spider zum Bayou und dann zurück zu ihr.

„Sie kommen", sagte er. „Sie werden uns finden."

Sie erkannte seine aufsteigende Panik und packte ihn an seiner gesunden Schulter. „Sie werden uns nicht finden. Ich hab das Boot in der Mitte des Bayous versenkt, damit sie nicht wissen, wo wir ans Ufer gegangen sind. Und wenn die Hunde unsere Spur nicht wittern können, können sie uns auch nicht verfolgen."

„Und? Wir wissen doch gar nicht, wo wir hinlaufen. Sie haben ein Boot und Waffen und kennen sich hier bestimmt aus. Bis zum nächsten Haus kann es meilenweit sein. Ich schaffe es nicht so weit, und das weißt du auch."

Der Bootsmotor wurde lauter und Scheinwerfer brachen durch den Sumpf hinter ihnen. Jinx zog Spider am Arm und zwang ihn, sich hinter einen Busch zu kauern. Sie spähte zwischen den Zweigen hindurch und beobachtete, wie das Boot langsam an ihnen vorbeifuhr und das Ufer vor ihrem Versteck abgeleuchtet wurde. Sie wartete, bis das Boot um eine Biegung im Bayou verschwunden war, ehe sie sich wieder aufrichtete.

„Es ist hoffnungslos", sagte Spider. „Wir werden hier sterben. Die Idee war gut, und du hast dein Bestes gegeben, aber wir hatten nie eine echte Chance."

„So darfst du nicht denken! Es gibt immer eine Möglichkeit."

„Willst du mich auf dem Rücken hier raustragen? Wie viele Meilen weit hältst du das durch? Vermutlich nicht mal eine."

„Warte hier", bat sie und kroch zum Ufer. Baumwurzeln bildeten dort eine Art Einfassung neben einer flachen Stelle mit Gras, die ins Wasser führte. Sie zog ein Büschel Gras heraus und steckte es zwischen die Wurzeln. Das sah nicht gerade natürlich gewachsen aus, würde aber außer ihr niemandem auffallen.

Sie machte Spider ein Zeichen. „Komm mit mir."

„Wo gehen wir hin?"

„Wir suchen dir ein Versteck, und dann gehe ich los und hole uns Hilfe."

„Nein! Du kannst mich hier nicht zurücklassen!"

„Mir bleibt keine Wahl. Entweder du wartest hier oder wir sterben gemeinsam. Es ist unsere einzige Chance. Und jetzt los, solange du dich noch bewegen kannst."

Sie ging an ihm vorbei und geradewegs in den Sumpf hinein, weg vom Bayou. Sie mussten einen Platz finden, wo er vom Ufer aus nicht gesehen werden konnte. Das Donnergrollen über ihnen wurde lauter und in der Ferne zuckte ein Blitz. Er brauchte ein Versteck, das Schutz vor dem aufziehenden Sturm bot; ansonsten würde er ertrinken, wenn er das Bewusstsein verlor.

Etwa zehn Meter entfernt fand sie ein paar umgestürzte Zypressen, wahrscheinlich das Werk eines Tornados. Die Stämme waren mit dickem Moos bedeckt und bildeten somit eine natürliche Wand. Sie überredete Spider, sich darunter zu verstecken, und zog dann ein wenig Moos davor, sodass er völlig vor Blicken geschützt war.

Dann ließ sie sich neben ihn fallen und sah ihm in die Augen. „Ich komme zurück und hole dich", versprach sie.

„Ich glaube dir."

Jinx nickte und ging zurück in den Sumpf. Spiders Worte und sein Tonfall hatten zwar optimistisch geklungen, aber in seinen Augen hatte sie gelesen, dass er ihr nicht zutraute, dass sie es schaffen würde.

Sie war wild entschlossen, ihm das Gegenteil zu beweisen.

Kriechend näherte sie sich dem Wasser. Vielleicht konnte sie erkennen, wo sich die Männer aufhielten. Das Brummen des Motors trug über den Bayou, aber es klang weit entfernt. Vermutlich waren sie weiter flussabwärts gefahren, doch irgendwann würden sie umkehren.

Oder sie sitzen dort unten und warten auf dich.

Sie machte ein paar Schritte vom Ufer weg und eilte durch den Sumpf, das Wasser immer in Sichtweite. Sie wusste, was auf dem Spiel stand. Sinnlos, darüber nachzudenken. Wenn sie irgendwo auf Häuser stieß, würde sie erst tiefer in den Sumpf gehen und sich in einem Bogen heranpirschen. Hoffentlich würde sie die Hunde sehen, bevor die sie riechen konnten. Wenn die Hunde sie erwischten, war es vorbei.

Sie schaffte eine Viertelstunde in straffem Tempo, bevor der Sturm losbrach. Blitze durchzuckten den Nachthimmel und reichten bis in den Sumpf herab. Ein Donnergrollen und das nächste schienen nahtlos ineinander überzugehen, sodass sie überhaupt nichts anderes mehr hören konnte.

Der Wind wehte so kräftig, dass sich der trommelnde Regen wie Nadelstiche auf ihrer Haut anfühlte.

Sie schlang sich die Arme um den Körper, beugte sich ein wenig vor und lief mit gesenktem Kopf weiter. Eine Rast konnte sie sich nicht leisten. Wegen des Regens kam sie nur langsam voran und auch das Boot nahm sie nicht mehr wahr, aber das bedeutete gleichzeitig auch, dass die Männer sie weder sehen noch hören konnten. Am wichtigsten war jedoch, dass es dadurch für die Hunde schwieriger wurde, ihre Witterung aufzunehmen. Und Spiders vermutlich erst recht.

Direkt vor ihr leuchtete ein Licht auf, und sie ließ sich auf Hände und Knie fallen und kroch hinter einen Zypressenstamm. Der Strahl beleuchtete das Buschwerk, wo sie eben noch gestanden hatte, und ihr Herz klopfte wie wild, als sie beobachtete, wie er über ihr Versteck und weiter zum Ufer glitt, wo er im Sturm verschwand.

Sie hatte weder die Männer gehört noch das Licht vor ihr gesehen. Sie musste vorsichtiger sein, vielleicht ein wenig weiter weg vom Ufer gehen und ab und zu kehrtmachen und überprüfen, ob sie immer noch in der richtigen Richtung unterwegs war. Wenn der Lichtstrahl nur ein paar Meter weiter nach hinten gereicht hätte, hätte er sie genau erfasst.

Sie stand auf und spähte um den Baumstamm herum. Ein Blitz erhellte den Bayou, aber sie sah keine Spur von dem Boot. Sie folgte dem Wasser mit Blicken, so weit sie es vermochte, um die Flussrichtung zu bestimmen. Sie schien immer noch flussabwärts unterwegs zu sein. Jinx ging etwa sieben Meter tiefer in den Sumpf hinein, bog dann nach rechts ab und begann, parallel zum Bayou zu laufen. Zumindest hoffte sie das. Bei dem Sturm war es schwer zu sagen, ob sie wirklich geradeaus lief.

Nach zehn Minuten wollte sie umkehren und sich vergewissern, dass sie immer noch in Wassernähe war. Irgendwo musste der Bayou ja münden, und an einer solchen Stelle war meistens ein See oder eine Stadt. Auf jeden Fall wären dort Menschen. Und Menschen hatten in der Regel Handys.

Oder Waffen.

In diesem Moment hätte Jinx vermutlich ein Handy gegen eine Pistole eingetauscht. Sie und Spider kämen aus der Sache vielleicht lebend raus, aber die Männer hoffentlich nicht.

Kapitel 21

Jackson schaltete die Scheinwerfer aus und ließ den Wagen bis zur Baumgrenze um die Abshire-Farm rollen. Leise stiegen er und Shaye aus und schlichen sich bis zum Tor. Dort spähten sie über den verfaulten Holzzaun.

„Die Lichter sind an", berichtete Jackson, „aber ich sehe keine Bewegungen."

„Wann kommt unsere Verstärkung?", fragte Shaye.

„Das dauert mindestens noch eine Viertelstunde."

Shaye biss sich auf die Lippe. Die Zentrale hatte Jackson mitgeteilt, dass Reporter bei Clancys Büro aufgetaucht waren, als man gerade seine Leiche hinaustrug. Ein weiteres Nachrichtenteam war gleichzeitig mit den Rettungssanitätern im Krankenhaus eingetroffen und hatte einen Aufstand veranstaltet, als das medizinische Personal Hustle nach drinnen gebracht und die Reporter draußen stehen gelassen hatte. Irgendjemand hatte eine große Story gewittert, und bald würden Internet und Fernsehen voll davon sein.

Das hieß, falls Jinx noch lebte, schwebte sie jetzt in noch größerer Gefahr.

Der aufziehende Sturm bereitete Shaye zusätzliche Sorgen. Donner und Blitz waren nicht mehr weit entfernt. Innerhalb von wenigen Minuten würde das Gewitter sie erreicht haben und alles nur noch schwieriger machen.

„Hast du das gehört?" Jackson berührte ihren Arm.

„Ich höre den Donner."

Er schüttelte den Kopf. „Ich glaube, es war ein Gewehrschuss, aber ganz sicher bin ich mir nicht."

Shaye versteifte sich. „Im Haus?"

„Nein. Viel weiter entfernt."

„Könnte das vielleicht ein Feuerwerkskörper gewesen sein?", fragte Shaye. Die Kinder schossen noch tagelang nach dem Feiertag Feuerwerkskörper in die Luft, und der Sumpf wäre der perfekte Ort dafür.

Jackson nickte. „Möglich, aber ich glaube nicht, dass ich mich verhört habe. Ich warte nicht auf die Verstärkung. Ich überprüfe jetzt das Haus."

„Ich komme mit."

„Nein. Du bist keine Polizistin."

„Aber ich bin hier und ich hab eine Waffe."

Jackson musterte sie unentschlossen. Schließlich zog er sein Funkgerät heraus und gab an die Zentrale durch, dass er jetzt das Grundstück betreten und seine Funkkommunikation auf lautlos stellen würde.

Dann steckte er das Gerät zurück an seinen Gürtel und sah Shaye eindringlich an. „Folge mir und tu nichts, bis ich es dir sage." Er wollte gerade losgehen, drehte sich jedoch noch einmal um. „Und da all dies vermutlich an die Öffentlichkeit dringen wird, versprich mir, deiner Mutter zu sagen, dass ich wollte, dass du im Auto bleibst."

Mit diesen Worten wandte er sich um und schlich gebückt am Zaun entlang. Shaye folgte ihm lächelnd. Sie hoffte inständig, dass sie am nächsten Morgen in der Küche ihrer

Mutter sitzen, deren Klagen zuhören und dabei den Fernsehbericht über Jinx' Rettung sehen würde.

Als sie das Tor erreichten, kroch Jackson unter den Latten durch. Shaye folgte seinem Beispiel und sie huschten im Schutz der ungepflegten Hecke vorwärts, die die Einfahrt säumte. Kurz vor dem Haus hob Jackson die Hand. Shaye blieb stehen. Zentimeterweise pirschte er sich nach vorn und sah um die Büsche, dann bedeutete er ihr, ihm zu folgen. Er lief über den freien Platz zwischen den Büschen und dem Haus und drückte sich an die Wand neben der Veranda. Shaye tat es ihm nach.

Jackson deutete auf ein Fenster zu ihrer Linken und duckte sich an ihr vorbei, um hineinzuspähen. Dann ließ er sich wieder in die Hocke absinken, schüttelte den Kopf und glitt weiter bis zum nächsten Fenster, wo er den Vorgang wiederholte. Auch diesmal gab er ihr zu verstehen, dass er niemanden gesehen hatte. Er ging bis zum Ende der Hausseite und blickte um die Ecke, dann machte er Shaye ein Zeichen. Sie huschte zu ihm und erkannte, dass die Hintertür offen stand.

„Bleib hier und überwach die Tür", flüsterte er.

Er schlich um die Ecke und die Betonstufen zum Haus hoch. Shaye richtete ihre Pistole auf die Tür. Schweiß tropfte ihr von der Stirn in die Augen. Ihre Handflächen waren feucht, und obwohl sie es gern auf den aufziehenden Sturm geschoben hätte, wusste sie, dass es Angst war. Jackson hatte recht. Sie war für so was nicht ausgebildet, aber um keinen Preis wollte sie im Auto Däumchen drehen, während er ohne Verstärkung sein Leben riskierte. Und sie konnten nicht auf Verstärkung warten, wenn Jinx womöglich nur noch Minuten blieben.

Sie nahm eine Hand von der Waffe und wischte sich den Schweiß aus den Augen. Wie lange war er wohl schon drinnen? Es fühlte sich wie eine Ewigkeit an, dabei konnten es kaum ein paar Minuten gewesen sein. Sie holte tief Luft und stieß langsam den Atem aus, die Augen auf die Hintertür gerichtet. Schließlich hörte sie ein Geräusch aus dem Inneren, und Jackson eilte die Stufen hinab.

„Niemand drin", flüsterte er. „Auf dem Tisch stehen zwei benutzte Teller. Die Betten sind ungemacht. Kein Anzeichen von Jinx."

„Also sind sie aus dem Bett gestiegen und losgezogen?" Falls die Brüder genauso geflohen waren, wie John Clancy es vorgehabt hatte, hätten sie Jinx mitgenommen?

„Kann ich nicht sagen. Das ganze Haus ist ein Schweinestall. Ich glaub nicht, dass sie jemals ihr Bett machen. Vermutlich sieht es da immer so aus. Ihr Pick-up steht jedoch vor dem Haus, und die Zentrale sagt, dass nur dieses eine Fahrzeug auf sie zugelassen ist."

„Das muss nichts heißen. Auf einer alten Farm wie dieser hier gibt es bestimmt noch ein anderes, nicht registriertes Gefährt. Hätten sie Jinx mitgenommen? Wenn sie geflohen wären?"

„Ich weiß es nicht." Er deutete hinter das Haus. „Ich glaube, da ist noch ein Gebäude. Schauen wir dort mal nach."

Donner dröhnte, und ein Blitz durchzuckte den Himmel und tauchte das Haus und das Gelände in ein helles Licht.

Einschließlich Jackson und Shaye. Nach einem Blick zum Himmel eilte Jackson Shaye voran hinüber zur Scheune. Sie hatten schon die Hälfte der Strecke geschafft, als der Sturm losbrach. Shaye schlug einen Arm über den Kopf, um sich vor dem Prasselregen zu schützen. Der Wind zerrte so fest an ihr, dass sie nur noch langsam gehen konnte. Ein paar starke Böen machten sogar das fast unmöglich. Sie beugte sich vor und rannte auf das Gebäude zu. In dem starken Regen konnte sie Jackson nicht mehr erkennen, doch die Taschenlampen einzuschalten war zu riskant.

Hätte Jackson sie nicht geschnappt, wäre sie geradewegs in die Seitenwand der Scheune gelaufen. Schlitternd kam sie zum Stehen. Er deutete auf die Ecke und schlich sich seitlich an der Wand entlang dorthin. Shaye folgte ihm bis zu einem Eingang. Er hob seine Waffe und machte ihr ein Zeichen, dass sie das ebenfalls tun sollte. Dann öffnete er mit der linken Hand die Tür.

Auf einer Werkbank in Türnähe stand eine Gaslampe. Das Licht erhellte einen kleinen Teil des großen Gebäudes. Schnell lief Jackson hinein und suchte hinter einem Traktor Schutz. Shaye wartete ein paar Sekunden, und als nichts zu hören war, schlüpfte auch sie durch den Eingang und eilte zu ihm hinüber.

Er hielt sich die Finger an die Ohren und schüttelte den Kopf, um ihr zu bedeuten, dass er nichts hörte. Sie nickte, fragte sich allerdings, wie viel man bei dem tobenden Sturm wohl überhaupt hören konnte. Der Regen trommelte auf das Metalldach wie eine Gruppe Schlagzeuger.

Jackson ging um den Traktor herum bis zu den riesigen

Rädern. Dann kam er zu ihr zurück und beugte sich so weit vor, dass seine Lippen fast ihr Ohr berührten.

„Ich hole die Laterne und durchsuche die Scheune", flüsterte er. „Bleib hier und gib mir Deckung."

Sie nickte, und er rannte hinüber zur Werkbank und schnappte sich die Laterne. Shaye ging bis zum Traktorrad vor und beobachtete ihn. Als er den hinteren Teil der Scheune erreicht hatte, blieb die Laterne plötzlich stehen.

„Sieh dir das an!", rief er leise.

Shaye lief zu ihm hinüber. Als sie die Käfige erblickte, zog sie scharf den Atem ein. „Oh mein Gott." Sie schlug sich die Hand vor den Mund. „Warum baut denn jemand so was?"

„Ich hab da so eine Vorstellung, aber ich glaube, keinem von uns wird die Antwort gefallen."

„Sie sind leer", stellte Shaye fest. „Wir kommen zu spät."

Er bückte sich und nahm ein Schloss in die Hand. „Schau mal."

Shaye beugte sich vor und betrachtete das Schlüsselloch, aus dem ein dünnes Metallstück herausragte. Das konnte nur eins bedeuten.

„Sie hat das Schloss geknackt", sagte Shaye.

„Jemand. Wir wissen nicht genau, ob es Jinx war." Jackson griff ins Innere des Käfigs, holte eine Papiertüte heraus und roch daran. „In dem anderen Käfig war auch so eine. Riecht frisch."

„Sie waren zu zweit, und sie sind entkommen. Peter könnte bei ihr sein." Dann erinnerte sie sich an den Schuss, den Jackson gehört haben wollte, und an das leere Haus mit den ungemachten Betten und dem Auto in der Einfahrt.

Sie umklammerte Jacksons Arm. „Die Brüder jagen sie", sagte sie.

Jackson wirkte erschüttert. „Der Schuss kam aus dem Sumpf. Wir wissen nicht, woher genau, und in diesem Sturm können wir sie unmöglich finden."

„Wir können sie nicht einfach mit diesen bewaffneten Irren da draußen allein lassen."

Jackson fuhr sich durch die Haare und hob den Kopf. „Lass uns zurück zum Auto gehen und das GPS überprüfen. Ohne Ortskenntnis ist eine Suche sinnlos. Wenn wir jetzt blindlings in den Wald laufen, liefern wir vier Leute den Männern aus, die hier groß geworden sind und vermutlich mit verbundenen Augen zurechtkommen würden."

„Okay", stimmte Shaye zu und sie rannten durch den Sturm zurück zum Auto. Die Verzögerung gefiel ihr nicht, doch sie wusste, dass er recht hatte. Vielleicht könnten sie sich für eine Weile im Sumpf orientieren, aber im Grunde genommen hatten sie gegen die Abshire-Brüder nicht die geringste Chance.

Genauso wenig wie Jinx und ihr Begleiter, bei dem es sich womöglich auch noch um ein verängstigtes kleines Kind handelte.

Als sie das Auto erreichten, waren sie bis auf die Haut durchnässt. Gerade hielt ein Streifenwagen hinter ihnen, und Jackson deutete auf sein Auto. Die beiden Polizisten sprangen auf die Rückbank, und Jackson erläuterte die Situation. Er rief die Gegend auf dem Navi auf und alle betrachteten den kleinen Bildschirm.

„Der Bayou", sagte Shaye. „Wenn sie über die Straße geflohen wären, hätten wir sie gesehen."

„Es sei denn, sie haben sich versteckt, weil sie Sie für die Abshire-Brüder gehalten haben", warf einer der Polizisten ein.

„Ich glaub nicht, dass sie diesen Fluchtweg genommen haben", widersprach Jackson. „In der Küche standen zwei Näpfe mit Hundefutter. Wären sie am Haus vorbeigegangen, hätten die Hunde sie bemerkt. Ich tippe darauf, dass sie direkt hinter der Scheune in den Sumpf gelaufen sind. Von da kam auch der Schuss."

Shaye nickte. „Die Brüder haben vielleicht ein Boot im Bayou liegen. Und selbst wenn dort kein Boot ist, wenn die Kinder den Bayou erreicht haben, würden sie ihm folgen, bis sie auf Hilfe stoßen."

„Wenn sie so schlau sind", gab einer der Polizisten zu bedenken.

„Wir gehen davon aus, dass mindestens einer der Flüchtigen ein obdachloser Jugendlicher ist", erklärte Shaye. „Einer von ihnen hat es geschafft, zwei Schlösser mit einem Dietrich zu knacken, der aus winzigen Metallstücken zusammengebastelt war. Das ist ziemlich clever."

Die beiden Cops sahen sich an. Überzeugt waren sie nicht, aber das war Shaye egal, solange es sie nicht daran hinderte, aktiv zu werden.

Jackson deutete auf zwei Straßen auf der Landkarte, die aus unterschiedlichen Richtungen auf den Bayou zuliefen. In der Nähe standen ein paar Häuser. „Der Schuss, den ich gehört habe, kam aus südlicher Richtung. Jeder von uns sollte eine dieser Straßen übernehmen. Der Bayou fließt direkt an diesen Häusern vorbei. Wenn sie dem Wasser folgen, dann würden sie dort nach Hilfe suchen."

Die beiden Cops nickten. „Wir nehmen die Straße auf dieser Seite. Übernehmen Sie die andere."

Die Polizisten stiegen aus und gingen zu ihrem Streifenwagen. Jackson ließ den Motor an und wendete. Kies spritzte nach allen Seiten. „Im Handschuhfach liegen ein paar Papierhandtücher", sagte er.

Shaye zog sie heraus und reichte einige davon Jackson. Dann wischte sie sich über das Gesicht und die Haare, damit ihr nicht dauernd Wasser ins Gesicht tropfte. Der Sturm tobte immer noch und Jackson fuhr so schnell, wie es bei diesem Wolkenbruch möglich war.

„Wir müssten schon direkt vor ihnen stehen, damit wir sie überhaupt sehen können", gab Shaye zu bedenken.

Jackson nickte. „Ja, es ist ziemlich übel."

„Was meinst du, wie groß sind ihre Chancen?"

„Ganz ehrlich? Gering. Und wenn einer von beiden Peter Carlin ist, noch kleiner. Bei dem Sturm können die Brüder die Hunde nicht einsetzen, aber die Kinder sind trotzdem im Nachteil. Keine Ausrüstung, keine Ortskenntnis …"

„Und vermutlich wissen sie nicht mal, wo sie sich anfangs überhaupt befunden haben."

„Ja." Jackson blickte zu ihr herüber. „Wir tun alles, was wir können, um sie lebend zu finden, aber egal, was auch passiert, die Abshire-Brüder werden dafür büßen. Darauf kannst du dich verlassen."

###

Jinx bog nach rechts ab und zählte die Schritte bis zum Bayou. Leider war er jedoch nicht da, wo sie ihn erwartet hatte. Sie fluchte leise und bewegte sich noch einmal zehn Schritte nach vorn, bis sie Wasser durch die Bäume schimmern sah. Der Bayou hatte eine Kurve nach rechts beschrieben, weg von ihr, was bedeutete, dass sie mehrere Minuten lang in die falsche Richtung gelaufen war und Zeit verschwendet hatte.

Sie ging weiter, bis sie den Flusslauf deutlicher sehen konnte. Das Wasser floss jetzt weiter in die neue Richtung. Sie kehrte in den Sumpf zurück, aber diesmal achtete sie darauf, dem Verlauf des Flusses zu folgen. Dann blickte sie auf ihre Uhr. Seit einer halben Stunde war sie unterwegs und hatte weder ein Licht noch ein Haus entdeckt ... nichts, was auf Menschen und Telefone hinwies.

Der Sturm hatte sich nicht beruhigt und behinderte ihre Sicht. Sie kam nur langsam voran. Dass sie alle zwei Minuten stehen blieb, um auf die Hunde oder das Boot zu lauschen, war auch nicht gerade hilfreich. Genauso wenig wie die Tatsache, dass sie sich abwechselnd Gedanken um Hilfe und Sorgen um Spider machte, ganz zu schweigen von Peter. Nur noch ein Tag, dann würde man ihn einem Perversen übergeben. Sie musste es hier raus schaffen, Hilfe für Spider holen und herausbekommen, wie sie Peter finden konnte.

Vorgebeugt und mit einer Hand über dem Kopf hatte sie den Sumpf fast schon verlassen, ehe sie es bemerkte. Sofort ging sie rückwärts und hockte sich hin. Hoffentlich hatte niemand sie gesehen. Sie wartete einige Sekunden und horchte nach den Hunden. Als sie nichts weiter hörte als den Sturm, kroch sie nach vorn bis an die Baumgrenze und spähte dahinter hervor.

Der Mond hatte sich hinter den Sturmwolken versteckt und die offene Fläche in Dunkelheit getaucht, aber in der Ferne schimmerte ein Licht. Es war zu schwach, als dass Jinx die Quelle ausmachen konnte, doch es war höher als ein Fahrzeug und sah nicht nach einem Scheinwerfer aus. Sie machte ein paar Schritte nach hinten und ging dicht hinter der Baumgrenze näher heran. Als ein Blitz aufflammte, eilte sie bis zum Rand der Lichtung und erkannte ein Haus, bei dem das Verandalicht brannte.

Geradewegs darauf zuzusteuern war verlockend, aber das Gras war zu kurz, um sie zu verbergen. Ein Blitz würde reichen. Wenn die Männer zufällig in die richtige Richtung sahen, war sie ein leichtes Ziel für ihre Waffen. Erneut ging sie in den Sumpf zurück und lief dort weiter. Das Ende der Bäume brachte sie bis auf etwa sieben Meter an das Haus heran. Das war sicherer.

Falls die Männer sie hier erschossen, hätte sie zumindest Zeugen. Jemand würde erfahren, was passiert war.

Sie beschleunigte ihre Schritte und versuchte, ihre Aufregung im Zaum zu halten. Noch war sie nicht frei, und glücklich würde sie erst sein, wenn auch Spider und Peter in Sicherheit waren. Es dauerte nur wenige Minuten, bis sie den Rand der Bäume erreicht hatte, dann wartete sie im Gebüsch auf den nächsten Blitz. Als er kam, warf sie einen schnellen Blick über das Gelände, um sich zu vergewissern, ob es leer war. Dann konzentrierte sie sich auf das Haus, die Veranda und die Betonstufen davor. Insgesamt waren es vier.

Als das Licht verschwand, schoss sie aus dem Sumpf hervor und rannte geradewegs auf das brennende Verandalicht zu. Drei der vier Stufen nahm sie auf einmal und kam vor der Tür schlitternd zum Stillstand. Sie hämmerte dagegen und hoffte inständig, dass jemand zu Hause war. Nach ein paar Sekunden klopfte sie erneut.

Sie machte ein paar Schritte zurück und sah hinauf zum Obergeschoss. Keine Lichter gingen an und sie hörte keine Geräusche aus dem Inneren. Vielleicht war niemand zu Hause. Sie versuchte, eins der Fenster zu öffnen, doch es gab nicht nach. Möglicherweise fand sich auf der Veranda etwas, womit sie es einschlagen konnte. Lieber wollte sie in Handschellen abgeführt als in einem Leichensack abtransportiert werden.

Sie schnappte sich den kleinen Tisch, der zwischen zwei Schaukelstühlen stand, und hob ihn an. Gerade als sie damit das Fenster zertrümmern wollte, erklang ein Schuss, und die Kugel zischte an ihr vorbei und durchschlug das Glas. Sie ließ den Tisch fallen und ging hinter dem Stuhl in Deckung, der dabei umstürzte. Dann kroch sie bis zum Ende der Veranda, sprang nach unten und rannte los.

Ein Blitz erleuchtete eine kleine Scheune, die nicht zu weit entfernt vom Haus stand. Wenn sie es bis dorthin schaffte, konnte sie sich mit etwas Glück verstecken.

Da hörte sie die Hunde und wusste, es war vorbei.

Kapitel 22

Shaye starrte aus dem Fenster und bemühte sich verzweifelt, einen Blick auf Jinx zu erhaschen.

Du erwartest zu viel.

Seit sie die Käfige gesehen hatte, spukte ihr dieser Gedanke im Kopf herum. Nach allem, was Clancy Hustle erzählt hatte, war sie felsenfest überzeugt, dass man darin Menschen gefangen gehalten hatte, aber wen genau, wussten sie nicht. Jinx war nicht die einzige vermisste Jugendliche und die Nummer der Abshires nicht die einzige auf der Liste. Womöglich hatte Clancy Jinx an jemanden mit einem Wegwerfhandy verkauft.

Trotzdem weigerte sie sich, die Hoffnung aufzugeben, dass sie Jinx noch fanden. Dickköpfig und optimistisch. Wenn das alles vorbei war, würde Eleonore eine Menge zu analysieren haben. Deswegen und aus vielen anderen Gründen.

Eine gedämpfte Explosion drang durch den wütenden Sturm, und Shaye sah hinüber zu Jackson. Der nickte. „Ich hab's auch gehört. Genau wie zuvor."

Sie beugte sich vor und versuchte, in der Ferne etwas zu erkennen. Hoffentlich war es der Person gelungen, der Kugel auszuweichen. Vielleicht zum zweiten Mal an diesem Abend.

„Dort!" Sie packte Jacksons Arm und deutete auf die rechte Seite neben der Straße. „Ich hab ein Licht gesehen!"

Jackson überprüfte das Navi. „Sieht nach einem Haus aus."

Shaye betrachtete den Bildschirm. „Der Bayou fließt in etwa neunzig Meter Entfernung an dem Sumpfgrundstück vorbei. Wenn sie dem Bayou gefolgt sind, wäre das das erste Haus, das sie erreichen."

Jackson nickte, trat aufs Gaspedal und bog in die lange Einfahrt ein, die zum Haus führte. Vor dem Gebäude trat er auf die Bremse und richtete seine Scheinwerfer auf die Veranda. Als Shaye den umgeworfenen Stuhl und den umgestürzten Tisch sah, erstarrte sie.

„Da ist ein Loch im Fenster", stellte Jackson fest und richtete den Lichtstrahl direkt auf das Fenster neben dem umgeworfenen Stuhl. „Ich höre Hunde!"

Jackson schaltete die Scheinwerfer aus und gemeinsam liefen sie zur Rückseite des Hauses. Mit jedem Schritt wurde das Bellen der Hunde lauter und Shaye betete, dass sie die Abshire-Brüder erreichten, bevor die ihre Gefangenen stellten. Als sie hinter dem Haus angekommen waren, schoben sich Wolken vor den Mond. Die Hunde schwiegen. Bis auf den Sturm drang kein Laut zu ihnen herüber.

Eine Hand an der Stirn, starrte Shaye in die pechschwarze Dunkelheit. Hier irgendwo waren die Kinder, doch diese Rumsteherei würde ihnen nicht dabei helfen, sie zu finden. Sie spürte, wie Jackson an ihrem Ärmel zog, und sah zu ihm hinüber. Er reichte ihr die Taschenlampe und deutete auf den Bereich vor ihnen. Dann hielt er drei Finger hoch.

Sie steckte ihre Pistole in ihren Hosenbund und nahm die Lampe entgegen. Seine Absicht war klar. Auf drei sollte sie die Lampe einschalten und damit hoffentlich die Abshires sichtbar machen, damit Jackson sie ins Visier nehmen konnte. Er zog erneut an ihrem Ärmel und bedeutete ihr, sich hinzuhocken.

Sie kauerte sich zusammen und er hielt seinen linken Arm nach unten, sodass sie seine Finger sehen konnte. Er streckte den ersten Finger aus, und sie hob die Taschenlampe und richtete sie auf den Bereich, in dem sie die Hunde zuletzt hatten bellen hören. Beim zweiten Finger verstärkte sie ihren Griff und sprach ein schnelles Gebet.

Dritter Finger.

Sie hielt nur so lange inne, bis er seine linke Hand zurückgezogen und an seine Waffe gelegt hatte, ehe sie die Taschenlampe einschaltete und damit einen breiten Lichtstrahl über den Hof schoss. Sie hatten alle reglos verharrt, doch das Licht setzte fünf Personen in Bewegung.

Eine kleine Gestalt stürzte auf die Scheune zu. Einer der Männer ließ die Hunde von der Leine und sie rasten davon. Der zweite Mann hob sein Gewehr und zielte auf das flüchtende Kind. Jackson schoss, und der Mann ließ das Gewehr fallen und kippte vornüber. Der zweite drehte sich zu ihnen um und erwiderte das Feuer.

Shaye hörte, wie die Kugel an ihr vorbeizischte und hinter ihr in das Haus einschlug. Sie ließ die Lampe fallen und rollte sich zur Seite. Der nächste Schuss traf die Lampe; Plastiksplitter schossen ihr ins Gesicht, während sie sich aufrappelte und ihre Waffe zog. Sie hörte, wie Jackson von ihr weglief, und hob die Waffe in Richtung des zweiten Mannes. Alles, was sie brauchte, war ein wenig mehr Licht.

Der nächste Schuss ertönte, und sie hörte Jackson schreien, aber seine Worte wurden vom Sturm verschluckt.

Angst durchzuckte sie und sie schob sich vorwärts, nahm jedoch keinen Moment lang die Augen von der Stelle, wo sie den Mann zuletzt ausgemacht hatte. Als sie mit dem rechten Fuß an etwas Hartes stieß, blickte sie nach unten. In diesem Moment zuckte ein Blitz über den Himmel, und sie sah den zweiten Mann keine sieben Meter entfernt vor ihr stehen. Sein Gewehr war direkt auf sie gerichtet.

Sie ließ sich fallen und feuerte dabei drei Schüsse ab. Der Mann schrie und schoss erneut. Shaye drückte sich fest auf den Boden und robbte zu der Stelle, wo Jackson reglos lag. Voller Panik wollte sie gerade seinen Puls überprüfen, als er nach ihr griff und einen Finger auf die Lippen legte.

Er schob sich auf alle viere und bewegte sich vorwärts, dicht gefolgt von Shaye. Als sie den ersten Mann erreichten, fühlte Jackson seinen Puls und schüttelte dann den Kopf. Der andere Mann war etwa drei Meter von seinem Bruder entfernt gewesen, als Shaye auf ihn geschossen hatte. Sie krochen zu der Stelle, doch er war fort.

Plötzlich wurde der ganze Hof von gleißendem Licht erhellt, das sie geradezu blendete.

„Lamotte!", rief jemand. „Hier spricht Detective Forrester. Wir haben Ihren Verdächtigen in Gewahrsam."

Shaye sprang auf und stürmte zur Scheune, wohin die Hunde gestürzt waren. Die Tür stand sperrangelweit offen und sie tastete nach dem Lichtschalter. Als das Licht aufflammte, erkannte sie, dass die Hunde unter dem Heuboden standen und wie verrückt bellten. Jackson kam hinter ihr hereingerannt, schnappte beide am Halsband und sperrte sie in einen leeren Stall.

„Jinx?", machte sich Shaye bemerkbar. „Bist du das? Ich bin eine Freundin von Hustle. Die Polizei ist hier. Du bist in Sicherheit!"

Die Bretter über ihr knarzten und Jinx lugte über den Rand der Öffnung hinweg.

„Seid ihr zu zweit?", fragte Shaye und hoffte auf Bestätigung.

Jinx schüttelte den Kopf. „Ich musste Spider zurücklassen. Er hat einen Schuss in die Schulter abbekommen und viel Blut verloren. Er hat es nicht weiter geschafft. Wir müssen ihn holen, aber schnell. Es ist schon ziemlich viel Zeit vergangen, seit wir uns getrennt haben."

„Ist er noch im Sumpf?", wollte Jackson wissen.

Jinx kletterte die Leiter herunter. „Ich weiß, wo er ist. Mit einem Boot ginge es am schnellsten."

„Sieht aus, als ob der Sturm sich legt. Ich kümmere mich um ein Boot", versprach Jackson und rannte aus der Scheune.

„Komm mit", sagte Shaye.

„Warten Sie!", rief Jinx. „Sie müssen den Cops Bescheid geben, dass sie nach Peter suchen sollen!"

„Du weißt, wo Peter Carlin ist?"

„Nein", gab Jinx betrübt zu. „Wir wurden gemeinsam im Keller eines Gebäudes festgehalten, aber dann haben sie mich betäubt. Beim Aufwachen lag ich im Käfig in der Scheune. Die Entführer haben davon gesprochen, dass sie Peter morgen Abend an irgendeinen Perversen übergeben wollen. Das dürfen Sie nicht zulassen!"

„Komm mit mir", bat Shaye, „dann kannst du den Polizisten alles berichten, was du weißt."

Jinx lief neben Shaye her. „Sie haben gesagt, Sie sind eine Freundin von Hustle."

„Ja. Mein Name ist Shaye Archer. Ich bin Privatdetektivin. Hustle hat mich angeheuert, um dich zu finden."

„Ich hätte nicht gedacht, dass überhaupt jemandem auffällt, dass ich weg bin."

Shaye legte einen Arm um das Mädchen. „Er passt viel besser auf, als du glaubst."

Jinx schniefte und Shaye konnte die Tränen in ihren Augen sehen. Sie war taff, doch selbst die taffesten Menschen hatten ihre Grenze. Jetzt, wo sie sich in Sicherheit befand, konnte sie es sich leisten, Gefühle zu zeigen.

„Wenn er nicht zu Ihnen gekommen wäre …"

„Denk nicht mal drüber nach. Konzentrieren wir uns darauf, Spider und Peter zu retten."

„Aber wie finden wir Peter?", fragte Jinx mit brüchiger Stimme. „Ich weiß nicht mal, wo wir waren, und ihre Gesichter hab ich auch nie gesehen. Sie trugen immer diese Masken."

Shaye blieb stehen. „Diese beiden Männer sind tot. Die Polizei durchsucht alles, was mit ihnen in Verbindung steht. Wir finden ihn."

Sie hörten Jackson pfeifen. „Wir haben ein Boot!"

„Und jetzt holen wir Spider", sagte Shaye. „Auf dem Weg zum Boot kannst du den Polizisten alles über Peter erzählen."

Jackson winkte sie zu sich herüber. „Direkt hinter den

Bäumen ist ein Boot am Ufer vertäut. Das können wir nehmen."

„Vermutlich gehört es diesen Monstern", erklärte Jinx. „Sie haben ein Loch in das Boot geschossen, mit dem Spider und ich geflohen sind, aber später sind sie in einem anderen aufgetaucht."

„Prima", entgegnete Jackson. „Dann wird es auch niemand als gestohlen melden."

Jinx gab das wenige, was sie über Peters Aufenthaltsort wusste, an Detective Forrester weiter, und dann fuhren Jackson, Shaye, Jinx und ein weiterer Polizist den Bayou hinauf. Jinx saß am Bug und suchte das Ufer nach den verdrehten Zypressenwurzeln ab, in die sie den Grasklumpen gestopft hatte. Es dauerte nicht lang, bis sie sie gefunden hatte, und Jackson fuhr das Boot ans Ufer.

Jinx kletterte hinauf und verschwand zwischen den Bäumen. Shaye und die anderen rannten hinter ihr her.

„Spider!", rief Jinx im Laufen. „Wir sind in Sicherheit! Komm raus!"

Vor einigen umgestürzten Bäumen hielten sie an. Ein blasser Teenager kam hinter einem Vorhang aus hängendem Moos hervor. Er hielt ein Stück Rettungsweste auf seine Schulter gepresst, und den roten Flecken auf seiner Kleidung nach zu urteilen, hatte er bereits eine ganze Menge Blut verloren. Stolpernd ging er auf sie zu. Dann stürzte er zu Boden. Jackson fing ihn gerade noch rechtzeitig auf und trug ihn zum Boot.

Die Rückfahrt dauerte nicht lange; Shaye und Jinx beobachteten besorgt Spider, der kurz davor stand, das Bewusstsein zu verlieren. Erleichtert stellte Shaye fest, dass schon Rettungssanitäter auf ihn warteten. Sie legten Spider auf eine Trage und begannen sofort damit, ihn zu stabilisieren.

„Lamotte!", rief einer der Polizisten. „Ich hab hier einen Detective Grayson über Funk für Sie."

Jackson eilte zu ihm, während Shaye mit Jinx beim Rettungswagen blieb, wo sie zusahen, wie die Sanitäter Spider versorgten. Der Cop, der mit ihnen im Boot gefahren war, stieg zu den Männern in den Wagen. Dann schlossen sie die Türen und fuhren davon.

„Kommt er wieder in Ordnung?", fragte Jinx.

„Ich glaub schon", behauptete Shaye und hoffte, dass es stimmte. „Er ist durch den Blutverlust sehr geschwächt."

Jackson kam mit einem breiten Lächeln im Gesicht zu ihnen herübergerannt. „Sie haben Peter in einem alten Haus gefunden, das Clancy gehört. Er ist verängstigt und hungrig, aber sonst fehlt ihm nichts."

Jinx unterdrückte ein Schluchzen, konnte es aber schließlich nicht mehr länger zurückhalten. Shaye schlang die Arme um das Mädchen, das seinen Tränen freien Lauf ließ. Es war vorbei. Und trotzdem war es noch nicht das Ende.

Shaye wusste das besser als alle anderen.

Kapitel 23

Die Szene im Krankenhaus hätte auch direkt aus einem kitschigen Fernsehfilm stammen können. Hustle umarmte Jinx. Jinx umarmte Peter. Peters Mom und Dad umarmten Jinx. Corrine und Eleonore umarmten einen reuigen Hustle und eine nicht reuige Shaye. Eleonore umarmte den peinlich berührten Jackson. Und das gestresste Personal erlaubte ihnen zu guter Letzt einen fünfzehnsekündigen Besuch bei Scratch, der endlich das Bewusstsein wiedererlangt hatte.

Alle warteten besorgt auf Neuigkeiten von Spider, und als sie kamen, lösten sie eine neue Runde Jubel aus. Spider war geschwächt und erschöpft, aber er würde wieder gesund werden. Die Ärzte bestanden darauf, dass alle Verletzten über Nacht zur Beobachtung dablieben, und als Shaye ihnen vehement zustimmte, gab Hustle schließlich nach und blieb auch. Er bestand jedoch darauf, sich mit Spider ein Zimmer zu teilen.

Corrine und Eleonore verließen das Krankenhaus erst, nachdem Shaye ihnen versprochen hatte, am nächsten Tag vorbeizuschauen, um ihnen alle Einzelheiten zu berichten. Shaye, Jackson und Jinx gingen zum Zimmer von Hustle und Spider und versicherten den Schwestern, dass sie nur ein paar Minuten bleiben würden.

Jackson erstattete Hustle über alles Bericht, was er verpasst hatte, und Shaye sah sich um, bis sie entdeckt hatte, was sie suchte – Hustles Skateboard, das ihre Mutter auf ihren Wunsch hin mit ins Krankenhaus gebracht hatte. In der Hoffnung, ihren Verdacht zu bestätigen, drehte sie es um. Und lächelte. Das letzte fehlende Puzzleteilchen fand seinen Platz.

„Wollen Sie mit Skateboarden anfangen?", fragte Hustle.

„Nein", beruhigte ihn Shaye. „Ich hab nur nach der Antwort auf die eine Frage gesucht, die bisher noch nicht zu meiner Zufriedenheit beantwortet wurde."

„Und welche ist das?", erkundigte sich Jackson.

„Woher Clancy und Fuller wussten, wo sie euch finden konnten. Anfangs hab ich geglaubt, dass sie euch vielleicht eine Weile beobachtet und so Stück für Stück eure abendlichen Routen ausgekundschaftet haben. Aber das würde nicht erklären, wieso Fuller beim Hotel auf Hustle gewartet hat. Auf keinen Fall hätte er dir unbemerkt auf dem ganzen Weg vom French Quarter folgen können. Und auch nicht von meinem Apartment am Morgen. Trotzdem hat er dort auf dich gewartet."

„Wie hat er uns dann gefunden?", fragte Hustle.

„Mit ein wenig Hilfe." Shaye deutete auf das kleine Viereck, das mit Klebstreifen unter dem Board befestigt war. „Das ist ein Peilsender. Vermutlich war unter Jinx' Board auch einer befestigt, der beim Überfall auf sie abgefallen ist."

Alle starrten sie an.

„Aber die Männer sind nie auch nur in die Nähe meines Boards gekommen", sagte Hustle.

„Ich glaube", erwiderte Shaye, „dass jemand aus eurer

Mitte nicht der ist, für den ihr ihn haltet. Hat dich in letzter Zeit jemand gefragt, ob er mal dein Board ausprobieren darf?"

Hustle richtete sich in seinem Bett auf. „Reaper!"

„Mich auch", bestätigte Jinx.

„Dieser Bastard!" Hustle war völlig außer sich. „Er hat für Clancy gearbeitet? Wie konnte er nur! Seine eigenen Leute zu verraten!"

Shaye schüttelte den Kopf. „Ich glaube nicht, dass er so ist wie ihr. Wahrscheinlich hat er nur so getan, als ob er auf der Straße lebt. Ich tippe drauf, dass er mit Clancy oder Fuller verwandt ist."

Jackson schien zu begreifen. „Der Neffe, der Fuller das Mittagessen gebracht hat."

Shaye nickte. „Sicherlich ist er inzwischen auf der Flucht."

„Gebt mir eine Beschreibung", forderte Jackson die Jugendlichen auf. „Dann kann ich nach ihm suchen lassen."

„Da weiß ich was Besseres", sagte Hustle und nahm sein Handy heraus. „Das hier hab ich neulich gemacht, als er mein Board ausprobiert hat." Er reichte Jackson das Handy mit dem Foto von Reaper.

Jackson schickte das Bild an sein eigenes Handy und gab Hustle das Telefon zurück. „Ich bin gleich wieder da", versprach er und verließ den Raum.

„Wir müssen auch los", bemerkte Shaye.

„Wo bringen Sie Jinx hin?", fragte Hustle.

Jinx wirkte erschrocken. „Ich gehe nicht in eins dieser Heime!"

„Musst du auch nicht", beruhigte Shaye sie. „Ich bringe dich zu deiner Tante."

„Sie fahren mich jetzt bis nach North Carolina?" Ungläubig starrte Jinx sie an.

„Nein. Deine Tante wohnt hier in New Orleans. Sie hat ebenfalls nach dir gesucht, aber geglaubt, du wärst noch in Baton Rouge."

Tränen stiegen Jinx in die Augen. „Tante Cora ist hier? Im Ernst?"

Shaye nickte. „Sie wird überglücklich sein, dich zu sehen." Shaye blickte hinüber zu Hustle. „Bis morgen früh."

Er nickte und hielt einen Daumen hoch. In seinen Augen sah sie Tränen glitzern.

Es dämmerte schon fast, als Jackson vor Shayes Apartment vorfuhr. Es war eine lange und anstrengende Nacht gewesen, aber auch eine sehr befriedigende. Man hatte Reaper am Flughafen gefasst. Zwar beteuerte er seine Unschuld, aber kurz nach ihrer Abfahrt im Krankenhaus war Scratch erwacht und hatte sich viel besser erinnern können als zuvor. Er hatte sofort die Polizei benachrichtigt und ihnen erzählt, dass er Reapers Stimme als die des wütenden Mannes wiedererkannt hatte, der Fuller Befehle erteilt hatte.

Graysons Männer durchsuchten immer noch gründlich Clancys Besitz nach weiteren Informationen zu anderen vermissten Personen.

Jackson stieg gemeinsam mit Shaye aus. „Jetzt sag bitte

nicht, dass du mich zur Tür bringen willst. Das sind nur drei Meter."

„Nein. Ich komme mit rein, um mich zu vergewissern, dass es sicher ist."

„Jackson, es ist vorbei."

„Das will ich hoffen, aber es dauert doch nur ein paar Minuten, mein Gewissen zu beruhigen. Dann kann ich unbesorgt schlafen."

Shaye schüttelte den Kopf. „Na schön."

Sie schloss die Eingangstür auf und ging hinein. Jackson folgte ihr. Er sah zu, wie sie die Alarmanlage ausschaltete, und durchsuchte dann das Apartment, wobei er auch die Fenster und Türen in jedem Zimmer überprüfte. Als er fertig war, kehrte er ins Wohnzimmer zurück, zu Shaye, die sich auf die Couch hatte fallen lassen.

„Alles gesichert?", fragte sie.

„Ja." Er zögerte einen Moment, dann setzte er sich ans andere Ende des Sofas. Einen Moment lang schloss er die Augen, dann sah er sie an. „Du hast bei diesem Fall klasse Arbeit geleistet."

„Danke. Ich muss immerzu daran denken, wie viele Menschen Clancy verkauft haben könnte. Da wird mir schlecht. Was, wenn diese Jugendlichen nicht seine einzigen Verkäufe waren?"

„Es wird bereits nach weiteren Opfern gesucht; eine Menge Polizisten sind darauf angesetzt. Im Moment solltest du nur noch an die Menschen denken, zu deren Rettung du beigetragen hast."

Er lehnte sich zurück und schloss erneut die Augen. Ein

paar Sekunden später war leises Schnarchen zu hören. Shaye wollte schon aufstehen und ins Bett gehen, doch allein der Gedanke daran, sich hinzustellen, war ihr zu mühselig.

„Ach, was soll's?", sagte sie und rollte sich am Ende der Couch zusammen.

Innerhalb von Sekunden war auch sie eingeschlafen.

Kapitel 24

Shaye zog sich in der Küche ihrer Mutter einen Stuhl unter dem Tisch hervor. Corrine und Eleonore waren immer noch im Schlafanzug, obwohl es schon fast Mittag war. Ihre Mutter schenkte allen Kaffee ein und setzte sich dann Shaye gegenüber. Sie wollte alle Einzelheiten erfahren.

Shaye berichtete ihnen von Hustles Nachricht über seinen Angreifer und dem Showdown in Clancys Büro. Je intensiver die Geschichte wurde, desto wacher wurde Corrine. Als Shaye an der Stelle anlangte, wo Jackson Clancy erschoss, waren ihre Augen weit aufgerissen.

„Als du uns angerufen und behauptet hast, dass er nicht mehr im Haus ist, hab ich fast einen Herzinfarkt gekriegt", erinnerte sich Corrine.

Eleonore nickte. „Anfangs dachten wir, du irrst dich, aber als wir den Garten durchsucht haben, stand da der Sessel vor der Mauer. Er ist ziemlich gerissen."

„Das ist er", stimmte Shaye zu. „Und dickköpfig."

„Kommt mir bekannt vor", seufzte Corrine. „Erzähl uns noch den Teil mit der Abshire-Farm."

Shaye schilderte die Rückverfolgung der Telefonnummern und wie sie und Jackson das Haus durchsucht hatten. Als sie von den Käfigen in der Scheune erzählte, wurden alle still.

„Ich hab schon schlimme Sachen gehört", fasste Corrine

zusammen, „aber das übertrifft alles. Eine Menschenjagd? So etwas Schreckliches will man sich nicht mal vorstellen."

Eleonore stellte ihre Tasse ab. „Du hast gesagt, dass Spider nicht der Erste war, den man dort festgehalten hat. Ich nehme an, der Teenager aus Jacksons Fall gehörte auch zu ihren Opfern?"

Shaye nickte. „Spider hat ihn erkannt, als Jackson ihm ein Foto gezeigt hat, und die Ballistik konnte die Kugel aus Joker einem der Gewehre der Abshire-Brüder zuordnen."

„Und vor Joker?", fragte Corrine. „Gab es da noch andere?"

„Wir glauben nicht", erwiderte Shaye. „Laut dem, was Spider von Joker und den Abshires erfahren hat, waren fünf Jagden geplant. Wir nehmen an, dass Scratch auch dafür vorgesehen war, aber sie haben ihm eine zu hohe Dosis verpasst. Scratch hat in seinem halb wachen Zustand zwei Männer darüber reden hören. Vermutlich waren das Fuller und Clancy."

„Und sie haben zwanzigtausend Dollar pro Kind bezahlt?", vergewisserte sich Corrine. „Wo hatten denn diese Schwachköpfe hunderttausend Dollar her?"

„Öl", erklärte Shaye. „Ihr Urgroßvater hat die Farm erbaut, und ihm gehörte massenhaft Land südlich davon, auf dem jede Menge Öl gefunden wurde. Er hat es an Ölfirmen verpachtet und die monatlichen Schecks haben es der Familie ermöglicht, die Landwirtschaft aufzugeben und sich ein schönes Leben zu machen."

„Und zu Monstern zu werden", warf Eleonore ein. „Ob mir die Polizei wohl Zutritt zu ihrem Grundstück gestattet?"

„Eleonore Blanchet!" Corrine starrte ihre Freundin ungläubig an. „Du wirst nicht diese schrecklichen Wesen studieren und ein weiteres deiner entsetzlichen Bücher schreiben!"

„Diese Bücher geben der Polizei die Möglichkeit, sich in das extremste menschliche Verhalten hineinzuversetzen", verteidigte sich Eleonore.

„Das kann schon sein", wehrte Corrine ab, „aber niemand sollte so viel Zeit an einem so düsteren Ort verbringen müssen."

Shaye hielt sich heraus, denn sie wusste nicht genau, wie sie dazu stand. Ihre Vergangenheit gehörte auch zu diesen düsteren Orten, und trotzdem versuchte sie, Licht hineinzubringen. Obwohl sie genau wusste, dass die Wahrheit sie für immer verändern würde. Eleonore glaubte, dass die Wahrheit für eine bessere Zukunft sorgte. Sie fand, dass Menschen, die sich erfolgreich der Realität stellten, viel besser dran waren als die, die Angst hatten, hinter verschlossene Türen zu sehen, aus Furcht, was sie dort wohl entdecken würden.

„Und was ist mit dem falschen Obdachlosen?", fragte Corrine. „Der den Peilsender an Hustles Skateboard angebracht hat?"

„Die Polizei hat ihn am Flughafen mit einem Ticket nach Brasilien aufgegriffen. Offenbar war Clancys Fluchtplan bereits angelaufen. Graysons Männer haben in seinem Büro einen gefälschten Pass und die Quittung für einen Charterflug nach Indonesien gefunden. Es sieht nicht so aus, als wären Fuller oder Reaper Teil von Clancys Finale gewesen.

Jackson geht davon aus, dass beide für ihn Ballast waren, den Clancy noch abwerfen wollte."

„Und wie standen die Männer zueinander?", wollte Eleonore wissen.

„Fuller war Clancys Halbbruder. Seine Nachbarn haben ausgesagt, dass er nicht gerade der Hellste war. Ich vermute, dass Clancy sich schon seit ihrer Kindheit um ihn gekümmert hat."

„Und dann hat er ihn für seine Nebentätigkeit eingesetzt", ergänzte Corrine. „Und was ist mit Reaper?"

„Der ist Clancys Sohn", erklärte Shaye, „und er ist erwachsen, kein Teenager, wie er behauptet hat."

Corrine starrte sie ungläubig an. „Wirklich? Das hätte ich jetzt nicht erwartet."

„Ich auch nicht", gab Shaye zu. „Clancy war nicht mit der Mutter verheiratet, aber die Polizei hat heute Morgen mit ihr gesprochen und erfahren, dass Reaper nach seinem achtzehnten Geburtstag verschwunden ist und sich danach nie wieder bei ihr gemeldet hat."

„Hat sie denn gar nicht nach ihm gesucht?", fragte Corrine.

Shaye schüttelte den Kopf. „Sie hat den Cops gesagt, dass sie froh war, als er ging, weil sie Angst vor ihm hatte. Er war genau wie sein Vater, meinte sie."

„Soziopathen", steuerte Eleonore bei. „Man kann Menschen nicht als Ware verkaufen und noch irgendetwas Menschliches zurückbehalten."

„Würde ich auch denken", pflichtete ihr Shaye bei. „Reaper redet natürlich nicht. Er hat sich einen Anwalt genommen und sitzt in Haft. Grayson hat erzählt, als sie ihm eröffnet haben, dass Clancy ohne ihn fliehen wollte, habe er gegen die Wand geschlagen und sich die Hand gebrochen."

„Kosmische Gerechtigkeit", kommentierte Eleonore.

Corrine hatte eine ganze Weile geschwiegen, wandte sich jetzt jedoch an Shaye. „Über wie viele Menschen sprechen wir hier? Ich vermute, das sind nicht seine ersten Opfer."

Shaye schüttelte den Kopf. „Graysons Team hat einen Stapel Notizbücher im Hinterzimmer des Gebäudes gefunden, neben einem Kanister mit Benzin. Sie nehmen an, dass Clancy vor seiner Flucht noch alle Beweise verbrennen wollte, als Hustle ihn gestört hat. Sie gehen gerade alles durch. Jackson sagt, es sieht nach einer Liste von Kunden und den bezahlten Summen aus, aber alles ist verschlüsselt. In anderen Büchern stehen vermutlich Leute, die Clancy bezahlt hat, aber auch deren Namen sind codiert."

„Leute, die er bezahlt hat?", wiederholte Eleonore.

„Wahrscheinlich für ihre Babys", sagte Corrine mit offensichtlichem Ekel. „Illegale Adoptionen sind ein großes Geschäft und es gibt genügend arme Menschen, die ein Kind für einen Apfel und ein Ei abgeben würden, wenn sie dadurch überleben."

Shaye nickte. „Ein weiteres Team versucht, die Daten der Zahlungen mit Adoptionsunterlagen abzugleichen, aber das wird eine ganze Weile dauern. Jackson sagt, die Aufzeichnungen reichen fast zwanzig Jahre zurück."

„Zwanzig Jahre!" Corrine war fassungslos. „Oh mein Gott. Ich kann mir gar nicht vorstellen, wie viele Leben dieser Mann zerstört hat."

„Ja", stimmte ihr Shaye zu. Von Jackson wusste sie, dass es vermutlich Jahre dauern würde, bis die Polizei das gesamte Beweismaterial gesichtet hatte, und noch länger, die Menschen auf der Liste zu finden. Vorausgesetzt, sie konnten den Code knacken.

„Wie hat er das bloß über zwanzig Jahre geheim halten können?", rätselte Corrine.

„Grayson hat Jackson erzählt, dass die Unterlagen erst in jüngster Zeit eine starke Zunahme der Verkäufe zeigen", erklärte Shaye. „Ich nehme an, dass Clancy auf die Schließung seines Unternehmens hingearbeitet hat, und darauf, sich ins Ausland abzusetzen. Also hat er versucht, noch so viel wie möglich rauszuschlagen."

Eleonore nickte. „Wenn er seinen Menschenhandel sonst in kleinerem Rahmen abgezogen hat, dann war es nicht allzu schwer, damit lange unentdeckt zu bleiben."

Corrine starrte sie bestürzt an. „Ihr beide seid unglaublich deprimierend. Gibt es denn gar nichts Positives, was du uns berichten kannst?"

„Wie lief es denn mit Jinx und ihrer Tante?", fragte Eleonore.

„Viel besser als erhofft", sagte Shaye. „Es ist ganz offensichtlich, wie gern sich Cora und Jinx haben, obwohl ihnen bisher so wenig Zeit miteinander vergönnt war. Ich glaube, Jinx erwartet bei ihr eine tolle Zukunft."

Shaye spürte, wie ihr die Augen feucht wurden, als sie an die tränenreiche Begegnung zwischen Cora und Jinx zurückdachte. Es erinnerte sie an ihre Beziehung zu Corrine.

„Ich habe heute Morgen mit Coras Anwalt gesprochen",

ergänzte Corrine. „Ich lasse ihren Fall nach New Orleans verlegen und werde mich von staatlicher Seite aus selbst darum kümmern. Jinx bekommt das Happy End, das sie verdient."

Shaye lächelte Corrine an. „Ich habe vollstes Vertrauen zu dir."

Corrine wurde rot. „Das ist die gute Seite an meiner Arbeit. Man sieht sie nur viel zu selten."

„Was geschieht jetzt mit Hustle?", fragte Eleonore. „Er kommt mir nicht gerade wie jemand vor, der sich bereitwillig in ein Haus stecken lässt. Zumindest nicht, wenn er dort die Regeln von jemand anderem befolgen muss."

„Da ist mir schon was eingefallen", sagte Shaye. „Aber ich muss erst noch mit jemandem reden."

In diesem Moment klingelte ihr Handy. „Wenn man vom Teufel spricht. Das Krankenhaus hat ihn entlassen. Dann fahre ich lieber schnell dorthin, ehe er mit seinem Skateboard in den Sonnenuntergang verschwindet."

„Sag uns Bescheid, falls wir irgendwie helfen können!", rief Corrine hinter ihr her.

Shaye winkte ihr über die Schulter hinweg zu und wählte im Laufen eine Nummer. Wenn er mitzog, dann konnte sie Hustle ihre Idee vortragen, sobald sie ihn im Krankenhaus abgeholt hatte. Falls nicht, würde sie sich was anderes überlegen.

Es gab immer eine Möglichkeit. Das hatte sie von Corrine gelernt.

###

Hustle sprang geradezu aus seinem Rollstuhl, als Shaye die Notaufnahme betrat. Seit seinem Anruf bei ihr war erst knapp eine halbe Stunde vergangen, aber so eingesperrt war es ihm vorgekommen wie eine Ewigkeit.

„Eine Minute", bat Shaye und ging zu der genervt aussehenden Krankenschwester, die Hustle wiederholt aufforderte, sich wieder hinzusetzen.

„Ich bin Shaye Archer", stellte sie sich vor. „Muss ich etwas unterschreiben?"

„Ja, Ms Archer." Das Auftreten der Schwester wurde schlagartig freundlicher. „Detective Lamotte hat uns erlaubt, den Jungen in Ihre Obhut zu übergeben."

„Prima. Was ist mit der Rechnung?"

„Die ist noch nicht fertig, aber wir können sie Ihnen zuschicken."

„Das geht in Ordnung." Shaye gab der Schwester ihre Visitenkarte. „Schicken Sie sie einfach an meine Postadresse. Muss ich bei Hustle noch etwas beachten?"

„Der Doktor möchte, dass er seinen Knöchel schont und den Verband an seiner Seite zweimal täglich wechselt. Ich hab hier noch ein Rezept für Antibiotika. Falls Sie Anzeichen einer Entzündung entdecken, kommen Sie noch einmal her mit ihm. Ansonsten möchte ihn sich der Doktor in einer Woche noch mal ansehen."

„Okay. Ich mache dann telefonisch einen Termin aus."

Hustle unterdrückte ein Stöhnen. Seinem Knöchel ging es

bereits viel besser und die Wunde an seiner Seite war nur klein. Sie hatte einfach nur stark geblutet. Die machten einen Riesenaufriss wegen nichts, und er wollte so schnell wie möglich wieder sein eigener Herr sein.

Shaye unterschrieb einige Dokumente, bedankte sich bei der Schwester und winkte ihm zu. „Gehen wir."

„Wird auch Zeit", grummelte er.

„Musst du denn dringend irgendwohin?", fragte sie, während sie zu ihrem SUV gingen.

„Hauptsache, ich bleibe nicht hier – diese ganzen Menschen haben dauernd an mir herumgefummelt und ständig gelächelt. Das macht mich ganz nervös."

„Ich verstehe, warum es dich belastet, wenn freundliche Menschen sich um dich kümmern."

Hustle blickte zu ihr hinüber. „Ach bitte. Als ob Ihnen das besser gefallen würde."

„Wahrscheinlich nicht, aber ich bin eine Erwachsene mit eigener Wohnung, meinem eigenen Bett und einem Abo fürs Kabelfernsehen. Du nicht."

Hustles Verhalten wandelte sich von genervt zu panisch. „Wo bringen Sie mich hin?"

„Was hast du denn gedacht, wo ich dich hinbringe?"

„Keine Ahnung. Zu den Docks."

„Ach so. Jackson hat sich also für mich verbürgt, damit man dich in meine Obhut entlässt, und du glaubst, ich setze dich einfach so wieder auf der Straße aus."

Er spürte leichte Schuldgefühle, weil sein Wunsch Jackson und Shaye womöglich in Schwierigkeiten bringen würde, aber er hatte auch seine Grundsätze. „Ich gehe nicht in ein Heim.

Sie können mich zwar hinbringen, aber nicht zum Bleiben zwingen."

„Du hast mir versprochen, dass du dir meine Vorschläge anhören würdest, wenn alles vorbei ist, richtig?"

Er seufzte. „Ja."

„Das fordere ich jetzt ein. Du musst dir meinen Vorschlag anhören."

Verdammt. „Und wenn mir Ihre Idee nicht gefällt?"

„Dann werde ich versuchen, dich in meiner Obhut zu behalten, bis dich der Arzt für gesund erklärt, aber ich kann nicht kontrollieren, was du machst, wenn ich nicht hinsehe."

Hustle starrte sie einige Sekunden lang an und nickte dann. „Einverstanden."

Als Shaye um die nächste Kurve fuhr, sah er überrascht auf. „Das ist Sauls Hotel."

„Ja", bestätigte sie und parkte vor dem Eingang. „Na los. Wir haben was zu besprechen."

Hustle stieg aus und folgte Shaye nach drinnen. Saul saß an seinem üblichen Platz hinter der Rezeption und blickte lächelnd auf, als sie eintraten. „Da kommen die Helden von New Orleans", begrüßte er sie.

Shaye lachte und Hustle zwang sich zu einem kleinen Lächeln. Ein Held genannt zu werden, war ihm unangenehm, aber schließlich hatte der Mann ihm das Leben gerettet.

„Dasselbe könnte ich über Sie sagen", fand er.

Saul winkte ab. „Ein ganz normaler Abend bei der Arbeit."

„Na, hoffentlich gibt's so bald keine Wiederholung", warf Shaye ein.

Hustle schob die Hände in die Jeanstaschen. Er wartete besorgt darauf, dass er erfuhr, was Shaye geplant hatte und warum sie sich hier in Sauls Hotel befanden. Shaye blickte Saul an. Der nickte. Lächelnd wandte sie sich an Hustle.

„Wir möchten dir etwas vorschlagen. Saul ist ein zugelassener Pflegevater, und ich hab keinen Zweifel daran, dass ich dich in seine Obhut überstellen lassen kann, zumindest temporär."

Hustle starrte beide an. Für eine Antwort war er viel zu durcheinander. Saul war ein feiner Kerl und würde ihn zweifellos gut behandeln, aber es konnten so viele Dinge dazwischenkommen. Der Staat konnte seine Meinung ändern, und trotz Corrines Beziehungen konnte Shaye nicht garantieren, dass dieses Arrangement von Dauer sein würde.

„Ich weiß das Angebot zu schätzen", begann er, „aber ich kann nicht zulassen, dass Mr Bordelon die Verantwortung für mich übernimmt. Ich kann selbst auf mich aufpassen."

„Ich will dich ganz bestimmt nicht erziehen", wehrte Saul ab. „Du bist sowieso schon fast erwachsen. Aber ich kann dir ein Zimmer in meiner Wohnung zur Verfügung stellen und dir drei Mahlzeiten pro Tag anbieten. Als Gegenleistung dafür kannst du mir hier helfen."

„Wie denn?", fragte Hustle.

„Aus meiner Militärzeit hab ich ein kaputtes Knie zurückbehalten, und mit jedem Tag wird es schlimmer. Hier muss zum Beispiel eine Menge gemalert werden, drinnen wie draußen. Shaye hat behauptet, du wärst ein Künstler. Ich dachte, für einige der Wände könnte ich vielleicht so ein paar Bilder gebrauchen."

„Wandmalereien", erklärte Shaye.

Hustle starrte sie an. In seinem Kopf drehte sich alles. Es war fast zu gut, um wahr zu sein – ein Zuhause, Mahlzeiten und Arbeit, die ihm gefallen würde. „Aber was, wenn der Staat seine Meinung ändert? Wenn ich hier wegmuss?"

„Das ist möglich", gab Shaye zu, „deshalb möchte Saul gern die Vormundschaft für dich beantragen."

Hustle schüttelte den Kopf. „Ich weiß nicht ..."

„Damit du ein mündiger Minderjähriger werden kannst", erklärte Saul.

„Was bedeutet denn das?", fragte Hustle.

„Es bedeutet", sagte Shaye, „dass der Staat dich als Erwachsenen betrachtet. Du kannst einen Job annehmen, eine Wohnung mieten, dir Kabelfernsehen besorgen oder ein Auto kaufen."

„Auf diese Weise", ergänzte Saul, „kann der Staat dich nicht woandershin schicken, und wenn du erst mal ein mündiger Minderjähriger bist und eine eigene Wohnung haben willst, könntest du in eins der Zimmer ziehen. Ich zahle dir Lohn für deine Arbeit und du kannst hier mietfrei wohnen."

„Und was ist mit der Schule? Muss ich da hin?"

„Das liegt beim mündigen Minderjährigen. Bis dahin kann Saul es sicher einrichten, dass du Unterricht zu Hause erhältst, wenn dir das lieber ist."

Zum ersten Mal seit dem Tod seiner Mutter spürte Hustle Hoffnung in sich aufkeimen. Wenn er ein Zuhause und einen Job hatte, bei dem er Geld verdiente, dann konnte er womöglich auf die Kunsthochschule gehen, wie Shaye es ihm vorgeschlagen hatte. Der Gedanke daran war so unge-heuerlich, dass er unwillkürlich lächeln musste.

„Sie meinen das wirklich ernst?", vergewisserte er sich, weil er sein Glück immer noch nicht fassen konnte.

Shaye und Saul nickten.

„Einverstanden", erklärte Hustle, „aber ich will meinen Unterhalt verdienen. Sie sollen sich nicht beklagen kön-nen."

„Ich hab genügend Arbeit für dich", versicherte ihm Saul. „Für mich ist das eine große Hilfe. Und unter Umständen gefällt mir ja sogar deine Gesellschaft."

Hustle spürte, wie er rot wurde, und senkte schnell den Blick. Schließlich sah er wieder Shaye an. „Vielleicht kann ich Ihnen irgendwann mal wieder bei einem Fall helfen, wenn Sie Unterstützung brauchen."

Shaye lächelte. „Gerne. Aber nur, wenn du mir ver-sprichst, dich nicht ohne Verstärkung mit dem Bösewicht anzulegen."

„Darauf können Sie sich verlassen."

Es war bereits fast vier Uhr, als Jackson die Tür zum Poli-zeirevier aufstieß. Als er in den frühen Morgenstunden auf Shayes Sofa eingeschlafen war, musste das eine Art Wach-koma gewesen sein. Gegen elf war er vom Duft frisch ge-brühten Kaffees aufgewacht. Shaye goss ihnen gerade ein und sah genauso mitgenommen aus, wie er sich fühlte.

Sie tranken die ganze Kanne und versuchten, ihre müden

Körper und Geister in Bewegung zu bringen. Dann hatte er ihr für den Kaffee und die Couch gedankt und war für eine dringend nötige Dusche nach Hause gefahren. Auf dem Revier erwartete ihn niemand an diesem Tag, also war er auf direktem Weg ins Bett gegangen und hatte sich danach stundenlang nicht gerührt.

Beim Aufwachen fühlte er sich schon fast wieder wie ein Mensch und beschloss, im Revier vorbeizusehen. Vielleicht war Grayson ja mit dem Fall weitergekommen. Er nickte dem Sergeant am Empfang zu.

„Das war ja eine aufregende Nacht gestern", wurde er begrüßt. „Wie ich höre, darf man gratulieren."

„Danke", sagte Jackson. „Aber das ist möglicherweise verfrüht. Ich hab das Gefühl, Vincent wird mir das Leben zur Hölle machen."

„Er wird es vermutlich versuchen, aber das ändert nichts an dem erfolgreichen Abschluss. Ich hab von den Notizbüchern gehört, die man in Clancys Büro gefunden hat." Er schüttelte den Kopf. „Wenn man schon so lange im Beruf ist wie ich, dann glaubt man, nichts könnte einen noch schockieren. Aber das hier … wie direkt aus einem Albtraum."

„Ganz meine Meinung."

„Grayson ist in einem der Verhörräume, wo sie die Bücher durchgehen. Er hat gesagt, falls Sie heute reinkommen, soll ich Sie zu ihm schicken. Er muss was mit Ihnen besprechen."

Jackson ging den Flur entlang und entdeckte Grayson im größten der Zimmer, wo er sich über einen Tisch beugte und gemeinsam mit Detective Elliot in einem Notizbuch las. Als Jackson die Tür öffnete, sah Grayson auf.

„Einen Moment", sagte er zu Elliot und griff nach einem der Bücher.

Er verließ das Zimmer und bedeutete Jackson, ihm in den kleineren Raum gegenüber zu folgen. Dann schloss er die Tür hinter ihnen.

„Geheim halten werden wir es nicht können", begann Grayson, „aber ich wollte trotzdem nicht, dass uns jemand belauscht. Momentan sind Elliot, Chief Bernard und ich die Einzigen, die Bescheid wissen. Angesichts der Situation fanden wir jedoch, dass wir Sie ins Vertrauen ziehen sollten, bevor das Chaos ausbricht."

„Worum geht's?", fragte Jackson, der sich nicht vorstellen konnte, dass Grayson etwas hatte, das den Fall noch schlimmer machen könnte. Doch der Miene des älteren Detectives nach zu schließen, war genau das der Fall.

Grayson hielt das Notizbuch hoch. „Das hier gehört zu den Unterlagen aus Clancys Büro. Sie wissen ja, dass alles codiert ist, aber in dem hier ist der Code ein anderer. Wir nehmen an, dass Clancy ihn regelmäßig geändert hat."

„Gut möglich."

„Elliot hat den hier geknackt. Es war eine einfache umge-kehrte Alphabet-zu-Zahlen-Verschlüsselung. Vermutlich hat Clancy die anfangs benutzt, bevor er beschlossen hat, dass er etwas Sichereres braucht."

Jackson wurde aufgeregt. „Dann haben Sie weitere Käufer gefunden?"

„Nein. Das hier sind Aufzeichnungen über Zahlungen.

Ein Eintrag pro Seite, immer mit einer Beschreibung der ‚Ware‘, dem Kaufdatum, der bezahlten Person und der Summe."

„Immerhin etwas."

Grayson runzelte die Stirn. „Mehr als nur etwas." Er schlug das Buch auf und deutete auf eine Seite. „Hier geht es um den Verkauf eines achtjährigen Mädchens."

Grayson sah Jackson an. Sein Blick war traurig. „Der Name der Verkäuferin ist Lydia Johnson."

Über die Autorin

Jana DeLeon wuchs inmitten der Bayous und Alligatoren im südwestlichen Louisiana auf. Obwohl sie im Gegensatz zu ihren Heldinnen noch nie über einen ungelösten Fall gestolpert ist, hat sie die Hoffnung noch nicht aufgegeben. An ihrem jetzigen Wohnort Dallas in Texas lebt sie mit einer ganzen Menge Tiere zusammen, allerdings ohne Alligatoren.

Ihre Website finden Sie unter www.janadeleon.com.